중국문학사를 위하여

김학주 지음

明文堂

머리말

나의 대표적인 저서는 『중국문학사』(신아사, 2013 수정본)이다. 『중국문학사』는 중국문학을 공부하는 학생들뿐만이 아니라 우리 학계에도 적지 않은 영향을 끼칠 책임으로 올바른 문학사를 쓰기 위하여 많은 노력을 기울였다. 1970년대 『중국문학사』를 낸 이래 10여 차례나 교정본을 내었고, 지금도 수정작업을 계속하고 있다. 그리고 『중국문학서설』·『고대중국문학사』·『중국문학개론』·『중국문학의 이해』 등의 저서도 실은 모두 『중국문학사』를 보조하기 위한 저술이라 할 수 있다. 2001년에 낸 『중국문학사론』(서울대학교 출판문화원)에 실린 글들도 모두 『중국문학사』를 올바로 수정하기 위하여 쓴 글들을 모아놓은 것이다. 그 뒤에 쓴 이 책에 실린 글들도 『중국문학사』를 더욱 올바로 고쳐 쓰기 위하여 여러 가지 문제들을 계속하여 검토한 결과물이다. 수천 년을 두고 발전해온 중국문학을 대할 적마다 그 작품이나 작가에 대한 나 자신의 이해와 평가가 달라지고, 시대적인 의의도 변한다. 곧 보는 각도에 따라서 문학 작품이나 작가에 대한 문학사적인 개념이 늘 바꾸어지고 있어서, 『중국문학사』는 교정을 하고 나서도 얼마 가지 못하고 다시 고쳐 쓰고 싶은 대목이 생기게 된다.

『중국문학사』에 몰두하다가 보니 나는 우리나라 중국문학계에서 유일하게 전공이 없는 학자가 되었다. 국내외에서 나를 중국희곡을 전공하는 학자로 알고 있지만 실은 그렇지 않다. 나는 1960년대 초에 희곡 관련 논문 대여섯 편을 발표하고는 희곡 공부에서 손을 떼었다. 그때 나는 젊은 대학 강사로 학생들에게 무엇보다도 먼저 꼭 읽혀야 할 것은 중국 고전이라 생각하고, 밖으로는 한국자유교양추진회韓國自由教養推進會에서 추진한 소학교로부터 중·고등학교와 대학교 학생들에게 고전을 읽히자는 운동에 적극적으로 참여하였다. 그리고 당시에는 중국 고전에 관한 현대적인 번역이 한 권도 없어서 한편으로는 나 자신이 중국 유가의 경전經傳과 제자백가諸子百家의 책을 번역하는 일에 전념하였다. 1965년 대학 전임교수가 된 뒤에는 대학에 '고전연구회'라는 학생 동아리를 조직하여 학생들에게 『논어論語』『맹자孟子』를 읽히었는데, 5, 6년 뒤에는 데모 주동 동아리로 발전하여 애를 먹은 일도 있다. 1975년 이후로는 『중국문학사』를 비롯한 중국문학 관련 책의 저술에도 몰두하였다. 그러니 전공으로 희곡을 다룰 여유란 전혀 없었다.

1980년대에 와서 내가 중국희곡 관계 주제로 박사학위 논문을 쓰는 학생들을 지도하기 시작하고, 1991년에는 중국희곡을 전공하는 제자들을 모아서 '한국중국희곡연구회'(희곡학회)를 조직하고 회장 자리를 맡아

『중국희곡』이란 학보도 내었다. 매년 봄 가을로 중국희곡 관계 국제학술대회도 개최하고, 중국 당국에 교섭하여 회원들을 이끌고 중국 각지의 민속연예와 희곡을 탐사하는 여행도 하는 등 맹렬한 활동을 전개하였다. 이에 국내외 학계에서는 다시 나를 중국 희곡을 연구하는 학자로 받아들이기 시작하였다. 그러나 나는 내 취미와 연구를 하려는 제자들을 위하여 다시 중국희곡에 가까이 다가갔을 뿐이지 공부를 다시 시작한 것은 아니다. 내가 계속 가장 몰두한 것은 『중국문학사』의 올바른 저술이다.

이 책의 내용은 〈1. 중국문학 형성과 발전〉 이외에도 〈2. 중국문학 개념의 추구〉·〈3. 중국문학사의 문제들〉 등으로 분류해 놓았지만 실은 모두가 '중국문학사의 문제들' 이다. 뒤에 붙여놓은 〈4. 중국어 논문〉은 중국 상하이(上海) 복단대학(夏旦大學)에서 열린 중국문학사 관련 국제학술대회에 초청되어 가서 발표한 논문과 베이징(北京)의 중국예술연구원中國藝術研究院 희곡연구소戲曲研究所에 초빙되어가서 강연한 원고이다. 두 논문 모두 나의 『중국문학사』의 성격과 교정 목적을 가장 구체적으로 간략하게 알려주는 글이라 여겨져서 여기에 그대로 옮겨 실었다.

나는 중국의 고전문학을 접할 때마다 언제나 가장 먼저 생각하는 것이 『중국문학사』와의 관련 문제이다. 때문에 앞으로도 이 교정 작업은 계속 이어질 것이다. 이 밖에 앞으로 나의 『중국문학사』의 내용 중에서 가장 두드러진 두 가지 문제를 가려 내어 새로운 두 권의 책을 남기겠다고 의욕을 발휘하여 작업을 시작하였다. 이는 평생을 건 목표라서 완성할 수 있기만을 간절히 빌 따름이다. 그리고 부족한 나의 『중국문학사』에 독자 여러분들의 관심과 성원이 있기를 간절히 빈다.

2016년 6월 1월

저자 씀

차례

3. 중국문학사의 문제들

4. 중국어 논문

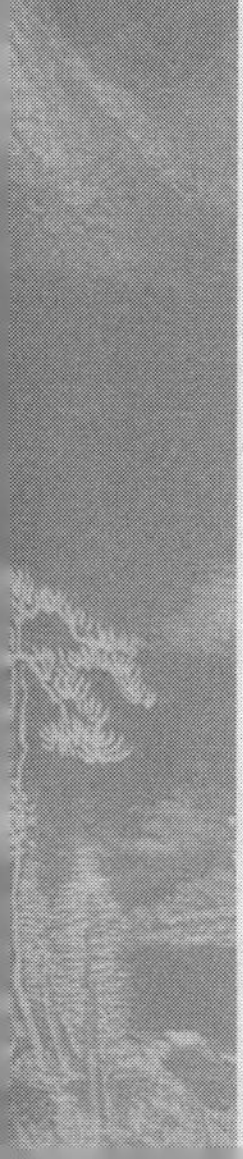

1

중국문학 형성과 발전

삼경三經과 주공周公

1. 주공과 그의 시대

중국의 고대 역사를 쓴 한漢나라 사마천司馬遷(B.C. 145?-B.C. 86?)의 『사기史記』 제1권 오제본기五帝本紀에 의하면 중국 역사의 문을 연 '오제五帝'는 황제黃帝(B.C. 2674-B.C. 2491)·전욱顓頊(B.C. 2490-B.C. 2413)·제곡帝嚳(B.C. 2412-B.C. 2343)·요堯(B.C. 2333-B.C. 2232)·순舜(B.C. 2231-B.C. 2184)의 다섯 임금이다. '오제'를 뒤이어 하夏(B.C. 2183-B.C. 1752)·상商(B.C. 1751-B.C. 1112)·주周(B.C. 1111-B.C. 250)의 이른바 삼대三代의 역사가 제2·제3·제4권 각각의 본기本紀로 이어지고 있다.[1] 그러나 현대 역사학자들은 모두 상나라 이후의 시대를 중국의 유사시대라고 치고 있다. 그런데 실상 중원中原이

1 여기의 西周 初期 이전의 紀年은 모두 董作賓·嚴一萍 共編 『中國年代世系表』(臺灣 藝文印書館 發行, 1957年)의 推算 記錄을 따랐음.

이루어지고 한족漢族·한문화漢文化·천자天子에 의한 봉건전제封建專制의 제도 등이 이루어진 것은 주周나라이다.

상나라는 황하黃河의 중하류 지역, 대략 지금의 산둥(山東) 동부로부터 허난(河南) 일대를 중심으로 하는 지역을 차지하고, 탕湯임금이 나라를 세운 뒤로 마지막 주紂(B.C. 878-B.C. 1111 재위)임금에 이르는 시대까지 중국을 대표하던 왕조이다. 이 상나라는 뒤에 17대 반경盤庚(B.C. 1398-B.C. 1371 재위) 임금이 도읍을 은殷으로 옮기어 흔히 '은' 나라라 부른다. 그런데 이 은나라는 이미 한자를 사용하여 그 유물이 갑골문甲骨文과 금문金文 등으로 남아 전해지고 있으며, 그 밖에 청동기靑銅器 등 그들이 살던 곳에서 출토出土된 유물을 종합하여 볼 때에 이미 상당히 높은 수준의 문화를 발전시키고 있었다. 그리고 상당히 체계적인 정치사회에 관한 제도를 유지하고 있었고 농업과 수공업도 상당히 발달한 모습이었다. 또 화폐도 이미 쓰고 있었다. 그러나 은나라는 아직도 뒤에 중국 역사의 무대가 된 중원中原 땅을 다 차지하지 못하고 있었다. 그때의 중국은 수많은 씨족氏族을 바탕으로 한 작은 부족국가部族國家로 이루어져 있었는데, 상나라는 동북쪽의 부족들을 거느리는 가장 세력이 강한 대표적인 나라였다.

이 상나라에 비하여 그를 뒤이은 주周(B.C. 1111-B.C. 250) 민족은 본시 중국의 서북지방에서 옮겨온 야만 민족이었다. 곧 그들은 융적戎狄의 땅에 살아오던 오랑캐였다. 『사기』의 주본기周本紀에 의하면 뒤에 주나라의 고공단보古公亶父가 섬서陝西의 기산岐山 아래로 옮겨온 뒤에야 비로소 주 민족은 오랑캐의 풍습을 벗고 문화인의 생활을 시작하였다고 한다. 고공단보는 바로 태왕太王이라고도 부르는 이인데, 주나라는 실상 이때부터 시작된 나라라고도 할 수 있다. 그들이 자기네 조상들의 생활을 노래한 『시경詩經』 대아大雅 「면緜」 시는 다음과 같은 대목으로 시작이 되고 있다.

길게 뻗은 외 덩굴 같네!
우리 백성들이 처음 모여 산 곳은
두수杜水로부터 칠수漆水에 이르는 지역이었네.
고공단보께서는
굴을 파고 거기에 사셨는데,
집도 없으셨네.

고공단보께서
일찍이 말을 달리어
서쪽 칠수 가를 따라
기산 밑으로 오셨네.
여기에서 태강太姜과 부부되어
마침내 더불어 사시게 되었네.

주나라의 넓은 들은 기름져서

씀바귀 같은 쓴 나물도 엿처럼 달았네.
이에 비로소 계획을 세우시고
거북으로 점을 쳐 보신 다음,
이곳에 머물러 살기로 하시고
여기에 집을 지으셨네.

緜緜瓜瓞! 民之初生, 自土沮漆.
면 면 과 질　민 지 초 생　자 로 저 칠

古公亶父, 陶復陶穴, 未有家室.
고 공 단 보　도 복 도 혈　미 유 가 실

古公亶父, 來朝走馬,
고 공 단 보　내 조 주 마

率西水滸, 至于岐下.
솔 서 수 호　지 우 기 하

爰及姜女, 聿來胥宇.
원 급 강 녀　율 래 서 우

周原膴膴, 堇荼如飴.
주 원 무 무　근 도 여 이

爰始爰謀, 爰契我龜.
원 시 원 모　원 계 아 귀

曰止曰時, 築室于茲.
왈 지 왈 시　축 실 우 자

여기에 뒤이어 그들이 기산 아래 지역에 처음으로 정착을 하고 집을 짓던 모습이 자세히 노래되고 있다. 이 뒤로 태왕의 손자 문왕

文王에 이르러는 덕德으로 나라를 잘 다스리어 주나라의 세력이 매우 커진다. 그때 은나라의 주紂 임금은 술 마시고 여자들과 즐기는 일에 빠져서 전혀 백성은 거들떠보지도 않고 있었다. 그래서 주나라 문왕의 아들 무왕武王(B.C. 1111-B.C. 1105 재위)은 마침내 은나라를 쳐부수고 새로운 넓은 천하天下를 다스리는 주나라를 이룩하게 된다.

주공은 이름이 단旦이고, 무왕의 아우이다. 이전에 태왕이 자리잡았던 '주' 지방이 그에게 다스리는 땅으로 주어졌음으로 그를 '주공' 이라 부르게 된 것이다. 주공은 어려서부터도 여러 형제들 중에서 가장 뛰어난 인품을 지닌 인물이었다. 『사기』의 노주공세가魯周公世家에는 앞머리에 주공에 대하여 다음과 같이 쓰고 있다.

> "주나라 문왕이 살아계실 적부터 주공 단旦은 효성이 지극하였고 성실하고 어질어서 다른 아들들과는 달랐다. 무왕이 임금 자리에 오른 다음에 주공 단은 늘 무왕을 도와주었고 일 처리를 가장 많이 하였다."[2]

주공에게는 관숙管叔·채숙蔡叔·곽숙霍叔·강숙康叔 등 모두 10여 명의 형제가 있었다. 주공은 그의 많은 형제들 중에 모든 면에서

2 自文王在時, 旦爲子孝, 篤仁異於羣子. 及武王卽位, 旦常輔翼武王, 用事居多.

가장 뛰어났다. 무왕이 주 임금을 칠 적에도 주공은 무왕을 도와 마침내 은나라를 멸망시키게 된다. 이에 황하黃河 유역을 중심으로 하는 중국의 북쪽 지방의 동쪽과 서쪽 지역이 비로소 중원中原으로 통합되어 한 나라를 이루게 된다. 이전에는 하夏나라, 은나라 같은 비교적 큰 나라들이 있었지만 그들 세력권 안이나 밖에는 수많은 부족部族들의 나라가 있었다. 반고班固(32-92)의 『한서漢書』 지리지地理志에는 주나라 초기만도 1,800개의 나라가 있었다고 하였고, 주공이 동쪽을 정벌했을 적[3]에도 17나라를 정벌하였다 하였고,[4] 그때 멸망시킨 나라는 50개라 하였다.[5] 주나라가 은나라를 쳐부수고 중국의 황하 유역 서쪽과 동쪽 지방을 합쳐 한 나라를 이룬 뒤에야 천하天下와 한족漢族의 개념이 처음으로 이룩되는 것이다. 곧 우리가 '중국' 이라고 부르는 나라 땅과 그 문화가 여기에서 출발하는 것이다. 특히 이 시대 중국의 전통문화가 이룩되는 터전을 만드는 데에는 주공의 역할이 가장 컸다.

주나라 무왕은 무력으로 은나라를 쳐부순 뒤 호경鎬京을 도읍으로 정하고 천하를 다스리기 시작한다. 그리고 무왕은 은나라 주임금의 아들 녹보祿父를 세워 은나라 백성들을 잘 다스리게 하면서 자

3 뒤의 '2. 주공의 동쪽 정벌과 제례작악' 참조 바람.

4 『逸周書』 作雒解.

5 『孟子』 滕文公 下.

기 형제인 관숙管叔 · 채숙蔡叔을 보내어 그들을 감독하게 하였다. 그런데 무왕은 은나라를 쳐부순 뒤 7년째 되던 해에 천하를 미처 안정시키기도 전에 병으로 앓다가 죽는다. 그의 뒤를 아직도 어린 성왕成王(B.C. 1104-B.C. 1068 재위)이 이어 임금 자리에 오르자 그의 아저씨인 주공이 어린 성왕을 대신하여 나라 일을 처리해주게 된다. 이를 '섭정攝政한다' 고 흔히 말한다.

주공에게는 노공魯公이 된 아들 백금伯禽 이외에도 6명의 아들이 있었다. 주공은 타고난 천품이 뛰어났을 뿐만이 아니라 나이가 많아짐에 따라 더욱 힘쓰고 노력하여 마침내는 후세 사람들로부터 나라의 임금이 아니면서도 성인聖人이라고 칭송을 받는 사람이 된다. 『사기』 노공세가魯公世家에는 주공이 그의 아들 백금伯禽을 노魯나라에 봉封하고 그 아들을 노나라로 떠나보내면서 다음과 같은 훈계를 하고 있다.

"나는 문왕의 아들이고 무왕의 아우이며 성왕의 숙부이니, 내 지위는 천하에서 절대로 천하지 않다. 그러나 나는 한 번 머리를 감는 동안이면 세 번이나 젖은 머리를 움켜쥐고 찾아온 손님을 맞기 위하여 일어서고 한 끼 밥을 먹는 동안에도 세 번이나 먹던 음식을 뱉어놓고 일어서서 찾아온 선비들을 대접하고 있다. 그러면서도 천하의 현명한 사람들을 놓치는 일이 있게 될까 두려워하고 있다. 너는 노나라에 가서도 삼가 나라를 다스린다고 하여 사람들에게 교만하지 않아야 한다."[6]

그 때문에 후세에 『순자荀子』 유효儒效편에서는 공자의 말을 인용하여 이렇게 말하고 있다.

"주공은 굉장한 분이시다! 몸이 귀해질수록 더욱 공손해졌고, 집안이 부유해질수록 더욱 검소해졌으며, 적과 싸워 이길수록 더욱 경계를 하였다."[7]

『맹자孟子』 이루離婁 하편에도 이런 말이 보인다.

"주공은 우禹임금 · 탕湯임금 · 문왕과 무왕의 업적을 아울러 이루고, 그 네 분들이 행한 일을 그대로 따라 하려 하였다. 그러는 중에 맞지 않는 것이 있으면, 하늘을 우러르며 생각하되 밤에도 자지 않고 계속하다가 다행히도 터득하는 것이 있으면 앉은 채로 날이 밝기를 기다렸다."[8]

6 我文王之子, 武王之弟, 成王之叔父, 我於天下亦不賤矣. 然我一沐三握髮, 一飯三吐哺, 起以待士, 猶恐失天下之賢人. 子之魯, 愼無以國驕人.

7 周公其盛乎! 身貴而愈恭, 家富而愈儉, 勝敵而愈戒.

8 周公思兼三王, 以施四事. 其有不合者, 仰而思之, 夜以繼日, 幸而得之, 坐以待旦.

주나라 초기에 이처럼 위대한 인물이 나와서 주나라의 바탕을 튼튼히 하고 또 중국이란 나라와 중국 전통문화의 기초를 마련하였던 것이다. 그리고 이때 '삼경'의 자료들도 처음으로 모습을 갖추기 시작하였다. 따라서 '삼경'은 무엇보다도 주공의 업적을 잘 증명해 준다고 믿는다. 그리고 이 시대는 본격적인 중국이라는 큰 나라의 제도와 문화가 이루어지기 시작한 매우 뜻있는 시기이다.

2. 주공의 동쪽 정벌과 제례작악制禮作樂

주나라가 은나라를 멸망시킨 뒤 얼마 안 있다가 동쪽 지방에 있던 은나라 주임금의 아들 녹보祿父가 은나라 유민들의 움직임을 감시하는 책임을 맡고 있던 주공의 형제인 관숙管叔과 채숙蔡叔 및 곽숙霍叔을 먼저 부추긴 다음, 동쪽 17개 부족과 연합하여 반란을 일으켰다. 이 반란을 흔히 주공의 세 형제들이 일으켰다고 하여 '삼감지란三監之亂'이라 부르기도 한다. 이에 주공은 직접 군사들을 이끌고 출정하여 삼 년 동안의 전쟁을 치룬 끝에 그 반란을 평정할 수가 있었다. 이것이 바로 유명한 주공동정周公東征으로 또 한 번 은나라 민족과 그들을 따르던 세력을 쓿어낸 전쟁이다.

주공은 이 동쪽 정벌을 이용하여 은나라 민족을 완전히 제압했을 뿐만이 아니라, 또 한편으로는 은나라 사람들이 쓰던 한자와 여러 가지 문물제도文物制度를 가져다가 자신들이 이용하면서 새로운 천하天下라고도 부르는 큰 나라를 다스리기 시작하였다. 은나라 문화를 근거로 하여 주공은 천하를 다스리는 데 필요한 여러 가지 새로운 제도를 제정하였다. 『좌전左傳』 문공文公 18년의 기록에는 노魯나라의 태사극大史克이 "돌아가신 할아버지 주공께서 주나라의 예禮를 제정하셨다."[9]고 말하고 있다. 그리고 『상서대전尙書大傳』에는 "주공이 나라의 정치를 맡아 처리한 6년 동안에 예禮를 제정하고 악樂을 제작하였다."[10]고 하였다. 여기에서 말하는 '예禮'와 '악樂'은 단순한 예의와 음악이 아니다. '예'란 나라의 정치사회제도와 사람들의 생활 방식 등 사람들의 생활 형식이 모두 포함된 말이다. 그리고 '악'이란 나라의 이상과 사람들의 사상 등 사람들의 생활을 이끄는 이념이 모두 포함되는 말이다. 따라서 "예를 제정하고 악을 제작하였다."는 말은 바로 새로운 주나라의 여러 가지 제도와 문화 및 이상을 마련하였음을 뜻한다. 『좌전』 애공哀公 11년의 기록을 보면, 노나라의 권세가인 계손씨季孫氏가 사람들이 갖고 있는 밭이 많고 적은 것을 근거로 하여 그에 따라 군수품軍需品을 거두려 했을 적에, 공자孔子는 그에게 "주공의 법전法典이 있다!"고 하면서 주공이 정해놓은 법을 따라야 한다고 주의를 환기시키고 있다.[11] 주공의 제

9 『左傳』 文公 十八年 : "魯大史克對曰; ---先君周公制周禮."

10 『尙書大傳』 : "周公攝政六年, 制禮作樂."

11 『左傳』 哀公 十一年 : 仲尼曰; 且于季孫若欲行而法, 則周公之典在.

례작악制禮作樂의 범위와 성격의 일면을 짐작할 수 있도록 하는 말로 볼 수 있다.

은나라 사람들이 쓰던 한자漢字는 본시 사람들의 뜻을 신神에게 전하는 수단으로 개발된 것이다. 곧 사람과 신 사이에 의견을 교환하기 위하여 발전시킨 문자이지, 사람들의 말을 기록하여 사람들 일상생활에 편리하게 쓰려고 개발한 것이 아니다. 지금도 우리에게 전해지고 있는 거북 껍질로 점을 친 다음 그 과정을 새겨놓은 갑골문甲骨文과 청동靑銅 그릇에 새겨져 있는 금문金文이 모두 그런 성질의 것이다. 그러나 주공은 한자를 가져다가 그것을 이용하여 제례작악制禮作樂을 하고 또 그것을 사람들 사이에 뜻을 전하는 연모로 써서 천하를 다스리는데 이용하기 시작한다.

주공은 동쪽을 정벌한 뒤 바로 동쪽 지역을 다스리기에 편리하도록 새로운 도읍인 낙읍洛邑의 건설에 착수한다. 그런데 이 큰 공사에는 은나라 사람들을 많이 끌어다가 쓰고 있다. 『서경書經』 주서周書 「소고召誥」에는 낙읍의 건설에 대하여 다음과 같은 기록이 있다.

> "주공이 아침에 글로 은나라 제후와 후복侯服 · 전복甸服 · 남복男服의 제후들에게 명을 내렸다. 그가 은나라 사람들에게 명을 내리자 여러 은나라 사람들은 곧 나와서 일을 하였다."[12]

12 周公乃朝用書, 命庶殷侯甸男邦伯. 厥既命殷庶, 殷庶丕作.

은나라의 여러 가지 기술과 제도를 주나라로 가져와 이용한다는 것은 그다지 쉬운 일이 아니다. 특히 은나라의 전문가의 도움이 없이는 무척 어려운 일이다. 주공이 낙수洛水 근처에 새로운 도읍인 낙읍을 건설한 것은 자기들이 정복한 동쪽지역을 다스리는 데 편리한 근거지를 만드는 한편 은나라의 여러 기술자들과 전문가들을 데려다가 효율적으로 이용하려는 목적도 겸하고 있었다. 주공은 은나라 사람들을 데려다가 새로운 도읍인 낙읍을 건설함으로써 은나라 사람들의 뛰어난 여러 가지 기술과 함께 예악 제도를 모두 배워 자기 것으로 만들려고 한 것이다. 『서경』 주서 「낙고洛誥」에는 이런 말이 보인다.

> "주공이 아뢰었다. 임금님은 처음부터 은나라 예를 따라 새 도읍에서 제사지내시되, 모든 일을 질서를 따라 문란하지 않게 하십시오. 저는 여러 관리들을 거느리고 주나라로부터 임금님을 따르도록 하겠습니다." [13]

그러니 같은 책 주서 「소고」에 보이는 주공이 새로 건설한 낙읍에서 제사를 지낸 다음과 같은 의식도 모두 은나라 예를 배워서 그것을 따라 진행한 것임에 틀림이 없다.

13 周公曰 : 王肇稱殷禮, 祀于新邑, 咸秩無文. 予齊百工, 伻從王于周.

> "주공이 아침에 낙읍으로 와서 새로운 도읍 터를 닦은 것을 두루 살펴보았다. 사흘이 지난 정사丁巳 날, 하늘에 지내는 제사에 제물로 소 두 마리를 썼다. 다음 날 무오戊午에는 또 땅에 지내는 제사를 새 도읍에서 지냈는데, 소 한 마리, 양 한 마리, 돼지 한 마리를 제물로 썼다. ---그가 은나라 사람들에게 명을 내리자, 여러 은나라 사람들은 곧 나와서 일하였다."[14]

주공은 은나라 예를 무척 중시하였다. 『서경』 주서 「군석君奭」편을 보면 주공은 이렇게 말하고 있다.

> "은나라의 예는 위로 올라가 하늘의 뜻에 맞게 되어 여러 해 나라를 다스릴 수가 있었다."[15]

때문에 주공은 수많은 은나라 사람들을 데려와 은나라의 것을 배우려고 무척 힘썼다. 그리고 앞에서도 인용한 주서周書의 여러 편에 보이는 "은나라 사람들(庶殷)"과 "여러 관리들(百工)" 속에는 아마도 은나라의 예악에 관한 전문가들과 함께 여러 가지 기술자들이 다수 포함되어 있었을 것이다. 주서의 「낙고洛誥」에서는 주공이 성왕에

14 周公朝至于洛, 則達觀于新邑營. 越三日丁巳, 用牲于郊, 牛二. 越翼日戊午, 乃社于新邑, 牛一羊一豕一. ---厥旣命殷庶, 庶殷丕作.

15 殷禮陟配天, 多歷年所.

게 이런 말을 하고 있다.

"어린 분이 오셔서 도읍을 삼을 곳을 살피시도록 한 것은, 은나라 어진 백성들을 크게 쓰기 위해서입니다."[16]

여기의 "은나라 어진 백성들(殷獻民)"도 주공이 데려다가 일을 시킨 은나라의 여러 가지 기술자들과 예악 제도에 관한 전문가였음이 분명하다. 특히 지금 러양(洛陽)에서 출토되고 있는 서주西周 초기의 청동기靑銅器 중에는 은나라 청동기에 가까운 매우 정교하게 만들어진 것이 많다. 아무래도 그것은 주공이 낙읍을 건설하면서 데려온 은나라의 청동기 기술자들이 만들었기 때문일 것이다. 이들이 죽은 뒤로는 그들에게 청동기 제작 기술을 물려받았다 하더라도 스승들의 수준에는 미치지 못할 수밖에 없었을 것이다. 곧 러양에서 출토되는 서주 초기의 청동기는 "은나라 어진 백성들(殷獻民)"이 만든 물건임이 분명한 것이다.

『좌전左傳』 정공定公 사년四年의 기록을 보면, 위衛나라의 태축太祝인 자어子魚가 이런 말을 하고 있다.

"옛날에 주나라 무왕武王은 상商나라를 쳐부수었고, 성왕成王은 주나라를 안정시켰습니다. 훌륭한 덕을 지닌 사람들을 골라

16 孺子來相宅, 其大惇典殷獻民.

써서 주나라의 울타리와 담을 이루어 놓았지요. 본시 주공 같은 분이 왕실을 도와서 천하를 잘 다스리었고 주나라도 안정시켰습니다. 그의 아들 노공魯公을 노나라로 떠나보낼 적에는 임금의 수레 · 용이 그려진 깃발 · 하후씨夏后氏의 옥玉 · 봉보封父의 유명한 활과 은나라 백성 중의 여섯 씨족氏族 ---을 내려주었습니다. 그리고 주나라 종족을 거느리고 그들에게서 나누어진 친족들을 규합하며 그들을 따르는 사람들도 모두 거느리도록 하였습니다. --- 그리고 좋은 땅과 들판, 축祝 · 종宗 · 복卜 · 사史 등 제사를 지내고 점을 치고 문서를 다루는 전문가들, 여러 가지 그릇과 기구 · 책과 기록물 · 관리들 · 그들이 쓸 물건들을 나누어 주었습니다."[17]

이것은 주공이 자기 아들 백금伯禽을 그의 임지인 노魯나라로 떠나보낼 적의 일이다. 그런데 여기에 보이는 여러 가지 물건들과 제도는 모두 은나라로부터 배운 것일 것이며, 그에게 딸려 보낸 사람들 중 적지 않은 사람들이 은나라 문물文物의 전문가들이었을 것이다. 그리고 노나라는 은 민족의 본거지이기도 하다. 주공이 특히 자기 아들을 노나라 제후로 삼도록 한 것은 은나라의 문화와 그에 관한 전문가들을 손쉽게 조달하려는 목적도 담겨 있었을 것이다.

17 "昔武王克商, 成王定之, 選建明德, 以蕃屛周. 故周公相王室, 以尹天下, 於周爲睦. 分魯公以大路 · 大旂 · 夏后氏之璜 · 封父繁弱 · 殷民六族. --- 使帥其宗氏, 輯其分族, 將其類醜. --- 分之土田陪敦, 祝 · 宗 · 卜 · 史, 備物 · 典策 · 官司 · 彝器."

주서의 「소고召誥」의 기록에 따르면, 낙읍의 건설이 진행되고 있는 중에 주공은 제물을 고루 갖추어 하늘에 지내는 제사인 교사郊祀를 지냈다 하였다. 다시 「낙고洛誥」의 기록을 함께 참고하면 주공은 은나라의 예를 따라서 하늘에 제사를 지냈음이 분명하다. 『효경孝經』 제9장에도 이런 글이 보인다.

> "옛날에 주공이 하늘에 지내는 제사인 교사郊祀를 지낼 적에 자기 시조인 후직后稷은 하늘과 짝을 지워드리고, 아버지 문왕은 명당明堂에 모시면서 하나님과 짝이 되게 하셨다. 그리하여 온 세상의 제후들이 모두 그의 직책에 따라 그 제사에 참여하러 왔다."[18]

옛날의 성왕聖王들은 나라를 일으킨 다음에는 모두 나라를 평화롭게 다스리는데 필요한 음악을 작곡하였다. 황제黃帝의 '함지咸池', 순舜 임금의 '대소大韶' 같은 성왕들의 음악을 본받아 무왕도 은나라를 쳐부수고 주나라를 세운 다음 '무武' 라는 음악을 작곡했다고 알려져 있다. 그런데 『여씨춘추呂氏春秋』 고악古樂편에는 "주공이 '무' 를 작곡하였다." 고 쓰고 있고, 『장자莊子』 천하天下편을 보면 전설적인 성왕들의 음악을 쭉 들은 다음 "무왕과 주공은 '무' 를

18 "昔者周公郊祀, 后稷以配天, 宗祀文王於明堂, 以配上帝. 是以四海之內, 各以其職來祭."

작곡하였다."[19] 하였다. 무왕이 작곡했다는 '무' 는 사실은 주공이 작곡했음에 틀림이 없다. 그리고 주공이 '제례작악' 했다고 할 적에 '무' 라는 악무樂舞도 함께 작곡하였음에 틀림이 없다.

주공은 '제례작악' 을 하면서 은나라의 전문가들을 이용했을 뿐만이 아니라 자기 자신도 은나라의 역사와 문화를 공부하여 은나라 문화에 대한 지식이 풍부하였다. 때문에 주공은 주동적으로 새로운 주나라를 다스리는 데 필요한 여러 가지 제도를 은나라 문물을 바탕으로 하여 제정할 수가 있었다. 『서경』의 주서 몇 편만 보더라도 그곳에 인용된 주공의 말 가운데에는 은나라의 역사와 연관된 말이 적지 않게 보인다. 보기를 들면, 「무일無逸」편에서 주공은 이미 장성한 성왕에게 다음과 같은 훈계를 하고 있다.

> "옛날에 은나라 임금 중종中宗은 엄숙하고, 삼가고, 공경하고, 조심하여 하늘의 명을 잘 헤아리고서 백성을 다스리는 일을 신중히하고 두려워하면서 감히 함부로 놀지 않았습니다. 그래서 중종이 나라를 다스린 기간이 75년이나 되었습니다.
>
> 고종高宗 때에는 오랜 동안 밖에서 일하면서 낮은 백성들과 더불어 지냈습니다. 그가 임금 자리에 오를 무렵에 아버지 상喪을 당하시어 3년 동안 말을 하지 않았습니다. 그는 말하지 않고 지냈

19 『呂氏春秋』 古樂 : "周公作武." 『莊子』 天下; "武王周公作武."

으나 말하기 시작한 뒤로는 온화하였고 감히 함부로 놀지 아니하니 은나라가 잘 안정되었습니다. 낮은 사람, 높은 사람 할 것 없이 아무도 원망하는 이가 없었습니다. 그래서 고종의 나라를 다스린 기간이 59년이나 되었던 것입니다.

다시 조갑祖甲에 이르러서는 자기가 임금이 되는 것이 옳지 않다고 하여 오랜 동안 낮은 백성으로 지냈습니다. 그가 임금 자리에 오르게 되자 낮은 백성들의 어려움을 잘 알고 있어서 백성들을 보호하고 사랑하여 홀아비나 과부들도 감히 업신여기지 아니하였습니다. 그래서 조갑이 나라를 다스린 기간이 33년이나 되었습니다."[20]

또 자진해서 주공을 찾아와 도와준 은나라 예의 전문가들도 있었다. 『여씨춘추呂氏春秋』 선식람先識覽 「선식先識」편에 이런 기록이 보인다.

"은나라 내사內史 상지向摯는 주紂임금이 더욱 어지럽게 행하고 미혹되어지는 것을 보고서 그의 기록(圖法)을 수레에 싣고 주

20 "昔在殷王中宗, 嚴恭寅畏, 天命自度, 治民祇懼, 不敢荒寧. 肆中宗之享國, 七十有五年. 其在高宗時, 舊勞于外, 爰曁小人. 作其卽位, 乃或亮陰, 三年不言. 其惟不言, 言乃雍, 不敢荒寧, 嘉靖殷邦. 至于小大, 無時或怨. 肆高宗之享國, 五十有九年. 其在祖甲, 不義惟王, 舊爲小人. 作其卽位, 爰知小人之依, 能保惠于庶民, 不敢侮鰥寡. 肆祖甲之享國, 三十有三年."

나라로 도망쳐 가니, 무왕이 크게 기뻐하였다."[21]

상지가 갖고 갔다는 '기록(圖法)' 이란 은나라의 문화관계 자료임이 분명하다. 그리고 그를 뒤이어 자진하여 주나라를 찾은 은나라의 전문가들 수가 더욱 많아졌을 것이다.

『사기』 권4 주본기周本紀에는 이런 기록이 있다.

"은나라를 멸한 뒤에 회수淮水 근처의 오랑캐들을 치고서 풍豐으로 돌아와 『주관周官』을 짓고 예악禮樂을 일으키고 바로잡아 주나라의 제도가 이에 바꾸어졌다."[22]

주공은 은나라의 문화와 제도를 확보하기 위하여 은 민족의 본거지인 지금의 산둥(山東) 북쪽 제齊나라에는 강태공姜太公의 아들 여급呂伋을 봉하여 다스리게 하고, 그 남쪽 노魯나라는 직접 자기 아들 백금伯禽에게 맡기어 다스리도록 하였다. 다시 그 동북쪽 은나라 계열의 부족이 많은 연燕나라에는 주공의 동쪽 정벌에 크게 활약한 소공召公 석奭의 아들을 봉하여 다스리게 하고, 또 위衛나라에는 주공의 막내아우 강숙康叔을 봉하는 등 이른바 봉건제도封建制度도 효과적으로 실시하였다. 『좌전左傳』 정공定公 4년의 기록에는 위衛나

21 "殷內史向摯見紂之愈亂迷惑也, 於是載其圖法, 出亡之周. 武王大說."
22 "旣絀殷命, 襲淮夷, 歸在豐, 作『周官』, 興正禮樂, 度制於是改."

라 축타祝佗가 "주공은 왕실을 도와서 천하를 다스리었다."[23]는 말을 하고 있고, 같은 『좌전』 소공昭公 2년의 기록에는 진晉나라 한선자韓宣子가 노魯나라에 와서 태사씨太史氏에게서 책들을 구경하고는 이런 말을 하고 있다.

> "주나라의 예는 모두 노나라에 있다. 나는 지금 비로소 주공의 덕과 주나라가 왕자王者가 된 까닭을 알게 되었다."[24]

봉건제도는 나라를 다스리는 데 있어서 뿐만이 아니라 은나라의 문화를 보존하여 주나라 것으로 만드는 데 있어서도 큰 역할을 하였음을 알게 된다.

모든 것들을 종합할 때 문화 수준이 오랑캐에 가깝던 주나라가 은나라를 쳐부수고 중원 땅에 새로운 주나라를 이룩한 다음 주나라에 주공이라는 위대한 인물이 나와 문명국이었던 은나라의 여러 가지 제도를 모두 받아들이어 새로운 주나라의 문화와 제도를 마련하였던 것이다. 이것이야말로 중국의 전통문화의 시작이라고까지 말할 수가 있을 것이다. 『예기禮記』와 『주례周禮』나 『의례儀禮』 같은 주나라 시대의 예의제도를 바탕으로 한 경전도 비록 후대에 이루어

23 『左傳』 定公 四年 : "故周公相王室以尹天下."
24 『左傳』 昭公 二年 : "周禮盡在魯矣. 吾乃今知周公之德, 與周之所以王也."

진 책이기는 하지만 그 기본을 이루는 중요한 내용은 역시 주공의 '제례작악' 에서 나온 것이라고 보아야 할 것이다.

3. 주공과 삼경三經

중국에 전해지고 있는 책 중에 가장 먼저 이루어진 것이 서주西周 시대 초기의 것이라고 생각되는 『시경(詩經)』·『서경書經』·『역경易經』인 유가의 삼경三經이다. 이보다 빠른 기록으로는 은나라 시대에 거북점을 치고 남겨진 글인 갑골문甲骨文과 청동 그릇에 새겨진 글인 금문金文 같은 것이 있을 뿐이다. 그러니 '삼경' 은 중국 최초에 이루어진 책이다. 따라서 본격적인 중국 전통문화와 전통문학은 이 '삼경' 을 바탕으로 서주로부터 시작되고 있다고 할 수 있다. 그런데 이 세 가지 책은 누가 쓰고, 누가 편찬한 것인지 모두 확실히 알 수가 없다. 다만 이 '삼경' 을 자세히 읽어보면 모두 주나라 초기의 주공周公 단旦과의 관계가 매우 깊은 것을 발견하게 된다. 그것은 '삼경' 이 이루어지는 데에 미친 주공의 영향이 매우 크다는 것을 말한다. 심지어 이들 '삼경' 의 초본은 주공 밑에서 이루어진 것일 수도 있다.

1) 주공과 『시경』

『시경』은 중국에서 가장 오래된 시가집詩歌集으로, 거기에 실린 304편의 시는 대부분이 주나라 초기부터 춘추春秋 시대 중엽에 이르는 시기(B.C. 10세기-B.C. 4세기)에 수집된 것이다. 『시경』은 풍風·소아小雅·대아大雅·송頌의 네 부분으로 크게 나누어져 있는데, 앞머리의 '풍' 속에는 15나라의 민요 160편이 실려 있다. 이들 민요에는 그 당시 주나라 여러 지역 백성들의 삶과 생각 및 감정 등이 반영되고 있어서 이것들은 중요한 문학작품일 뿐만이 아니라 그 시대의 정치·경제·사회·문화와 관련된 중국 고대사를 연구하는 데 있어서도 매우 중요한 자료가 된다.

한漢나라 초기에 나온 『시경』 해설 책인 『모전毛傳』에서는 특별히 '풍' 의 첫머리에 보이는 주남周南 11편은 주공의 채읍采邑이었던 기산岐山 아래의 옛날 주나라 땅 남쪽의 주나라의 교화敎化가 미친 지역에서 수집한 노래의 가사여서 모두가 주공과 관련이 있는 시라고 보고 있다. 다시 뒤에 나오는 빈풍豳風 7편은 모두가 주공의 동쪽 정벌과 관련이 있는 시라고 해설하고 있다. 그중에서 「파부破斧」 시를 한 편 보기로 든다.

내 도끼 깨어졌고
내 싸움도끼도 이가 다 빠졌으나,
주공께서 동쪽 정벌하여

온 세상 바로잡으셨네.
우리 백성 아끼시는 마음
너무도 위대하시네.

既破我斧, 又缺我斨.
기 파 아 부　우 결 아 장

周公東征, 四國是皇.
주 공 동 정　사 국 시 황

哀我人斯, 亦孔之將.
애 아 인 사　역 공 지 장

내 도끼 깨어졌고
내 톱도 이가 다 빠졌으나,
주공께서 동쪽지방 정벌하여
온 세상 바로잡으셨네.
우리 백성 아끼시는 마음
너무도 훌륭하시네.

既破我斧, 又缺我錡.
기 파 아 부　우 결 아 기

周公東征, 四國是吪.
주 공 동 정　사 국 시 와

哀我人斯, 亦孔之嘉.
애 아 인 사　역 공 지 가

내 도끼 깨어졌고

내 연장 자루도 부서졌으나,
주공께서 동쪽지방 정벌하여
온 세상 평화롭게 하셨네.
우리 백성 아끼시는 마음
너무도 아름다우시네.

既破我斧, 又缺我銶.
기 파 아 부　우 결 아 구
周公東征, 四國是遒.
주 공 동 정　사 국 시 주
哀我人斯, 亦孔之休.
애 아 인 사　역 공 지 휴

주공의 동쪽 정벌이라는 위대한 공적을 칭송하는 시이다. '빈풍' 맨 앞머리의 「칠월七月」 시는 빈나라 농민의 일 년에 걸친 생활 풍습을 노래한 내용인데, 「모시서毛詩序」에서는 "왕업王業을 노래한 것이다. 주공이 변고變故를 당하였을 적에 후직后稷과 조상들이 가르치고 이끌어준 백성들의 생활 모습을 노래한 것인데, 왕업은 잘 이루기가 어려운 것임을 뜻한다."고 풀이하고 있다. 그리고 「치효鴟鴞」 시는 "주공이 어지러운 정치를 바로잡기 위하여 읊은 것"이라 하였고, 나머지 「동산東山」·「파부破斧」·「벌가伐柯」·「구역九罭」·「낭발狼跋」은 모두 "주공을 기린 노래"라 하였다.

주공이 스스로 지었다고 생각되는 시도 여러 편 있다. '빈풍' 의

「치효鴟鴞」 시는 『서경』 주서周書의 「금등金縢」편과 『모전』의 「모시서毛詩序」 등에서 모두 주공의 작품이라 하고 있다. 그 밖에 '대아'의 「문왕文王」[25] · 주송周頌의 「청묘淸廟」[26] · 「시매時邁」[27] · 「사문思文」[28] · 「무武」[29] · 「작酌」[30] 등도 주공이 지은 것일 가능성이 많다. 『장자莊子』 천하天下편에서는 황제黃帝로부터 하夏나라 우禹임금, 상商나라 탕湯임금, 주周나라 문왕文王이 작곡한 음악을 열거한 뒤 "무왕과 주공은 '무武'를 작곡하였다."고 쓰고 있다. 「무」와 「작酌」 시가 주공이 지은 것이라면 대무大武를 춤출 적에 노래하던 「뢰賚」 · 「반般」 · 「환桓」 같은 편들도 주공의 작품일 가능성이 매우 짙다. 『모전』의 공소孔疏에서는 『국어國語』 주어周語에 보이는 기록을 근거로 하여 소아小雅 「상체常棣」 시도 역시 주공이 지은 것이라 말하고 있다.

『모전』에서는 '주남' 전체의 시를 "후비后妃의 덕을 읊은 시"라

25 『呂氏春秋』古樂篇 : "周公乃作詩曰; 文王在上, 於昭于天. 周雖舊邦, 其命維新. 以繩文王之德.

26 毛詩序 · 『漢書』 楚元王傳 劉向之封事 등 의거. 「維天之命」 · 「維淸」도 周公의 작품일거라고 주장하는 학자들이 있다.

27 『國語』 周語上, 『左傳』 宣公十二年 등의 기록 의거.

28 『毛詩』 孔疏에서는 『國語』의 글을 인용하고 나서 "此篇周公所自歌, 如「時邁」同也."라고 말하고 있다.

29 『莊子』 天下篇, 『國語』 周語上 등 의거.

30 『漢書』 禮樂志, 『毛詩』 孔疏 등 의거.

고 해설하고 있는데, 여기의 '후비'는 문왕文王의 부인인 태사太姒를 가리킨다. 그 밖에도 『시경』에는 문왕의 덕을 칭송한 작품이 특별히 많다. '대아'의 「문왕文王」·「대명大明」·「면緜」·「역복棫樸」·「사제思齊」·「황의皇矣」·「영대靈臺」·「문왕유성文王有聲」, 그리고 주송周頌의 「청묘淸廟」·「유천지명維天之命」·「유청維淸」·「아장我將」 등 무척 많다. 반대로 진짜 주나라를 세운 임금인 무왕武王의 덕을 읊은 시는 무척 적다. 심지어 그의 아들 성왕成王보다도 관심이 더 적은 것 같이 느껴진다.

또 『시경』에는 문왕 때 이미 주나라가 천하를 다스리는 천자天子가 되라는 하늘의 명, 곧 천명天命을 받았다고 힘주어 노래하고 있다. 보기를 여러 시에서 몇 구절 들어본다.

> 문왕께선 하늘 위에 계시는데
> 아아, 하늘에 뚜렷하시네.---
> 주나라 임금 매우 밝게 나라 다스리시니
> 하늘의 명이 제때에 내려진 것이네.
>
> 文王在上, 於昭于天.---
> 문 왕 재 상　어 소 우 천
> 有周不顯, 帝命不時.　－大雅「文王」
> 유 주 불 현　제 명 불 시
>
> 하늘로부터 명이 내려졌으니,

이 문왕에게 명하시어

주나라에 도읍 마련하고 다스리도록 하셨네.

有命自天, 命此文王,
유 명 자 천　명 차 문 왕

于周于京.　－大雅「大明」
우 주 우 경

하늘이 문왕에게 이르셨네.---

하늘의 법도를 따르라!

帝謂文王, ---順帝之則.　－大雅「皇矣」
제 위 문 왕　순 제 지 칙

문왕께서 하늘의 명 받으시어

무공을 세우셨네.

文王受命, 有此武功.　－大雅「文王有聲」
문 왕 수 명　유 차 무 공

하늘의 명은

아름답기 그지없네.

아아, 밝기도 해라,

문왕의 덕의 순수함이어!

維天之命, 於穆不已.
유 천 지 명　어 목 불 이

於乎不顯, 文王之德之純. －周頌「維天之命」
어호불현 문왕지덕지순

그래서 후세 사람들은 문왕은 천하를 다스리라는 하늘의 명을 받았으나 바로 뒤에 죽었기 때문에 아들 무왕이 하늘의 명을 받들어 은나라를 쳐부수게 되었다고 말하고 있다. 하늘이 전지전능하시다는 것을 생각할 때 말도 안 되는 주장인 것도 같다. 어떻든 이렇게 된 것은 아버지 문왕을 특히 높이 내세우려고 한 주공의 뜻이라고 보아야만 할 것이다.

옛날부터 성인聖人을 얘기할 적에는 덕으로 세상을 평화롭게 다스린 전설적인 임금 요堯임금과 순舜임금에 뒤이어 하夏나라를 세운 우禹임금과 상商나라를 세운 탕湯임금에 이어 주나라의 문왕과 무왕을 들었다. 그런데 이들 성인 가운데 주나라 문왕만이 한 왕조를 창건한 사람이 아니다. 그는 주나라의 창건자인 무왕의 아버지이다. 문왕은 주공의 아버지이기도 하다. 이처럼 주나라의 성인으로 무왕 위에 문왕을 덧붙이어 문무文武라 말하게 된 것은 주공이 그렇게 만들어 놓은 것이라 보는 수밖에 없다. 『효경』에도 이런 대목이 보인다.

"아버지를 높이 모시는데 있어서는 하늘에 짝지어드리는 것보다 더 위대한 일이 없는데, 주공이 바로 그러한 일을 하신 분이다. ---문왕을 명당明堂에 모시어 제사지내드림으로써 하나님과 짝이 되게 하셨다. ---성인의 덕에 있어서 또 무엇이 효도보다 더하겠느냐?"[31]

주공은 아버지 문왕에 대한 효도를 극진히 다하면서 힘써 문왕의 덕을 높이고 문왕이 주나라가 누린 하늘의 명을 받은 분이라고 칭송한 것이다. 무왕은 주공의 형이지만 은나라를 칠 적에 주공 자신이 크게 도와주었고 그 뒤로 천하를 다스린 공로는 주공이 무왕보다도 훨씬 더 많으며 덕에 있어서도 주공보다 별로 뛰어난 것이 없다. 그러므로 『시경』에는 무왕과 관련된 시가 많지 않고, 또 주나라의 성인을 얘기할 적에는 자기 아버지를 위에 올려놓고 '문무'라 말하게 되었다고 보는 것이다.

「모시서」를 보면, 주남周南의 해설에서는 "「관저關雎」·「인지麟趾」의 시가 읊고 있는 교화敎化는 왕자王者의 풍風임으로 주공에게로 이어져 있다."[32] 하였고, 바로 뒤의 소남召南의 해설에서는 "「작소鵲巢」·「추우騶虞」의 시가 읊고 있는 덕德은 제후諸侯의 풍風이고 선왕들이 백성을 가르치던 방법임으로 소공召公에게로 이어져 있다."[33]고 하였다. 소공 석奭도 주공의 형제라는 설도 있고, 뒤의 『서

31 "嚴父莫大於配天, 則周公其人也. ---宗祀文王於明堂, 以配上帝. ---夫聖人之德, 又何以加於孝乎?"

32 "關雎麟趾之化, 王者之風, 故繫之周公."

33 "鵲巢騶虞之德, 諸侯之風也, 先王之所以教, 故繫之召公."

경』을 애기할 때 더 많이 나오지만 높은 자리에 있으면서 주나라의 터전을 이룩하는 데에 주공과 함께 큰 공로를 세운 사람이다. 그런데 주남周南의 시들은 주공과 관련을 지어 해설하면서 '왕자의 풍' 이라 말하고, 소남召南의 시들은 소공과 관련을 시켜 해설하면서 '제후의 풍' 이라 논한 것은 주공을 문왕의 후계자로 너무 높여 주고 있는 것 같다. 어떻든 그것은 한漢나라 시대까지도 학자들에게 『시경』에 끼친 주공의 영향이 무척 크게 알려지고 있었던 때문이라고 여겨진다.

어떻든 『시경』의 형성에 있어서 주공의 활약과 그 영향이 무척 크다는 것을 알게 한다.

2) 주공과 『서경』

『서경』은 일반적으로 요堯임금 · 순舜임금과 하夏 · 상商 · 주周 세 왕조 삼대三代의 사관史官들이 남겨놓은 기록을 공자가 정리하여 편찬한 것이라 말하고 있다. 그런데 대부분의 학자들이 그중에서도 주서周書의 「대고大誥」·「강고康誥」·「주고酒誥」·「자재梓材」·「소고召誥」·「낙고洛誥」·「다사多士」·「무일無逸」·「군석君奭」·「다방多方」·「입정立政」·「고명顧命」의 12편이 가장 오래된 서주西周 초기에 이루어진 글이라 보고 있다. 따라서 그 나머지 상서商書를 비롯한 그 이전 시대의 기록이라는 것도 모두가 반대로 서

주 이후에 이루어진 것들이라는 것이다. 그리고 이 '주서'의 12편은 모두가 금문今文[34]에 속하는 것들이고 또 주공과 직접 관계가 있는 기록이어서 서주 초기의 역사자료 가치로서도 매우 귀중한 것들이다.

이들 내용을 보면, 특히 「대고」는 주공이 임금 성왕을 도와 동쪽 지방을 정벌하게 된 대의大義를 천하에 밝히고 있는 글이다. 「강고」는 주공이 동쪽 지방을 정벌한 뒤에 그의 아우 강숙康叔을 위衛나라에 봉하면서 훈계한 것이다. 「주고」와 「자재」는 주공이 임금의 명을 받들어 강숙康叔에게 훈계한 내용이며, 대략 「강고」와 비슷한 시기에 지어졌을 것이다. 「소고」는 성왕이 낙읍洛邑을 건설하기 위하여 먼저 소공召公 석奭을 보내어 그곳의 지리적인 조건을 살피도록 하였는데, 뒤에 소공이 직접 살핀 결과를 주공을 통하여 성왕에게 아뢴 내용이다. 다시 「낙고」는 낙읍의 건설을 완성한 다음 주공이 낙읍을 창건한 시대적인 중요성을 널리 공포한 내용이다. 「다사」는 낙읍의 건설을 마친 뒤 주공이 여러 은나라 백성들을 다 낙읍으로

34 漢대의 經學에는 今文과 古文의 두 가지가 있었다. 본시 今文이란 漢대에 일반적으로 쓰이던 隷書로 쓴 經書를 말하고, 古文은 秦나라 이전에 쓰던 옛날 글씨체로 쓴 經書를 뜻하였다. 그러나 이 今文과 古文은 글자 뿐만이 아니라 經文 자체에도 서로 다른 것이 많아지고 그 解釋에도 차이가 생겨나 學者들이 今文派와 古文派로 갈라지게 되었다. 지금 우리에게는 58편의 『書經』이 전해지고 있으나 그중 古文이라고 알려진 25편은 後人이 가짜로 만든 것이고 今文으로 알려진 것들 만이 진짜이다.

옮겨와 살도록 하고는 그들 지도자들을 임금의 명을 빌어 주나라에 잘 따라주도록 달랜 것이다. 「무일」은 성왕이 성장한 뒤에 주공이 나라의 정치를 성왕에게 되돌려 주면서 훈계한 내용이다. 「군석」은 소공이 늙었음을 이유로 벼슬자리에서 물러나려 하자 주공이 만류한 내용이다. 제목의 '석' 은 소공의 이름이다. 「다방」은 성왕이 직접 정치를 맡아 하게 된 다음 동쪽의 회이淮夷와 엄奄나라를 정벌하고 나서 주공으로 하여금 그들을 훈계하도록 한 것이다. 「입정」도 주공이 성왕에게 정치를 올바로 하는 방법을 아뢴 것이다. 「고명」은 주공이 성왕을 모시고 있는 중에 성왕이 죽기에 앞서 대신들에게 뒤를 이을 강왕康王을 잘 돌보아줄 것을 부탁한 내용이다. 이들보다 약간 뒤에 이루어진 주서의 「금등金滕」편은 완전히 주공에 관한 전설적인 사적을 기록한 내용이다. 그 밖에 가짜인 고문古文이라고 지목되는 편들 중에도 「미자지명微子之命」·「채중지명蔡仲之命」·「주관周官」·「군진君陳」 같은 것들은 모두가 주공과 관계가 있는 내용들이다. 이로써 본다면 가짜라고 내쳐지는 고문의 글들도 전혀 근거 없이 만들어진 완전한 가짜는 아닌 것도 같다.

이상 살펴본 바와 같이 『서경』은 주공과의 관계가 『시경』보다도 훨씬 더 깊고 직접적임을 알 수 있다. 무왕과 관계가 있는 내용의 글은 「목서牧誓」와 '가짜 고문' 중의 「태서泰誓」·「무성武成」 3편이 있으나, 『사기』 노주공세가魯周公世家에서 "주공이 무왕을 보좌하면서 「목서」를 지었다."[35]고 말하고 있으니, 역시 주공과의 관계가 매우 깊다고 볼 수 있다.

따라서 『서경』의 주나라 왕조의 역사기록은 완전히 주공의 활동이 중심을 이루고 있다고 하여야 할 것이다.

또 하나 눈길을 끄는 것은 「강고康誥」·「주고酒誥」·「다사多士」 등 편의 본문에 분명히 주공이 한 말이라고 밝히고 있는데도 "임금님이 이렇게 말씀하셨다〔王若曰〕." 또는 "임금님이 말씀하셨다〔王曰〕." 하고, 주공의 말을 인용하고 있다는 것이다. 필자는 『서경』을 번역하면서 그런 경우에 "왕명으로 이렇게 말하였다." 또는 "왕명으로 말하였다." 하고 옮기었다. 「낙고洛誥」나 「입정立政」처럼 임금이나 특정인을 상대로 말하는 경우에만 "주공이 말하였다〔周公曰〕." 또는 "공이 말하였다〔公曰〕." 하고, 그의 말을 인용하고 있다. 주공 밑의 사람들은 많은 경우 주공을 '왕'과 같은 존재로 보고 존경하고 있었기 때문에 주공의 말을 인용하면서 "왕약왈王若曰" 또는 "왕왈王曰"이라 말한 것이 아닐까 하는 생각이 든다.

『서경』의 상서商書 속에는 주나라 초기의 작품이라 생각되는 「서백감려西伯戡黎」와 「미자微子」의 두 편이 있는데 앞의 '서백'은 바로 문왕이다. 이 편은 은나라의 신하가 주紂임금에게 문왕이 '여'나라를 친 활동을 아뢴 내용이다. 주서의 「강고康誥」에도 다음과 같이 문왕이 미리 하늘의 명을 받았음을 다음과 같이 기록하고 있다.

35 "周公佐武王, 作「牧誓」."

"업적이 하나님에게 알려지자 하나님은 훌륭하게 여기시고 문왕에게 크게 하늘의 명을 내리시어 은나라를 쳐 멸하게 하시니, 그 하늘의 명을 잘 받드셨다."[36]

『시경』을 논하면서 이미 지적하였지만 이처럼 주나라가 누린 하늘의 명을 무왕에 앞서 문왕이 이미 받았다는 기록은 『서경』에도 보인다. 이런 칭송을 바탕으로 문왕도 성인이라고 추겨 올릴 수 있는 사람은 분명히 주공 밖에는 있을 수가 없다고 보아야 할 것이다. 이상 살펴본 바에 의하면 『서경』의 바탕도 서주 초기에 주공에 의하여 이루어진 것일 가능성이 많다.

3) 주공과 『역경』

『역경』도 주공과의 관계가 매우 깊다. 『역경』 계사繫辭 하下편에 태곳적 복희씨伏羲氏가 처음으로 팔괘八卦를 만들어 역易의 기초가 되었다고 하였는데, 옛날부터 여기에 대하여는 별다른 의견이 없었다. 그러나 이 여덟 개의 괘卦를 여러 가지로 달리 조합시키어 모두 육십사괘六十四卦로 만드는 중괘重卦를 한 사람이 누구인가에 대하여는 의견이 여러 가지로 나누어진다. 당나라 공영달孔穎達(574-648)의 『주역정의周易正義』 권전卷前의 '제이第二 중괘를 한 사람에

36 "聞于上帝, 帝休, 天乃大命文王, 殪戎殷, 誕受厥命."

대하여 논함〔論重卦之人〕.' 만 보아도 중괘를 한 사람으로 복희伏羲·신농神農·하나라 우禹임금·주나라 문왕文王의 네 사람이 거론되고 있는데 어떤 것이 옳은지 모르겠다고 하였다. 그리고 경문의 중심을 이루는 괘사卦辭와 효사爻辭의 작자에 관해서도 의견이 여러 가지이다. 동한의 정현鄭玄(127-200) 등 적지 않은 학자들이 괘사와 효사는 모두가 문왕이 지은 것이라 주장하였고, 마융馬融과 왕숙王肅 같은 더 많은 학자들이 그중 효사는 주공이 지은 것이라 하였다.

『역경』 계사繫辭 하편에 이런 기록이 보인다.

> "『역』이 생겨난 것은 중고시대였다. 『역』을 지은 사람에게는 걱정근심이 있었을 것이다."[37]

> "『역』이 생겨난 것은 은나라 말엽 또는 주나라의 덕이 홍성할 때였다. 주나라 문왕과 은나라 주紂임금 때의 일이었을 것이다."[38]

『역경』은 점치는데 쓰던 책이며 그것은 대략 서주 초기부터 쓰기 시작하였을 것이다. 그전의 은나라 사람들은 말린 거북껍질 또는 소의 죽지뼈 같은 갑골甲骨을 이용하여 점을 쳤다. 대개 서주 이전에 이미 64괘와 괘사·효사의 기본 형상은 갖추어져 있었고, 일부

37 "易之興也, 其於中古乎! 作易者, 其有憂患乎!"

38 "易之興也,其當殷之末世, 周之盛德邪? 當文王與紂之事邪!"

지방에는 역점易占이 유행되고 있었다고 보아야 할 것이다. 그러나 서주에 이르러 이 점 책은 다시 정리되었고 괘사와 효사도 어떤 사람이 한자를 이용하여 다시 쓰게 되어 비로소 현재 우리가 보는 책의 모습을 이루게 되었을 것이다. 그중에서도 『역경』의 전傳에 해당하는 열 편의 십익十翼은 말할 것도 없이 훨씬 더 후세의 사람이 쓴 것이다.

앞에 보인 「계사」에서 말하고 있는 "중고시대"란 바로 "은나라 말엽 또는 주나라의 덕이 흥성할 때", 곧 "주나라 문왕과 은나라 주紂임금 때"이다. 그리고 『역』을 지은 사람이 "걱정근심이 있었을 것"이라고 한 것은 주나라 문왕이 은나라 주임금에 의하여 유리羑里에 잡혀있었을 때를 말할 것이다. 비록 「계사」의 기록을 완전히 믿을 수는 없다 하더라도 문왕이 『역경』의 형성에 일정한 작용을 하였다고 받아들여야만 할 것이다.

또 『역경』이 서주 초에 이루어진 책이라고 한다면 은나라 사람들이 쓰던 한자를 가져와 세상을 다스리는 데 쓰기 시작한 것이 주공이니, 이 책이 이루어진 것도 주공과 관계가 없을 수가 없는 일이다. 일부 학자가 『역경』의 효사爻辭를 주공이 지은 것이라 하였지만 실은 괘사卦辭까지도 모두 주공이 지휘하여 정리한 다음 깨끗이 새로 써서 책이 이루어졌을 가능성이 매우 크다. 앞에서 이미 강조한 것처럼 주공은 아버지 문왕의 위대한 덕을 강조하기에 애썼던 사람이다. 따라서 『역』의 괘卦를 64개로 늘이고 괘사와 효사를 쓴 사람이 문왕이라고 한 것도 바로 주공일 가능성이 매우 크다. 곧 『역경』의 전傳을 제외한 정식 경문經文은 모두 자기 아버지인 문왕에 의하여 이루어진 것이라고 하는 것이다.

어떻든 주공이 아니라면 『역경』도 우리에게 전해질 수가 없었을 것이다. 『역경』을 우리가 보통 『주역周易』이라 부르고 있는 것도 역시 '주나라의 역' 이란 뜻뿐만이 아니라 '주공의 역' 이라는 뜻도 함께 지니고 있는 것처럼 여겨지기도 한다.

4. 맺는 말

유가의 기본 경전인 '삼경' 은 중국 최초로 이루어진 책이어서, 실상 중국의 전통문화와 고전문학의 근원이기도 하다. 그러나 이것이 언제, 누구에 의하여 엮어진 책인지는 알지 못하고 있다. 그러나 이상 논한 바를 근거로 한다면 '삼경' 은 서주 초기에 주공에 의하여 그 바탕이 이루어진 것이라고 보아야 한다.

'삼경' 중에서도 『서경』은 일반적으로 공자가 편찬한 것이라 믿고 있다. 당唐나라 공영달孔穎達(574-648)이 『상서정의尙書正義』 상서서尙書序의 「소疏」에 인용하고 있는, 동한東漢 정현鄭玄(127-200)의 『서론書論』에 인용한 『상서위尙書緯』의 다음과 같은 말이 대표적이다.

"공자는 『서書』를 구하여 황제黃帝의 현손자인 제괴帝魁의 서로부터 진秦나라 목공穆公에 이르기까지 모두 3,240편을 얻었다. 그리고 너무 오래된 불확실한 기록은 버리고 가까운 시대의 세상의 법도가 될만한 것 120편을 골랐다. 그중에서 102편을 모아 『상서尙書』를 만들고, 18편으로 『중후中侯』를 지었다. 나머지 3,120편은 버렸다."[39]

그러나 『서경』이 이루어지는 데에 끼친 공로는 분명히 공자보다도 주공이 훨씬 더 크다고 보아야 한다. 주공이 먼저 이루어 놓은 자료를 바탕으로 공자가 지금 우리가 읽는 『서경』을 편찬한 것이다. 주공이 마련한 것은 3,000여 편의 글이 아니라 지금 우리가 보고 있는 『서경』과 매우 비슷한 책이었을 것이다. 『서경』 각 편은 요堯임금 · 순舜임금과 하夏나라 · 상商나라 주周나라 삼대三代의 사관史官들의 기록을 바탕으로 한 것이라고 하지만, 그 '사관' 들이란 실상 주공 밑에서 주공의 제례작악制禮作樂을 돕던 사람들이라 보아야 할 것이다.

서한西漢 때의 사마천司馬遷(B.C. 145-B.C. 86)은 그의 『사기史記』 공자세가孔子世家에서 『시경』의 편찬에 대하여 이렇게 말하고 있다.

39 "孔子求書, 得黃帝玄孫帝魁之書, 迄於秦穆公, 凡三千二百四十篇, 斷遠取近, 定可以爲世法者, 百二十篇. 以百二篇爲尙書, 十八篇爲中侯, 以爲去三千一百二十篇."

"옛날부터 시 3,000여 편이 전하여져 왔는데 공자께서 그중 중복되는 것은 빼고 예의에 합당한 것들만을 골라 ---305편의 『시경』을 만드셨다."[40]

다시 동한東漢 때의 반고班固(32-92)는 『한서漢書』 예문지藝文志에서 옛날 임금들은 각 지방에 유행하는 노래를 수집하는 채시지관採詩之官을 두어 민요를 모아들이게 하였는데, 그 백성들의 노래를 통하여 정치가 잘 되고 있는지 잘못되고 있는지 알았다고 하였다. 따라서 위의 『사기』에서 말한 "옛날 시 3,000여 편"은 여기의 '채시지관'이 모아들인 시라는 것이다. 그러나 공자 시대에 3,000여 편의 옛날 시가 전해지고 있었다는 것은 믿는 이들이 거의 없다. 다만 천자가 종묘宗廟에서 부른 노래인 송頌을 보면 주송周頌 이외에 상송商頌과 노송魯頌이 끼어있고,[41] 『논어論語』 자한子罕편을 보면 공자 스스로도 그의 만년에 이르러서는"음악이 바로잡히고, 아雅와 송頌이 각각 제자리를 잡게 되었다."[42]고 말하고 있다. 적어도 『시경』 중에서 '아'와 '송' 부분에는 공자가 손을 대었음이 확실하다. 그러나 공자 이전에 이루어져 있던 본시의 『시경』이 이루어지는 데

40 "古者詩三千餘篇, 及至孔子, 去其重, 取可施於禮義, ---三百五篇."

41 孔子는 조상이 商나라 사람이고, 그 자신이 魯나라에 살았다. 때문에 商나라와 魯나라를 각별히 높힌 것이라 본다.

42 『論語』 子罕 : "吾自衛返魯然後樂正, 雅頌各得其所."

에는 주공의 역할이 컸을 것임을 짐작할 수 있다. 그리고 공자(B.C. 551-B.C. 479)와 거의 같은 시대의 묵자墨子(B.C. 501?-B.C. 416?)는 공자가 봉건질서를 회복시키려고 노력한 데 비하여 봉건계급을 부정하며 모든 사람들이 다 같이 서로 사랑하고 서로 도우며 검소하게 생활하기를 주장하며 그의 저서 『묵자』에 비유非儒편을 써서 공자의 사상을 맹렬히 공격한 학자이다. 그러나 『묵자』를 펼쳐 보면 자기의 이론을 전개하면서 그 근거로 책 전편에 걸쳐 도처에 『시경』과 『서경』의 말들을 인용하고 있다. 만약 『시경』과 『서경』이 공자의 손에 의하여 편찬된 책이라면 묵자가 그 책들을 그처럼 높이 받들며 자기의 논거論據로 그처럼 자주 인용하였을 리가 만무하다. 『시경』과 『서경』이란 경전은 공자 이전에 이미 이루어져 전해지고 있던 책이다. 주공에 의하여 그것이 책으로 이루어졌을 가능성이 가장 많다. 그 때문에 공자는 주공을 높이 받들며 이들 책을 사람들이 꼭 읽어야만 할 경전으로 지정하게 된 것이다.

『역경』은 앞에서 주나라 문왕과 관련이 많다고 여겨지는 책임을 이미 얘기하였다. 아버지 문왕을 '성인' 으로 높이 모신 것도 주공이고, 특히 그 아버지와 『역경』의 관련이 많도록 엮어놓은 것도 주공이라고 보아야 한다.

주공이 없었다면 중국에 '삼경' 이 존재할 수가 없는 것이다. 중국의 전통문화와 학술사상의 바탕을 이루는 『시경』·『서경』·『역경』의 '삼경' 은 모두 서주 초기에 주공에 의하여 책으로서의 기초가 이루어진 것이다.

그 밖에 예禮에 관한 경전인 『예기禮記』·『의례儀禮』·『주례周禮』 같은 책도 분명히 주공보다는 훨씬 후세에 이루어진 것이기는 하지만 그 속에 실려 있는 중국 고대의 여러 가지 예의제도와 정치사회제도도 대체로 모두가 분명히 주공이 만든 예禮와 악樂을 바탕으로 하고 있다. 따라서 '삼경' 뿐만이 아니라 유학의 기본 경전인 오경五經은 공자가 지은 『춘추春秋』 만을 제외하고 모두가 주공의 손에 의하여 이루어진 것이다. 따라서 예와 악을 바탕으로 한 공자의 유학도 분명히 주공의 사상과 활동을 바탕으로 하여 발전한 것이라고 보아야 한다. 『논어』만 보더라도 공자는 이런 말을 하고 있다.

> "주나라는 하나라와 은나라를 본떠서 문물제도가 더욱 찬란하다! 나는 주나라를 따르겠다."[43]

> "심하도다, 나의 노쇠함이어! 오래 되었도다, 나는 다시는 꿈에 주공을 만나지 못하고 있도다."[44]

공자가 대단히 주공을 존경하였음을 알 수 있다. 때문에 한漢대부터도 경학자經學者들 중 금문파今文派에 속하는 사람들은 공자를

43 『論語』 八佾 : "周監於二代, 郁郁乎文哉! 吾從周."
44 『論語』 述而 : "甚矣, 吾衰也! 久矣, 吾不復夢見周公."

유가사상의 근원이라고 받들어 모셨지만 고문파古文派들은 주공을 자기네 학문 조상으로 받들었다.

마침내 맹자孟子에 이르러는 주공을 성인이라고 높이 받들고 있다. 『맹자』를 보면 진가陳賈라는 사람이 맹자에게 "주공이란 어떤 사람입니까?" 하고 묻자, "옛날 성인이시지요." 하고 잘라 말하고 있다.[45] 그리고 주나라를 크게 이룩한 문왕 · 무왕과 함께 주공의 공로에 대하여 다음과 같은 말도 하고 있다.

> "문왕은 백성들을 마치 다친 사람 돌보아주듯이 대하였으며 올바른 도道를 보기를 그것을 구경한 일이 없는 듯이 하였다. 무왕은 가까운 사람들을 소홀히 대하지 않고 소원한 사람들을 잊는 일도 없었다. 주공은 하나라 우禹임금과 상나라 탕湯임금 및 문왕과 무왕의 업적을 아울러 이 네 분들의 이룩한 일을 모두 행하려 하셨다. 그 가운데 자기 일에 맞지 않는 것이 있으면 하늘을 우러르며 생각하되 밤에도 자지 않고 계속하다가 다행히도 터득하는 것이 있게 되면 그것을 실행하려고 앉은 채로 날이 밝기를 기다렸다."[46]

45 『孟子』 公孫丑 下.

46 『孟子』 離婁 下 : "文王視民如傷, 望道而未之見. 武王不泄邇, 不忘遠. 周公思兼三王, 以施四事. 其有不合者, 仰而思之, 夜以繼日, 幸而得之, 坐而待旦."

맹자는 주공의 공덕을 우 · 탕 · 문왕 · 무왕 등의 성인과 나란히 하여 설명하면서 오히려 무왕보다 더 위대한 인물인 듯이 말하고 있다.

어떻든 주공을 성인으로 받들어 모시는 가장 중요한 원인은 주공이 '삼경' 이라는 중국의 가장 중요한 최초의 책을 이루도록 하여 중국 전통문화의 바탕을 마련한 공로 때문이라고 하여야 할 것이다. 이러한 사실은 본격적인 중국문학이 이 '삼경' 에서 시작되었고, 또 그 '삼경' 은 주공이란 사람에 의하여 이루어졌음을 확인하게 한다.

* 이 글은 2012년 6월 19일 上海 復旦大學 主催 章培恒紀念講座에서 강의한 講義原稿임.

『시경』을 중심으로 본 중국 고대의 예禮·악樂·무舞

1. 들어가는 말

중국 고대 예·악·무의 사상과 성격을 특히 『시경詩經』을 중심으로 하여 살펴보고자 한다. 『시경』은 『서경書經』·『역경易經』과 함께 이른바 삼경三經의 하나로 유가의 기본 경전일 뿐만이 아니라 실제로는 중국의 전통문화와 사상 형성의 바탕이 되고 있다. 그중 『시경』은 주나라 시대(B.C. 1111-B.C. 250)[47]의 여러 지방에서 노래 부르던 민가와 조정에서 연주되던 여러 가지 음악의 가사를 모아놓은 책이다. 따라서 특히 여기에서 추구해 보려는 고대의 '예의'와 '음악'과 '무용'에 관련된 자료가 비교적 풍부한 셈이다.

47 여기의 서기 年代는 董作賓·嚴一萍 共編의 『中國年代世系表』(臺北, 藝文印書館, 1957)을 따른 것임.

대체로 '삼경' 이란 책은 공자孔子(B.C. 551-B.C. 479)에 의하여 만인의 교과서인 경전經典으로 정하여진 것이지만 그 전에 주나라 초기 무왕武王(B.C. 1111-B.C. 1105 재위)의 아우인 주공周公 단旦에 의하여 그 바탕이 이루어진 것이다. 무왕은 주나라를 세운 뒤 병으로 나라의 기틀도 잡지 못하고 죽고 어린 성왕(B.C. 1104-B.C. 1068 재위)이 뒤를 잇자 주공이 나라 일을 도맡아 처리하게 된다. 주공은 은殷나라의 문화를 받아들이어 여러 가지 새로운 정치 · 사회 제도를 마련하였다. 이때 주공이 마련한 새로운 이른바 예악제도禮樂制度가 중국 전통문화의 터전이 되는 것이다. 공자의 유학도 이 주공의 예악제도를 바탕으로 하여 발전한 것이다. 여기의 '예악' 이란 말에는 정치제도, 사회제도는 물론 문화 전반에 걸친 형식과 내용이 담기어 있다. 그리고 그때의 '악' 이란 말속에는 '무' 도 다 포함되는 것이었지만 현대의 개념에 따라 '무용' 도 '악' 에서 독립시켜 그 성격을 구명해 보자는 것이다. 특히 주공은 은나라에서 쓰던 한자를 가져다가 실용하기 시작하였고 그때 이루어진 것이 『시경』을 비롯한 '삼경' 이라 부르는 중국 최초의 책이다. 『시경』은 주공이 마련한 '예악제도' , 곧 중국의 고대문화를 가장 잘 대표하는 기록이기 때문에 『시경』을 바탕으로 중국 고대의 예 · 악 · 무의 실상을 추구한다는 것은 중국 고대문화의 특징을 파악하는 작업이 되는 것이다.

2. 『시경』의 예·악·무

『모시毛詩』 대서大序에서는 '시'를 논하면서 "시라는 것은 뜻을 표현한 것이다.〔詩者, 志之所之也.〕"[48]고 말한 뒤 이런 말을 하고 있다.

> "감정이 마음속에서 움직이어 말로 표현되는 것이고, 말로 표현해도 모자라서 감탄을 하게 되며, 감탄을 해도 모자라서 길게 노래 부르게 되는 것이고, 길게 노래 불러도 모자라서 자기도 모르게 손으로 춤을 추고 발로 박자를 맞추게 되는 것이다. 감정이 소리를 통하여 드러나고 그 소리가 무늬를 이루는 것을 음악이라 한다."[49]

말과 시와 노래와 춤이 모두 같은 성격의 것으로 '시詩'와 '음音'이라는 말속에 포함시켜 설명되고 있다. 『묵자墨子』 공맹公孟편에는 이런 말이 보인다.

48 唐 孔穎達의 『毛詩正義』에는 國風 「關雎」 詩 小序에 大序가 섞여 들어가 있음.

49 『詩經』 國風 周南 關雎: "情動於中而形於言, 言之不足, 故嗟歎之; 嗟歎之不足, 故永歌之; 永歌之不足, 不知手之舞之, 足之蹈之也. 情發於聲, 聲成文, 謂之音."

『시경』을 외우기도 하고, 『시경』을 현악기로 연주하기도 하고, 『시경』을 노래하기도 하고, 『시경』을 춤추기도 한다.[50]

여기에서는 『시경』에 실려 있는 작품이 대략 300편이기 때문에 '시삼백詩三百' 이라 말하고 있다. 『시경』의 시들은 읽을 뿐만이 아니라 그 노래를 악기로 연주하기도 하고, 그 시를 노래하기도 하고, 또 그 가락을 따라 춤을 추기도 하였던 것임을 알 수 있다. 본시 고대의 '악' 이란 말뜻 속에는 '예의' 며 '춤' 이 다 포함되어 있었다. 그러기에 『예기禮記』 악기樂記에도 '시' 와 '노래' 와 '춤' 은 모두 '악' 이라는 뜻에서 이렇게 말하고 있다.

"시詩란 그 뜻을 표현한 것이요, 가歌란 그 소리를 길게 늘여 읊은 것이요, 무舞란 그 모습을 움직이는 것인데, 이 세 가지는 마음에 근본을 두고 있다."[51]

다시 「악기」에는 위문후魏文侯와 자하子夏가 음악을 논하는 대목이 있는데, 거기에서 사부師傅인 자하는 위문후에게 고악古樂의 대가 되는 신악新樂에 대하여 다음과 같이 설명하고 있다.

50 『墨子』 公孟 : "誦詩三百, 弦詩三百, 歌詩三百, 舞詩三百."
51 『禮記』 권38 樂記 제19 : "詩, 言其志也, 歌, 咏其聲也, 舞, 動其容也, 三者本乎心."

"지금의 '신악' 이란, 나아가다 구부리고, 물러나다 구부리고 하며, 간사한 소리가 넘쳐흘러 사람들이 빠져도 멈추지를 못하고, 배우와 난쟁이들이 어울리며, 원숭이처럼 남녀가 뒤섞여 춤추고, 아비와 자식 사이도 모르게 된다."[52]

음악이 아니라 춤을 설명하는 글처럼 느껴지는 대목이다. 「주례」 권 24 모인耗人 대목에도 이런 말이 보인다.

"모인耗人은 산악散樂을 춤추고 이악夷樂을 춤추는 것을 가르치는 일을 관장한다."[53]

옛날 사람들 머릿속에 '악' 과 '무' 는 같은 것이었음이 분명하다. 음악에는 언제나 무용도 함께 따라다녔다. 심지어 『예기』 악기樂記 편을 보면 이런 기록들이 보인다.

"모든 음악의 발생은 사람들의 마음으로 말미암는 것이다. 사람 마음의 움직임은 물건이 그렇게 되도록 만드는 것이다. --- 음

52 『禮記』 卷39 樂記 제19 : "今夫新樂, 進府退府, 姦聲以濫, 溺而不止, 及優侏儒, 獶雜子女, 不知父子."

53 『周禮』 卷24 耗人 : "旄人掌敎舞散樂, 舞夷樂."

악에 맞추어 즐기게 되는데, 창과 도끼와 새 깃과 짐승 털로 만든 기구들도 '악' 이라 한다."[54]

"음악이란 것은 옛 임금들이 기쁨을 꾸미는 방법이었고, 군대와 큰 칼 도끼는 옛 임금들이 노여움을 꾸미는 수단이었다."[55]

꿔머러(郭沫若, 1892-1978)는 이러한 『예기』 악기를 연구한 끝에 옛날의 '악' 에는 앞에서 보인 물건들뿐만이 아니라 회화와 조각과 건축 등 조형미술造形美術 모두가 포함되었으며, 심지어는 행사를 할 적의 의장儀杖과 들판에 나가서 하는 전렵田獵 및 귀족들 잔치 때의 효찬肴饌 같은 것까지도 모두 포함되는 말이라 하였다.[56] 그러나 아무래도 시가와 음악과 무용이 '악' 의 뜻으로 삼위일체를 이루고 있음은 부인할 길이 없다.

54 第19 : "凡音之起, 由人心也. 人心之動, 物使之然也. --- 比音而樂之, 及干戚羽毛, 謂之樂."

55 第19 : "夫樂者, 先王之所以飾喜也, 軍旅鈇鉞者, 先王之所以飾怒也."

56 郭沫若 『青銅時代』「公孫尼子與其音樂理論」(1943) 참조.

3. 『시경』과 주나라의 정악正樂

「예기禮記」 권39 악기樂記에는 공자와 빈모가賓牟賈가 주나라의 정악正樂이며 무왕武王의 음악인 대무大武에 관하여 논하는 대목이 있다. 거기에서 공자는 '대무' 의 연출에 대하여 다음과 같은 자세한 설명을 하고 있다.

> " '악' 이란 것은 상징을 통하여 이루어지는 것이다. 방패를 들고 우뚝 서 있는 것은 무왕의 일을 상징하는 것이요, 소매를 휘두르며 발을 구르는 것은 태공太公의 뜻을 상징하는 것이요, 춤추던 행렬이 어지러워지며 모두가 앉는 것은 주공周公과 소공召公의 다스림을 상징하는 것이다.
>
> 또한 '무武' 를 추기 시작할 적에는 북쪽으로 나아갔다가 재성再成(곧 제 2장)에는 상商나라를 멸망시키고, 삼성三成(곧 제 3장)에는 남쪽으로 내려가고, 사성四成에는 남쪽 나라들이 평정되며, 오성五成에는 섬주陝州를 나누어 주공周公은 왼편, 소공召公은 오른편을 다스리게 되며, 육성六成에는 다시 제자리로 돌아와 자리를 채우게 되는 것이다.
>
> 천자와 대장이 방울을 흔들며 춤을 지휘하여, 네 번 치고 찌르고 하는 것은 온 중국에 위세가 매우 성대함을 뜻하는 것이다. 부서에 따라 나누어져 나아가는 것은 일이 이미 다 끝났음을 뜻하는 것이다. 제자리에 오래 서 있는 것은 제후들이 천자를 뵈려고 찾

아오는 것을 기다리는 것이다."[57]

이에 의하면, 옛날의 '정악'은 '악'이라 하지만 '무'나 다름없는 성격의 것임을 알 것이다. 명明 말의 하해何楷(?-1645?)는 『시경』 주송周頌의 「무武」·「작酌」·「뢰賚」·「반般」·「시매時邁」·「환桓」의 여섯 편이 '대무'에서 순서대로 노래 부르던 가사라 하였고,[58] 왕꿔웨이(王國維, 1877-1927)는 주송 중의 「호천유성명昊天有成命」·「무武」·「작酌」·「환桓」·「뢰賚」·「반般」의 여섯 편을 '대무'의 악장이라 주장하였다.[59] 그러나 위에 인용한 공자의 설명을 감안할 때 '대무'를 춤추면서 한 장에 이러한 짧은 노래 한 곡만을 노래 부르지 않았을 것임이 분명하다. 『시경』 주송 중의 더 많은 시들이 주나라 때 정악으로 노래 부르고 춤추던 악장이었을 것이다.

『시경』은 풍風·소아小雅·대아大雅·송頌의 네 부분으로 이루어져 있는데, 특히 종묘에서 제례악祭禮樂으로 쓰이던 '송'에 대하여는 옛날부터 많은 학자들이 각별한 해석을 하고 있다. 『모시毛詩』 서序를 보면 "'송'이란 덕의 성대함을 찬미하는 '형용形容'으로, 이

57 『禮記』 卷39 樂記 第19 : "夫樂者, 象成者也. 摠干而山立, 武王之事也. 發揚蹈厲, 大公之志也. 武亂皆坐, 周召之治也. 且夫武始而北出, 再成而滅商, 三成而南, 四成而南國是疆, 五成而分, 周公坐, 召公右, 六成復綴以崇. 天子夾進之, 而駟伐, 盛威於中國也. 分夾而進, 久立於綴, 以待諸侯之至也."

58 何楷 『詩經世本古義』 卷 10 下 「周成王之世詩」.

59 王國維 『觀堂集林』 卷 2 「周大武樂章考」.

룩해 놓은 공로를 신명神明에게 고하는 것이다."[60]라고 설명하고 있다. 공영달孔穎達(574-648)은 그의 『소疏』에서 "'형용'이란 형상용모形狀容貌이다."라고 보충 설명을 하면서 "송頌을 용容의 뜻으로 풀이하고 있는 것이다." 라고도 하였다. 청대에 와서 다시 완원阮元(1764-1849)이 「석송釋頌」[61]이란 글에서, '송' 은 본시 '용容', 곧 '얼굴' 이나 '형용' 또는 '무용舞踊' 의 뜻임을 자세히 설명하고 있다. '송' 을 통해서 『시경』의 시에는 '예' 와 '악' 뿐만이 아니라 '무', 곧 춤도 함께 포함되어 있음을 확인하게 된다. 『시경』에는 또 만무萬舞[62]와 약무籥舞[63]가 보이는데, '만무' 는 무무武舞이고 '약무' 는 문무文舞이다. '악' 이라는 말속에는 '무' 와 '예' 도 포함되어 있었음이 분명하다.

이러한 '정악' 은 태곳적부터 있었다. 『여씨춘추呂氏春秋』 중하기仲夏紀 고악古樂 편에는 이런 기록이 보인다.

> "옛날 갈천씨葛天氏의 음악은 세 사람이 소꼬리를 들고 발을 구르며 노래 팔결八闋을 불렀는데, 첫째 재민載民, 둘째 현조玄鳥, 셋째 수초목遂草木, 넷째 분오곡奮五穀, 다섯째 경천상敬天常, 여섯째 달제공達帝功, 일곱째 의지덕依地德, 여덟째 총만물지극總萬物之極

60 『毛詩』 周南 關雎 序 : "頌者, 美盛德之形容, 以其成功, 告於神明者也."
61 阮元 『揅經室一集』 卷1 「釋頌」 所載.
62 『詩經』 邶風 簡兮, 商頌 那에 보임.
63 『詩經』 小雅 賓之初筵과 鼓鐘에 보임.

이다."[64]

갈천씨는 전설적인 옛 황제의 이름이다. 다시 「주례周禮」에는 다음과 같은 기록이 보인다.

> "악무樂舞로써 국자國子들을 가르쳤는데, 운문雲門 · 대권大卷 · 대함大咸 · 대소大韶 · 대하大夏 · 대호大濩 · 대무大武를 추게 하였다."[65]

정현鄭玄의 주注에 의하면 '운문'과 '대권'은 황제黃帝의 음악이고, '대함'은 함지咸池라고도 하는 요堯임금의 음악이고, '대소'는 소소구성簫韶九成이라고도 하는 순舜임금의 음악이고, '대하'는 하夏나라 우禹임금의 음악, '대호'는 상商나라 탕湯임금의 음악, '대무'는 주나라 무왕武王의 음악이다.

'소아'와 '대아'의 아雅는 주희가 『시집전詩集傳』에서 해석하고 있듯이 정正의 뜻이며, 정악正樂 또는 정성正聲을 뜻한다. 그리고 대

64 『呂氏春秋』 仲夏紀 古樂 : "昔葛天氏之樂, 三人摻牛尾, 投足以歌八闋, 一曰載民, 二曰玄鳥, 三曰遂草木, 四曰奮五穀, 五曰敬天常, 六曰達帝功, 七月依地德, 八曰總萬物之極."

65 「周禮」 春官 大司樂 : "以樂舞教國子, 舞雲門 · 大卷 · 大咸 · 大韶 · 大夏 · 大濩 · 大武."

체로 '소아' 는 궁중에서 잔치를 벌일 때, '대아' 는 조정에서 정해진 의식을 행할 때 부르던 노래들이 중심을 이루고 있다. 때문에 이 소아와 대아의 시들은 특히 '예' 와 깊은 관계가 있다. 원이둬(聞一多, 1899-1948)는 대아의 「생민生民」 시는 자손을 많이 낳아 기르는 의식을 행할 적에 춤을 추면서 부르던 노래라 하였다.[66] 특히 소아 · 대아 · 송은 '예' 를 바탕으로 발전한 시이다.

『좌전左傳』 양공襄公 29년(공자 8세 때)의 기록에는 오吳나라 공자公子인 계찰季札이 노魯나라로 와서 주나라 음악을 감상하고 평하는 대목이 있다. 그는 먼저 주남周南 · 소남召南 등 15 국풍國風에 이어 소아小雅 · 대아大雅 · 송頌을 듣고, 보고, 하나하나 비평을 가한 뒤에 상소象箾 · 남약南籥과 대무大武 · 소호韶濩 · 대하大夏 · 소소韶箾 등의 춤을 감상하며 비평을 가하고 있다. 그러므로 춘추시대의 노나라에까지도 이 정악들이 전승되고 있었음을 알 수 있다. 그리고 『시경』은 이미 공자 이전에 존재하였고, 계찰이 평한 말만을 보더라도 거기에는 시 뿐만이 아니라 예 · 악 · 무도 다 포함되어 함께 들어 있었다.

66 聞一多『神話與詩』(北京: 中華書局, 1956) 73-79쪽. "姜嫄履大人跡考"

4. 민간의 악무와 『시경』

『시경』은 서정시가 주류를 이루고 있는데도 서한西漢 시대의 『모시毛詩』나 삼가시三家詩의 해설을 보면 상당히 복잡한 고사故事를 동원하고 있는 경우가 많다. 보기로, 주남周南의 여덟 번째 시인 「부이芣苢」는 다음과 같은 시가 3장으로 이루어져 있는 간단한 시이다.

질경이를 캐고 캐세,
캐어 오세.
질경이를 캐고 캐세,
듬뿍 캐세.

采采芣苢, 薄言采之.
채 채 부 이 박 언 채 지
采采芣苢, 薄言有之.
채 채 부 이 박 언 유 지

이것은 「부이」 시의 제1장이고, 제2장과 제3장 모두 이것과 압운한 두 글자(之의 앞 글자)만이 다를 뿐이다. 이 시에 대한 「노설魯說」[67]은 다음과 같다.

67 이하 『魯說』·『韓說』 등 三家詩의 引用은 모두 王先謙 『詩三家義集疏』(臺灣 世界書局 1957. 複寫本) 의거.

"송宋나라 사람의 딸로 채蔡나라 사람에게 시집간 사람이 있었다. 채나라로 시집간 뒤에 그의 남편이 나쁜 병에 걸려 그의 어머니가 딸을 개가시키려 하였다. 그러나 그 여자는 말하기를 '남편의 불행은 곧 저의 불행이기도 합니다. 어찌 그분을 떠날 수가 있겠습니까? 혼인의 도는 하나입니다. 그와 결혼식을 올렸다면 평생 바꿀 수가 없는 것입니다. 불행하여 나쁜 병에 걸렸다 하더라도 그 뜻을 바꿀 수는 없습니다. 또한 질경이 풀을 뜯고 또 뜯되, 비록 그 냄새가 나쁘다 하더라도, 처음에는 뜯고, 따고 하는 일로 시작하여 끝에 가서는 품고, 앞치마에 담고 하여 갈수록 더욱 친근히 하고 있습니다. 하물며 부부의 도에 있어서야 어떠해야 되겠습니까? 그분에게 큰 일이 난 것도 아니고 또 저를 쫓아내는 것도 아닌데, 어떻게 떠날 수가 있겠습니까?' 그리고는 끝내 그의 어머니 말을 듣지 않았다. 그리고는 뒤에 「부이」 시를 지은 것이다.

군자가 말하였다. '송나라 여인의 뜻은 매우 정숙하고도 한결같다.'"[68]

「한설韓說」에는 이 시에 대하여 다음과 같은 설명을 하고 있다.

68 王先謙『詩三家義集疏』"蔡人之妻者, 宋人之女也. 旣嫁於蔡, 而夫有惡疾, 其母將改嫁之. 女曰; 夫不幸, 乃妾之不幸也, 奈何去之? 適人之道壹, 與之醮, 終身不改, 不幸遇惡疾, 不改其意. 且夫采采芣苢之草, 雖其臭惡, 猶將始於捋采之, 終於懷袺之. 浸以益親, 況於夫婦之道乎? 彼無大故, 又不遣妾, 何以得去? 終不聽其母, 乃作芣苢之詩. 君子曰; 宋女之意, 甚貞而壹也."

"부이는 택사澤寫이다. 부이는 냄새가 고약한 나물인데, 시인이 어떤 남편에게 나쁜 병이 생겨 부부관계가 잘 이루어지지 않고 그들 뜻대로 되지 않음을 가슴 아파하고 발분하여 시를 지어 그 일에 대하여 노래한 것이다. 부이가 비록 냄새가 악한 풀이기는 하나 내가 뜯고 또 뜯기를 그치지 않는 것은 남편에게 비록 나쁜 병이 있다 하더라도 나는 그대로 지키며 떠나가지 않겠다는 것을 노래한 것이다."[69]

이처럼 매우 간단한 시의 해설에 다른 곳에서는 어떠한 근거도 찾아볼 수 없는 복잡한 얘기를 동원하고 있다는 것은, 옛날의 시들이 이러한 얘기와 어떠한 형태로든 관련이 있었다고 보아야만 할 것이다.

또한 『모시』에 있어서는 국풍國風 주남周南의 시 11편 모두를 후비后妃(文王의 妃)와 관계있는 작품으로 해설하고, 소남召南의 시 14편은 대부분의 시들을 모두 부인夫人(諸侯의 夫人)과 관계 지어 해설하고 있다. 그리고 국풍 이하 소아小雅에서 송頌에 이르기까지 모든 시들의 해설을 보면 연이어 여러 편의 시들을 한 사람에 관한 얘기와 관련지어 해설한 곳이 많다. 보기로, 위衛나라의 시(邶·鄘·衛風)

69 王先謙『詩三家義集疏』"芣苢澤寫也. 芣苢臭惡之菜, 詩人傷其君子有惡疾, 人道不通, 求已不得, 發憤而作, 以事興. 芣苢雖臭惡乎, 我猶采采而不已者, 以興君子雖有惡疾, 我猶守而不去也."

를 보면,「녹의綠衣」등 여러 편을 위衛나라 장공莊公의 부인인 장강莊姜의 얘기와 관련시켜 해설하고 있고, 그 속에는 장공莊公과 대규戴嬀·완完(桓公)·주우州吁의 얘기도 엇섞여 있다. 다시「웅치雄雉」·「포유고엽匏有苦葉」·「신대新臺」·「이자승주二子乘舟」·「순지분분鶉之奔奔」·「맹氓」등의 시에서는 선공宣公과 그의 부인 이강夷姜과 선강宣姜 및 두 아들 급伋과 수壽에 관한 고사를 해설에 인용하고 있다. 그 밖에 여러 시 해설에 허목부인許穆夫人·송환부인宋桓夫人·공강共姜·여후黎侯 등에 관한 고사가 동원되고 있다. 이하 거의 모든 시의 해설이 더 이상 보기를 들 필요도 없이 그러하다. 그리고 빈풍豳風은 일곱 편 모두를 주공周公의 업적과의 관계 아래 해설하고 있다. 소아小雅에는 선왕宣王(B.C. 827-B.C. 782 재위)을 찬미하고 유왕幽王(B.C. 781-B.C. 771 재위)을 풍자한 것이라고 해설한 시가 수십 편에 이르고, 대아大雅에는 문왕文王(B.C. ?-B.C. 1135 재위)의 덕을 칭송했다는 작품에 이어서 은나라를 쳐부순 무왕武王(B.C. 1134-B.C. 1116 재위)과 그의 아들 성왕成王(B.C. 1115-B.C. 1076 재위)을 기린 시들에 이어지고, 다시 여왕厲王(B.C. 878-B.C. 828 재위)을 풍자하고 선왕宣王을 찬미한 것이라는 작품들이 뒤를 잇고 있다. 송頌은 본시가 조상들의 공덕을 찬양하기 위하여 지은 시들이니 그것들이 여러 위대한 조상들의 고사와 관련이 있는 것은 당연하다.

따라서 이들 시는 비록 간단한 노래라 하더라도 상당히 복잡한 고사와 관련을 갖고 있다. 보기로, 패풍邶風의「일월日月」시를 하나 더 든다. 모두 4장으로 이루어진 시이나 대체로 아래의 첫 장과 같은 내용을 되풀이 노래한 시이다.

해와 달은
땅을 비추고 있네.
그런데 그 분은
옛날처럼 대해 주지 않네요.
어찌하면 마음잡을 수 있을까요?
나를 거들떠보지도 않네요.

日居月諸, 照臨下土.
일 거 월 저 조 림 하 토

乃如之人兮, 逝不古處.
내 여 지 인 혜 서 불 고 처

胡能有定? 寧不我顧.
호 능 유 정 영 불 아 고

우리가 보기에는 남편에게 버림받은 부인이 자신의 깊은 시름을 노래한 시이다. 그러나 『모시』 서에서는 다음과 같은 해설을 하고 있다.

"위衛나라 장강莊姜이 자신을 슬퍼하는 것이다. 주우州吁의 난難을 당하여 자기가 선군先君으로부터 보답을 받지 못하고 곤궁

해진 것을 슬퍼한 시이다."[70]

이 『모시』 서의 설명을 이해하기 위해서는 『춘추좌전春秋左傳』의 '장강'에 관한 고사를 이해하여야 한다. 장강莊姜은 위衛나라 장공莊公의 부인이며 제齊나라 임금의 딸인데, 현숙하면서도 자식을 낳지 못하였다. 진陳나라에서 온 대규戴嬀가 아들 완完을 낳아 장강은 그를 친아들처럼 길렀고, 장공이 죽은 뒤엔 뒤를 이어 환공桓公이 되었다. 그러나 첩의 아들 주우州吁가 평소에도 교만하였는데, 결국은 환공을 죽이고 자신이 권력을 장악하였다. 이런 혼란 속에 장강은 곤경에 처하게 된 것이다. 대강 이런 정도의 고사를 알아야만 『모시서』의 해설을 이해할 수가 있다. 다시 『노설魯說』에서는 이 시를 다음과 같이 해설하고 있다.

"선강宣姜은 제齊나라 제후의 딸이며 위衛나라 선공宣公의 부인이다. 본시 선공의 부인 이강夷姜이 급자伋子를 낳아 태자가 되어 있었다. 다시 제나라의 선강에게 장가들어 그는 수壽와 삭朔을 낳았다. 이강이 죽은 뒤에 선강은 수를 태자로 삼고자 하여 수와 삭과 더불어 급자를 처치할 모의를 하였다. 마침 선공이 급자를 제나라에 사신으로 보내자, 선강은 곧 몰래 역사力士들로 하여금

70 『毛詩』 邶風 日月 : "日月, 衛莊姜傷己也. 遭州吁之難, 傷己不見答於先君, 以至困窮之詩也."

국경에 대기하고 있다가 그를 죽이도록 하면서, '흰 네 마리 말이 끄는 수레를 타고 흰 모절旄節을 갖고 오는 자가 있거든 반드시 죽이라.' 고 일렀다. 수는 이 말을 듣고 태자에게로 달려가 '태자께서는 피하십시오' 하고 알려주었다. 그러나 급자는 말하였다. '안 되오! 아버지의 명을 버린다면 어찌 아들이라 할 수 있겠소?' 수는 태자가 틀림없이 그대로 갈거라 생각하고, 태자와 술을 마시고는 그의 모절을 갖고 자신이 갔다. 도적들은 그를 죽였다. 급자는 깨어나서 모절을 찾았으나 찾지 못하자 급히 뒤쫓아 달려갔다. 가 보니 수는 이미 죽어 있었다. 급자는 수가 자기를 위하여 죽은 것을 가슴 아파하며 곧 도적들에게 말하였다. '너희들이 죽이고자 한 것은 바로 나이다. 이 사람이야 무슨 죄가 있느냐? 나를 죽여라!' 도적들은 그도 죽여 버렸다.

두 아들이 죽은 뒤 삭이 마침내 뒤이어 태자가 되었다. 선공이 죽은 뒤 삭이 그 뒤를 이었는데, 그가 혜공惠公이다. 그는 끝내 후손이 없었고, 혼란은 오세五世를 두고 이어지다가 대공戴公 때에 이르러서야 안정되었다. 「시경」에 읊기를 '그런데 그분은 소문이 좋지 않네요.' 라 한 것은 이것을 두고 말한 것이다."[71]

71 王先謙『詩三家義集疏』, 申培『魯說』: "宣姜者, 齊侯之女, 衛宣公之夫人也. 初宣公夫人夷姜生伋子, 以爲太子. 又娶於齊曰宣姜, 生壽及朔. 夷姜旣死, 宣姜欲立壽, 乃與壽及朔謀構伋子. 公使伋子之齊, 宣姜乃陰使力士待之界上而殺之, 曰; 有四馬白旄至者, 必要殺之. 壽聞之, 以告太子曰; 太子其避之. 伋子曰; 不可. 夫棄父之命則惡用子也? 壽度太子必行, 乃與太子飮, 奪之旄而行, 盜殺之. 伋子醒, 求旄不得, 遽往追之, 壽已死矣. 伋子痛壽爲

시는 간단한데 해설하는 사설이 무척 길다. 필자는 이것은 모두 중국 민간에서는 여전히 속강俗講을 하면서 이들 시를 창하는데 이용하고 있었기 때문이라고 보았다.[72]

그 밖에 농업과 관계가 있는 시들도 모두 민간의 악무를 대표하는 작품이라 볼 수 있다. 빈풍豳風의 「칠월七月」 시를 비롯하여 소아의 「대전大田」·「보전甫田」·「초자楚茨」·「신남산信南山」을 비롯하여 주송周頌의 「신공臣工」·「희희噫嘻」·「풍년豐年」·「재삼載芟」·「양사良耜」 등도 모두 농사짓는 일과 자전藉田이나 풍년을 비는 제례의식에서 쓰던 악가들이다. 프랑스 학자 Marcel Granêt가 『시경』의 국풍 대부분의 시들을 고대 중국 농민들이 전원적田園的인 계절제季節祭에서 젊은 남녀가 모여 함께 춤을 추며 주고받던 노래로 본 것은 매우 빼어난 견해라 여겨진다.[73]

그 시대의 외국 음악도 고대 예·악·무의 성격을 이해하는 데 큰 참고가 된다. 소아小雅 「고종鼓鐘」에 보이는 "이아이남以雅以南, 이약불참以籥不僭."을 『모전』에서는 이렇게 풀이하고 있다.

己死, 乃謂盜曰; 所欲殺者乃我也, 此何罪? 請殺我! 盜又殺之. 二子旣死, 朔遂立爲太子, 宣公薨, 朔立, 是爲惠公, 竟終無後, 亂及五世, 至戴公而後寧. 詩曰; 乃如之人兮, 德音無良. 此之謂也."

72 김학주 『중국문학사론』(서울, 서울대학교 출판부, 2001) Ⅰ-3. 서한 학자들의 『시경』 해설에 대한 새로운 이해, 27-60쪽 참조.

73 Fête et Chansons ancienne de la Chine, 1919(E.D.Edward 영역 Festivals and Songs of Ancient China. London, 1932. 참조).

"아雅를 춤추고 남南을 춤추는 것이다. 사방 오랑캐들의 음악도 춤추는 것은 위대한 덕이 미치기 때문이다."[74]

고대에는 오랑캐들의 음악도 상당히 유행하고 있었다. 「주례周禮」 권 24 「모인耗人」 조를 보면 이런 말이 보인다.

모인耗人은 산악散樂을 춤추고 이악夷樂을 춤추는 것을 가르치는 일을 관장한다.[75]

정현鄭玄(127-200)은 이 대목의 주注에서 "산악이란 야인野人으로 음악을 잘 하는 자들로서 지금의 황문창黃門倡과 같은 것으로 자연히 춤이 있게 된다."[76]고 하였다. 「구당서舊唐書」의 음악지音樂志에서는 '산악' 에 대하여 이런 설명을 하고 있다.

"산악이란 역대마다 있었으나 정식 아악이 아닌 배우가무잡주俳優歌舞雜奏이다."[77]

74 『毛詩注疏』 小雅 谷風之什, 序鼓鍾刺幽王也疏 "爲雅爲南也. 舞四夷之樂, 大德廣所及也."

75 『周禮』 「春官」 旄人 : "旄人掌教舞散樂, 舞夷樂."

76 『周禮注疏』 卷24 , 鄭注 : "散樂, 野人爲樂之善者, 若今黃門倡矣, 自有舞."

77 『舊唐書』 권30, 「音樂志」 2. "散樂者, 歷代有之, 非部伍之聲, 俳優歌舞雜奏."

'산악'을 여러 가지 잡희雜戲와 환술幻術과 함께 노래와 춤 등 모두가 여기에 속하는 것으로 보고 해설하고 있다. '이악夷樂'에 대해서도 정현이 "사방 오랑캐의 음악(四夷之樂)으로 역시 모두 노래와 춤이 있다."[78]라고 설명하고 있다. 『예기禮記』 문왕세자文王世子에도 남이지악南夷之樂인 '남南'이 보인다. 이러한 민간음악과 외국음악은 거기에 쓰이던 춤이 무척 다양했음을 알려준다고 하겠다.

5. 『시경』과 무무巫舞

국풍國風 중에서도 진풍陳風은 예로부터 특히 무귀음사巫鬼淫祀와 관계되는 시들로 풀이해 왔으니, 이는 무당의 가무와 관계가 깊은 시들일 수밖에 없다. 정현鄭玄은 「진보陳譜」에서 "태희大姬는 자식이 없었는데, 무격巫覡과 기도드리고 귀신과 가무하는 놀이를 좋아하여 민속도 변화하여 그렇게 되었다."[79]고 하였다. 『한서漢書』 「지리지地理志」에서는 다시 다음과 같은 보충 설명을 하고 있다.

"주周나라 무왕武王이 순舜의 후손 규만嬀滿을 진陳나라에 봉했

78 『周禮注疏』 卷24 〈旄人〉 鄭注: "夷樂, 四夷之樂, 亦皆有聲歌及舞."
79 鄭玄 『毛詩譜』 「周南召南譜」. "大姬無子, 好巫覡禱祈鬼神歌舞之樂, 民俗化而爲之."

는데, 그가 호공胡公이며 원녀元女인 태희大姬를 처로 삼아 주었다. 부인이 존귀한 신분이었으나 제사를 좋아하고 사무史巫를 써서, 그곳 풍속이 무귀巫鬼를 좋아하게 되었다."[80]

같은 책의 권 51 「광형전匡衡傳」에도 "진부인陳夫人이 무당을 좋아하여 백성들도 음사淫祀를 좋아했다."[81]라고 하였다. 진풍의 첫 번째 시 「완구宛丘」를 읽어보자.

그대 거침없이
완구 위에 놀고 있는데,
정말 정이 끌리나
어쩌는 수 없네.

덩덩 북을 치며
완구 아래에서 노는데,
겨울 여름도 없이
백로 깃 들고 춤추네.

80 『前漢書』 권28 「地理志」 第八下. "周武王封舜後嬀滿於陳, 是爲胡公, 妻以元女大姬, 婦人尊貴, 好祭祀, 用史巫, 故其俗巫鬼."

81 『前漢書』 卷81 「匡張孔馬傳」 第51. "陳夫人好巫, 而民淫祀."

둥둥 부缶 두드리며
완구 길에서 노는데,
겨울 여름도 없이
백로 깃 들고 춤추네.

子之湯兮, 宛丘之上兮.
자 지 탕 혜 완 구 지 상 혜

洵有情兮, 而無望兮.
순 유 정 혜 이 무 망 혜

坎其擊鼓, 宛丘之下.
감 기 격 고 완 구 지 하

無冬無夏, 値其鷺羽.
무 동 무 하 치 기 로 우

坎其擊缶, 宛丘之道.
감 기 격 부 완 구 지 도

無冬無夏, 値其鷺翿.
무 동 무 하 치 기 로 도

이 시에 나오는 북과 부缶와 백로 깃은 무당들이 쓰던 주구呪具이며, 이 시는 무당이 창하고 춤추는 것을 보고 그 아름다움을 노래한 것이다. 이 뒤의 「동문지분東門之枌」 등 거의 모든 시들이 무당의 가무와 관계되는 시로 여겨진다.

중국에는 이 무巫가 상당히 일찍부터 크게 활약하였고, 태곳적의 제정일치祭政一致 시대에는 '무'의 사회적 지위가 대단히 높았다. 하夏(B.C. 2183-B.C. 1752)나라와 상商(B.C. 1751-B.C. 1111)나라 때만 하더라도 "임금과 관리가 모두 '무'에서 나왔고", "축祝·종宗·복卜·사史 등의 여러 관원도 모두가 '무'의 변체로서, 모두 '무'로부터 나왔다."고 추측되고 있다.[82] 옛날 춤의 기본 보법步法인 '무보舞步'는 '우보禹步'에서 나왔고 뒤에는 '무보巫步' 또는 '무조巫跳'로 발전했다고도 한다.

『서경書經』 상서商書 「이훈伊訓」편에 보면 탕湯임금의 재상 이윤伊尹이 "감히 언제나 집안에서 춤추고 방에서 취하여 노래하는 자가 있다면, 이것이 바로 무풍巫風이라 이르는 것"[83]이라고 하면서 '무풍'에 대하여 관형官刑을 제정하고 있다. 『묵자墨子』에도 탕임금이 관형을 제정하면서 "언제나 집안에서 춤추고 있는 것을 바로 무풍이라 한다."[84]라고 경계하였음을 말하고 있다. 상나라 때부터도 '무'는 "술 마시고 노래하며 춤추는 것"과 관계가 밀접하였음을 알 수 있다. 동한東漢 허신許愼(98 전후)의 『설문해자說文解字』에서는 '무巫' 자를 해설하여 "신을 섬기는 여인으로 춤을 추면서 신을 내

82 李宗侗 『中國古代社會史』(臺北, 華岡出版社, 1954) 第5章 第2節 君及官吏皆出自巫. 118-125쪽.

83 『書經』 商書 伊訓 : "敢有恒舞于宮, 酣歌于室, 時謂巫風."

84 『墨子』 卷八 非樂 上 第32 : "先王之書, 湯之官刑有之, 曰, 其恒舞于宮, 是謂巫風."

리게 하는 자이다. 사람이 양편에서 소매를 들고 춤을 추는 형상으로 공工과 같은 뜻의 글자이다."[85]고 하였다. 본시부터 무巫는 '무舞'·'무無(無形)'와 관계가 깊은 글자로 보는 학자들이 많다.[86]

주공이 제례작악制禮作樂한 뒤로 무당의 행위가 많은 비판을 받았지만 주나라 이후에도 무당은 여전히 크게 활약하였다. 『주례周禮』 권 26 춘관春官에 의하면 주나라에는 사무司巫와 남무男巫·여무女巫가 있었다. 『예기禮記』와 『의례儀禮』[87] 등에도 여러 가지 무관巫官의 활동이 기록되어 있다.

때문에 『시경』은 무당과 깊은 연관이 있을 수밖에 없다. 특히 농업사회였던 그 시대에는 농업과 많은 연관이 있었다. 『시경』 소아小雅 「보전甫田」의 제 2장·제 3장에는 농사와 관련이 있는 전조田祖와 전준田畯이 보인다. 바로 뒤의 「대전大田」 시에도 '전조田祖'가 보이고, '전준田畯'과 '증손曾孫' '부자婦子'가 나오는 「보전」 제3장의 첫머리 4구와 똑같은 글이 들어 있다. 빈풍豳風 「칠월七月」 시에도 '전준'이 보이는데, '전준'을 일반적으로 '권농지관勸農之官'이라 풀이하고 있으나, 『주례』의 정사농鄭司農의 해석을 참작하면 '농신農神' 역할을 하는 '시尸'라 보는 게 옳을 듯하다. 주희朱熹

85 許愼 『說文解字』 卷5 上巫 : "女能事無形, 以舞降神者也. 象人兩袖舞形, 與工同意."

86 章炳麟 『文始』 文五, 日本 中島竦 『書契淵源』(文求堂, 1928) 第1冊 등.

87 『禮記』 卷 9-10 檀弓 下, 『儀禮』 卷 35-37 士喪禮 등에 보임.

(1130~1200)는 『시집전詩集傳』에서 '증손曾孫' 을 '주제자主祭者' 를 지칭하는 말이라 하였다. 그리고 남묘南畝에 음식을 올리는 '부자婦子' 란 단순한 여자가 아닌 무巫일 것이다.[88] 따라서 '전준' 은 신무神巫이고, '부자' 는 축무祝巫라고 볼 수도 있다. 그리고 「보전」 시는 『주례』에서 설명했듯이 "나라에서 풍년이 들기를, 전조田祖에게 빌 때" 약장籥章이 "빈豳의 음악을 피리로 불고 토고土鼓를 두드릴 때" 축무가 '전조' 로 분장한 '전준' 인 신무를 즐겁게 하려고 함께 어울리어 춤을 추며 주고받던 노래의 일장이었을 것이다. 『주례』에서 약장籥章이 피리로 분다는 "빈豳의 음악"도 정현鄭玄 이하 많은 학자들이 빈풍豳風 「칠월七月」 시를 가리킨다고 설명하고 있으니, 그것도 이때 무당이 부른 노래의 하나였을 것이다. 그밖에 소아小雅의 「대전大田」과 「초자楚茨」·「신남산信南山」 시를 비롯하여 주송周頌의 「신공臣工」·「희희噫嘻」·「풍년豐年」·「재삼載芟」·「양사良耜」 등도 모두 자전藉田이나 풍년을 비는 제례의식에서 쓰던 무당과 관련이 있는 악가들이다.

저우처숭周策縱은 『옛날의 무·의와 '육시' 연구(古巫醫與「六詩」考)』[89]에서 시의 '육의六義', 또는 '육시六詩' 라고 부르는 풍風·부

88 中鉢雅量 『中國の祭祀と文學』(東京, 創文社, 1989) 第一部 第6章 詩經における神婚儀禮. 143-167쪽.

89 周策縱 『古巫醫與 '六詩' 考』下篇 古巫醫對樂舞及詩歌發展的貢獻(臺灣 臺北, 聯經出版事業公司, 1986.) 179-274쪽.

賦 · 비比 · 흥興 · 아雅 · 송頌의 여섯 가지는 부賦 · 비比 · 흥興까지도 모두가 시체詩體였을 거라 추정하고,[90] 이들 '육시'의 하나하나가 모두 옛 무巫에서 나왔음을 고증하고 있다. 풍風 · 아雅 · 송頌은 시체로서 지금도 우리가 보는 『시경』에 분류되어 있지만, 부賦 · 비比 · 흥興은 지금 와서는 어떤 시체였는지 알 길이 없게 되었고, 일반적으로는 『모시정의毛詩正義』의 공영달孔穎達(574-648)의 『소疏』에 인용된 동한東漢의 정현鄭玄 · 정중鄭衆의 해설 등을 근거로 시의 표현방법을 뜻하는 것이라 믿고 있다. 이 중 부賦만은 후세에 독특한 시체로 다시 발전하기 때문에 부라는 시체의 성격은 어느 정도 추구해 볼 수가 있을 것으로 믿는다.

저우처숭은 '육시' 중 · 풍 · 부 · 비 · 흥은 모두 고무古巫인 무범巫凡 · 무비巫比 · 무반巫盼[91]과 관계가 있는데, 부는 특히 '무반'과 관계가 깊으며 일종의 특수한 노래와 춤의 형식을 갖춘 가사라 하였다. 따라서 반고班固(32-92)가 "부라는 것은 고시古詩의 유파이다."[92]고 말하고, 유희재劉熙載(1813-1881)가 "부는 시가 아닌 것이 없으나

90 六詩는 모두가 詩體였기 때문에, 「周禮」를 보면 春官 大師에서 大師의 직무의 하나로 "六詩를 가르쳤다" 하였고, 또 이것들을 모두 묶어 六詩, 또는 六義라 불렀을 것이라는 것이다.

91 郭璞 『山海經』 卷11 · 16 「海內西經」 · 「大荒西經」; 『周禮』 春官 「簭人」 등에 보임.

92 蕭統 『文選』 卷45 「兩都賦序」: "賦者, 古詩之流也."

시는 모두가 부인 것은 아니다."[93]고 말한 것은 모두 옳은 말이다. 다만 문제는 부가 어떤 종류의 시였느냐는 것이다. 먼저 옛 학자들의 부에 대한 해석을 살펴보자.

한대 유희劉熙는 『석명釋名』에서 "그 뜻을 널리 펴는 것을 부라 한다."[94] 하였고, 『시경』 대아 「증민蒸民」의 『모전』에서는 "부는 펴는 것(布)"이라 하였다. 모두 '부'라는 글자 뜻을 설명한 것이다. 육기陸機(261-303)는 『문부文賦』에서 본격적으로 문학의 한 종류인 부를 설명하여 "시는 감정을 따르는 것이어서 묘하고도 아름다우며, 부는 사물을 묘사하는 것이어서 밝고 분명하다."[95] 하였는데, 이선李善은 주注에서 "부로서는 일을 서술하는 것이기 때문이다."[96]고 설명을 덧붙이고 있다. 그것은 노래와 춤과 관련이 있고 어떤 일을 서술하는 것이니 희곡적戲曲的인 구성을 지닌 시가였다고 추측된다.

지금 우리에게 전해지는 무가에서 나온 최초의 부는 굴원屈原(B.C. 339?-278?)의 이름 아래 전해지는 『초사楚辭』에 실린 작품들이다. 그중에서도 「구가九歌」는 왕일王逸이며 주희朱熹(1130-1200) 모두가 무가巫歌의 가사를 개작한 것이라 하였다. 그리고 일본학자 아

93 劉熙載『藝概』: "賦無非詩, 詩不皆賦."
94 劉熙『釋名』卷6 釋典藝: "敷布其義謂之賦."
95 陸機『文賦』: "詩緣情而綺靡, 賦體物而瀏亮."
96 蕭統『文選』卷17: "賦以陳事."

오끼마사루(青木正兒)가 「초사구가楚辭九歌의 무곡적결구舞曲的結構」[97]에서 「구가」를 축무祝巫와 신무神巫가 함께 춤을 추면서 서로 주고받은 노래의 가사라고 주장한 이래, 지금은 거의 모든 학자들이 그것은 '무'에 의하여 희곡적으로 연출되던 것으로 받아들이고 있다. 보기로, 진본례陳本禮(1739-1818)는 『굴사정의屈辭精義』에서 이렇게 논하고 있다.

> "「구가」의 음악에는 남무男巫가 노래하는 것이 있고, 여무女巫가 노래하는 것이 있으며, 무巫와 격覡이 나란히 춤추며 노래하는 것이 있고, 한 무당이 노래한 뒤 여러 무당이 화창하는 것이 있고, 빠르고도 변화가 많으며 소리가 처절하므로 사람과 귀신을 감동시키는 것이다."[98]

원이둬(聞一多) 같은 이도 「구가」 전체가 여러 명의 무격巫覡들에 의하여 춤과 노래로 연출되던 하나의 투곡套曲으로 해석하였다.[99] 후지노이와도모(藤野岩友)는 『초사楚辭』 전체를 무가巫歌라 규정하

97 青木正兒『支那學』第七卷 第一號 所載.

98 陳本禮『屈辭精義』: "九歌之樂, 有男巫歌者, 有女巫歌者, 有巫覡竝舞而歌者, 有一巫倡而衆巫和者, 游楚揚阿, 聲音淒楚, 所以動人而感神也."

99 聞一多『神話與詩』(北京, 中華書局, 1956) 所載, 「什麼是九歌」 263-278쪽; 「怎樣讀九歌」, 279-304쪽; 「九歌古歌舞懸解」, 305-334쪽 참조.

고 『무계문학론巫系文學論』[100]이란 책을 썼다.

『순자荀子』 제18권의 성상成相과 부賦 두 편의 작품은 가장 틀림없는 전국시대의 작품이다. 노문초盧文弨(1717-1795)는 「성상成相」편에 주를 달면서 이렇게 설명하고 있다.

> "이 편의 음절音節은 바로 후세 탄사彈詞의 조상이다. 편 앞머리에 말하기를, '만약 장님에게 상相이 없었다면 얼마나 허전하겠는가?' 하였으니, 뜻이 이미 분명하다. 첫 구절에서 '청성상請成相'이라 한 것은 '이 곡을 연주합시다.' 라는 뜻이다."[101]

「부」편의 글도 성상과 큰 차이가 없으니 후세 탄사彈詞 형식으로 연주된 것임을 알 수 있다. 순자荀子(B.C. 298?-238?)는 유가의 교리를 쉽게 해설하여 선전할 목적으로 민간 곡예의 한 가지 형식을 빌리어 「성상」과 「부」편을 썼던 듯하다.

「고당부高唐賦」와 「신녀부神女賦」 등을 지은 송옥宋玉(B.C. 290?-223?)에 이어 「복조부服鳥賦」와 「조굴원부弔屈原賦」 등을 지은 가의賈誼(B.C. 200-168), 「자허부子虛賦」·「상림부上林賦」 등을 지은 사마상여司馬相如(B.C. 179?-117) 등이 나오면서 한부漢賦가 이루어지고

100 藤野岩友 『巫系文學論』(大學書房, 1951)

101 盧文弨 「荀子集解」 成相篇注 : "此篇音節, 卽後世彈詞之祖. 篇首卽稱如瞽無相, 何倀倀, 義已明矣. 首句請成相, 言請奏此曲也."

이후의 부문학이 발전한다.

여하튼 『시경』의 시들은 풍·소아·대아·송을 막론하고 모두 '무' 와 관련이 깊으며, 『초사』와 '부' 의 발전 상황을 통해서 볼 적에 주나라 시대의 『시경』 속의 '음악' 과 '춤' 은 연출 방식이 상당히 발전한 모습이었다고 생각된다.

6. 맺는 말

『시경』을 놓고 볼 적에 그 시대의 '악樂' 이라는 개념 속에는 '예禮' 와 '무舞' 를 중심으로 하고 시詩와 그밖에 여러 가지 많은 것들이 포함되어 있었다. 특히 일반적인 '악' 의 개념은 사람의 기쁨이나 즐거움을 자연스럽게 '시와 노래와 춤' 으로 표현하는 것이라는 입장에서 출발하고 있다. 뒤에 가서 유가에서는 '예' 와 함께 '악' 을 존중하여 " '악' 은 마음속으로부터 나오지만, '예' 는 밖에서 생겨나는 것" [102]이라 하여 '악' 으로 사람들의 성정性情을 다스리고 '예' 로 사람들의 몸가짐을 다스리려 했었다. 그러기에 '악' 은 무엇보다도 위대하고 거창한 것으로 존중되지 않을 수가 없었다.

중국의 제왕들은 태곳적부터 이른바 공성작악功成作樂하고 치정

102 『禮記』 卷37 「樂記」 제19. "樂由中出, 禮自外作."

제례治定制禮하였다고 하는데, 자신의 정치와 교화敎化를 대표하는 음악을 작곡하고 예를 마련하여 세상을 올바로 다스리는 데에 이바지하려 하였다는 것이다. 따라서 주나라 시대까지도 옛 임금들의 여러 가지 정악과 예의제도가 전해지고 있었다. 때문에 『시경』은 경전으로 중시되었을 뿐만이 아니라 덕으로 나라를 다스리는데 도움이 되는 '정악' 도 들어있다는 점에서도 존중되었다. 따라서 그 속에는 여러 가지 '예' 와 관련된 노래들도 많고, 함께 추어지던 춤이나 그 연출 방법은 상당히 다양하고 발전되어 있는 것이었다. 그리고 '악' · '예' · '무' 와 연관되는 모든 것들, 심지어는 거기에 동원되던 의장儀仗이나 물건들까지도 크게는 '악' 이라는 말속에 넣어 표현하기도 하였다.

『시경』에는 국풍을 비롯하여 여러 곳에 민간의 음악과 춤에서 비롯된 시들이 있다. 농촌의 노래와 춤을 반영하는 농업생활과 관련된 시들도 무척 많다. 그리고 이미 외국 음악도 들어와 영향을 끼치고 있다. 특히 국풍에는 진풍陳風의 작품들처럼 무당의 가무와 관계되는 것들도 많다.

『시경』의 음악과 춤의 대부분은 은나라 시대로부터 내려온 것이며, 시가와 음악과 무용의 세 가지가 분화되지 않았음을 말해준다. 그리고 "이들 고대가요는 반드시 무용과 동시에 행하던 행사(祭禮 등 民俗行事, 宮廷의 祭祀와 儀式 및 宴饗)를 수반하였으니 '예' 와도 함께 연출되었다. 그리고 궁중이나 상류사회에서 공연되던 것들뿐만이 아니라 서민사회에서 공연되던 것들도 함께 있으니 그 예 · 악과 춤의 형식이나 성격은 다양했을 것이고 그 내용은 상당히 발전한 모습이었을 것이다.

조조曹操의 위魏나라와 중국 전통문학의 본격적인 발전

1. 조조(155-220)와 그를 이은 위나라 임금들의 사람됨

동한東漢 말엽에 와서 특히 환제桓帝(147-167 재위) · 영제靈帝(168-189) 시기에는 환관宦官들이 정치를 멋대로 주무르며 세족世族 · 호족豪族 · 외척外戚 등과 싸우느라 하루도 편한 날이 없었다. 여기에 수가 늘어나고 학자로서의 자각심이 생기기 시작한 유생儒生들이 집단적으로 그러한 환관의 행위에 항의하다가 2차에 걸쳐 큰 당고지화黨錮之禍가 일어났다. 특히 영제 때에는 사인士人들의 움직임을 주동한 사람들을 모두 잡아 죽이고, 태학생太學生 1,000여 명을 잡아 옥에 가두었고 공부하는 사대부士大夫들을 남김없이 쳐서 없앴다.

영제의 중평中平 원년(184)에는 유명한 황건적黃巾賊이 난을 일으키어 망해가는 나라 전체를 크게 어지럽히었다. 이 대폭동의 진압을 맡은 장군들은 망해가는 한나라 왕실을 곁눈질하여 보면서 자기 세력을 넓히어 모두가 군벌軍閥이 되면서 자기들끼리 세력다툼을 벌이는 대혼란의 시대가 전개되었다. 조조는 이러한 시대에 태어나 활약한 빼어난 영웅이었다.

특히 조조가 활약한 헌제獻帝의 건안建安 연간(196-220)에는 하루도 다툼이 멎을 날이 없어 세상이 크게 혼란하였다. 그리고 건안 13년 유명한 소설 『삼국지연의三國志演義』 때문에 특히 유명한 '적벽赤壁의 싸움' 이후 마침내 세상이 크게 조조曹操(155-220)의 위魏(220-265)나라, 유비劉備의 촉蜀(221-263)나라, 손권孫權의 오吳(222-280)나라의 '삼국'으로 갈라졌다. 이들은 서로 싸웠지만 그래도 백성들을 고려하는 정치를 하여 위나라는 황하 유역의 농업 생산을 상당히 회복시켰고, 촉나라와 오나라는 각기 중국의 서남과 동남 지역을 개발하는 업적을 이루었다. 그중에서도 특히 중국의 전통문학과 학문발전에 크게 공헌한 나라는 조조의 위나라이다.

소설 『삼국지연의』의 영향으로 위나라 조조는 간사한 영웅으로 알고 있지만, 조조뿐만이 아니라 그의 아들 손자 모두 학문을 닦고 무술도 익히어 백성을 돌보려고 애쓴 훌륭한 임금이었다. 이미 루신魯迅(1881-1936)을 비롯하여 조조가 간웅奸雄이 아님을 주장한 학자들이 여럿 있다. 장안에 도읍을 하고 세상을 힘으로 다스린 진秦나라, 한漢나라의 임금들과는 전혀 달랐다.

『삼국지三國志』 위지魏志 권1 무제기武帝紀[103]에 이런 기록이 보인다.

"건안建安 8년(203) ; 가을 7월에 영令을 내렸다. '나라가 어지러워진지 15년이 되니 지금 사람들은 어짊(仁)과 의로움(義)과 예의를 지키고 사양辭讓하는 풍습을 보지 못하여 나는 매우 그것을 가슴 아파하고 있다. 여러 고을에 영을 내리어 모두 학문을 닦게 하되 500호戶가 되는 현縣에는 교관校官을 두어 그 고을의 뛰어난 사람들을 골라 가르치고 공부를 하도록 하여야 한다. 그래야 옛날 임금들의 도道가 무너지지 않아 천하에 유익한 일이 될 수 있을 것이다.' "[104]

"나라가 어지러워진지 15년"이라 하였는데, 그것은 중평中平 6년(189)에 영제靈帝가 죽은 다음 홍농왕弘農王이 뒤를 이었다. 때는 이미 환관宦官과 황제의 외척外戚들이 권력을 다투고 당고지화黨錮之禍가 일어나고 황건적黃巾賊도 세력이 커진 위에 장군들이 멋대로

103 武帝; 建安 25年(220) 曹操의 아들 曹丕가 漢나라 獻帝로부터 皇帝의 자리를 물려받아 天子가 됨. 이에 자신은 文帝, 아버지 曹操는 높이어 武帝라 부르게 됨.

104 『三國志』 魏志 武帝紀 : "建安八年, 秋七月, 令曰; 喪亂已來十有五年, 後生者不見仁義禮讓之風, 吾甚傷之. 其令郡國各修文學, 縣滿五百戶置校官, 選其鄕之俊造而教學之, 庶幾先王之道不廢, 而有以益于天下."

자기 이익을 추구하는 어지러운 세상이었다. 그때 동탁董卓이 낙양洛陽으로 들어가 멋대로 홍농왕을 잡아내리고, 헌제獻帝(190-220 재위)를 황제 자리에 앉힌다. 이에 사방에서 동탁을 타도하려는 군사를 일으키게 되는데, 조조도 동탁을 멀리하고 그를 치는데 가담한다. 그처럼 어지럽고 어려운 시국이었는데도 조조는 "어짊(仁)과 의로움(義)과 예의(禮)와 사양辭讓"의 덕을 내세우며 백성들의 교육을 강조한 사람이다. 다시 건안建安 14년(209)에는 다음과 같은 영을 내리고 있다.

> "근래에 와서는 군대를 자주 동원하여 간혹 역병疫病에 걸리기도 하여 군사들이 죽어서 돌아가지 못하게 되니, 집안에선 식구를 만나지 못하게 된 것을 원망하고 백성들이 떠다니게 되었으니 어찌 어진 사람이라면 즐거울 수가 있겠는가? 할 수 없이 하는 일이다. 죽은 자들의 집안에 일하는 사람이 없어서 먹고 살지 못하는 사람들이 있다면 고을의 우두머리는 그들의 식량이 끊이지 않게 하고 관원들은 그들을 도와주고 돌보아주어 내 뜻에 어긋나는 일이 없도록 해주시오."[105]

105 『三國志』魏志 武帝紀 : "十四年 --- 令日; 自頃已來, 軍數征行, 或遇疫氣, 吏士死亡不歸. 家室怨曠, 百姓流離, 而仁者豈樂之哉? 不得已也. 其令死者, 家無基業; 不能自存者, 縣官勿絶廩, 長吏存恤撫循, 以稱吾意."

조조는 "전쟁은 할 수 없이 하는 일"이라 하면서 백성들의 어려운 처지를 몹시 동정하고 있다. 그리고 백성들의 생활에도 세심한 관심을 보여주고 있다. 조조는 스스로 "어진 사람"이 되려고 노력한 사람이다. 다시 같은 책 건안 23년(218)의 기록의 배송지裵松之 주에는 다음과 같은 『위서魏書』에 실린 무제의 조칙을 인용하고 있다.

> "작년 겨울에 하늘이 역병을 내리어 백성들의 피해가 컸는데 밖으로는 전쟁까지 일어나 농사를 짓는 밭이 줄어들었으니 나는 매우 이를 걱정하고 있다. 이에 관리와 백성들 남녀 모두에게 다음과 같이 명을 내리는 바이다. 여자로서 70세가 넘었는데 남편이 없는 자, 열두 살 아래 아이들로 보모나 형제가 없는 자, 눈이 보이지 않는 자, 손을 쓰지 못하는 자, 발로 걷지 못하는 자, 처와 자식 또는 아비와 형도 없고 생업도 없는 자들은 평생토록 관에서 먹여 살린다. 어린아이는 열두 살까지이다. 가난하여 스스로 먹고 살 수 없는 자들에게는 식구 수에 따라 양식을 빌려준다. 늙어서 봉양해드려야 할 90세 이상의 분이 있는 집은 요역徭役을 면해주되 한 집에 한 사람에 한한다."[106]

106 『三國志』魏志 卷一 裵松之注 引『魏書』: "去冬天降逆癘, 民有凋傷, 軍興於外. 墾田損少, 吾甚憂之. 其令吏民男女, 女年七十以上無夫子, 若年十二以下無父母兄弟, 及目無所見, 手不能作, 足不能行, 而無妻子父兄産業者, 廩食終身. 幼者至十二止. 貧窮不能自贍者, 隨口給貸. 老耄須待養者, 年九十以上, 復不事, 家一人."

배송지裵松之는 같은 책 주注에 또 조조에 대하여 쓴 『위서魏書』의 다음과 같은 기록을 인용하고 있다.

"그래서 대업大業을 이룩하면서 문무文武를 아울러 존중하였고, 30여 년 군대를 거느리면서도 손에서 책을 떼어놓지 않았다. 낮에는 군사 정책을 강구하고 밤에는 경전經傳을 공부하였다. 높은 산에 올라가서는 반드시 시를 읊었고 새로운 시가 이루어지면 악기로 연주하여 모두 악장樂章을 이루었다. 재능과 힘도 남보다 뛰어나서 손수 날아가는 새를 활로 쏘아 잡고 사나운 짐승을 직접 잡았다." [107]

조조는 전쟁보다도 문학과 학문에 관하여 더 많은 관심을 지니고 어진 정치를 하려고 애썼던 사람이다.

이런 훌륭한 정치는 한나라 황제인 헌제獻帝까지도 감동시키어 조조가 죽고 그의 임금 자리를 아들 조비曹丕가 뒤잇자 한나라 헌제는 황제의 자리를 위나라 문제文帝가 된 조비에게 넘겨준다. 『삼국지』 위지 권2 문제기文帝紀에는 다음과 같은 기록이 있다.

107 "是以刱造大業, 文武並施. 御軍三十餘年, 手不捨書. 晝則講武策, 夜則思經傳. 登高必賦, 及造新詩, 被之管絃, 皆成樂章. 才力絶人, 手射飛鳥, 躬禽猛獸."

"건안建安 25년(220) --- 8월 ---한나라 황제는 여러 사람들의 신망信望이 위나라로 기울었다 생각하고 여러 장관들을 불러 모아 종묘에 아뢰는 제사를 지내고 겸어사대부兼御史大夫 장음張音으로 하여금 부절符節을 갖고 옥새玉璽를 받들고 가서 황제 자리를 물려주도록 하였다."[108]

이처럼 조조가 죽자마자 한漢나라의 황제 자리를 헌제가 자진하여 조조의 아들 조비에게 넘겨준 것은, 조비를 천하를 다스릴 황제가 될 만한 훌륭한 인물이라고 판단한 때문이기도 하겠지만 이미 황제가 이전부터 조비의 아버지인 조조의 사람됨에 크게 감복되어 있었기 때문이다. 이로부터 조비는 위나라 문제文帝가 되고 아버지 조조는 무제武帝라고 높여서 부르게 되었다. 그러니 위나라 임금이야말로 정식으로 천자天子의 자리를 이어받은 천하를 다스릴 자격을 갖춘 황제이다. 다음 해(221) 유비劉備는 성도成都를 도읍으로 나라 이름을 한漢이라 하고 제갈량諸葛亮을 승상丞相으로 임명한 뒤 스스로 황제가 되었다. 그러나 그의 나라는 보통 촉蜀이라 모두가 부른다. 한편 손권孫權에게는 위나라 문제가 오왕吳王으로 봉해 주었으나 곧(222) 스스로 황제가 되어 위나라에 반항을 한다. 그러니 촉나라(221-263)와 오나라(222-280)는 소설 『삼국지』 때문에 모두

108 『三國志』 魏志 卷二 文帝紀 : "漢帝以衆望在魏, 乃召羣公卿士, 告祠高廟, 使兼御史大夫張音, 持節奉璽綬禪位. 册曰; --- 改延康爲黃初, 大赦."

위나라와 대등한 나라들이라 생각하고 있지만 실상은 모두 반역의 나라들인 것이다. 소설 『삼국지연의』와 중국 민간에 연출되는 삼국시대 관련 민간연예民間演藝에서는 모두 조조를 비열하고 간사한 싸움만 잘 하는 영웅으로 내세우고 있어서 중국의 일반 사람들은 옛날부터 사실史實과는 달리 모두 위나라를 간악한 영웅이 다스린 나라라고 믿고 있지만 이는 그릇된 생각이다.

그리고 위나라 황제인 문제文帝가 된 조비도 아버지처럼 학문을 무척 중시하고 백성들을 위하여 덕德으로 훌륭한 정치를 하려고 애쓴 임금이었다. 『삼국지』의 위지魏志 권2 문제기文帝紀를 보면, 그에 관하여 이렇게 쓰고 있다.

> "처음부터 문제는 학문을 좋아하여 저술에 힘써서 자신이 이루어놓은 책이 백 편篇이나 되었다. 또 여러 학자들로 하여금 경전經傳을 모아가지고 종류에 따라 분류케 하여 모두가 천여 편이나 되었는데, 이를 『황람皇覽』이라 불렀다."[109]

> "여름 사월 달에 태학太學을 세우고 오경五經으로 시험을 보는 방법을 제정하고, 춘추곡량박사春秋穀梁博士를 두었다."[110]

109 上同 : "初, 帝好文學, 以著述爲務, 自所勒成, 數百篇. 又使諸儒撰集經傳, 隨類相從, 凡千餘篇, 號曰皇覽."

110 上同 : "(黃初五年)夏四月, 立太學, 制五經課試之法, 置春秋穀梁博士."

따라서 정치도 학문을 바탕으로 공정하게 하려고 애썼다. 『삼국지』 위지를 보면, 문제가 궁전의 연못에 사다새(鵜鶘鳥)라는 물새가 날아든 것을 보고 자신이 밑에 훌륭한 군자君子들을 잘 쓰지 못하고 있는 것은 아닌가 하고 깊이 반성하는 다음과 같은 기록이 있다.

> "여름 오월 달에 사다새가 영지지靈芝池에 모여들은 일이 있었다. 황제가 조칙詔勅을 내리셨다. 이건 사인이 말한 연못을 더럽힌 것이다. 『시경詩經』 조풍曹風 후인候人 시에 사다새가 날라든 것을 노래한 것을 두고 '조曹나라 공공恭公이 군자들은 멀리하고 소인들을 가까이 함을 풍자한 것이라 하였다. 지금 어찌 현명하고 지혜로운 군자가 낮은 자리에 있다는 말인가? 그렇지 않다면 이 새가 어찌 날아왔겠는가? 이제 천하의 덕이 있고 재능이 뛰어난 인재들과 행실이 올바른 군자들을 널리 천거하여 조풍 시의 풍자에 대응하여야만 할 것이다.'"[111]

보기로, 『시경』의 「후인候人」 시를 아래에 소개한다.

> 저 후인들은, 어깨에도 긴 창 짧은 창 메고 있는데,
> 저 간사한 자들 중에는, 대부大夫 행세하는 자 수백 명이라.

111 上同 : "(黃初四年)夏五月, 有鵜鶘鳥集靈芝池. 詔曰; 此詩人所謂汚澤也. 曹詩刺恭公遠君子而近小人, 今豈有賢智之士處于下位乎? 否則此鳥何爲而至? 其博擧天下儁德茂才, 獨行君子, 以答曹人之刺."

사다새가 어살에서, 날개도 적시지 않네.
저 간사한 자들은, 그들 옷이 행동과 안 어울리네.

사다새가 어살에서, 부리도 적시지 않네.
저 간사한 자들은, 그들 은총이 행동과 안 어울리네.

뭉게뭉게 구름 일더니, 남산에 아침 무지개 떴네.
어리고 예쁜, 소녀들은 굶주리고 있다네.

彼候人兮, 何戈與祋, 彼其之子, 三百赤芾.
피 후 인 혜 하 과 여 대 피 기 지 자 삼 백 적 불

維鵜在梁, 不濡其翼. 彼其之子, 不稱其服
유 제 재 량 불 유 기 익 피 기 지 자 불 칭 기 복

維鵜在梁, 不濡其翼. 彼其之子, 不遂其服.
유 제 재 량 불 유 기 익 피 기 지 자 불 수 기 복

薈兮蔚兮, 南山朝隮. 婉兮孌兮, 季女斯飢.
회 혜 위 혜 남 산 조 제 완 혜 련 혜 계 녀 사 기

「모시서」에서는 임금이 소인만을 가까이 하는 것을 풍자한 시라 하였다. 조曹나라 공공共公이 어진 군자는 멀리하고 소인만을 가까이 하였다는 것이다. 어진 군자는 낮은 관리인 '후인' 노릇이나 하고, 소인들은 대부가 되어 떵떵거리고 잘 살고 있음을 꼬집은 시라

한다. 위나라 문제는 이 시를 기억하고 날아온 사다새를 보면서 자신을 둘러본 것이다. 위나라 문제의 사람됨을 잘 알려주는 얘기이다.

따라서 『삼국지』 위지 문제기文帝紀의 끝머리에는 "평왈評曰" 하고, 문제에 대하여 다음과 같이 요약하여 평하는 말을 하고 있다.

> "문제는 타고난 자질이 글재주가 있어서 붓을 잡으면 글을 이루었고, 많은 공부를 하여 지식을 쌓았으며 재주와 학문을 두루 갖추었다." [112]

문제를 뒤이은 아들 조예曹叡 명제明帝(227-239 재위)도 학문을 존중하는 점잖은 임금이었다. 『삼국지』 위지 권3 명제기明帝紀를 보면, 그가 태화太和 2년(228)에 내린 조칙詔勅에 이런 말이 보인다.

> "학술을 존중하고 학문을 귀중히 여기는 것이 임금으로써 백성을 이끄는 근본이다." [113]

청룡青龍 2년(234)에는 촉蜀나라의 명장 제갈량諸葛亮이 쳐들어오자 사마선왕司馬宣王이 군대를 이끌고 그를 막으러 나갔다. 그때 명제는 사마선왕에게 다음과 같은 명을 내리고 있다.

112 上同 : "評曰; 文帝天資文藻, 下筆成章, 博聞彊識, 才藝兼該."
113 上同 : "太和二年 --- 詔曰; 尊儒貴學, 王教之本也."

"다만 성벽을 굳건히 하고 단단히 지키면서 그들의 선봉先鋒을 무찌르기만 하라. 그들이 전진할 적에는 뜻대로 되지 않게 하고 후퇴할 적에는 그들과 싸우지 마라. 오래 머물다 보면 식량이 끊어지고 노략질을 해봐도 얻어지는 것이 없을 것이니 반드시 도망가게 될 것이다."[114]

명제의 기본자세가 전혀 싸움꾼이 아니다. 소설에서는 제갈량을 시도 잘 짓고 전략戰略에도 뛰어난 인물로 내세우고 있지만 글재주며 사람됨 모두 그는 조조와 그의 아들 손자들에 비하여 훨씬 처지는 사람이다. 위나라 명제도 학문을 중시하고 덕으로 백성들을 다스리려고 한 임금이다. 옆의 다른 나라를 무력으로 쳐서 차지하려는 생각은 전혀 없었다. 적의 군대가 쳐들어와도 잘 막아내기만 하면 그만이라 생각하고 있었다. 장안을 거점으로 세상을 힘으로 다스린 황제들과는 근본적으로 다른 사람이다. 『삼국지』에서 크게 내세우고 있는 제갈량보다도 모든 면에서 훨씬 훌륭한 인물이라고 하여야 옳을 것이다.

114 上同 : "青龍二年 --- 但堅壁拒守, 以挫其鋒. 彼進不得志, 退無與戰. 久停則糧盡, 虜畧無所穫, 則必走矣."

2. 조조를 중심으로 한 건안문학 및 그를 이은 발전

특히 조조의 아들 손자는 모두 문학을 좋아하여 본격적으로 자기 이름을 내걸고 자기의 생각과 느낌을 시로 써서 중국문학사상 문학 창작의 길을 처음 열어놓은 문인들이다. 위나라에 앞서 한漢대에도 사부辭賦가 발전하고 악부樂府와 거기에서 발전한 오언고시五言古詩의 작품이 있었다. 그러나 대부분의 '사부' 작품은 황제의 명이나 황제의 뜻을 따라 지은 형식적인 내용과 성격을 지닌 것이었고, '악부' 와 '고시' 는 민간의 가요를 바탕으로 발전한 것이어서 지배계급의 지식인들이 그 가사를 다시 썼다 하더라도 본시 들어있던 진실한 사람들의 정감과 사람들의 생활을 반영한 내용의 좋은 작품들도 들어있다. 그러나 '악부' 의 일부는 귀족들의 소일거리가 되고 궁중으로 들어가서는 큰 행사를 하거나 묘당廟堂에서 제사를 지낼 때 쓰이는 음악으로도 발전하여 모두 형식화 하였다. 따라서 그 시의 작가가 누구인지, 언제 어디에서 만들어진 것인지 대부분 알 수가 없는 것들이다. 그런데 동한 말엽 헌제獻帝의 건안建安 연간(196-219)에 이르러는 조조曹操의 등장으로 중국문학의 성격이 완전히 달라지는 모습으로 발전한다.

무엇보다도 조조를 필두로 하여 위나라에서 자기의 이름을 내세우고 자기의 감정이나 생각을 시나 부賦로 창작하는 본격적인 문학이 발전한다. 이 시기의 문학은 옛날부터 흔히 한나라 헌제獻帝의 연호를 취하여 건안문학建安文學이라 부른다. 이 '건안문학'은 위나라 조조를 중심으로 하여 이루어졌다. 그의 뒤를 이어 헌제로부터 정식으로 황제의 자리를 물려받은 문제文帝 조비曹丕(187-226) 및 조조의 셋째 아들 조식曹植(192-232)의 삼부자를 중심으로 문인들이 모여들어 자기 이름을 내걸고 악부樂府와 오언시五言詩를 지으면서 창작활동을 전개하기 시작한 시기이다. 이는 중국문학사상 최초의 문단 형성과 본격적인 중국문학 창작의 전개를 뜻한다. 따라서 조조의 삼부자가 이끈 '건안문학'은 중국문학사상 매우 중대한 의의를 지니고 있다. 이때 조조 삼부자를 중심으로 형성된 문단의 상황을 유협劉勰(464?-520)과 종영鍾嶸(?-552)은 다음과 같이 각각 설명하고 있다.

> "위魏나라 무제武帝(曹操)는 재상宰相의 높은 지위로 시문을 매우 좋아했고, 문제文帝(曹丕)는 태자太子의 중요한 신분으로 사부辭賦를 잘 지었으며, 진사왕陳思王(曹植)은 공자公子의 높은 신분으로 붓을 들면 옥 같은 글을 써냈다. 이들은 모두 지위나 글재주가 매우 빼어났기 때문에 많은 뛰어난 인재들이 구름처럼 모여들었다."[115]

115 劉勰『文心雕龍』時序篇 : "魏武以相王之尊, 雅愛詩章; 文帝以副君之重, 妙善辭賦; 陳思以公子之豪, 下筆琳瑯. 並體貌英逸, 故俊才雲蒸."

"건안 초에 이르러 오언시五言詩가 갑자기 성행하였는데, 문제文帝와 진사왕陳思王이 앞서서 멋대로 달렸다."[116]

"건안에 이르러 조씨 부자들은 문학을 매우 좋아하여, …대단한 인재들이 일시에 크게 갖추어졌다."[117]

그리고 이들 조씨 삼부자를 중심으로 모여들어 활동한 작가로는 건안칠자建安七子라 불리는 공융孔融(153-208) · 왕찬王粲(177-217) · 유정劉楨(?-217) · 완우阮瑀(?-212) · 서간徐幹(170-217) · 진림陳琳(?-217) · 응창應瑒(?-217)의 일곱 명이 있고, 그들 이외에도 양수楊修 · 정이丁廙 · 정의丁儀 · 오질吳質 · 번흠繁欽 · 응거應璩 등 많은 인재들이 활약하였다.

동한東漢 말엽 안제安帝(107-125) 때에 와서는 전국 각지에 농민들의 폭동이 연이어 일어나 사회의 큰 혼란이 조성되었고, 영제靈帝의 중평中平 원년(184)에는 결국 '황건적黃巾賊의 난'이 일어나 20여 년 동안 지속되면서 세상이 매우 어지러워졌다. 그에 따라 여러 지방 군벌軍閥들의 싸움은 더욱 심해져서 사회생활은 극도의 불안 속에 빠져들었다. 이런 중에 동한 중엽 이후로 싹트기 시작하였던 지식인들의 사회에 대한 책임의식은, 결국 헌제獻帝의 건안建安 연

116 『文心雕龍』 明詩篇 : "暨建安之初, 五言騰踊, 文帝陳思, 縱轡以騁節."

117 鍾嶸 『詩品』 序 : "降及建安, 曹公父子篤好斯文, ……彬彬之盛, 大備於時矣."

간에 이르러 본격적인 문학을 싹트게 하였던 것이다. 건안 연간은 한나라가 무너져가던 시기여서 정치적 혼란이 극에 달해있던 때였다. 위나라의 조조(155-220)와 그의 아들 문제文帝 조비曹丕(187-226)와 셋째 아들 조식曹植(192-232)은 그러한 내전을 직접 경험한 주인공들이고, 그 밑의 문인들도 모두가 직접 내전의 비정함을 체험하고 사회의 혼란에 휩쓸렸던 사람들이다. 그러기에 이들은 동한 시대에 유행한 악부체樂府體의 시를 빌어서 문학창작 활동을 전개하고 다시 그를 바탕으로 오언시五言詩를 발전시켰다. 그들은 자신의 이름을 내걸고 자기의 경험을 통해서 체득한 일과 감정을 시로 읊어내기 시작하였다. 그러므로 이들의 작품에는 당시의 어지러웠던 사회의 모습과 처참한 민중들의 생활이 반영되어 있고, 거기에서 느껴지는 강개와 격정 등이 담기어 있다. 이러한 위나라의 문학풍조는 조조의 손자인 명제明帝(227-239)가 뒤이었고 위나라가 망할 때까지(265) 이어졌다. 중국문학자들은 흔히 그러한 문학 풍격을 건안풍골建安風骨이라 부른다.[118] 그리고 문제 조비는 시의 창작뿐만이 아니라 중국 최초의 본격적인 문학론인 『전론典論』의 「논문論文」[119]도 남기고 있다.

118 劉勰은 『文心雕龍』 時序篇에서 이 시기의 문학을 다음과 같이 총평하고 있다. “觀其詩文, 雅好慷慨, 良由世積亂離, 風衰俗怨, 並志深而筆長, 故梗概而多氣也.”

119 『典論』은 지금 우리에게 전하지 않으나 그중 「論文」만이 蕭統의 『文選』에 실려 있음.

위 무제武帝 조조는 무기를 들고 싸우면서도 시를 지어 건안문학을 선도하였다. 조조는 그 시대 정치의 중심인물이었을뿐만이 아니라 시단詩壇의 창설자이기도 하다. 그는 악부시를 좋아하여, 그의 시는 악부체의 작품이 중심을 이루고 있다. 그는 작가를 알 수 없는 민간가요 또는 거기에서 발전한 형식적인 귀족들의 노래로 전해지던 형식의 '악부'를 새로운 형식의 시로 창작하기 시작한 것이다. 따라서 그는 자신이 지은 시를 모두 "악기를 반주하며 노래하여 모두 악장을 이루었다."[120] 한다. 이에 '악부'는 중국시의 한 형식으로 확정된다. 『수서隋書』 경적지經籍志에는 그의 문집으로 『위무제집魏武帝集』 30권卷이 있다고 하였으나 지금은 없어지고 산문 150편과 시 30여 수首만이 전해지고 있다.

조조가 처음으로 악부체를 빌어 자신의 감정과 시사時事를 읊어냄으로써 건안문단을 이룩하고 중국문학사상 본격적인 문학창작이 시작되게 하였다. 그의 시는 짙은 서정이 주조를 이루고 있지만, 「해로薤露」·「호리행蒿里行」 같은 그때의 사회현실을 반영하는 작품도 있고, 「고한행苦寒行」·「각동서문행卻東西門行」 처럼 전쟁터에 나간 병사들의 괴로움을 노래한 것도 있다. 그러나 아무래도 그의 시의 특징은 질박한 표현 속에 거침없는 정열과 기백이 담겨있다는 것이다. 다시 말하면, 서정抒情에 있어서나 세상일을 노래하는 데

120 『三國志』 武帝紀 注에 인용된 『魏書』의 글.

있어서나 자기의 이상을 바탕으로 하고 있어 보다 뜨거운 정이 느껴지는 것도 특징 중의 하나이다. 이것까지도 앞에서 잠깐 지적한 건안풍골建安風骨의 한 단면이라 볼 수 있을 것이다. 보기를 한 수 든다.

고한행苦寒行

북으로 태행산에 오르니
힘든지고, 어찌나 높고 험한가!
양 창자처럼 언덕길 꾸불꾸불하여
수레바퀴도 그 때문에 부숴지네.
나무들은 어찌 이리 썰렁한가?
북풍소리만이 슬프네.
큰 곰 작은 곰 나를 향해 웅크려 앉아 있고
호랑이 표범 양 길가에서 울고 있네.
계곡에는 사람 드문데
눈만이 어찌 펄펄 내리는가?
목 길게 뽑고 떠나온 곳 바라보며 긴 한숨 짓노니
멀리 떠나온 몸 그리움 많네.
내 마음 어찌 이리 답답한가?
곧장 동쪽으로 돌아가고만 싶네.
물은 깊은데 다리는 끊겨

객지 길을 배회하고 있네.
갈팡질팡 옛 길 잃어버렸는데
저녁이 되어도 잘 곳이 없네.
가고 또 가서 날로 멀어지니
사람과 말이 함께 굶주리네.
행낭 메고 가 나무를 해오고
도끼로 얼음 깨고 물 떠서 죽을 끓이네.
슬프다, 「동산」 시여!
끝없이 나를 슬프게 하네.

北上太行山, 艱哉何巍巍? 羊腸坂詰屈, 車輪爲之摧.
북 상 태 행 산　간 재 하 외 외　양 장 판 힐 굴　차 륜 위 지 최

樹木何蕭瑟, 北風聲正悲. 熊羆對我蹲, 虎豹夾路啼.
수 목 하 소 슬　북 풍 성 정 비　웅 비 대 아 준　호 표 협 로 제

谿谷少人民, 雪落何霏霏? 延頸長歎息, 遠行多所懷.
계 곡 소 인 민　설 락 하 비 비　연 경 장 탄 식　원 행 다 소 회

我心何怫鬱? 思欲一東歸. 水深橋梁絶, 中路正徘徊.
아 심 하 불 울　사 욕 일 동 귀　수 심 교 량 절　중 로 정 배 회

迷惑失故路, 薄暮無宿棲. 行行日已遠, 人馬同時飢.
미 혹 실 고 로　박 모 무 숙 서　행 행 일 이 원　인 마 동 시 기

擔囊行取薪, 斧冰持作糜. 悲彼東山詩, 悠悠使我哀.
담 낭 행 취 신　부 빙 지 작 미　비 피 동 산 시　유 유 사 아 애

여기에 인용하고 있는 「동산」 시는 『시경詩經』 빈풍豳風에 실려있는 작품으로, 서기 기원전 1000년 무렵 주周나라의 주공周公이 이전의 은殷나라 지역에 일어난 반란을 평정하기 위하여 출정出征한 이

른바 '동정東征' 을 한 뒤의 감상을 노래한 시이다. 「동산」 시의 제1, 2절에서는 전쟁터에서 종군을 하는 노고와 집 생각, 고향 생각을 노래하고 있고, 제3, 4절에서는 전쟁터로부터 집에 돌아왔을 때와 그 후의 아내와의 즐거운 생활을 노래하고 있다. 조조는 「동산」 시의 주공이 동쪽 반란 지역을 정벌할 때처럼 속히 반역자들을 물리치고 모두가 자기 고향으로 돌아가 안락하고 평화로운 삶을 누리게 하고 싶었던 것이다. 간사한 영웅 간웅奸雄이 이런 시를 읊었을 리가 없다. 시인이 간웅일 리도 없다. 다시 그의 시를 한 수 더 보기로 든다.

「해로薤露」

한나라 20대의 황제가 다스리는 동안
임용된 신하들 정말 좋지 않았네.
원숭이가 목욕하고는 관 쓰고 띠를 맨 모양,
지혜는 없으면서도 큰 일을 저질렀네.
우물쭈물 결단도 내리지 못하더니
순수巡狩를 핑계로 황제를 잡아놓으니,
흰 무지개가 해를 가로지르고,
자기가 먼저 재앙을 당하였네.
역적이 나라의 권세를 잡고
왕을 죽이고 도읍을 부수었네.
제국의 바탕을 뒤엎어 버리고

종묘도 불태워 버렸네.

황제를 서쪽 장안으로 옮겨가니

울면서 따라갔다네.

낙양 성 바라보니

미자 같은 처지되어 슬프기만 하네!

惟漢二十世, 所任誠不良. 沐猴而冠帶, 知小而謀彊.
유 한 이 십 세 소 임 성 불 량 목 후 이 관 대 지 소 이 모 강

猶豫不敢斷, 因狩執君王. 白虹爲貫日, 己亦先受殃.
유 예 불 감 단 인 수 집 군 왕 백 홍 위 관 일 기 역 선 수 앙

賊臣執國柄, 殺主滅宇京. 蕩覆帝基業, 宗廟以燔喪.
적 신 집 국 병 살 주 멸 우 경 탕 복 제 기 업 종 묘 이 번 상

播越西遷移, 號泣而且行. 瞻彼洛城郭, 微子爲哀傷.
파 월 서 천 이 호 읍 이 차 행 첨 피 낙 성 곽 미 자 위 애 상

「해로」와 「호리행蒿里行」 시는 본시 죽은 이를 상여에 메고 장사 지내러 가면서 부르던 만가輓歌이다. 조조는 이 악부체樂府體인 만가의 형식을 빌리어 시사時事에 대한 자기 심정을 노래한 것이다.

서기 189년 소제少帝 때에 환관宦官들이 대장군大將軍 하진何進을 죽인 뒤, 원소袁紹가 군대를 이끌고 도읍인 낙양洛陽으로 들어와 권세를 부리던 환관들을 모두 잡아 죽였다. 곧 동탁董卓이 군대를 이끌고 들어와 소제를 잡아 죽이고 그의 동생 헌제獻帝를 황제로 모셨다. 그러자 동쪽의 여러 장수들이 손을 잡고 동탁을 치려 하자, 동탁은 낙양을 모조리 불태우고 헌제를 강요하여 도읍을 장안長安으로

옮겼다. 이때 동탁을 거역할 자는 아무도 없었다. 조조는 이 무렵 벼슬을 그만두고 고향에 물러나 있다가 다시 어지러운 나라를 구해 보려고 나와 근위近衛의 무관武官인 전군교위典軍校尉가 되어 있었다. 동탁은 조조에게 효기도위驍騎都尉란 지위를 권하면서 함께 일하자고 하였다. 그러나 조조는 동탁의 반역적인 뜻을 알았기 때문에 그의 제의를 거절하고 위험을 피하여 고향으로 도망친다. 조조는 낙양에 머물러있는 동탁이 스스로 상국相國이 되어 정치를 멋대로 주무르며 하태후何太后와 홍농왕弘農王이 되어있던 소제少帝를 독살하였다. 그 해 다시 조조는 고향에서 군사 수천 명을 모아 동탁을 쳐서 한나라를 지키기 위하여 일어선다. 이런 상황에서 시사를 읊은 것이 이 「해로」 시이다. 이 시를 통하여 조조의 사람됨, 조조 문학의 성격, '건안풍골' 과 함께 그가 지은 '악부체' 시의 목적이나 성격을 잘 알게 되었으리라고 생각한다.

조비曹丕는 자기 아버지 조조가 죽자 한나라 헌제獻帝가 자진하여 황제 자리를 물려줘서 정식으로 위나라 황제인 문제文帝가 되었다. 그는 나라를 다스리면서 정치적, 군사적으로는 별다른 큰 업적을 세우지 못하였으나 학술과 문학을 중시하여 중국문학의 발전에는 크게 공헌하였다. 그 스스로도 문학창작에 힘써서 종영의 『시품』에는 그의 시 100여 수가 있다고 하였으나 지금은 완전한 작품으로 40여 수의 시와 불완전한 시 및 사부辭賦 등을 합하여 약 30편이 전한다. 그의 시의 보기로, 임 그리움을 노래한 「연가행燕歌行」

을 한 수 든다.

가을 바람 썰렁하고 날씨 싸늘해지니
초목은 시들어 낙엽지고 이슬은 서리되어 내리네.
제비떼 돌아가고 기러기 남쪽으로 날아오니
멀리 떠난 임 생각나 그리움에 애 끊어지네.
돌아오고픈 생각 간절하여 고향 그리울 터인데
임은 어이 그대로 타향에 머물러 계시는가?
이 몸 외로이 빈 방 지키며
시름 속에 임 생각 잠시도 잊을 수 없어
나도 모르게 눈물 흘러내려 옷자락 적시네.
금琴 잡고 줄 뜯어 청상淸商가락 울리며
단가短歌 나지막이 불러보나 오래 가지 못하네.
밝은 달 훤히 내 침상 비추고
은하수 서쪽으로 기울었으되 밤은 아직 다 새지 않았네.
견우와 직녀는 멀리 서로 바라만 보고 있는데
그대들 무슨 죄로 은하수 다리 사이에 두고 있게 되었는가?

秋風蕭瑟天氣涼, 草木搖落露爲霜.
추 풍 소 슬 천 기 량　초 목 요 라 로 위 상

羣燕辭歸雁南翔, 念君客遊思斷腸.
군 연 사 귀 안 남 상　염 군 객 유 사 단 장

慊慊思歸戀故鄕, 君何淹留寄他方?
겸 겸 사 귀 련 고 향　군 하 엄 류 기 타 방

賤妾煢煢守空房, 憂來思君不敢忘, 不覺淚下沾衣裳.
천첩경경수공방 우래사군불감망 불각루하첨의상

援琴鳴弦發淸商, 短歌微吟不能長.
원금명현발청상 단가미음불능장

明月皎皎照我床, 星漢西流夜未央.
명월교교조아상 성한서류야미앙

牽牛織女遙相望, 爾獨何辜限河梁?
견우직녀요상망 이독하고한하량

이 「연가행」은 한 편으로 한대에 이루어진 칠언시七言詩를 완성시키는 역할을 하고 있다. 우리는 중국문학사상 여기에서 비로소 완전한 칠언시를 보게 된다. 조비는 스스로 명군明君이 되려고 생각하였던 사람이었기 때문에, 그의 시 가운데에는 「맥상상陌上桑」·「청하에서 배를 끄는 사람이 신혼인데 그의 처와 작별하는 것을 보고(於淸夏見挽船士新婚與妻別)」·「잡시雜詩」 등 서민생활을 반영하는 작품들도 있다.

그리고 무엇보다도 그가 "문장이란 나라를 다스리는 위대한 사업이며 영원히 썩지 않는 성대한 일이다."〔蓋文章經國之大業, 不朽之盛事.〕고 하면서 문학을 긍정적으로 강조하고, 문학에 있어서의 기론氣論을 펴는 한편 '건안칠자' 들을 비평하는 등의 내용이 담긴 그의 『전론典論』 논문論文[121]이란 글을 쓴 것은 중국 최초의 본격적

121 『典論』은 지금 우리에게 전하지 않으나 그중 『論文』은 蕭統의 『文選』에 실려 있음.

인 문학론으로 주목된다. 그 밖에 「여오질서與吳質書」 등의 글에도 문학을 논한 대목이 보인다. 중국문학사상 조비는 처음으로 문학이란 무엇인가 학술적으로 정리해놓은 문론가文論家이기도 하다. 조비가 문학이란 무엇인가 정리하여 놓았기 때문에 이후의 문인들은 문학을 제대로 이해하고 문학작품을 창작하여 중국고전문학을 제대로 발전시키게 된 것이다.

조식曹植은 조조의 셋째 아들이다. 어려서부터 문학 공부를 하여 십여 세에는 시와 산문 및 사부辭賦 수십만 언言을 읽어 외었다 한다. 따라서 글을 짓는 재주에 있어서는 종영이 『시품』 서에서 "건안지걸建安之傑"이라 말했을 정도로 조씨 삼부자 중에서도 가장 뛰어났다.

그의 시는 내용이 다양하다. 「백마편白馬篇」이나 「명도편名都篇」처럼 영웅다운 기개와 귀공자의 포부를 읊은 것들이 있는가 하면, 내심의 고통과 강개 및 비분 등을 표현한 「증백마왕표贈白馬王彪」·「칠애七哀」·「잡시雜詩」·「우차편吁嗟篇」·「야전황작편野田黃雀篇」·「하선편鰕䱇篇」 등의 작품이 있다. 보기로, 그의 불우의 정과 비분을 노래한 「우차편吁嗟篇」을 아래에 소개한다.

아아, 이 굴러다니는 쑥대처럼
세상살이 어째서 외롭기만 한가?
오랜 동안 뿌리에서 떨어져 나와

밤이 되어도 쉴 수가 없네.
동쪽 서쪽으로 수많은 길 다니고
남쪽 북쪽으로 무수한 길 넘나들었네.
갑자기 회오리바람 만나니
나는 구름 사이로 불려 들어갔네.
속으로 하늘 끝까지 날려 가는 줄 알았더니
갑자기 떨어져 심연에 잠기네.
사나운 바람이 나를 끌어내 주어
다시 저 들판 가운데로 돌아오게 하였네.
남쪽으로 가야 할 적엔 다시 북쪽으로
동쪽으로 가는가 하면 서쪽으로 되돌아오며,
이리저리 굴러다니는데 무엇에 의지해야 하겠는가?
갑자기 죽는가 하면 또다시 살아나네.
이리저리 날리면서 많은 호수가 맴돌고
펄펄 날리며 여러 산허리 둘러 왔네.
굴러다니느라 일정한 거처 없으니
내 고난 누가 알아주겠는가?
바라건대 숲 속의 풀이라도 되어
가을 밤 산불에 타버리기라도 하였으면!
타 없어져 버리는게 어찌 가슴 아프지 않겠는가?
그래도 뿌리 근처에 머물러 있기 바라서이지?

吁嗟此轉蓬, 居世何獨然? 長去本根逝, 宿夜無休閒.
우 차 차 전 봉 거 세 하 독 연 장 거 본 근 서 숙 아 무 휴 한

東西經七陌, 南北越九阡. 卒遇回風起, 吹我入雲間.
동 서 경 칠 맥 남 북 월 구 천 졸 우 회 풍 기 취 아 입 운 간

自謂終天路, 忽然下沈淵. 驚飇接我出, 故歸彼中田.
자 위 종 천 로 홀 연 하 침 연 경 표 접 아 출 고 귀 피 중 전

當南而更北, 謂東而反西. 宕宕何當依? 忽亡而復存.
당 남 이 갱 북 위 동 이 반 서 탕 탕 하 당 의 홀 망 이 부 존

飄颻周八澤, 連翩歷五山. 流轉無恒處, 誰知吾苦艱?
표 요 주 팔 택 연 편 력 오 산 유 전 무 긍 처 수 지 오 고 간

願爲中林草, 秋隨夜火燔. 糜滅豈不痛? 願與根荄連.
원 위 중 림 초 추 수 야 화 번 미 멸 개 불 통 원 여 근 해 련

이 밖에 조식의 작품「송응씨送應氏」2수 중 제1수를 보기로 한 수 더 든다.

북망산 언덕을 걸어 올라가
멀리 낙양의 산을 바라보네.
낙양은 얼마나 적막한가!
궁전과 집이 모두 불타버렸네.
높고 낮은 담 모두 무너져 부서지고
가시 덩굴이 하늘로 뻗어 올라왔네.
옛날 분들은 눈에 뜨이지 않고
오직 새 젊은이들 만이 보이네.
발을 내디뎌도 걸어갈 길이 없고

거친 밭이랑은 이제는 밭이 아닐세.
떠돌이 오랜 동안 돌아오지 못했으나
밭 둔덕 밭길 분간 못하게 되었네.
들판은 얼마나 쓸쓸한가?
천리 사방에 사람 기척 없네.
나와 평생에 친했던 이들 생각해보니
숨이 막혀 말도 못하겠네!

步登北邙阪, 遙望洛陽山. 洛陽何寂莫! 宮室盡燒焚.
보 등 북 망 판 요 망 낙 양 산 낙 양 하 적 막 궁 실 진 소 분

垣牆皆頓擗, 荊棘上參天. 不見舊耆老, 但覩新少年.
원 장 개 돈 벽 형 극 상 참 천 불 견 구 기 로 단 도 신 소 년

側足無行徑, 荒疇不復田. 游子久不歸, 不識陌與阡.
측 족 무 행 경 황 주 불 복 전 유 자 구 불 귀 불 식 맥 여 천

中野何蕭條! 千里無人煙. 念我平生親, 氣結不能言.
중 야 하 소 조 천 리 무 인 연 염 아 평 생 친 기 결 불 능 언

이 시는 장군 동탁董卓이 헌제獻帝를 멋대로 장안長安으로 옮겨놓고 낙양을 불태워 버렸을 적[122]에 조식이 낙양의 참상을 보고 지은 시이다. 그는 이처럼 철저히 그의 시대를 대변한 시인이다.

이상 조조 삼부자 외에 그들을 따라 활약한 이른바 건안칠자建安七子는 모두 전란 속에 조씨 부자 밑에서 일생을 보낸 사람들이다.

122 『後漢書』 獻帝紀 등 의거.

그중에서도 왕찬王粲과 유정劉楨이 특히 뛰어났다. 전란으로 피폐한 사회와 그 속에서 고난 속에 살아가는 백성들의 모습을 그린 왕찬의 「칠애시七哀詩」 3수 중 그 첫 수를 소개한다.

서경은 어지러워 말이 아니니
이리 호랑이 같은 자들이 환난을 일으키고 있네.
다시 중국 땅 버리고 떠나
멀리 이 몸 남만南蠻의 땅으로 가게 되었네.
친척들 나를 마주보며 슬퍼하고
친구들 뒤쫓아오며 나를 붙잡네.
문 나서니 보이는 것이란 없고
백골만이 평원을 덮고 있네.
길에 굶주린 아낙 있는데
안고 있던 아기를 풀밭에 버리네.
뒤에선 울부짖는 소리 들리는데도
눈물 뿌리며 돌아오지 않고 홀로 떠나가네.
"이 몸도 어디에서 죽을런지 알지 못하겠거늘
어찌 둘이 모두 온전할 수 있겠소?"
말 달려 이들 버리고 떠나가니
차마 그런 말 듣고 있을 수 없어서이네.
남쪽 패릉 언덕에 올라
머리 돌려 장안 바라보며,

「하천」 시[123] 지은이의 뜻 깨닫고 보니
한숨만 나오며 가슴 아파지네.

西京亂無象, 豺虎方遘患. 復棄中國去, 遠身適荊蠻.
서 경 란 무 상 시 호 방 구 환 복 기 중 국 거 원 신 적 형 만

親戚對我悲, 朋友相追攀. 出門無所見, 白骨蔽平原.
친 척 대 아 비 붕 우 상 추 반 출 문 무 소 견 백 골 폐 평 원

路有飢婦人, 抱子棄草間. 顧聞號泣聲, 揮涕獨不還.
노 유 기 부 인 포 자 기 초 간 고 문 호 읍 성 휘 체 독 불 환

未知身死處, 何能兩相完? 驅馬棄之去, 不忍聽此言.
미 지 신 사 처 하 능 량 상 완 구 마 기 지 거 불 인 청 차 언

南登霸陵岸, 回首望長安. 悟彼下泉人, 喟然傷心肝.
남 등 패 릉 안 회 수 망 장 안 오 피 하 천 인 위 연 상 심 간

조조 삼부자와 '건안칠자' 라 부르는 그들 밑에서 활약한 문인들은 이렇게 하여 시를 중심으로 한 중국의 고전문학을 본격적으로 창작하기 시작하였던 것이다.

보통 건안문학은 오언시五言詩를 중심으로 하여 중국시를 발전시켰다고 하는데 자세히 살펴보면 그들의 악부체 작품 중에는 사언四言이 상당히 많다. 본시 중국시는 주周(B.C. 1111-B.C. 250) 초에 '사언시' 가 중심인 『시경詩經』으로부터 출발하고 있다. '사언' 은 중국

123 「下泉」은 『詩經』 曹風의 篇名. 曹나라 임금이 정치를 잘못하여 세상이 어지러워지고 백성들의 삶이 어려워지자 백성들이 현명한 임금을 생각하며 부른 노래라 한다(毛詩序).

시의 기본이다. 그러나 전국戰國시대(B.C. 403-B.C. 221) 남쪽 초楚나라에 삼언三言이 바탕인 『초사楚辭』가 이루어진 뒤, 한漢(B.C. 206-A.D. 220)나라로 들어와 초기에는 초사체楚辭體와 '사언체'의 시가가 유행하였다. 사언시로는 한 고조高祖의 「홍혹가鴻鵠歌」, 교사가郊祠歌 중의 「제림帝臨」·「청양靑陽」·「주명朱明」·「서호西顥」·「현명玄冥」·「유태원惟泰元」·「제방齊房」·「후황后皇」, 위맹韋孟의 「풍간諷諫」·「재추在鄒」와 당산부인唐山夫人의 「안세방중가安世房中歌」 대부분의 시편들이 '사언'이다. 바로 뒤에 악부시樂府詩와 오언시가 유행하면서 사언시의 창작이 줄어든다. 동한東漢(25-220)으로 들어와서는 오언고시五言古詩와 악부시가 성행하면서 사언시는 더욱 맥을 못 추게 된다.

그러나 딩후바오(丁福保)가 모아놓은 『전삼국시全三國詩』[124] 중의 조조의 시를 보면 '사언'이 3수, '오언'이 5수, 나머지는 잡언雜言인데, '잡언시' 중의 「도관산度關山」 시는 첫머리의 "하늘과 땅 사이에서는, 사람이 가장 귀중하다.〔天地間, 人爲貴.〕"는 두 구절만이 삼언三言이고 나머지는 모두 '사언'이니, 이것도 '사언시'라 하여도 좋을 것이다. 그리고 정복보가 4장의 '사언'으로 정리해 놓은 「보출동서문행步出東西門行」 시를 황절黃節은 『위무제위문제시주魏武帝魏文帝詩注』에서 제목을 「보출하문행步出夏門行」이라 하고 모두

124 丁福保 編纂 『全漢三國晉南北朝詩』(臺北 藝文印書館 複印 1957)

5수의 시로 정리하고 있는데, 그중 제1수만이 '잡언시' 이고 나머지는 '사언시' 이다. 조조의 시 중에는 '오언시' 보다 '사언시' 가 훨씬 더 많게 된다.

조조가 '사언시' 를 많이 지은 것은 형식에 있어서나 내용에 있어서나 『시경』을 계승하려는 뜻이 있었기 때문이다. 그는 지식인으로 또는 시인으로 시대와 세상에 대한 의무를 자각하고 자기 이름을 내걸고 시를 지으면서 보다 올바른 모습의 작품을 창작하려고 했던 것이다. 그의 '사언' 은 형식에 있어 모두 이전 가요체를 따른 악부체樂府體이다. 유협劉勰은 『문심조룡文心雕龍』에서 '사언' 의 「풍간시諷諫詩」를 남긴 한漢대 위맹韋孟을 평하여 "주나라 사람들의 방법을 계승하였다〔繼軌周人〕." 고 하였는데, 이는 조조의 '사언시' 를 두고 한 말로 보면 더 잘 들어맞는 비평이라고 본다. 조조의 사언시의 보기로 「단가행短歌行」을 들기로 한다. 조조를 간웅으로 다룬 『삼국지연의三國志演義』 제48회에는 「장강에서 연회를 베풀고 조조가 시를 읊다〔宴長江曹操賦詩〕.」라는 제목 아래 조조가 장강의 큰 배 위에서 잔치를 베풀고 그 자리에서 창을 비껴들고 시를 읊는 이른바 횡삭부시橫槊賦詩하는 장면이 그려져 있다. 그때 조조가 읊은 시가 『문선文選』·『고시원古詩源』 등에도 실려 있는 '사언시' 로 여기에 인용하는 바로 이 시이다.

「단가행短歌行」

술이 앞에 놓였으면 노래를 불러야지,
인생이 얼마나 간다고!
마침 아침이슬이나 같은데
지난날 괴로움만 많았네!
의기가 복받치는데
근심스러운 일들 잊기 어렵네.
무엇으로 근심 풀어버릴까?
오직 술이 있을 뿐이네.
그리운 임이어!
내 마음의 시름 하염없네.
오직 그대 때문에
지금도 나직이 읊조리고 있네.
메에메에 사슴이 울며
들의 다북쑥 뜯고 있네.
내게 좋은 손님 오신다면
거문고 뜯고 생황 불며 반기련만!
밝고 밝은 저 달을
언제면 딸 수 있을까?
근심은 마음속에 솟는데
끊일 줄을 모르네.
들길 밭길 지나

어렵게 찾아와 주신다면,
오랜 동안 떨어져 있던 정 잔치 벌이고 풀며
마음에 옛 정 새기리라.
달은 밝고 별은 희미한데
까막까치 남쪽으로 날아가다가
나무 위를 세 바퀴나 돌고 있는데
어느 가지에 앉으려는 건가?
산은 아무리 높아도 좋고
바다는 아무리 깊어도 좋다네.
주공은 식사 중에도 음식을 뱉어놓고 인재들 마중하였기에
세상 인심이 그에게로 돌아갔었네.

對酒當歌, 人生幾何? 譬如朝露, 去日苦多.
대주당가 인생기하 비여조로 거일고다

慨當以慷, 幽思難忘. 何以解憂? 惟有杜康.
개당이강 유사난망 하이해우 유유두강

青青子衿, 悠悠我心. 但爲君故, 沈吟至今.
청청자금 유유아심 단위군고 침음지금

呦呦鹿鳴, 食野之苹. 我有嘉賓, 鼓瑟吹笙.
유유록명 식야지평 아유가빈 고슬취생

明明如月, 何時可掇? 憂從中來, 不可斷絕.
명명여월 하시가철 우종중래 불가단절

越陌度阡, 枉用相存. 契闊談讌, 心念舊恩.
월맥도천 왕용상존 계활담연 심념구은

月明星稀, 烏鵲南飛. 繞樹三帀, 何枝可依?
월명성희 오작남비 요수삼잡 하지가의

山不厭高, 海不厭深. 周公吐哺, 天下歸心.
산 불 염 고 해 불 염 심 주 공 토 포 천 하 귀 심

이 시에서 그리는 '임'이란 자기와 함께 세상을 위하여 일할 유능한 뜻있는 인재를 가리킨다. 끝머리에 주周나라의 주공周公이 자기 집에 찾아오는 사람들을 마중하기 위하여 머리를 한 번 감는 중에 세 번이나 젖은 머리를 움켜쥐고 나갔고, 밥을 한 끼 먹는 중에 세 번이나 먹던 음식을 뱉어놓고 달려나갔다는 옛날 얘기를 인용하고 있다. 주공처럼 자기 뜻에 맞는 인재들을 구하여 함께 세상을 위하여 일하고자 하는 자신의 꿈을 읊고 있는 것이다. 앞쪽에서는 자기가 바라는 인재를 구하지 못하여 걱정하고 있는 자기의 심정을 절절히 노래하고 있다. 그리고 시를 지으면서 『시경』의 정신을 계승하려 했을 뿐만이 아니라 직접 『시경』의 구절들을 인용까지 하고 있다. "그리운 임이어! 내 마음의 시름 하염없네.〔青青子衿, 悠悠我心.〕"은 『시경』 정풍鄭風 자금子衿 시의 첫 두 구절을 그대로 인용한 것이다. 본시 "청청자금青青子衿"은 '파란 옷깃(衿)이 달린 옷을 입고 있는 사람'으로 자기가 그리는 임을 뜻한다. 물론 여기서는 작자가 생각하는 훌륭한 인재를 가리킨다. 다시 "메에메에 사슴이 울며, 들의 다북쑥 뜯고 있네. 내게 좋은 손님 오신다면, 거문고 뜯고 생황 불며 반기련만!〔呦呦鹿鳴, 食野之苹. 我有嘉賓, 鼓瑟吹笙!〕"의 네 구절은 『시경』 소아小雅 녹명鹿鳴 시의 앞 네 구절을 그대로 인용한 것이다. 이 「녹명」 시는 훌륭한 손님을 모아놓고 잔치를 벌일 때 부

르던 노래이다. 역시 유능한 인재들을 모아 함께 일하고 싶은 조조의 마음을 읊은 것이다. 조조는 이처럼 자신의 꿈을 읊으면서 『시경』의 형식인 '사언'과 『시경』의 정신 뿐만이 아니라 직접 그 시구까지 빌려서 노래하고자 했던 것이다. 다시 조조의 정치 이상을 엿볼 수 있는 '사언시'를 한 수 더 든다. 이 시는 시작하는 두 구절만은 삼언三言으로 되어있다.

「도관산度關山」

하늘과 땅 사이에서는
사람이 귀한 존재라네.
임금 세워 백성을 다스리게 하고,
그러기 위한 법칙을 정하였다네.
수레바퀴 자국 말발 자욱이
이리 저리 사방으로 뻗게 하고,
그릇된 것은 물리치고 잘 하는 것은 내세워
백성들 번성하게 하였다네.

훌륭하신 성현들은
온 세상을 잘 다스리고,
제후諸侯들을 다섯 가지 작위爵位[125]로 나누어 봉하고,

125 다섯 가지 爵位 : 옛날 諸侯들을 封할 적에 公·侯·伯·子·男의 다섯 가지 爵位로 각각 구별하였다.

정전井田[126]의 제도와 여러 가지 법을 정하였다네.
범법 사실을 기록한 문서를 태워버리기는 하지만
함부로 죄를 용서해 주지는 않았다네.
그러니 고요皐陶[127]와 보후甫侯[128] 같은 이들
어이 실직을 하였겠는가?

아아! 후세에 이르러는
제도도 바꾸고 법도 바꾼 위에,
백성들 수고롭히며 임금만을 위하게 하고
부역賦役으로 백성들 힘 다하게 하였네.
순舜임금이 옻칠한 밥그릇[129] 쓰자
열 나라가 배반하였으니,
요堯임금이
다듬지 않은 거친 나무 서까래 집에 산 것만 못하였네.

126 井田制度 : 殷나라와 周나라 初期에 쓰인 土地制度. 대략 900畝 넓이의 땅을 한 개의 單位로 하여 땅을 井字 모양으로 區劃하여 九等分하기 때문에 井田이라 한다. 그중 中區의 땅은 公田, 나머지 8區의 땅은 私田으로 하여 8名이 耕作한다. 다만 8名은 公田을 協力하여 먼저 잘 耕作한 뒤 收穫한 穀食을 나라에 바친다.

127 皐陶 : 舜임금과 夏나라 初期의 賢臣. 舜임금 때 刑法을 管掌하는 理官으로 法을 公正하게 執行하여 太平盛世를 이끌어 내는 데에 크게 貢獻한 人物임.

128 甫侯 : 周 穆王 때 법을 公正히 管掌한 賢臣, 呂侯라고도 함.

129 옻칠한 밥그릇 : 奢侈스러움을 뜻함. 앞의 堯임금이 질그릇 식기를 쓸 적에는 배반하는 자 없이 온 天下가 따랐었다 한다.

세상에서 백이伯夷[130]를 찬탄하는 것은
세속世俗을 바로잡고자 하는 것이네.
사치는 악한 일 중에서도 큰 것이고,
검소함은 모든 사람에게 덕이 된다네.
허유許由[131]처럼 벼슬자리 사양하면
어찌 송사訟事가 일겠는가?
모든 사람이 서로 사랑하고 뜻을 같이 하면[132]
소원疏遠한 사람도 친해진다네.

天地間, 人爲貴. 立君牧民, 爲之軌則.
천 지 간 인 위 귀 입 군 목 민 위 지 궤 칙

車轍馬跡, 經緯四極. 黜陟幽明, 黎庶繁息.
거 철 마 적 경 위 사 극 출 척 유 명 여 서 번 식

130 伯夷 : 周 武王이 殷나라 紂王을 치자, 이는 "暴力으로 暴惡함을 바꾸는 짓" 곧 "以暴易暴"이라 하며 아우 叔齊와 함께 首陽山에 들어가 숨어 고비를 뜯어먹고 살다가 굶어 죽었다는 사람임.

131 許由 : 堯임금이 그가 賢明함을 알고 임금 자리를 물려주겠다고 하자 도망쳐서 世上으로부터 숨어 살았다는 사람.

132 兼愛 · 尙同 : 兼愛는 모든 사람들이 서로 사랑하고 서로 이롭게 해 주는 것, 尙同은 위의 나라를 다스리는 사람과 아래 백성들이 뜻을 같이 하여 世上을 平和롭게 하는 것. 모두 墨子의 理想이며, 各各 그의 著書인 『墨子』의 篇名이기도 함. 이를 통해 曹操는 墨子가 꿈꾸던 모든 사람들이 서로 사랑하며 뜻을 같이하여 世界를 평화롭게 하려던 理想을 지니고 있었음을 알게 됨.

於鑠聖賢, 總統邦域. 封建五爵, 井田刑獄.
오 삭 성 현 총 통 방 역 봉 건 오 작 정 전 형 옥

有燔丹書, 無普赦贖. 皐陶甫侯, 何有失職?
유 번 단 서 무 보 사 속 고 요 보 후 하 유 실 직

嗟哉後世, 改制易律. 勞民爲君, 役賦其力.
차 재 후 세 개 제 역 률 노 민 위 군 역 부 기 력

舜漆食器, 畔者十國. 不及唐堯, 采椽不斲.
순 칠 식 기 반 자 십 국 불 급 당 요 채 연 불 착

世歎伯夷, 欲以厲俗. 侈惡之大, 儉爲共德.
세 탄 백 이 욕 이 려 속 치 악 지 대 검 위 공 덕

許由推讓, 豈有訟曲? 兼愛尙同, 疏者爲戚.
허 유 추 양 기 유 송 곡 겸 애 상 동 소 자 위 척

이 시는 전부 네 단으로 이루어져 있다. 첫째 단에서는 임금이 나라에 질서가 있고 평화롭게 다스리는 세상을 꿈꾸고 있음을 읊고 있다. 둘째 단에서는 옛날의 성현들이 다스리던 태평스럽던 세상을 읊고 있다. 자신도 능력만 있다면 그런 세상을 만들고 싶었을 것이다. 셋째 단에 가서는 후세의 임금들이 너무 자신만의 사치스런 생활을 즐기며, 법으로 백성들을 얽매어놓고 괴롭히는 실정을 한탄하고 있다. 끝 단에 가서는 욕심 없이 깨끗이 세상으로부터 숨어 산 옛날의 백이伯夷나 허유許由 같은 인물을 칭송하며, 묵자墨子가 꿈꾸던 모든 사람들이 서로 사랑하는 겸애兼愛의 세계와 임금과 백성들이 한마음으로 평화로운 나라를 유지하던 상동尙同의 정치를 읊고

있다. 묵자는 본시 공자와는 반대로 옛날의 피지배계급被支配階級을 대변한 사상가라서 중국 역대의 봉건지배자들로부터 이단異端으로 배척을 받아 중국에서는 공공연히 읽혀지지 않던 저서이다. 그런 묵자의 사상을 내놓고 노래했다는 것은 조조 사상의 낮은 백성들을 위하려 하고 또 적극적인 일면을 알게 해 준다.

조조의 '사언시' 를 이어 혜강嵇康(223-262) · 육운陸雲 · 부함傅咸 등이 많은 '사언' 작품을 남겼고, 조비曹丕 · 왕찬王粲 · 육기陸機 등도 '사언시' 를 짓고 있다. 그러나 그의 아들들조차도 조조의 사언시의 뜻과 정신을 제대로 이어받지는 못한 것 같다. 중국의 고전문학은 이 뒤로 발전을 하면서도 '건안' 이후로는 차차 '사언' 은 '오언' 에 눌리어 설 자리를 잃게 되었다. 앞에서 인용한 바 있지만 유협이 『문심조룡文心雕龍』에서

> "건안 초에 이르러 오언시五言詩가 갑자기 성행하였는데, 문제文帝와 진사왕陳思王이 앞서서 멋대로 달렸다."[133]

고 조조는 빼고 조비와 조식만을 언급한 것도 조조의 시는 '사언' 이 중심이었기 때문이다. 서진西晉 이후에는 더욱 '오언' 을 중심으로 문학을 발전시키면서 이와 함께 뜻있는 건안풍골建安風骨까

133 『文心雕龍』 明詩篇 : "暨建安之初, 五言騰踊, 文帝陳思, 縱轡以騁節."

지도 잃은 것은 매우 아쉬운 일이라 여겨진다. 특히 뒤에 동진의 도연명陶淵明(365-427)에게서 「정운停雲」·「시운時運」·「영목榮木」 등의 개성적이고 빼어난 '사언시'를 다시 발견하게 되면서 그러한 아쉬운 마음이 더욱 짙어진다. 아래에 도연명의 시를 한 수 보기로 들어 그런 아쉬운 마음이 생기는 것을 증명하고자 한다.

「정운停雲」

서 : 「정운」은 친한 친구를 생각하는 시이다. 술통에는 새로 익은 술이 맑게 고여 있고, 뜰에는 신록이 우거진 나무가 늘어서 있다. 바라는 대로 되지 않으니 한숨으로 가슴이 메인다.

序 : 停雲, 思親友也. 罇湛新醪, 園列初榮. 願言不從, 歎息彌襟.

자욱히 덮혀 있는 구름
부슬부슬 철에 맞는 비 내리네.
팔방이 온통 어두워서
평평한 길도 막혀 버린 듯.
조용히 동쪽 뒷마루에 기대앉아
봄 막걸리 통을 홀로 어루만지네.
좋은 친구는 아득히 멀리 있어
머리 긁적이며 서성이네.

덮혀 있는 구름 자욱하고
철에 맞는 비 부슬부슬 내리네.
팔방이 온통 어두워져
평평한 땅도 강이 되었네.
마침 술이 있어 동창 앞에서 한가히 마시네.
그리운 사람 오기 바라지만
배도 수레도 오는 게 없네.

동쪽 뜰의 나무는
가지에 잎이 무성해지네.
다투어 새롭고 아름다움으로써
내 마음 기쁘게 하네.
사람들도 말하기를
해와 달은 흘러가고 있다 하였네.
어찌하면 자리 마주하고 앉아
젊었을 적 얘기를 나눌꼬?

펄펄 날아다니던 새가
우리 뜰 나뭇가지에 앉았네.
나래 거두고 한가히 쉬면서
아름다운 소리를 주고받네.
어찌 딴 사람이야 없겠는가?

그대 생각이 실로 간절하기 때문이지.

바라는 대로 되지 않으니

가슴의 한을 어이하면 좋을까?

靄靄停雲, 濛濛時雨. 八表同昏, 平路伊阻.
애 애 정 운 몽 몽 시 우 팔 표 동 혼 평 로 이 조

靜寄東軒, 春醪獨撫. 良朋幽邈, 搔首延佇.
정 기 동 헌 춘 료 독 무 양 붕 유 막 소 수 연 저

停雲靄靄, 時雨濛濛. 八表同昏, 平陸成江.
정 운 애 애 시 우 몽 몽 팔 표 동 혼 평 륙 성 강

有酒有酒, 閒飮東窗. 願言懷人, 舟車靡從.
유 주 유 주 한 음 동 창 원 언 회 인 주 거 미 종

東園之樹, 枝條再榮. 競用新好, 以怡余情.
동 원 지 수 지 조 재 영 경 용 신 호 이 이 여 정

人亦有言, 日月于征. 安得促席, 說彼平生?
인 역 유 언 일 월 우 정 안 득 촉 석 설 피 평 생

翩翩飛鳥, 息我庭柯. 斂翮閒止, 好聲相和.
편 편 비 조 식 아 정 가 염 핵 한 지 호 성 상 화

豈無他人? 念子實多. 願言不獲, 抱恨如何?
기 무 타 인 염 자 실 다 원 언 불 획 포 한 여 하

3. 해서체楷書體 한자의 통용

중국문화사에 있어서 또 하나 위나라의 위대한 공적은 한대에 와서 예서隸書로 통용되던 한자의 자체를 지금 우리가 쓰고 있는 진서眞書 또는 정서正書라고도 부르는 해서체楷書體로 바꾸어 놓았다는 것이다. 『삼국지』를 보면(권 21) 위기衛覬가 "고문古文을 좋아하였고, 조전鳥篆과 예초隸草 등 잘 쓰지 못하는 게 없었다."[134], "유이劉廙에게 문제文帝가 그의 재주를 알아보고 초서草書에 통달하도록 하라고 명하였다."[135] 는 정도의 기록만이 보인다.

여기의 '예초' 또는 '초서'는 적어도 장초章草에 속하는 초서체로서, 후세에 나온 금초今草나 광초狂草와는 전혀 다른 서체이다. 한나라 때 쓰이던 예서가 보다 쓰기 편하게 변한 형태를 처음에는 모두 '초서'라 불렀던 것 같다. 『진서晉書』 위항전衛恒傳에는 한나라 말엽에서 위魏나라와 진晉나라에 이르는 시대의 한자 자체가 해서로 변화한 실정에 대하여 비교적 자세히 쓴 아래와 같은 대목이 보인다.

> "상곡上谷의 왕차중王次仲이 해서楷書 쓰는 법을 처음으로 만들었다. 영제靈帝(168-188)는 글씨 쓰기를 좋아하여 그때 잘 쓰는 이

134 "衛覬 --- 好古文, 鳥篆, 隸草, 無所不善."
135 "劉廙 --- 文帝器之, 命廙通草書."

들이 많았다. 의관宜官을 스승으로 모신 이들이 가장 뛰어났는데, 큰 글씨는 경문 한 글자, 작은 글씨는 한 종이에 천 글자를 써놓고 자기 능력을 몹시 뽐내었다. --- 양곡梁鵠[136] --- 무제武帝는 형주荊州를 차지한 뒤 널리 양곡을 찾았다. --- 지금 관청 건물 액자 글씨는 대부분이 양곡의 전서篆書이다. 양곡은 큰 글씨를 잘 썼고, 한단순邯鄲淳은 작은 글씨를 잘 썼다. 양곡은 한단순이 왕차중의 서법을 익혔다고 하였는데, 양곡의 글씨 솜씨가 그 솜씨를 다 익히고 있었다. 양곡의 제자 모홍毛弘은 비서秘書에서 가르쳤는데, 지금의 팔분八分[137]은 모두 모홍의 서법이다. 한나라 말엽에 좌자읍左子邑이 있었는데 약간 한단순과 양곡의 서체와 같지 않았으나 역시 유명하였다."[138]

장회관張懷瓘『서단書斷』에서는 왕음王愔의 말을 다음과 같이 인용하고 있다.

136 그때 글씨를 잘 쓴 사람 이름.

137 八分 : 東漢 末에 隸書가 약간 발전하여 八分體 隸書가 標準 書體로 쓰였다. 여기서는 標準書體의 뜻으로 쓰고 있다고 본다.

138 『晉書』衛恒傳 : "上谷王次仲始作楷法. 至靈帝好書, 時多能者. 而師宜官爲最, 大則一字經文, 小則方守千言, 甚矜其能. --- 梁鵠 --- 武帝破荊州, 募求鵠, --- 今官殿題署, 多是鵠篆. 鵠宜爲大字, 邯鄲淳宜爲小字. 鵠謂淳得次仲法, 然鵠之用筆, 盡其勢矣. 鵠弟子毛弘教於秘書, 今八分皆弘法也. 漢末有左子邑, 小與淳鵠不同, 然亦有名."

"왕차중이 처음에는 옛날의 글씨는 너비가 넓고 변화하는 형세가 적다고 생각하였다. 장제章帝의 건초建初 연간(76-83)에 예초隸草로서 법도를 삼아 글자의 너비가 팔분八分이 되고 글을 쓰는 데에 규범이 있게 되었다."[139]

보통 왕차중이 해서를 만들었다고 말하지만 이에 따르면 그가 만든 것은 예서체를 좀 더 간단하게 만든 팔분예서八分隸書이고, 이를 시작으로 여러 전문가들에 의하여 계속 개량되어 결국은 조조의 위나라 시대에 와서 해서체의 한자가 유행하기 시작한 것임이 분명하다.

해서를 약간 후려 쓴 행서行書라는 글씨체도 해서와 함께 개발되었을 것이다. 장회관의 『서단書斷』과 북송北宋 때 지어진 『선화서보宣和書譜』에서는 동한 환제桓帝와 영제靈帝 때 활약한 유덕승劉德昇이 만들었다고 쓰여 있지만 대부분의 문자 학자들이 그 말을 믿지 않고 있다. 위항衛恒의 『사체서세四體書勢』에 이렇게 말하고 있다.

"위나라 초기에 종요鍾繇와 호소胡昭 두 사람이 있어서 행서行書의 서법을 이루었는데 모두 유덕승劉德昇에게 배운 것이다. 그러나 종요는 약간 달랐으되 역시 각각 교묘함이 있었고 지금은 세

139 張懷瓘『書斷』引王愔:"次仲始以古書方廣, 少波勢, 建初中以隸草作楷法, 字方八分, 言有模楷."

상에 크게 유행하게 되었다."[140]

장회관張懷瓘의 『서단書斷』 중中에도 이런 기록이 있다.

"호소胡昭는 자가 공명孔明이고 --- 역사 책에 잘 통했으며 진서眞書와 행서行書도 잘 썼다. 위항衛恒은 말하였다. '호소와 종요는 다 같이 유덕승劉德昇을 스승으로 모셨고 초서草書와 행서를 다 같이 잘 썼는데, 호소의 글씨는 굵고 종요의 글씨는 가늘었다. 써 놓은 글씨는 언제나 모범으로 알려졌다.' 양흔羊欣은 이렇게 말하였다. '호소胡昭는 글씨의 뼈를 터득하였고, 색정索靖은 글씨의 살을 터득하였으며, 위탄韋誕은 글씨의 힘줄을 터득하였다.' 장화張華는 '호소가 예서隷書를 잘 썼다.' 고 하였다. 무선茂先은 순욱荀勗과 함께 기록과 서적을 정리하여 서박사書博士가 되어 제자들을 두고 가르쳤는데, 종요鍾繇와 호소胡昭를 규범으로 삼았다. 가평嘉平 2년(250, 魏 齊王) 공거公車 벼슬이 내려졌으나 마침 죽었는데 나이 89세였다."[141]

140 『四體書勢』: "魏初有鍾胡二家, 爲行書法, 俱學之於劉德昇. 而鍾氏小異, 然亦各有巧, 今大行於世云."

141 『書斷』 中: "胡昭字孔明, — 甚能史書, 眞行又妙. 衛恒云; '昭與鍾繇並師於劉德昇, 俱善草行, 而胡肥鍾瘦. 書牘之跡也, 動見模楷.' 羊欣云; '胡昭得其骨, 索靖得其肉, 韋誕得其筋.' 張華云; '胡昭善隷書.' 茂先與荀勗共整理記籍, 立書博士, 置弟子敎習, 以鍾胡爲法. 嘉平二年公車徵, 會卒, 年八十九."

이 기록을 읽으면 예서 · 초서 · 행서 · 해서(진서)의 구분이 헷갈리지만 여하튼 지금 우리가 쓰고 있는 한자의 서체인 해서와 행서는 조조의 위나라 때부터 본격적으로 쓰기 시작했음을 알 수 있다. 그리고 그 새로운 글씨체는 유덕승에게서 시작되어 위나라의 학자인 호소 이하 여러 사람들에 의하여 널리 쓰이게 되었음을 알 수 있다. 북송北宋 때에 나온 『선화서보宣和書譜』에서는 이들 서체에 대하여 이런 설명을 하고 있다.

> "예서隸書를 쓰지 않게 된 뒤로 진서眞書는 너무 반듯하고, 초서는 너무 멋대로였는데, 그 중간에 끼어있는 것으로 행서가 있었다. 이에 진서체를 따라서 쓰는 것을 진행眞行이라 부르고, 초서체를 따라 쓰는 것을 행서라 부르게 되었다."[142]

소설 『삼국지』의 영향으로 조조를 간웅奸雄이라 보고 그때의 세 나라 중에서도 특히 위나라를 좋지 않게 생각하는 것이 일반적인 중국 사람들의 경향이다. 그러나 조조와 그의 아들 손자들은 중국 역대의 어떤 임금보다도 학술과 문학을 중시하고 백성들을 생각하면서 올바른 정치를 하려고 애썼던 사람들이다. 곧 중국문학사에 있어서 처음으로 자기의 이름을 내걸고 자기의 생각과 느낌을 시로

142 『宣和書譜』: "自隸法掃地, 而眞幾於拘, 草幾於放, 介乎兩間者, 行書有焉. 於是兼眞者, 謂之眞行, 兼草者謂之行書."

쓰기 시작한 이들이 조조와 그의 아들 손자 및 그 밑에서 활동한 시인들이었다. 이것은 중국 전통문학의 본격적인 발전의 시작을 뜻하는 것이다. 그리고 중국문화사에 있어서 지금 우리가 쓰고 있는 한자의 글씨체를 본격적으로 쓰기 시작한 것도 위나라 시대이다. 보통 중국의 전통문화는 한자문화라고도 한다. 그렇다면 위나라 때에 지금 우리가 쓰고 있는 한자체인 해서楷書와 행서行書를 쓰기 시작했다는 것은 그 학술사와 문화사에 있어서의 의의는 막대하다고 해야만 할 것이다. 이런 뜻에서도 중국 역사상 조조의 위나라의 평가는 다시 이루어져야만 한다고 생각한다.

위나라에 이어 서진西晉(265-317)과 동진東晋(317-420)이 세상을 다스리게 되는데, 그 사이 또 여러 이민족들이 중원으로 들어와 여러 나라를 세웠다가는 곧 망해버리는 이른바 오호십륙국五胡十六國의 어지러운 세상이 전개되지만 고전문학의 발전은 그대로 잘 계승된다. 남북조시대南北朝時代(420-581)로 들어와 세상은 더욱 어지러웠지만 도교道敎가 크게 발전하고 불교佛敎도 들어와 성행하여 중국 사상계가 한 차원 더 높은 단계로 발전한 모습을 보여준다. 그리고 여러 이민족들의 문화도 들어와 중국문화의 발전을 자극한다. 문학에 있어서도 위나라 시대에 본격적으로 전개된 시의 창작이 형식이나 내용면에서 더욱 발전한다. 산문도 독음과 형식의 아름다움을 극도로 추구하여 글을 이루는 한 글자 한 글자의 성조聲調의 해화諧和까지 따지고 한 구절이 네 글자와 여섯 글자로 이루어지는 변려문騈儷文이 성행하고, 시도 성조의 해화와 형식의 아름다움 등을 극도로 추구하여 율체律體의 근체시近體詩가 이루어진다. 중국 내륙 도시에 도읍했던 나라들은 잔인하게 힘으로 억눌러 세상을 다스리지 못하여 나라의 힘은 약하고 정치는 어지러웠지만 학술과 문화는 크게 발전시킬 수가 있었다. 이 어지러웠던 세상을 다시 수隋(581-618)나라가 천하를 통일한 다음 발전한 그 문학을 이어받고 다시 당唐(618-907)나라가 모든 것을 이어받아 대제국의 전통문화로 꽃을 피우게 된다.

북송北宋시대 시의 발전

1. 북송의 시대적 특징

중국학자들은 그들의 고대 역사와 문화 등을 얘기할 적에 북송北宋(960-1127)과 남송南宋(1127-1279)을 합친 양송兩宋을 송宋이라 부르며 한 왕조로 다룬다. 북송과 남송은 같은 조씨趙氏의 나라이며, 정치에 있어서나 문화면에 있어서나 별 차이가 없는 나라라 보고 있다. 그리고 당唐 · 송宋 · 원元 · 명明의 방식으로 북송에 남송까지도 합쳐서 중국 역사를 정식으로 계승한 왕조라 보고 있다. 그러나 남송 시대에는 중원 땅의 대부분을 여진족女眞族과 몽고족蒙古族 등 외족들이 다 차지하였고, 남송의 영역 안까지도 이들 오랑캐 문화가 널리 들어와 유행하고 있었다. 북송과 남송은 절대로 같은 왕조가 아니다. 남송은 북송의 명맥을 유지하기는 하였지만 중국 역사를 계승하여 발전한 나라라고 할 수가 없는 왕조이다.

북송은 중국 역사상 가장 이상적인 정치를 펴서 백성들과 이웃나라들을 평화롭고 여유 있게 잘 지내게 하고 중국의 전통 학술 문화를 가장 높은 경지로 발전시켰던 왕조이다. 당唐나라(618-907) 뒤에 열다섯 나라가 생겨났다가 망한 어지러운 오대五代(907-979)의 끝머리에 후주後周(951-960)로부터 황제 자리를 물려받아 변량汴梁(지금의 河南省 開封)을 도읍으로 하여 온 중국 땅을 다스렸던 나라가 북송北宋(960-1127)이다. 북송은 나라를 세우는 데에도 무력을 쓰지 않았고 나라를 다스리는 데에도 무력을 쓰지 않았다. 그들은 문인 학자들을 써서 정치를 하였기 때문에 주변 여러 나라들에 대하여도 무력으로 억누르려 하지 않았다. 이런 부드러운 정치로 북송은 물론 이웃나라까지도 평화를 누리며 잘 살았고, 그 시대에는 경제와 학술 문화가 크게 발전하였다.

이런 평화를 추구하던 나라도 결국은 여진족女眞族의 금金나라(1115-1234) 군대가 쳐들어와 도읍인 변량을 포위 공격하고 이전 황제 휘종徽宗(1101-1125 재위)과 당시의 황제 흠종欽宗(1126-1127 재위)을 비롯하여 황족皇族과 궁인宮人 및 관리들을 모두 잡아 북쪽으로 끌고 가 북송은 완전히 망해버린다. 북송이 망한 뒤 휘종의 아홉째 아들이 남쪽 임안臨安(지금의 杭州)으로 도망 가 남송南宋을 세우고 송나라의 명맥을 유지한다. 그러나 이때 이미 중국 북부에는 거란契丹족의 요遼(907-1125)나라, 황하 유역을 중심으로 하는 중원 지방에는 북송을 멸망시킨 여진女眞족의 금金나라, 서북쪽에는 당항黨項족의 서하西夏(1032-1227)나라가 진을 치고 있었다. 남송은 이들과 싸워 빼앗긴 땅을 다시 찾을 생각도 못하고 강남땅 일부를 차지하고 얌전히 명맥만을 유지하고 있었다. 남송에는 금나라와 싸우자는 악비岳飛(1103-1142) 같은 장수도 있었으나 재상宰相인 진회秦檜(1090-1155)가 나서서 소흥紹興 11년(1141)에 악비를 잡아 가두었다가 죽여 버리고 금나라와 화의和議를 맺는다. 화의의 조건은 남송은 금나라에 해마다 은銀 25만 냥兩과 비단 25만 필匹을 바치며 신하臣下의 예로 금나라를 모시기로 하는 것이었다. 덕분에 당분간 중국 땅은 수십 년 비교적 평온한 나날을 보낼 수 있었다. 그러나 다시 몽고족蒙古族 중에 징기스칸(成吉思汗, 1206-1277 재위)이란 대 영웅이 나와 몽고족을 결속시키며 세력을 급속도로 확장시켜 나간 끝에 마침내 원元(1206-1368) 나라를 세운다. 원나라는 금나라를 쳐부수고(1234) 서아시아와 동유럽까지 원정을 하고 고려高麗를 침략하면서도 남송은 그대로 둔다. 남송은 중국 땅을 차지하고는 있지만 고분고분하여 전혀 문제가 되지 않는 존재였기 때문이다. 원나라는 쿠비라이(忽必烈)가 세조世祖(1260-1294 재위)로 즉위하자 다음 달, 곧 남송에 사절을 파견하여 화의和議를 정식으로 요구한다. 남송은 꼼작 못하고 그 화의 제의에 응하는데, 화의 조건은 분명치 않으나 남송이 금나라에 바치던 은과 비단을 원나라에 바치며 굴복하였던 것 같다. 그러나 이 화의도 오래 가지 못하고 원 세조의 지원至元 13년(1276)에는 원나라 군대의 공격으로 남송의 수도 임안臨安이 제대로 저항도 못하고 원나라의 손으로 들어가 남송은 망하게 된다.

중국 사람들은 남송이 고도로 발전한 북송의 문화를 그대로 이어받아 발전시킨 것으로 믿고 있다. 맹원로孟元老(1126 전후)가 『동경몽화록東京夢華錄』에서 북송의 도읍 변량汴梁을 중심으로 한 지역의 위아래 사람들의 갖가지 문화생활 등에 대하여 쓰고 있는데, 다시 내득옹耐得翁(1235 전후)의 『도성기승都城紀勝』·오자목吳自牧(1270 전후)의 『몽량록夢粱錄』; 주밀周密(1232-1308)의 『무림구사武林舊事』 등의 책에는 남송의 임안臨安을 중심으로 하는 지역 사람들의 여러 가지 호화스런 문화생활에 대한 실상이 기록되어 있다. 그런데 이들 책의 내용과 성격이 모두 비슷하다. 따라서 학자들은 이를 근거로 모두 남송은 북송의 문화를 그대로 이어간 왕조라고 믿고 있다. 그러나 여기의 남송에 대한 기록은 도읍인 임안의 왕실과 귀족 및 이들 주위의 시민생활을 중심으로 한 극히 제한된 일부지역의 현상을 쓴 것이다. 남송 시대의 중국 대부분 지역은 이미 오랑캐인 여진족과 몽고족의 영향으로 그들의 생활이며 문화가 크게 변화되고 있었다.

금나라는 태조太祖 천보天輔 3년(1119) 여진문자女眞文字를 만들었는데, 세종世宗(1161-1189 재우)에 이르러는 여진 문자와 언어를 크게 장려하며 여진의 풍속과 정신을 크게 내세우며 장려하는 정책을 쓴다. 원나라도 세조世祖 지원至元 6년(1269)에 몽고 문자를 만들고 몽고 문자의 사용과 그들의 풍속이며 문화를 온 세상에 크게 펴려한다. 이에 남송 때에 이르러는 중국의 문화가 전반적으로 변화

한다. 입는 옷이며 먹고 마시는 음식과 술도 모두 달라진다.

남송의 민간에는 이미 이전의 전통희곡傳統戲曲과는 노래의 가락이며 악기가 전혀 다르고 배우의 화장이며 옷가지도 모두 달라지고 연출방법도 완전히 달라진 새로운 대희大戲[143]가 유행하고 있었다. 여기에서 갑자기 희곡 얘기를 꺼내는 것은 중국 희곡은 "노래와 춤으로 고사를 연출하는 것"[144]이어서, '소희'와 '대희'의 구별 없이 음악과 무용뿐만이 아니라 그 시대 중국문화를 종합적으로 가장 잘 대표할 수 있는 연예이기 때문이다. 중국의 고전희곡 중에서 가장 먼저 생겨난 '대희'는 여진족과 몽고족의 영향 아래 북송 말 또는 남송 초에 생겨난 희문戲文이란 연극이다. 원나라 주덕청周德淸(1314 전후)의 『중원음운中原音韻』에는 남송의 항주杭州에 가까운 오흥吳興에 『악창분경樂昌分鏡』 등의 '희문'이 연출되었음을 알려주는 기록이 있고, 같은 시대 유일청劉一淸의 『전당유사錢塘遺事』에는 "무진戊辰·기사己巳 년간[145]에 『왕환희문王煥戲文』이 남송 도하都下에 성행하였다."는 기록 등이 있다. 다시 명대의 축윤명祝允明은 그의 『외담猥談』에서 "남희南戲는 선화宣和(1119-1125) 이후 남도南渡

143 臺灣의 曾永義가 그의 『詩歌與戲曲』의 「中國地方戲曲形成與發展的徑路」에서 옛날의 歌舞戲 같은 戲曲을 '小戲', 宋대의 戲文에서 元 雜劇·明 傳奇·淸 花部戲로 발전하는 大型化된 戲曲을 '大戲'라 구분하고 있다.

144 王國維(1877-1927) 『戲曲考原』 참고.

145 咸淳 4·5年, 西紀 1268-1269.

할 무렵(1127)에 생겨났는데 온주잡극溫州雜劇이라고도 불렀다." 고 하면서 작품으로 「조정녀채이랑趙貞女蔡二郎」 등이 있었으나 많지는 않았다고 하였다. 또 서위徐渭(1521-1593)는 『남사서록南詞敍錄』에서 "남희는 송 광종光宗 때(1190-1194)에 시작되었는데, 영가永嘉 사람이 지은 「조정녀趙貞女」와 「왕괴王魁」 두 가지가 첫째로 나온 것이다." 고 주장하고 있다. 이들 사이에는 서로 차이가 있으나 대체로 북송 말에서 남송 초에 걸쳐 '희문' 이 생겨났고, 남송의 민간에는 오랑캐 문화의 영향 아래 상당히 발전된 연극이 성행되었음을 알 수 있다. 여기에 보이는 온주溫州라는 도시는 남송이 차지하고 있던 저장浙江성 남쪽에 있는 도시이다.

명대의 왕기덕王驥德(?-1623)은 그의 『곡률曲律』[146]에서 『철경록輟耕錄』을 인용하여 이런 말을 하고 있다.

> "원나라 때의 북쪽 오랑캐 달달達達[147]이 쓰던 악기는 쟁箏 · 진蓁 · 비파琵琶 · 호금胡琴 · 혼불사渾不似 같은 종류의 것이고, 그것으로 연주하는 악곡은 역시 한인들과는 다른 것이었다."

금나라와 원나라의 영향으로 이루어진 새로운 중국의 대희는 이전의 희곡인 소희와는 공연 때 쓰이는 음악의 가락도 달랐고 성격

146 『曲律』 권4 雜論 39下.

147 達達 : 몽고족의 별칭으로 본시는 韃靼, 塔塔爾, TarTar 등으로 표기하였다.

도 달랐으며 그 반주에 쓰이는 악기도 완전히 다른 것이었다.

이러한 사실은 남송의 도읍인 임안臨安을 제외한 대부분 지역은 일찍이 그 문화가 여진족과 몽고족 등의 영향을 받아 상당히 달라졌음을 뜻한다. 남송을 북송이란 나라의 연장이라 보는 것은 정치상으로 보거나 문화면으로 보거나 잘못임을 알 수 있을 것이다.

북송은 태조 조광윤에 이어 태종太宗(976-997 재위)에 이르는 동안에 중국을 완전히 통일하였다. 그리고 북송은 처음부터 학술과 문화를 존중하고 평화를 추구하는 정책을 썼다. 당나라의 쇠망은 중앙정권의 약화 때문이었다고 보고, 여러 가지 제도를 개혁하여 중앙으로 정치권력을 모아드리고 지방의 병권兵權과 재정권財政權을 모두 중앙으로 거둬들였다. 문신文臣들을 중용하고 과거科擧를 통하여 수많은 진사進士를 배출하기도 하였다. 태종은 친히 하동河東을 정벌하기도 하고 북한北漢을 멸하기도 하고 또 요遼와 싸움을 하면서도, 한편으로는 숭문원崇文院을 세워 장서를 모아들이고 여러 문신들에게 명하여 『태평어람太平御覽』·『태평광기太平廣記』 등을 편찬케 하는 등 문치文治에도 힘썼다. 그 결과 중원의 문물은 다시 꽃을 피우기 시작하여 진종眞宗(998-1022 재위)·인종仁宗(1023-1063 재위)에 이르러는 수많은 명신名臣들이 쏟아져 나오게 되었고,[148] 중국

148 宰相을 지낸 富弼과 韓琦, 參知政事였던 范仲淹, 樞密使였던 王德用, 征南大將이었던 狄青, 龍圖閣直學士였던 包拯, 翰林學士였던 歐陽修 등 수많은 名臣을 내었다.

의 문화 · 학술 · 문학 · 예술 등 모든 면에 걸쳐 공전의 발전을 이룩하였다.

북송의 이러한 중앙집권과 문화의 발전은 경제발전이 그 바탕을 이루고 있다. 송대의 경제는 급격한 상공업의 발달이 선도하였다. 특히 수공업을 중심으로 하여 야광冶鑛 · 무기 · 주전鑄錢 · 방직 · 자기瓷器 · 칠기漆器 · 제차製茶 · 제지 · 인쇄 등이 발달하여 이전에는 볼 수 없었던 성황을 이루었다. 상업은 도시를 번성케 하여 당시의 변경汴京(지금의 河南 開封) · 성도成都(四川) · 흥원興元(陝西 南鄭) 같은 곳은 국내 상업의 중심지로 번영하였고, 광주廣州(廣東) · 천주泉州(福建) · 명주明州(浙江 寧波) · 항주杭州(浙江) 같은 곳은 유명한 국제적인 무역도시로 발전하였다. 맹원로孟元老(1126 전후)의 『동경몽화록東京夢華錄』에는 당시의 수도 변경汴京의 번화를 극했던 여러 가지 실상이 잘 그려져 있다.

이때 송나라 북쪽엔 거란契丹족의 요遼나라(907-1125)가 기세를 떨치고 있었고, 서쪽엔 서하西夏(1032-1227)가 흥기하였는데, 북송은 이들과 제대로 싸우지 않고 매년 십만 냥兩이 넘는 은과 수십만 필의 비단을 바치면서 이들이 침략을 하지 않도록 달래며 지내고 있었다. 북송은 중국의 역대 왕조 중에서 가장 평화를 추구한 훌륭한 왕조였다. 때문에 그들의 문화와 경제가 크게 발전하였을 뿐만이 아니라 자기네 백성들과 주변의 이웃 나라들도 가장 안락한 삶을 누렸다.

그러나 한편 이러한 문화적인 통치와 이에 따른 여러 가지 제도의 개혁은 관제官制와 군제軍制 및 그 운영에 많은 문제를 드러내기도 하였다. 군대에는 쓸 데 없고 무능한 인원이 너무 많고 또 조정에서 멋대로 명령을 내리다 보니 부대의 이동만이 너무 잦았고, 전투능력이 너무 빈약하였다. 그리고 행정면에 있어서도 과거제도를 크게 시행하여 많은 성과를 거두기도 하였으나 너무 많은 진사進士를 배출하여 쓸 데 없는 관리가 많았고 봉록俸祿과 상사賞賜도 지나치게 많았다. 이 때문에 군대는 수에 비하여 전투능력이 형편없고 행정은 효율이 저조하여졌다. 그리고 북송 말엽에는 북쪽에 여진족女眞族의 금金나라(1115-1234)가 강성해져 마침내는 요나라를 멸하고 다음 해에는 북송까지도 멸하게 된다.

북송의 비효율적인 행정과 군정 등은 이미 인종仁宗 때에 변법變法의 필요성을 느끼게 하였다. 가우嘉佑 3년에 왕안석王安石(1021-1086)이 올렸던 「상만언서上萬言書」가 매우 중요하다. 인종은 여기에서 내세운 왕안석의 변법을 실현하지 못하였으나 신종神宗(1068-1085 재위)은 희녕熙寧 2년(1069)에 왕안석을 재상에 기용하고 신법新法을 결행하였다. 그의 신법은 재정·농정·군정·교육·사회 등에 걸친 광범한 정치개혁 주장이었으나, 구양수歐陽修(1007-1072)·사마광司馬光(1019-1086)·소식蘇軾(1036-1101) 등이 반대하고 나서서 결국은 철종哲宗(1086-1100 재위)·휘종徽宗(1101-1125 재위)에 이르도록 신구당新舊黨 사이의 복잡한 다툼만을 불러일으키는 결과를 낳고 말았다.

거기에 상공업의 발달로 귀족과 도시인들은 사치와 유락遊樂에 여념이 없는 반면, 일반 서민과 농민들은 더욱 심해진 경제적인 수탈收奪로 살 길이 어려워져 도처에 도적들이 횡행하였다. 이러한 정치 · 외교 · 경제상의 모순들은 크게 발전했던 북송의 정치와 문화에도 불구하고 결국은 그 나라를 멸망으로 몰고 가는 수밖에 없었다.

북송대의 가장 두드러진 문화상의 특징은 신유학新儒學이라고도 부르는 성리학性理學이 발전하기 시작했다는 것이다. 이 새로운 유학의 발전은 북송시대에 들어와 크게 발달한 인쇄술과 당대에 성행했던 불교 · 도교의 영향을 받은 것이었다. 북송 초에 주돈이周敦頤(1017-1073)가 오대五代의 도사인 진단陳摶의 학문을 이어받아 「태극도설太極圖說」을 짓고 태극의 음양동정陰陽動靜을 통하여 우주와 인생의 여러 가지 현상을 설명하였다. 이 밖에도 장재張載(1020-1077)와 정호程顥(1032-1085) · 정이程頤(1033-1107) 형제 등이 더욱 도학道學을 발전시켜 현실적인 인간문제를 위주로 하던 이전의 유학과는 전혀 다른 성격의 새로운 유학을 발전시켰던 것이다. 그리고 남송에 주희朱熹(1130-1200)가 나와 이들을 종합하고 체계화하여 새로운 유학이 완성되었다. 이 새로운 유학을 '성리학' 또는 '주자학朱子學'이라고도 부른다. 말할 것도 없이 이 주자학은 북송 이후에 다른 방향으로 발전한 〈근세〉의 새로운 문화를 뒷받침하게 된다.

이상과 같은 북송의 경제와 학술 문화의 발전을 배경으로 중국 전통문학의 중심을 이루어 온 시도 다시 한 단계 높은 발전을 이룩하게 된다.

2. 문학상의 특징

북송 시대에는 상공업의 발달과 경제상의 번영을 바탕으로 학술과 문화를 존중하였기 때문에 중국의 전통문화가 모든 면에서 극도의 발전과 난숙爛熟을 이루었던 시기이다. 따라서 중국의 고전문학도 시문詩文 뿐만이 아니라 여러 가지 민중문예에 있어서까지도 최고 수준의 발전을 이룩한다. 그 문화의 중요한 바탕이 되는 유학이 현실적인 인간문제를 넘어서서 형이상학적形而上學的인 명제命題인 성性과 이理·기氣의 문제까지도 추구하는 신유학新儒學으로 발전하였다는 것도 시의 새로운 방향으로의 발전에 기여를 하였다.

무엇보다도 중당中唐(756-835) 때에 한유韓愈(768-824)와 유종원柳宗元(773-819) 등에 의하여 추진되었던 고문운동古文運動이 북송 시대에 와서 성공을 거둔 일에 주목을 해야 할 것이다. 중당 이후로 고문은 만당晩唐(836-907)과 오대五代(907-979)를 거치며 그대로 쓰이기는 하였으나 변려문騈儷文도 여전히 쓰이면서 고문을 쓰려는 의식이 엷어지는 경향도 있었다. 그러나 구양수歐陽修(1001-1072)를 필두로 하여 소식蘇軾(1036-1101) 삼부자三父子와 증공曾鞏(1019-1083) · 왕안석王安石(1021-1086) 등 이른바 고문육대가古文六大家가 나옴으로써 고문은 완전히 제자리를 잡게 된다.

북송시의 발전도 고문 및 신유학의 흥성과 궤도를 같이 한다. 북송 초에는 시를 쓰는 사람들이 화려한 자구字句와 대우對偶 및 전고典故를 강구하는 서곤체西崑體를 중시하였으나, 곧 구양수 · 매요신梅堯臣(1002-1060) 등이 나와 서곤체의 시를 반대하고 새로운 송시를 발전시켰다. 그리고 뒤이어 왕안석 · 소식 등의 대가가 나와 그 발전을 더욱 성숙시켰다. 다시 황정견黃庭堅(1045-1105) · 진사도陳師道(1053-1101)를 정점으로 하는 강서시파江西詩派는 시의 표현면에서 단련鍛鍊을 통한 개성적인 시법을 발전시키기도 하였다.

또한 북송시대의 문치文治는 과거科擧의 성행으로 많은 지식인들을 배출하여 민간에도 수많은 벼슬을 하지 못하는 지식인들이 백성들 속에 함께 섞여 살게 된다. 그들이 지은 시는 뛰어나지는 못하지만 백화白話에 가까운 글로 가벼운 생활감정을 노래한 개성적인 작품이 많다. 그리고 이들은 민간에 크게 발전하게 되는 여러 가지 민간연예의 발전을 뒷받침해 주었다. 그리고 이러한 경향은 계속 원 · 명 · 청의 시대로 이어지면서 더욱 발전하여 중국문학에는 대중화大衆化의 경향이 갈수록 뚜렷해진다.

그러나 북송 시대의 시는 후세 중국 학자들이 그다지 중시하지 않는 경향이 있다. 그것은 명대의 전칠자前七子 · 후칠자後七子가 모두 당시唐詩를 내세웠던 영향과 함께 국세가 부진했던 북송을 가볍게 보려는 중국인으로서의 편견도 작용한 때문인 듯하다. 그러나 북송의 시는 이전의 중국 시들보다도 크게 발전한 여러 가지 특징을 지니고 있다. 무엇보다도 시의 내용과 형식에 있어 그 규모가 크게 확대되었다는 것이다. 당대의 이백李白(701-762)이나 두보杜甫(712-770)라 하더라도 그들이 지은 시의 내용에는 일정한 한계가 있고, 그들이 잘 지은 시의 형식도 대체로 한두 가지로 치우쳐져 있다고 볼 수 있다. 그러나 북송시대에 이르러는 시인들이 자기 생활 주변의 모든 것, 보기를 들면 자기들 눈앞의 사회 · 자연 · 생활문제 등을 모두 시로 읊고 있고, 북송의 대가들은 모두가 모든 형식의 시를 여러 가지 내용에 맞추어 다 소화하고 있을 뿐만 아니라 시 이외의 사詞와 산문의 창작 등에 있어서도 빼어난 수준의 작품을 남기고 있다.

따라서 북송의 시에는 이전의 시에서는 볼 수 없었던 철학적인 작품이 있는가 하면 하찮은 신변의 잔일들을 노래한 작품도 있게 되었다. 표현에 있어서도 산문적이고 설리적說理的인 것들이 있는가 하면, 더 많은 함축과 정확한 뜻을 추구하여 애써 단련한 문장도 있게 되었고, 심지어 통속적인 표현조차도 시어에 활용되었다. 이것은 대단한 시의 발전으로 보아야 할 것이다. 흔히 중국 학자들은 당시와 이백 · 두보를 중국문학의 정점이라고 내세우지만, 북송 대가들의 시와 구양수 · 소식 · 왕안석 등의 송대 문호들의 문학작품은 이들보다도 한 단계 더 윗자리를 차지하고 있다고 할 수 있는 것이다.

또 다른 북송시대 문학의 특징의 하나는 새로운 시가로서 사詞가 성행하여 흔히 송사宋詞라 부를 만큼 크게 발전하였다는 것이다. 사는 본시 노래의 가사로서 중당中唐(756-835)시기에 대두하기 시작하여 이미 만당晩唐(836-907)·오대五代(907-979)에 새로운 시가로서의 풍격과 형식이 갖추어져 적지 않은 사의 작가와 작품들이 전해지고 있다. 중당 무렵부터 문인들이 사를 짓기 시작했으나 오대에 이르러서야 사가 새로운 문학형식으로 시인들에 의하여 완성된다. 사는 노래의 가사인데, 노래란 귀족들로부터 서민들에 이르기까지 모두가 즐기는 것이다. 북송은 경제적인 발전 때문에 제왕이나 귀족들의 호화로운 생활에 노래의 수요가 많아졌고, 상공업의 발달에 따른 시민들의 연락에도 노래의 수요가 광범해졌기 때문에 사가 발전하였다. 그리고 중국 시는 본시 서정抒情이 그 주류를 이루어 왔다. 시가 서정뿐만이 아니라 사람과 사회의 여러 문제들까지도 주제로 삼게 되자, 순수한 서정을 추구하려는 중국 시인들의 욕구도 사를 발전시키는 까닭의 하나가 되었을 것이다. 시와 사의 발전이 한계에 다다르면서 다시 곡曲이 발전한 것도 같은 맥락에서 그 원인을 파악할 수 있을 것이다. 따라서 초기의 사는 모두 아름답고 여린 정을 담은 완약婉約한 성질의 작품이었다. 유영柳永(1405 전후)이 길이가 길어진 새로운 형식의 만사慢詞를 유행시키고, 소식蘇

軾(1036-1101) 이후로는 호방豪放한 감정도 실린 작품도 짓게 되지만 모두 서정에서 벗어나는 것은 아니다. 여기에서 사는 본시 비정통적인 문학형식으로 시작되었으나 마침내 정통문학의 자리에까지 오르게 되는 것이다.

북송의 도시경제의 발달로 말미암은 시민들의 연락宴樂은 곧 여러 가지 민간연예를 발전시켰다. 그중에서도 우리가 주의해야 할 것은 강창講唱과 가무희歌舞戲 및 골계희滑稽戲이다. 왜냐하면 '강창' 은 마침내 백화白話로 쓴 본격적인 소설을 발전시켰고, 잡극雜劇이라고 부른 '가무희' 와 '골계희' 는 '강창' 과 함께 마침내 중국의 대희大戲를 발전시켰기 때문이다. '대희' 란 소희小戲의 대가 되는 말로, 남송 이후 중국 연극을 대표하게 되는 송대의 남희南戲와 원元대의 잡극雜劇·명明대의 전기傳奇·청淸대의 경희京戲와 지방희地方戲 등을 가리킨다. 이 '대희' 의 발전에는 외국 문화의 영향(특히 遼·金·元)도 컸다. 그리고 '강창' 이나 '가무희' · '골계희' 는 그 자체의 예술성도 가벼이 볼 수가 없는 성질의 것이었다. 여하튼 북송은 모든 양식의 문학이 극도로 발전했던 시대라는 것을 염두에 두고 그 시의 발전을 이해하기 바란다.

3. 북송시의 변화 발전

송시는 명대에 전후칠자前後七子가 나와 "시는 반드시 성당盛唐 것을 배워야 한다."고 주장하며 복고주의復古主義로 흐르는 바람에 사람들이 가볍게 보는 것이 되었었다. 그러나 명말 원굉도袁宏道(1568-1610)를 중심으로 한 공안파公安派의 시인들이 송시를 내세웠고, 다시 청나라 초기에 오지진吳之振(1640-1688)이 「송시초宋詩鈔」를 내면서 송시는 다시 읽혀지기 시작했다. 그러나 청대 중엽에는 다시 송시가 시들어졌고, 말엽에 가서야 증국번曾國藩(1811-1872)과 하소기何紹基(1799-1873) 같은 사람들이 송시를 내세워 크게 성행했다. 특히 이들에 이어 나온 동광체同光體는 송시를 적극적으로 본받아 지은 시체였다. 중국 학자들은 남송을 합쳐 송대시를 논하고 있지만 실은 여기에서도 '북송시'라고 해야 표현이 정확하다.

북송의 시를 싫어하는 사람들은 대체로 시가 너무나 논리적이고 산문적이어서 시 같지 않다는 것을 가장 큰 이유로 내세우고 있다. 이미 남송시대의 엄우嚴羽(1200 전후)가 「창랑시화滄浪詩話」에서 송시를 논하면서 "본조 시인들은 이치를 숭상하여 뜻과 흥취에 병폐가 있다."[149]고 한 이래로, 명나라 진자룡陳子龍(1608-1647)은 「여인론시서與人論詩書」에서 더욱 적극적으로 송시를 내치고 있다.

149 "本朝人尙理而病於意興."

"송대 사람들은 시를 알지 못하면서 억지로 시를 지었다. 그들은 시에서 이치만을 말하고 정은 말하지 않았으니, 송나라에는 시가 없었다 하겠다.[150]

또 청나라 때의 오교吳喬도 「위로시화圍爐詩話」에서 다음과 같이 내치고 있다.

"당나라 사람들은 시로써 시를 지었으나 송나라 사람들은 산문으로 시를 지었다. 당시는 정을 전달하는 것을 위주로 하였기 때문에 「시경」에 가깝지만, 송시는 의론을 위주로 하였기 때문에 「시경」에서 멀어졌다.[151]

그러나 북송시대의 시는 전아典雅하고 화려한 글을 써서 여리고 애틋한 개인감정의 표현을 추구하던 이전의 시를 더 한층 높은 경지로 다양하게 발전시킨 것이라 보는 편이 옳을 것이다. 중국 사람들에게는 북송이란 나라가 주변 나라들을 무력으로 제압하여 지배하지 못한 왕조이고, 그 뒤로 여진족과 몽고족에게 침략을 당해온 무력한 나라라는 생각 때문에 그 문화나 문학도 높이 평가하는 것

150 "宋人不知詩而强作詩. 其爲詩也, 言理而不言情, 終宋之世無詩."

151 "唐人以詩爲詩, 宋人以文爲詩. 唐詩主於達情, 故於三百篇近; 宋詩主於議論, 故於三百篇遠."

을 꺼리는 감정이 작용하고 있는 것 같다.

그러나 역대 비평가 중에는 송시의 변화와 발전을 논한 사람들이 많다.[152] 그중 전조망全祖望(1750-1755)의 「송시기사서宋詩紀事序」의 글을 소개한다.

> "송시는 처음에 양억楊億·유균劉筠 제공이 가장 두드러졌는데 이른바 서곤체西崑體이며 논자들이 많은 비평을 가하고 있다. 그런데 '서곤파'의 습성을 깨끗이 씻어버린 이가 구양수歐陽修였는데, 구양수는 양억·유균을 존중하지 않은 일이 없었으니, 마치 두보杜甫가 초당初唐의 왕발王勃·낙빈왕駱賓王을 존중했던거나 같아서 비로소 옛 분들의 허심虛心함을 알겠다. 경력慶曆(1041-1048) 이후로는 구양수·매요신梅堯臣·소순흠蘇舜欽·왕안석王安石 같은 분들이 나와 송시를 일변시켰다. 소식蘇軾은 웅방雄放하고, 왕안석은 공련工練하였는데, 아울러 두드러진 명성이 있었다. 그리고 황정견黃庭堅은 특출한 가락으로 힘써 두보를 뒤좇았고, 이른바 강서시파江西詩派들이 거기에 맞추어 극성함으로써 송시는 또 일변하였다."[153]

152 宋 嚴羽『滄浪詩話』·元 方回「羅壽可詩序」·戴表元「洪潛甫詩集序」·袁桷「書湯西樓詩後」·清 宋犖『漫堂說詩』·紀昀『四庫全書總目提要』등.

153 "宋詩之始也, 楊·劉諸公最著, 所謂西崑體者也, 說者多有貶辭·然一洗西崑之習者歐公, 而歐公未嘗不推服楊·劉, 猶之草堂之推服王·駱, 始知前輩之虛心也. 慶曆以後, 歐·梅·蘇·王數公出, 而宋詩一變. 坡公之雄放, 荊公之工練, 並起有聲. 而涪翁崛奇之調, 力追草堂, 所謂江西詩派者, 和之最盛, 而宋詩又一變."

이상을 정리하면, 북송시의 변화 발전은 1) 서곤체, 2) 구양수·소순흠·매요신, 3) 왕안석, 4) 소식, 5) 황정견, 6) 강서시파 등으로 매듭지어 볼 수 있다. 북송시의 발전은 "5) 황정견"을 정점으로 하고, 그 뒤로는 창의가 퇴조하기 시작하여 더 이상의 발전은 이루지 못한다. 원각袁桷이나 기균紀昀 같은 사람들은 이 밖에 이학시理學詩 일파도 내세우고 있다. 어떻든 이들이 북송대로 들어와 자기의 사상을 읊는 시를 발전시켰다는 것도 주의할만한 일이다.

다음에는 북송시의 특징을 좀 더 자세히 분류하여 나누어놓은 조목 별로 그 특징을 설명하려 한다.

1) 성리학과 시

북송시대에 발달한 '도학'은 이학理學 또는 신유학新儒學이라고도 부르며, 유가의 경전에 대한 새로운 해석과 평가를 바탕으로 학문의 연구를 새로운 방향으로 발전시킨 것이다. 그들은 이전의 학자들처럼 현실적인 문제만을 연구 대상으로 하지 않고, 다시 공자의 이상을 비롯하여 우주를 창조하고 생존케 한 기본 원리까지도 추구하기 시작한 것이다. 곧 유학은 도학에 이르러 철학사상으로 격상되고, 진리추구를 위한 그 학문 방법도 새로워진 것이다.

북송의 석개石介(1005-1045) 같은 학자는 문학론에 있어서도 적극적으로 '도론道論'을 내세우고 있다. 보기로, 그의 「상채부추서上

蔡副樞書」의 한 대목을 아래에 들기로 한다.

> "그럼으로 음양陰陽은 글의 본체本體이고, 삼강三綱은 글의 형상形象이며, 오륜五倫은 글의 본질本質이고, 구주九疇는 글의 수치數値이며, 도덕道德은 글의 근본根本이고, 예악禮樂은 글의 장식裝飾이며, 효도와 우애는 글의 아름다움이고, 공로功勞는 글의 용모容貌이며, 교화敎化는 글의 밝음이고, 시정施政은 글의 기강紀綱이고, 명령命令은 글의 소리여야 한다."[154]

그런데 북송시대를 대표하는 대시인들인 구양수歐陽修·왕안석王安石·소식蘇軾 같은 사람들이 모두 적지 않은 유가의 경전을 해설하는 저술을 남기고 있고, 반면 도학의 연구를 주도한 소옹邵雍(1011-1077)을 비롯한 여러 도학자들이 모두 적지 않은 시를 지어 남기고 있다.[155] 이것은 도학이라는 새로운 유학이 그 시대 시에 많은 영향을 미치지 않을 수가 없었음을 뜻하는 것이다.

중국의 옛 평론가들이 송시를 두고 흔히 "논리로써 시를 지었다〔以理爲詩〕."고 하였는데, 이것은 도학이 끼친 그 시대 시에의 영향

154 石介「上蔡副樞書」: "故兩儀, 文之體也; 三綱, 文之象也; 五常, 文之質也; 九疇, 文之數也; 道德, 文之本也; 禮樂, 文之飾也; 孝弟, 文之美也; 功業, 文之容也; 敎化, 文之明也; 刑政, 文之綱也; 號令, 文之聲也."

155『伊川擊壤集』.

을 단적으로 지적한 것이다. 이미 남송의 엄우嚴羽(1200 전후)가 『창랑시화滄浪詩話』에서 "송조에는 이를 숭상하였다〔本朝崇理〕." 고 하였고, 명明대 하대복何大復은 『한위시서漢魏詩序』에서 "송시는 이를 논하였다〔宋詩言理〕." 고 하였으며, 진자룡陳子龍(1608-1647)은 「여인론시與人論詩」란 글에서 "이만을 말하고 정을 말하지 않았다〔言理而不言情〕." 고 하였는데, 모두 도학의 발달 분위기로 말미암은 북송시의 논리화를 지적한 것이다.

북송의 대문호 소식蘇軾(1036-1101)의 경우를 보아도 인생에 대한 자각을 바탕으로 한 적극적인 인간의 가능성에 대한 철학적인 추구가 그의 시에 두드러진다. 따라서 그러한 시들은 이전에는 볼 수 없었던 철학적, 논리적인 특성을 지니고 있다. 예로, 그가 45세 되던 해 황주黃州로 귀양가서 지은 「임고정으로 옮겨가 삶(遷居臨皐亭)」이란 작품을 읽어보자.

> 내가 천지 사이에 살고 있다는 것은
> 한 마리 개미가 큰 맷돌에 붙어 있는 것이나 같은 것,
> 애써 오른 편으로 가려 해도
> 풍륜 같은 맷돌은 왼편으로 돎을 어찌하랴!
> 비록 인의의 길 가려 해도
> 헐벗음 굶주림 당하는 걸 면할 수 없네.
> 칼끝에 앉아서 밥 짓는 것 같기도 하고

바늘방석 앉았듯이 편히 있지 못하네.
어찌 아름다운 산수 없었으랴만
눈으로 대하기를 비바람 지나가듯 하였네.
전원으로 돌아감에 늙기를 기다리지 않는
용단을 내리는 이 몇이나 있는가?
다행히도 버려진 찌꺼기 같은 나는
지친 말의 안장과 짐을 푼 것 같이
온 집안 함께 강가 역사를 차지하니
절경을 하늘이 날 위해 깨어내 준 듯하네.
굶주리고 가난하지만 이걸 합쳐 생각하니
슬퍼해야 할지 축하해야 할지 알 수 없네.
담담히 근심도 즐거움도 없고 보니
괴로운 말은 전혀 나오지 않네.

我生天地間, 一蟻寄大磨.
아 생 천 지 간 　 일 의 기 대 마

區區欲右行, 不捄風輪左.
구 구 욕 우 행 　 불 구 풍 륜 좌

雖云走仁義, 未免逢寒餓.
수 운 주 인 의 　 미 면 봉 한 아

劍米有危炊, 鍼氈無穩坐.
검 미 유 위 취 　 침 전 무 온 좌

豈無佳山水? 借眼風雨過.
기 무 가 산 수 　 차 안 풍 우 과

歸田不待老, 勇決凡幾箇?
귀 전 부 대 로 　 용 결 범 기 개

幸玆廢棄餘， 疲馬解鞍馱.
행자폐기여 피마해안타

全家占江驛， 絶境天爲破.
전가점강역 절경천위파

饑貧相乘除， 未見可弔賀.
기빈상승제 미견가조하

澹然無憂樂， 苦語不成些.
담연무우락 고어불성사

이 시에 보이는 “풍륜風輪”은 『능엄경楞嚴經』에 보이는 세계의 운행을 뜻하는 불가의 용어이다. 그의 인생에 대한 자각에는 불가의 초탈超脫도 적지 않은 영향을 준 것 같다. 어떻든 보수파의 지도자로서 황주黃州에 귀양 온 자신의 처지를 인식하는 그의 태도가 거시적巨視的이다. 이처럼 자기의 인생철학을 설명하려니 그 시가 논리적이지 않을 수 없고, 또 편폭은 길어지기 일쑤였을 것이다. 그러나 짧은 율시나 절구에서도 철학적인 성향은 흔히 발견된다. 「서림사벽에 적음(題西林壁)」이란 시를 보기로 든다.

옆에서 보면 고개를 이루고 곁에서 보면 봉우리 이루어지니
원근과 고저가 하나도 같은 게 없네.
여산의 참 면목을 알지 못함은
다만 이 몸이 이 산속에 있기 때문일세.

橫看成嶺側成峯， 遠近高低總不同.
횡간성령측성봉 원근고저총부동

不識廬山眞面目, 只緣身在此山中.
불 식 여 산 진 면 목   지 연 신 재 차 산 중

이것은 여산을 빌어 표현한 소식의 인식론認識論인 것이다. 이러한 철학적, 논리적 경향은 송시에서 발견되는 일반적인 특징이다. 도학자인 소옹邵雍(1011-1077)의 「맑은 밤에 읊음(淸夜吟)」이란 시를 보기로 한 수 더 들기로 한다.

달은 하늘 가운데 떠있고,
수면엔 소슬바람이 잔물결 일으킨다.
이처럼 청신한 맛,
아는 사람 적을 거라.

月到天心處, 風來水面時.
월 도 천 심 처   풍 내 수 면 시
一般淸意味, 料得少人知.
일 반 청 의 미   요 득 소 인 지

이 시의 제목 아래에 "도道의 본체本體와 중화中和의 묘용妙用, 자득自得의 즐거움, 이 맛을 아는 사람은 적다."고 주注를 달고 있다. 소옹은 시를 통하여 도학자적인 자연에 대한 철학적인 체득을 노래하고 있는 것이다. 송대 도학자 120명의 글을 모아서 엮은 『성리대전性理大全』 제70에도 이 시를 싣고 있는데, "성인의 본체가 맑고 밝으며 사람의 욕망이 모두 정화된 것을 형용하였다. 달이 하늘 가운데 와 있을 때란 곧 가리어 있던 구름이 다 가신 것이고, 바람이 수면에 불어올 때란 곧 파도가 일지 않는 것이다. 이것은 바로 사람의 욕망이 모두 정화淨化되어 천리天理가 유행流行하는 때인 것이다." 라는 설명을 함께 붙이고 있다. 작자의 철학을 노래한 시라는 것이다. 시가 도학으로 말미암아 철학화하고 논리화하였다는 것은 중국 시가 내용뿐만 아니라 그 문장 구성에 있어서까지도 큰 변혁을 이루었음을 뜻한다. 다음에 얘기하는 여러 가지 송시의 특징들도 모두 이 시의 철학화, 논리화와도 관계가 깊은 것들이다.

2) 서술의 섬세화纖細化

걸상 옮기면서 맑은 햇빛 즐기노라니
어언간 세상 근심 슬어지네.
벌레는 줄에 매달리어 내려왔다 다시 올라가고
참새들은 싸우면서 떨어졌다 날아가네.
참새들은 어울리어 찬 대숲으로 들어가고
벌레는 줄 거두고 해 기운 대문 아래 매달렸네.
아무도 고요한 이 경치 알아주는 이 없는데
이끼 빛만이 내 옷에 되 비쳐 오네.

移榻愛淸暉, 翛然世慮微.
이 탑 애 청 휘　소 연 세 려 미

懸蟲低復上, 鬪雀墮還飛.
현 충 저 부 상　투 작 타 환 비

相趁入寒竹, 自收當晚闈.
상 진 입 한 죽　자 수 당 만 위

無人知靜景, 苔色照人衣.
무 인 지 정 경　태 색 조 인 의

「가을 날 집에서(秋日家居)」란 매요신梅堯臣(1002-1060)의 시이다. 당시에서는 볼 수 없었던 섬세한 관찰과 서술이 산뜻한 시정을 안겨준다. 이전 시인들이 크고 깊은 정서를 중점적으로 표현하여 독자들의 큰 감흥을 일으키려 애썼던데 비하여, 이 시는 분석적이고 이지적인 감각을 꾸밈없이 섬세하게 서술하고 있다. 같은 정경을 당대 시인이 읊었더라면, 줄에 매달린 거미나 멋대로 날아다니는 참새들의 묘사가 시의 중심을 이루지는 않았을 것이다. 당대 시인들이 강물 또는 구름이나 꽃을 노래하기는 하였지만, 그것은 언제나 깊은 감정이나 자연의 위대한 섭리 또는 인간의 숙명 같은 큰 주제와의 관계를 전제로 한 것이었다. 이처럼 거미줄이나 참새들의 모습 같은 자잘한 물건들은 시로써 노래할 대상이 되지 못하는 것이라 생각했던 것이다.

북송시의 이러한 섬세한 감각의 표현은 문장의 성격에까지도 큰 영향을 보여준다. 이백이나 두보를 비롯한 당대의 시인들은 내용뿐만 아니라 그것을 표현하는 문장에 있어서도 화려한 멋과 묘미를 살리려고 노력하였다. 다시 말하면, 같은 내용이라면 되도록 아름답고 멋있는 표현을 하려고 애썼다는 것이다. 그것은 당대가 남북조南北朝시대부터 발전한 유미주의적唯美主義的인 시풍을 계승 발전시켰다는 이유에서 뿐만이 아니라 중국 문장이 전통적으로 지녀온 특징의 하나라고 할 수 있다. 당시에 있어서는 개성적인 한유韓愈의 괴탄성怪誕性을 띤 풍격이나 백거이白居易의 평이성 같은 것은 중당(756-835) 이후에 발전하기 시작한 경향이다.

북송시의 문장은 아름다움이나 멋보다도 실질적으로 자기의 감각이나 눈에 보이는 현상을 빠짐없이 표현하는데 주력하였다. 그들은 쓸데없는 수식을 피하면서 확실하고 빈틈없는 표현을 추구하였다. 그리하여 그들은 이전 사람들은 시어로 쓰지 않던 말들도 서슴지 않고 발굴하여 사용하였다. 북송 문인을 포함하여 북송의 시를 평한 많은 사람들이 북송시를 "떫다(澁)" 또는 "딱딱하다(硬)"는 말로 표현한 것도 그러한 문장의식으로 말미암은 것이다. 독특한 음절과 단련된 구법으로 강서시파江西詩派를 이룩했던 황정견黃庭堅의 시를 한 수 보기로 든다. 「지구에서 비바람으로 사흘 머물며(池口風雨留三日)」란 시이다.

외로운 성에 사흘 동안 비바람 날리니
작은 고을 사람들은 오직 채소밖에 먹을 게 없게 됐네.
물 멀고 산 깊으니 날아가는 한 쌍의 들오리도 같고
몸 한가로운데 마음은 괴로우니 한 마리 황새 모습과도 같네.

영감이 옆집에서 나와 고기 그물 걷는데
나는 물 곁에 있기는 하지만 물고기 탐내지는 않네.
서성대는 동안 어느덧 모두 지난 일 되어버리고
저녁 창 앞으로 돌아와 앉아 읽다 둔 책을 읽네.

孤城三日風吹雨, 小市人家只菜蔬.
고 성 삼 일 풍 취 우 　소 시 인 가 지 채 소

水遠山長雙屬玉, 身閑心苦一舂鉏.
수 원 산 장 쌍 촉 옥 　신 한 심 고 일 용 서

翁從傍舍來收網, 我適臨淵不羨魚.
옹 종 방 사 래 수 망 　아 적 림 연 부 선 어

俯仰之間已陳迹, 暮窗歸了讀殘書.
부 앙 지 간 이 진 적 　모 창 귀 료 독 잔 서

당시에 비하여 "딱딱하고", "떫다"는 것은 한번 읽어보면 누구나 바로 느끼는 기분일 것이다. 우선 동사가 한 자도 들어 있지 않은 구절이 세 구나 있어서 해석에 당황하지 않을 수 없다. "소시인가지채소小市人家只菜蔬" "수원산장쌍촉옥水遠山長雙屬玉" "신한심고일용서身閑心苦一舂鉏"가 그것이다. 앞의 번역은 문맥을 살피며 최선을 다한 것이지만, 올바른 대의를 파악했다고 자신을 가질 수가 없다. 시구의 문법적인 성격 때문에 누가 읽어도 마찬가지인 것이다. 이 구절들은 문법적으로는 문장을 이루지 못하고 있는 것이다. 술부로 보이는 "지채소" "쌍촉옥" "일용서"가 모두 명사구이니 읽는 사람에 따라 여러 가지 해석이 가능할 수밖에 없는 것이다. 거기에다 화려한 수식은 전혀 눈에 띄지 않으면서도 적지 않은 전고典故가 쓰이고 있어 문장의 떫은 맛을 더해주고 있다. 북송 시인의 전고 사용은 이전의 문인들처럼 멋있고 함축含蓄 있는 뜻의 표현을 위해서가 아니라 확실한 시의의 구현을 위한 단련에서 온 것이다. 첫째, 둘째 구절은 두보杜甫 시의 표현을 빌린 것이고, 다섯째, 여섯째 구절은 한漢대 동중서董仲舒의 글에서, 일곱째 구절은 왕희지王羲之의 글에서 따온 것이다. 이 밖의 구절들도 모두 그런 글이 나온 근거가 또 있을지도 모른다. 이러한 전고의 사용은 개성적인 새로운 조어의 노력으로 말미암은 것이다.

북송 시인들의 개성적인 시의 조어 노력은 한편 그 시대에 흔히 쓰이던 속어나 구어의 사용까지도 사양치 않게 만들었다. 옛날 비평가들에게는 이러한 속어나 구어까지도 그들의 눈으로 볼 때 "딱딱하고", "떫은" 맛을 느끼게 하였을 것이다. 속어나 구어는 오히려 문장을 부드럽고 평이하게 해주리라고 생각하기 쉽지만, 중국의 시어의 상식에 있어서는 시라는 문체에는 어울리지 않는 "떫은" 표현이 되고 마는 것이다.

당대에도 이미 백거이白居易와 원진元稹 같은 시인들이 그들의 작품에 구어체를 많이 사용하였으나 그들에게서는 "딱딱하다" 거나 "떫은" 맛이 별로 느껴지지 않는다. 그것은 이들이 지닌 시 의식의 차이에서 오는 것일 것이다. 백거이는 구어체를 쓰면서도 멋진 문장에 위대한 내용을 담으려고 노력하였지만, 북송 시인들은 미문이나 묘문을 이루기를 거부하였기 때문에 결국 "딱딱하고", "떫은" 기분을 주는 문장을 이룩하고 만 것이다.

3) 자기 생활에의 밀착

송시는 당시에 비하여 작가의 개인생활과 더욱 밀착된 내용을 담고 있다. 송대 시인들은 특별한 감정이나 아름다운 풍경뿐만 아니라 그들이 일상생활을 통하여 보고 느끼는 조그만 일들까지도 빠짐없이 세밀히 노래하고 있다. 그들이 추구하는 이理란 하늘이나 땅에도 있지만 한 가닥 지푸라기나 풀잎에도 깃들어 있는 것이라고 생각했기 때문일 것이다. 이러한 경향은 송시의 새로운 성격을 개척한 구양수歐陽修・매요신梅堯臣・소순흠蘇舜欽(1008-1048) 같은 초기 작가들의 작품에도 뚜렷이 나타나고 있다. 예로 소순흠의 「한여름에(夏中)」란 시를 한 수 든다.

집 외지고 발 깊숙이 처져 낮 경치 텅 빈 듯하고
가벼운 바람에 때때로 장대 위 까마귀 움직이네.
못 가운데엔 푸르름 가득한데 물고기 새끼들 놀고
뜰 아래엔 그늘 넓으니 제비가 새끼 끌고 놀고 있네.
비 온 뒤라 아이들이 떨어진 과일 다투어 줍는 게 보이고
날 개이니 손님 힘 빌어 나머지 책을 볕에 말리네.
그윽히 살려 해도 티끌 세상일에 끌려감을 면치 못하니

자기 몸과 세상을 술병으로 잊어보네.

院僻簾深晝景虛, 輕風時見動竿鳥.
원 벽 렴 심 주 경 허 경 풍 시 견 동 간 조

池中綠滿魚留子, 庭下陰多燕引雛.
지 중 록 만 어 류 자 정 하 음 다 연 인 추

雨後看兒爭墜果, 天晴因客曝殘書.
우 후 간 아 쟁 추 과 천 청 인 객 폭 잔 서

幽棲未免牽塵事, 身世相忘在酒壺.
유 서 미 면 견 진 사 신 세 상 망 재 주 호

바람에 조금씩 움직이는 장대 위의 까마귀, 수초 아래 우굴거리는 물고기 새끼, 새끼를 이끌고 다니는 제비들, 비바람에 떨어진 풋과일을 줍는 아이들, 이러한 작가의 생활주변에 일어나고 있는 자질구레한 일들은 당대만 해도 시의 제재가 될 수 없는 것들이었다. 송대에 이르러 이러한 생활주변의 일들이 섬세한 시인들의 감각에 의하여 시로서 재현되었던 것이다. 곧 그것은 송시가 이전의 시들보다도 작가의 개인생활에 밀착한 내용을 담고 있다는 것이다. 그것은 왕안석王安石(1021-1086)의 「대숲 속(竹裏)」이란 시처럼 순간적인 감흥을 노래하는 게 보통인 짧은 절구에서조차도 똑같이 발견되는 경향이다.

대숲 속에 초가를 돌 뿌리에 기대어 있으니
성근 대줄기 사이로 앞마을이 보이네.

한가히 잠자도 하루 종일 찾아오는 이 없고
스스로 봄바람 일어 문 앞을 쓸어주네.

竹裏編茅倚石根, 竹莖疎處見前村.
죽 리 편 모 의 석 근　죽 경 소 처 견 전 촌

閒眠盡日無人到, 自有春風爲掃門.
한 면 진 일 무 인 도　자 유 춘 풍 위 소 문

송시가 이처럼 생활과 밀착되어 자기생활을 토대로 인간에 대한 깊은 흥미를 보여주고 있다는 것은, 한편으로는 논리적이고 섬세하고 서술적이라는 특징을 지니게도 하였다. 그리고 다시 인간을 둘러싸고 있는 자연에 대하여서는 이전의 시인들에 비하여 냉담한듯한 느낌을 주기도 한다. 그래서 송대에는 육조시대의 사령운謝靈雲, 당대의 왕유王維 · 맹호연孟浩然 · 위응물韋應物 · 유종원柳宗元 같은 자연의 아름다움을 전문적으로 노래한 산수시인山水詩人이 없다. 자연을 읊는다 하더라도 옛사람들처럼 인간의 약점이나 불행 때문에 자신을 잊고 자연에 동화되어 버리려는 태도는 보기 힘들다. 송대 시인들은 절대적인 자연을 부정하고 인간 본위의 생활주변 현상으로서의 자연을 노래했다. 왕안석의 「살구꽃(杏花)」이란 시를 예로 든다.

돌다리 넓은 공중에 걸쳐 있고
초가집 맑고 빛나는 강물 가에 있네.

몸 굽히어 아리땁고 풍성한 살구꽃 보니
진짜 꽃이 물에 비친 그림자만 못한 듯하네.
아름답기 진나라의 경양비[156]가
웃음 머금고 궁중 우물에 빠져 있는 듯하네.
가슴 아프게도 잔물결 일어
흐려진 화장 무너뜨리어 어지럽게 만드네.

石梁度空曠, 茅屋臨清炯.
석 량 도 공 광　모 옥 림 청 형

俯窺嬌饒杏, 未覺身勝影.
부 규 교 요 행　미 각 신 승 영

嫣如景陽妃, 含笑墮宮井.
언 여 경 양 비　함 소 타 궁 정

怊悵有微波, 殘妝壞難整.
초 창 유 미 파　잔 장 괴 난 정

이처럼 송대의 시인들은 살구꽃을 노래한다 하더라도 언제나 사람 본위의 관점에서 그 아름다움을 추구하였다. 「양걸을 전송함(送楊傑)」이란 소식의 시에는 하늘의 해를 묘사한 다음과 같은 대목이 있다.

천문에서 밤새우고 뜨는 해 맞이하니

156 景陽妃 : 陳後主의 妃 張麗華와 孔貴嬪. 隋軍이 쳐들어왔을 때 이들은 陳後主와 함께 景陽宮 우물 속에 숨어 있었다 한다.

만리 붉은 물결에 하늘 반쪽이 빨갛네.
평지로 돌아와 공 같은 해 보니
한 점 황금으로 부어낸 가을 귤 같네.

天門夜上賓出日, 萬里紅波半天赤.
천문야상반출일 만리홍파반천적

歸來平地看跳丸, 一點黃金鑄秋橘.
귀래평지간도환 일점황금주추귤

그들은 웅장한 해가 뜨는 광경에도 압도당하지 않고 자기 본위의 해학적인 기분을 그대로 유지하고 있다. 그들의 눈에는 하늘에 떠 있는 해도 사람의 손이 닿을 수 없는 위대한 존재가 아니라 사람들이 즐겨 먹는 가을 귤이나 비슷한 존재의 하나였던 것이다. 송시에 농촌 풍경을 노래한 작품들이 많은 것도 모든 작가들이 적어도 한동안은 농촌에 생활할 기회를 가졌을 것임을 생각할 때, 자기의 생활주변을 담담한 마음으로 세밀히 관찰했던 송대 시인들로서는 당연한 일이라 할 것이다. 송대 시인들의 농촌시도 생활에의 밀착과 자연시의 부정이란 면에서 설명될 수가 있을 것이다.

4) 산문화 경향

앞에서 송시의 여러 가지 특징 중에 송시의 문장이 섬세한 서술적인 특색을 지니게 되었음을 논하였다. 서술적인 표현은 또 산문적이란 말로 바꿀 수도 있는 것이다. 미문美文이나 묘문妙文을 추구하지 않고 섬세한 감각으로 자기의 생활경험을 토대로 하여 논리적인 문장을 전개하다 보면 아무리 시라 하더라도 그 문체가 산문적인 경향을 띠지 않을 수가 없을 것이다. 청淸대의 오교吳喬도 『위로시화圍爐詩話』에서 송시를 논하여 "송인들은 산문으로 시를 지었다〔宋人以文爲詩〕." 고 말하고 있다.

소식의 「정혜원의 동쪽에 머물다 보니 여러 가지 꽃이 산 가득히 피어있는 중에 해당화가 한 그루 있는데 그곳 사람들은 귀한 줄을 모르더라〔寓居定惠院之東雜花滿山有海棠一株土人不知貴也〕.」라는 제목부터 산문적인 시는 그 좋은 보기가 될 것이다.

강을 낀 황주 땅은 무더운 기운 있어 초목 무성한데
오직 명화 한 그루 있어 적적하고 외로움을 괴로워하고 있네.
생긋 한번 웃는 듯한 모습 대울타리 사이로 보이는데
복숭아 오야 꽃은 산에 질펀해도 모두 거칠고 속되기만 하네.
역시 조물주께선 깊은 뜻 있으심 알겠으니
일부러 미인을 텅 빈 골짜기로 보내신 걸세.
자연스럽게 부하고 귀한 모습은 타고난 바탕에서 나오는 것이니
금 쟁반에 담아 화려한 집에 모셔 놓을 것도 없네.
붉은 입술로 술 마시어 발그레 양볼 상기되고
파란 소매의 엷은 비단 말아 올리니 붉은 살이 비치네.
숲은 깊고 안개 자욱하여 새벽빛 더디게 비치는데

날 따스하고 바람 가벼워 봄 잠 실컷 자게 되네.
선생은 배부르게 먹고 할 일 하나도 없어
왔다갔다 거닐면서 자기 배를 문지르네.
남의 집이건 절간이건 물어보지도 않고
지팡이 짚고 가 문 두드리고 길게 자란 대를 구경하네.
갑자기 다시없는 아름다움 만나 쇠하고 시든 몸 비추니
탄식하며 말없이 병든 눈만 닦아내네.
천한 고장에 어디로부터 이 꽃이 오게 되었을까?
호사가가 서촉땅으로부터 옮겨온 게 아닐까?
한 치의 뿌리라도 천 리 길 가져오기 쉽지 않으리니
씨를 물고 날아온 건 틀림없이 따오기 일걸세.
하늘가에 흘러 떨어졌으니 다같이 외로운 처지라
한잔의 술을 마시며 이 노래를 부르네.
내일 아침 술 깨어 다시 홀로 와보면
눈 내리듯 펄펄 떨어질 꽃잎을 어찌 차마 대하리!

江城地瘴蕃草木, 只有名花苦幽獨.
강 성 지 장 번 초 목　지 유 명 화 고 유 독

嫣然一笑竹籬間, 桃李滿山總麤俗.
언 연 일 소 죽 리 간　도 리 만 산 총 추 속

也知造物有深意, 故遣佳人在空谷.
야 지 조 물 유 심 의　고 견 가 인 재 공 곡

自然富貴出天姿, 不待金盤薦華屋.
자 연 부 귀 출 천 자　부 대 금 반 천 화 옥

朱脣得酒暈生臉, 翠袖卷紗紅映肉.
주 순 득 주 운 생 검　　취 수 권 사 홍 영 육

林深霧暗曉光遲, 日暖風輕春睡足.
임 심 무 암 효 광 지　　일 난 풍 경 춘 수 족

雨中有淚亦悽愴, 月下無人更淸淑.
우 중 유 루 역 처 창　　월 하 무 인 갱 청 숙

先生食飽無一事, 散步逍遙自捫腹.
선 생 식 포 무 일 사　　산 보 소 요 자 문 복

不問人家與僧舍, 拄杖敲門看修竹.
불 문 인 가 여 승 사　　주 장 고 문 간 수 죽

忽逢絶艶照衰朽, 歎息無言揩病目.
홀 봉 절 염 조 쇠 후　　탄 식 무 언 개 병 목

陋邦何處得此花? 無乃好事移西蜀?
누 방 하 처 득 차 화　　무 내 호 사 이 서 촉

寸根千里不易致, 銜子飛來定鴻鵠.
촌 근 천 리 불 이 치　　함 자 비 래 정 홍 혹

天涯流落俱可念, 爲飮一樽歌此曲.
천 애 유 락 구 가 념　　위 음 일 준 가 차 곡

明朝酒醒還獨來, 雪落紛紛那忍觸?
명 조 주 성 환 독 래　　설 락 분 분 나 인 촉

송대 시인들은 옛사람들은 시어가 되지 못한다고 생각했던 말들까지도 시에 사용하였고, 산문으로나 써야 할 내용들을 산문처럼 서술적으로 시로 써서 노래하였다. 당시에 비하여 이 점에서는 시의 내용이나 형식이 더욱 확대되었다고 할 것이다. 당시처럼 감정이 압축되어 있는 묘구妙句는 찾아보기 어렵게 되었지만, 더욱 성실하고 섬세한 인간에 대한 추구가 이루어지고 있는 것이다.

이러한 작가의 생활을 바탕으로 한 시의 서술적이고 산문적인 표현은 그 내용으로 많은 사회적, 정치적인 문제를 담게 만든다. 곧 자기 생활을 통하여 느끼는 사회의 모순이나 민중의 생활상도 그들의 시의 중요한 대상이 되기 때문이다. 그것은 중국시의 전통적인 공용성功用性과도 통하는 것이다. 물론 당대의 사회 시인들은 풍유諷諭를 통한 사회교화라는 의식적인 노력이 사회시를 쓰게 하였고, 북송의 시인들은 일반적인 생활을 토대로 한 인간에의 추구가 자연히 사회적인 문제까지도 다루게 하였던 것 같다.

곧 북송시대의 모든 시인들이 사회적, 정치적인 문제를 시로 노래하고 있다. 곧 시의 공용성은 북송대에 이르러 더욱 일반화되었다. 서술적이고 산문적인 문장 형식이나 논리적인 생활과 밀착된 시의 내용은 이른바 사회시를 짓기에 알맞는 조건들이기 때문에 공용적인 시작이 일반화되었는지도 모른다.

당대 시인들이 사회문제를 노래한 신악부新樂府 같은 시들은 작가의 일상생활과 직접적인 관련이 깊은 것은 아니지만, 북송시대 시인들의 것은 훨씬 작가들의 생활에 밀착되어 있다. 왕안석의 「억지로 일어나려다(强起)」란 시를 읽어보면 더욱 그러한 경향을 느낄 수 있을 것이다.

싸늘한 방은 말똥말똥 잠 못 이루게 하는데
덜컹덜컹 수레 지나는 소리 들리네.
어느 집 사람인지 알 수 없지만

나보다 먼저 서리 위를 가는구나.
탄식해도 밤은 다 새지 않아
등불을 가져와 앞 기둥에 걸게 하고,
베개 밀치고 억지로 일어나려고
물어보니 별이 방금도 밝게 빛나고 있다네.
새벽은 성인이 힘쓰던 시각이니
『시경』 제풍齊風엔 계명鷄鳴 시가 있었지.
아아, 나는 남의 것 훔쳐먹고 사는 거나 같으니
더욱 평생을 그르쳤다고 느껴지네.

寒堂耿不寐, 轆轆聞車聲.
한 당 경 불 매　녹 록 문 거 성

不知誰家兒, 先我行霜上.
부 지 수 가 아　선 아 행 상 상

歎息夜未央, 呼燈置前楹.
탄 식 야 미 앙　호 등 치 전 영

推枕欲强起, 問知星正明.
추 침 욕 강 기　문 지 성 정 명

昧旦聖所勉, 齊詩有鷄鳴.
매 단 성 소 면　제 시 유 계 명

嗟予以竊食, 更覺負平生.
차 여 이 절 식　갱 각 부 평 생

5) 시의 평담화平淡化

송시의 개척자 중의 한 사람인 매요신梅堯臣은 자신의 시 가운데에서 다음과 같은 선언을 하고 있다.

읊는 게 성정에 들어맞아
되도록 평담하려 하고 있다.

因吟適性情, 稍欲到平淡.(「和晏相公」)
인음적성정　초욕도평담

시를 짓는 일은 옛날 지금을 막론하고
오직 평담하게 짓기가 어렵다.

作詩無古今, 惟造平淡難.(「讀邵學士詩卷」)
작시무고금　유조평담난

매요신은 이처럼 시작에 있어서의 평담을 중시하였다. 시에 있어서의 평담이란 작시자의 마음가짐이나 시의 내용은 물론 시의 문장에까지도 적용되는 말이다. 따라서 그의 시는 미문이나 묘구는 물론 격한 감정의 기복이나 변화 같은 격정이 없는 평담한 작품을 이루고 있다. 「노산을 가서(魯山山行)」라는 그의 시를 다음에 보기로 든다.

마침 들의 정취 상쾌한데
여러 산들은 높았다 낮았다 하네.

좋은 봉우리 곳곳이 모양 바뀌고
그윽한 오솔길 홀로 가다 잃겠네.
서리 내렸는데 곰이 나무에 오르고
숲은 공적空寂한데 사슴이 시냇물 마시네.
인가는 어디에 있는고?
구름 저 멀리서 외마디 닭울음 소리 들려오네.

適與野情愜, 千山高復低.
적 여 야 정 협 천 산 고 복 저

好峯隨處改, 幽徑獨行迷.
호 봉 수 처 개 유 경 독 행 미

霜落熊升樹, 林空鹿飮溪.
상 락 웅 승 수 임 공 록 음 계

人家在何許? 雲外一鷄聲.
인 가 재 하 허 운 외 일 계 성

그는 노산의 산길을 가면서 보고 느낀 일들을 평정한 자세로 담담히 서술하고 있다. 시인의 감정이 당시처럼 겉으로 드러나지 않고 바닷물처럼 그 기복을 표면 밑에 감추고 있다. 이렇게 매요신이 강조한 평담은 결국 송시의 전체적인 특징으로 발전하고 만다. 미문이나 묘문을 피하면서 서술적, 산문적인 문장으로 철학적이고 논리적인 시를 쓰다 보면 그 시는 자연히 문장이나 내용이 평담하게 될 것 같다. 생활과 밀착된 작품이나 섬세한 표현도 평담한 자세나 방법 없이는 이루어지지 않을 것이다. 이렇게 보면 송시의 특징을 여러 조목으로 나누어 설명하고는 있지만 이것들은 모두 상호 연관 관계 아래 있는 것이다.

평담이라는 송시의 특징은 한편 당시 이전의 시들에 흔히 보이던 "세월의 흐름"과 "늙어 죽게 되는 인간의 숙명"에서 오는 비애를 극복하였다는 것이다. 옛 시인들은 무궁한 대자연 앞에서는 언제나 순간적이고 초라한 인간의 모습을 절감하며 슬퍼하였다. 한漢대의 악부고사樂府古辭 "인생은 백 년도 채우지 못하는데, 늘 천 년의 걱정 품고 지내네.〔人生不滿百, 常懷千歲憂.〕"(「西門行」)라 통감하였고, 조식曹植(192-232)은 "천지는 끝이 없고, 음양은 서로 뒤바뀌는데, 사람의 일평생은 빠르기 바람에 불리는 먼지 같네.〔天地無窮極, 陰陽轉相因. 人居一世間, 忽若風吹塵.〕"(「薤露行」)이라며 인생을 슬퍼하였다. 당대에 와서도 이백의 "지금 사람은 옛날의 달 못 보았으되, 지금 달은 옛사람들 비추었겠지.〔今人不見古時月, 今月曾經照古人.〕"(「把酒問月」), "천고의 시름 씻어내려, 연이어 백 병의 술 마시네.〔滌蕩千古愁, 留連百壺飲.〕"(「友人會宿」), "세상살이 거대한 꿈 같네.〔處世若大夢.〕"(「春日醉起言志」)라고 연이어 인생의 숙명을 슬퍼하였다.

그러나 송대 시인들에 이르러는 세부적으로 인간생활을 파고들어 사람과 사람의 주변을 관찰하면서 인간의 무한한 가능성을 개발하기 시작하였다. 그들은 일순도 쉬지 않고 흐르는 시간 앞에 굴복하기보다는, 인간을 뜻있는 생활을 창조해 나갈 수 있는 영속적인 존재로서 파악하기 시작한 것이다. 소식이 우주의 만물이란 "그 변화하는 입장에서 보면은 천지가 일순도 그대로 존재하지 않지만, 그 불변하는 입장에서 보면은 만물이나 우리가 모두 무궁한 것이다."(「赤壁賦」)고 말한 것처럼 거시적인 인생철학의 터전을 터득했던 것이다.

그러기에 그들은 아무런 슬픔 없이 밝은 달과 물이 흐르는 대자연을 즐길 수가 있었던 것이다. 소식의 「권태로운 밤(倦夜)」이란 오언율시를 읽어보자.

> 베개가 권태로우니 긴 밤이 싫은데
> 조그만 창은 끝내 밝을 줄을 모르네.
> 외로운 마을에 개 한 마리 짖는데
> 그믐달 아래 누가 가고 있는 걸까?
> 쇠한 머리 이미 흰 지 오래인데
> 나그네 정은 부질없이 스스로 맑기만 하네.
> 거친 정원엔 베짱이가 있어
> 공연히 베 짜는 소리내지만 결국 무엇이 이루어지는가?

倦枕厭長夜, 小窗終未明.
권 침 염 장 야　소 창 종 미 명

孤村一犬吠, 殘月幾人行?
고 촌 일 견 폐　잔 월 기 인 행

衰鬢久已白, 旅懷空自清.
쇠 빈 구 이 백　여 회 공 자 청

荒園有絡緯，虛織竟何成?
황 원 유 락 위　허 직 경 하 성

적막한, 멀리서 개 짖는 소리가 들려오고 문 앞에선 베짱이가 시끄럽게 울 때 늙은 자신을 생각했다면 당연히 슬픔이 우러나왔을 터이지만, 소식은 "나그네 정은 부질없이 스스로 맑다."고 하였다. 그리고 공연히 울고 있는 베짱이를 오히려 탓한다. 소식이 간직한 인간은 밤의 적막이나 벌레소리에 눌려버리거나, 늙은 자신을 서러워하는 미소한 인간이 아니다. 적막 속에 "맑은 마음"을 지닐 줄 아는 자신을 갖고 생활하는 가능성이 무한한 인간인 것이다.

왕안석王安石의 「젊은이가 한 봄을 보면(少年見青春)」이란 시는 송대 시인들의 시간의 흐름을 대하는 태도를 잘 나타내고 있다.

젊은이가 한 봄을 보면
만물이 모두 아름답네.
자신이 비록 술 마시지 않는다 하더라도
즐겨 손님들과 취하네.
한 번 머리가 희어지기만 하면
아무것을 보아도 기뻐할 것이 없어지네.
마음이 옛날 같지 아니하고
더욱 세월의 흐름이 느껴지네.
기쁜 일을 들어도 이미 가기 싫어지고

배부르고 나면 또 잠잘 생각만 하게 되네.
봄이 간대도 다만 꿈만 같아
다시는 슬픔에 초췌하지 않네.
젊은이들에게 말 전하노니
힘써 봄 일을 하라.
그리고 노쇠한 노인을 이상히 여기지 말 것이니
쇠약함과 강건함은 자연 다른 법이니라.

少年見青春, 萬物皆嫵媚.
소 년 견 청 춘 만 물 개 무 미

身雖不飮酒, 樂與賓客醉.
신 수 불 음 주 낙 여 빈 객 취

一從鬢上白, 百不見可喜.
일 종 빈 상 백 백 불 견 가 희

心腸非故時, 更覺日月駛.
심 장 비 고 시 갱 각 일 월 사

聞歡已倦往, 得飽還思睡.
문 환 이 권 왕 득 포 환 사 수

春歸只如夢, 不復悲憔悴.
춘 귀 지 여 몽 불 부 비 초 췌

寄言少年子, 努力作春事.
기 언 소 년 자 노 력 작 춘 사

亦勿怪衰翁, 衰强自然異.
역 물 괴 쇠 옹 쇠 강 자 연 이

젊었을 때는 세월 흐르는 게 안타깝지만, 오히려 늙고 보면 봄이 가버리는 것도 꿈만 같다고 한다. 이것은 늙어 죽어야만 하는 사람의 숙명을 슬퍼하기보다는 뜻있는 일을 하려는 생활인으로서의 정열이 그렇게 만들어주고 있을 것이다. 경학 · 정치 · 문학 등 모든 방면에서 눈부신 업적을 남긴 왕안석이라면 당연한 일이라고 해도 좋겠만, 그 밖의 북송 시인들 모두가 그런 생각을 지니고 있었던 것 같다. 여기에서 젊은이들에게 "봄 일"에 노력하라고 하는 것은 "뜻있고 보람 있는 일"을 많이 하라는 말로 받아들여진다. 선한 것으로 이해되는 사람의 본성을 찾고, 우주의 기본 원리인 이理를 추구하려는 성리학은 그 출발부터가 인생을 바라볼 때, 그것은 순간적인 것이 아니라 영속적인 무한한 가능성을 지닌 존재가 되는 것이다. 그리고 그러한 가능성을 성실히 추구한 시인들의 시는 결과적으로 평담한 특성을 지닌 작품이 될 수밖에 없었을 것이다.

6) 주변의 지저분하고 하찮은 것들도

북송 시인들은 우리 생활 주변의 지저분하고 하찮은 일들도 눈에 들어오는 대로 관심을 지니고 그것을 시로 읊었다. 북송 시의 새로운 흐름을 이끈 북송 초기 매요신梅堯臣(1002-1060)의 시에는 심지어 사람들이 말만 들어도 징그러워하는 '지렁이'를 읊은 시가 있다. 아래에 그의 「지렁이(蚯蚓)」 시를 소개한다.

> 지렁이는 진흙 굴 안에 있는데,
> 몸을 내밀거나 움츠리거나 늘 그 속에 차 있는 것 같네.

용이 트림을 하듯 역시 트림을 하고
용이 울음 울듯 역시 울기도 하네.
스스로 말하기를 용과 견주어보고 싶지만
머리에 뿔이 없는 게 한이 된다네.
청개구리는 서로 도와주고 있는 것 같으니
풀뿌리에 박혀 우는 소리 멈추지 않고 있네.
시끄러워 나는 잠도 못 이루고
밤마다 날이 밝기만을 기다리네.
하늘과 땅은 그런 것들 감싸서 길러주고 있거늘
오직 사람들 마음만이 그것들 미워하고 있다네.

蚯蚓在泥穴, 出縮常似盈.
구 인 재 니 혈　출 축 상 사 영

龍蟠亦以蟠, 龍鳴亦以鳴.
용 반 역 이 반　용 명 역 이 명

自謂與龍比, 恨不頭角生.
자 위 여 용 비　한 부 두 각 생

螻蟈似相助, 草根無停聲.
누 괵 사 상 조　초 근 무 정 성

聒亂我不寐, 每夕但欲明.
괄 란 아 불 매　매 석 단 욕 명

天地且用畜, 憎惡唯人情.
천 지 차 용 축　증 오 유 인 정

이 시에 보이는 '누괵螻蟈' 이란 벌레는 '청개구리' 라고도 하고, 봄에 풀밭에서 우는 귀뚜라미 종류의 벌레의 일종이라고도 한다.

정말 땅 속에서 지렁이가 울 때 이 '누곽' 이란 벌레도 함께 울어 지렁이 울음소리를 더 시끄럽게 하고 있는지는 알 수가 없는 일이다. 그러나 그대로 받아들여도 시의 뜻을 파악하는 데에는 아무런 지장이 없다.

중국 고전문학의 중심을 이루는 시는 북송시대(960-1127)에 이르러 흔히 가장 훌륭하다고들 하는 당唐나라(618-907) 때의 시보다도 한층 더 발전을 이룬다. 특히 북송 시대에 와서는 시인들이 자기 자신뿐만이 아니라 세상과 세상 사람들에 대하여 보다 깊은 관심을 지니게 된다. 따라서 나라 일이나 백성들의 생활은 물론 자기 주변의 모든 일에 대하여 관심을 기울이게 된다. 당나라 현종玄宗의 천보天寶 14년 '안록산安祿山의 난' 이 일어난 뒤로는 두보杜甫(712-770) 같은 시인들이 전란의 참상을 직접 체험하고는 전란 속의 처참한 실상이나 백성들의 고난 같은 현실적인 문제에 눈을 돌리기 시작하였다. 그러나 지식인으로써의 현실 감각이 북송시대 시인들 만치 철저하지는 못하였다. 북송시대 시인들은 정치나 사회의 문제뿐만이 아니라 사람들 주변의 문제나 자기 주변의 일들 모든 것들에 대하여 관심을 기울이기 시작하였다. 당대의 대시인 왕유王維(700-760)나 이백李白(701-762)처럼 자기 홀로 아름다운 산수나 하늘의 달을 즐기며 술이나 마시고 취하는 시인들이 아니었다. 송대의 시인들은 사람들 주변의 모든 일에 관심을 기울이었다. 사람들과 연관되는 모든 일에 관심을 보였다. 그러기에 매요신의 시집을 보면 지렁이 이외에도 사대부라면 입에 담기도 쉽지 않았을 이와 벼룩을 읊은 시가 있고 모기, 파리 같은 사람들을 괴롭히는 벌레를 읊은 시도 있다. 그런 시 중 거미를 읊은 「영지주詠蜘蛛」라는 짧은 시가 있기에 한 편 더 소개한다.

하루에 한 자 넓이의 그물을 치니
몇 자 길이의 실을 토하는지 알만 하네.
여러 벌레들이 모두 네 먹잇감이라지만
많은 너희들 배는 늘 매우 고플 것이네.

日結一尺網, 知吐幾尺絲.
일 결 일 척 망 지 토 기 척 사
百蟲爲爾食, 九腹常苦饑.
백 충 위 이 식 구 복 상 고 기

그물만 쳐놓고 가만히 앉아서 먹잇감이 와서 걸려주기를 바라고 있는 거미의 살아가는 방법이 별로 마음에 들지 않았던 것 같다. 어떻든 이런 벌레에까지도 관심을 기울이는 송대 시인들의 시는 당시에 비하여 멋지고 아름답지 않을지 모르지만 당대 시인들에 비하여 더 인간적인 면을 많이 보여주고 있다. 이런 벌레를 읊으면서도 그 시에 자기의 철학을 담으려고 애썼던 것 같다. 지렁이를 읊은 시에서도 "하늘과 땅은 그런 것들 감싸서 길러주고 있거늘, 오직 사람들 마음만이 그것들 미워하고 있다네." 하고 시를 끝맺고 있다. 지렁이 모습을 징그럽게 여기고 지렁이 울음소리가 싫어서 지렁이를 미워하는 그릇된 사람들의 태도를 지적하고 있는 것이다. 지금 우리나라의 지렁이가 많은 밭은 농약을 별로 쓰지 않은 청정한 밭이라고 한다. "하늘과 땅이 지렁이를 감싸서 길러주고 있듯이" 사람들도 그런 자연의 것들을 감싸주고 길러주는 마음가짐을 지녀야만 한다는 것이다.

4. 당시와 송시

이상 논한 것 같은 송시의 특성 때문에 송시는 당시와 대비가 되는 풍격과 형식을 이루고 있다. 그 때문에 이후의 문학사에 있어서는 시의 방법이나 풍격을 두고 흔히 송시와 당시로 구분하여 논하게 된다. 여기에 먀오웨(繆鉞)가 「송시를 논함(論宋詩)」이란 글[157]에서 쓴 당시와 송시의 대비를 소개한다.

"당시는 운韻에 있어 뛰어나다. 그러므로 혼아渾雅하며 온자醞藉와 공령空靈을 숭상한다. 송시는 뜻에 있어 뛰어나다. 그러므로 정능精能하며 심절深折과 투벽透闢을 숭상한다. 당시의 아름다움은 정사情辭에 있으니, 그래서 풍유豐腴하다. 송시의 아름다움은

157 繆鉞『詩詞散論』所載.

기골氣骨에 있으니, 그래서 수경瘦勁하다.

당시는 작약芍藥이나 해당海棠처럼 농화穠華와 번채繁采가 있다. 송시는 한매寒梅나 추국秋菊처럼 유운幽韻과 냉향冷香이 있다. 당시는 여지荔枝를 씹는 것처럼 한 알을 입안에 넣으면 단맛과 향기가 양 볼에 가득 찬다. 송시는 감람橄欖을 먹는 것처럼 처음엔 떠름한 맛을 느끼지만 뒷맛이 빼어나고 오래간다.

이것을 정원을 꾸미는데 비유를 하면, 당시는 곧 돌을 쌓고 연못을 파고서 정자를 짓고 별관別館을 만드는 것 같다. 송시는 곧 정자와 별관 안을 기소綺梳와 조함雕檻으로 장식을 하고 수석水石 곁에 기화요초琪花瑤草를 심은 것과 같다.

이것을 산수에 노는 것에 비유를 하면, 당시는 곧 높은 봉우리에서 멀리 바라볼 적에 의기意氣가 호연浩然한 것과 같고, 송시는 곧 그윽한 골짜기 냇물을 찾았을 적에 정경情境이 냉초冷峭함과 같다.

당시의 폐弊는 부곽膚廓하고 평활平滑하다는 것이고, 송시의 폐는 생삽生澁하고 고담枯淡하다는 것이다."

대체로 당시는 정감이 풍부하고 미려하고 멋진데 비하여, 송시는 보다 이지적이고 떫은 맛이 있지만 심원한 데가 있다는 것이다. 이후로 중국시는 별로 특별한 발전을 이룩하지는 못했지만 이러한 당시와 송시는 후세 시인들에게 대조적인 풍격과 수단으로 받아들여졌다. 다만 이러한 당시와 송시의 대비를 절대적인 것으로 생각하는 것은 잘못이다. 송시는 당시의 계승이라는 것을 망각하고 이들의 대비만을 주장하다 보면 많은 경우 시의 성격 판단이나 이해를 그르치게 될 것이기 때문이다.

보통 중국시는 당시가 대표한다고 말한다. 그러나 중국시는 송대에 이르러 또 다른 여러 가지 면에서의 발전을 이룩하고 있는 것이다. 흔히 중국시는 당대, 그것도 성당盛唐시대가 발전의 정점에 도달했던 시기라 여기고 있으나 중당中唐시대부터 일기 시작한 문학 혁신 운동은 모든 면에서 송대로 계승되어 북송北宋대에는 그 발전이 정점에 이르고 있음에 주의해야 한다.

5. 결론

북송대에 와서 시는 당대에 비하여 한층 더 발전한다. 무엇보다도 당대에 비하여 사람과 사람들의 생활 및 사람들의 사는 세상에 대한 관심이 분명해진다. 당대에는 '안록산의 난' 이후 중당中唐 시기부터 두보杜甫(712-770)를 필두로 하여 시인들의 현실사회에 대한 관심이 두드러진다. 그 이전의 이백李白(701-762)·왕유王維(701-761) 같은 성당盛唐 이전의 시인들의 시에서는 생활인의 존재를 찾아보기 어려운 작품들이 대부분이다. 북송대의 시인들은 당대의 시인들처럼 성운聲韻의 조화와 멋진 표현을 통한 아름다움만을 추구하지 않고 중당의 변화를 이어받아 더욱 발전시키어 사람의 문제나, 사람들이 살아가는 문제와, 사람들의 세상 일 등을 여러 가지로 추구하게 된다. 따라서 현실주의적인 작품뿐만이 아니라 사상적인 작품이며 개인생활과 관계되는 자질구레한 일을 읊은 시까지도 생겨난다. 현대적인 의미의 시인으로서의 각성 또는 사람으로서의 각성을 바탕으로 시를 쓰게 된 것이다.

시의 표현에 있어서도 개성적인 것을 추구하게 된다. 아름다움만을 추구하지 않고 자기의 노래를 만들려고 노력한다. 사람들의 생활 모습을 노래하려고 여러 가지 모양을 서술하다 보니 글의 형식이 보다 산문에 가까워진다. 후세의 송시를 비판하는 사람들이 흔히 송대 사람들은 "산문으로 시를 썼다."고 말한 것도 그 때문이다. 간단히 말하면 북송대의 시는 당시가 아름답고 멋진 데 비하여 밋밋한 느낌을 받게 된다.

서정抒情을 전통으로 하여 발전해온 중국시가 북송대에 와서는 인간세계에 대한 넓은 관심 때문에 시의 서정성이 이차적인 것으로 물러나게 된다. 북송대에 사詞가 크게 발전한 것은 크게 발전한 서민문화의 영향 때문이기도 하지만, 거의 모든 시인들이 사도 짓고 있는 것을 보면 그때 와서 약해진 시의 서정성을 사를 통해서 되찾아 발휘해 보려는 시인들의 욕망도 작용했던 것 같다. 초기의 사가 모두 아름답고 여린 정을 담은 완약婉約한 작품들이었는데, 소식蘇軾(1036-1101)에게 가서야 호방豪放한 감정도 실린 작품까지 짓게 되는 것이 그런 생각을 갖게 한다.

이러한 문학의 발전은 서민문화의 발전을 바탕으로 하고 있음으로 소설과 희곡의 바탕이 된 속강俗講과 잡극雜劇 등의 서민문학도 함께 발전하였다. 여하튼 북송시대가 중국의 전통문학이 최고로 발전했던 시기이다. 따라서 중국 문학자들은 흔히 중국의 대문호로 이백李白과 두보杜甫를 치지만 북송대의 구양수歐陽脩·소식蘇軾·왕안석王安石 등이 당대의 시인들보다 훨씬 더 위대하다. 이백과 두보는 시만을 잘 지었고 시 중에서도 그들이 잘 짓는 시체가 악부체樂府體와 절구絶句 또는 고체시古體詩와 율시律詩 등 따로 있었다. 그러나 북송대 문호들은 모든 형식의 시체를 다 잘 지었고 고문古文에도 대가를 이루었으며 사詞도 잘 지었다. 그리고 북송대 문호들은 공부도 많이 하여 경전經傳에 관한 뛰어난 연구 저서도 여러 권 남기고 있다. 그리고 세상을 올바로 이끌기 위하여 나라를 다스리는 일에도 적극적으로 참여하였고 이 세상과 세상 사람들에 대한 관심도 적극적이어서 이런 것들이 모두 그들 시와 문학에 반영되고 있다.

간단히 요약하면, 중국의 전통문학의 중심을 이루어온 시는 북송대에 이르러 그 발전이 최고봉을 이루게 된다. 그리고 그것은 북송대가 정치도 중국의 역대 왕조 중 가장 잘 이루어졌고 전통 학술과 문화가 전반적으로 가장 발전했던 시대임을 뜻하기도 한다.

2

중국문학 개념의 추구

송宋대의 도론道論과 기론氣論

1. 서론

중국 사상사는 물론 중국문학 이론 사상, 특히 외국 학자들이 제대로 파악하기 어려운 것이 '도론道論'과 '기론氣論'이다. 사실 문학에 있어서 '도'와 '기'는 무엇을 뜻하는 것인가 파악하는 일부터가 큰 문제이다.

중국 사상사에 있어서의 '도道'의 사상은 이미 도가를 창설한 노자(B.C.589?-B.C.500?)와 유가를 이룩한 공자(B.C.551-B.C.479)에게서 구체화되어 있다. 문학론에 있어서는 유협劉勰(464?-520?)이 『문심조룡文心雕龍』에서 그의 문학이론의 근거로 '도'를 내세우며 50편 중의 첫 편을 「원도原道」라 하고 있다. 문학은 '도'를 바탕으로 하여 이루어지는 것이라 여겼기 때문이다. 그런데 '원도'란 말도 이미 그에 앞서 한漢 초의 유안劉安(B.C.178?-B.C.122)이 지은 『회남자淮南子』에 원도훈原道訓이 있고, 후세에 가서는 당唐대의 한유韓愈

(768-824)에게 「원도」란 글이 있으니 특수한 용어가 아니다. '원도'란 문학이나 어떤 사항이 "도를 근원으로 한다."는 뜻이다. '도'의 개념이 중국에서는 일찍부터 문학론에도 널리 적용되어왔음을 알게 한다.

한편 한자로 쓴 글은 글자가 드러내고 있는 뜻 못지않게 그것을 읽는 소리와 가락 및 글의 모양이 중요함으로 거기에는 자연히 뜻과는 또 다른 아름다움과 함께 '기' 같은 것이 생겨나게 마련이다. 이미 『논어』에서 증자曾子가 "말을 입 밖으로 냄에 있어서는 비루하고 사리에 어긋나는 것을 멀리해야 한다."[158]고 말하고 있다. 사람의 말을 하는 것을 '사기辭氣'라고 '기' 자를 하나 더 붙여 말하고 있는 것이다. 중국문학사상 최초의 '기론'은 중국 최초의 본격적인 문학론이라고 할 수 있는 위魏나라 문제文帝 조비曹丕(187-226)의 『전론典論』 논문論文에 보인다. 그는 「논문」을 "문장이란 나라를 다스리는데 쓰이는 위대한 사업이요, 영원히 썩지 않는 성대한 일."[159]이란 허두로 시작한 뒤, "문장이란 '기'를 위주로 한다〔文以氣爲主〕."라 선언하고 있다. 이 '기'란 말은 장자莊子·맹자孟子·순자荀子 등에서부터 한漢대의 여러 사상가들이 이미 많이 써온 말이다. 그리고 조비 이후로 이 기론은 중국 문학론의 두드러진 특징을 이

158 泰伯편: "出辭氣, 斯遠鄙倍矣."

159 "盖文章, 經國之大業, 不朽之盛事."

루게 된다. 유협劉勰의 『문심조룡文心雕龍』의 편명만을 보아도 신사神思나 풍골風骨 같은 알 듯 모를 듯한 말들과 함께 창작론으로 양기養氣편이 보인다. 그리고 거의 매 편마다 '기'를 이용하여 문론을 펴고 있다.

종영鍾嶸(467-519)도 그의 『시품詩品』 앞머리 총서總序에서 시론을 이렇게 시작하고 있다. "기운은 사물을 움직이고, 사물은 사람을 느끼게 한다. 그러므로 사람의 본성과 감정이 움직이어 춤과 시로 나타나는 것이다."[160]

이후 중국 문론에서 '기론'은 '도론'과 함께 매우 중요한 자리를 차지하게 된다.

그런데 『한비자韓非子』 해로解老편에서 '도'는 '이理'와 밀접한 관계의 개념임을 밝히고 있다.

> "도란 모든 '이理'를 존재케 하는 것이오, 모든 '이'의 근거가 되는 것이다. '이'란 이루어진 물건의 무늬이고, '도'란 만물이 이루어지는 근거이다."[161]

160 "氣之動物, 物之感人, 故搖蕩性情, 形諸舞詠."

161 "理者, 萬理之所然也, 萬理之所稽也. 理者, 成物之文也. 道者, 萬物之所以成也."

명대의 유기劉基(1311-1375)는

> "글이란 이理를 위주로 하고 기氣로서 펴는 것이다. 이가 밝지 않은 것은 헛된 글이라 하고, 기가 부족되면 이가 타고 갈 것이 없게 되는 것이다."[162]

하고, 이기론理氣論을 문론에 완전히 원용하고도 있다. 송宋대는 '이' 와 '기' 의 추구를 바탕으로 하는 도학道學이 전성한 시대이고, 또 중국의 전통문학이 최고조로 발전했던 시대이다. 따라서 송대의 '도' 와 '기' 가 중국문학에서 어떤 개념으로 이해되었는가를 추구해보는 것이 중국문학론에서 '도론' 과 '기론' 을 이해하는 지름길이라 판단한 것이다.

그 위에 남송南宋 또는 원元대 이후로는 중국의 전통문학은 창작면에 있어서 뿐만이 아니라 문학론에 있어서까지도 많은 변화를 보여 준다. 그런데 원대 이후의 문학론의 가장 두드러진 특징은 '도론' 이 그 주류를 이루고 있다는 것이다. 그것은 원대 주자학의 성행이 크게 작용했을 것이다. 따라서 이 작업은 남송 이후의 중국문학 발전의 특징을 이해하는 데에도 도움이 될 것으로 기대한다.

162 "文以理爲主, 而以氣攄之. 理不明爲虛文, 氣不足則理無所駕."(「蘇平仲文集序」)

2. 도론道論의 전개

'도론' 은 도가道家 뿐만이 아니라 유가儒家까지도 포함하여 중국 사상사에 있어서 일찍부터 추구해온 모든 존재의 근본원리를 추구해온 사상의 중심을 이루는 명제命題이다. 그러나 문학론에 있어서는 위魏나라의 조비曹丕(187-229)가 『전론典論』 논문論文에서 "글이란 '기' 를 위주로 하는 것이다〔文以氣爲主〕." 라고 문장론을 전개한 뒤 그 영향 아래 중국 문학론에 등장하게 된 것이다. 먼저 갈홍葛洪(283?-343)이 『포박자抱朴子』 상박尙博편에서 문학에 있어서의 도덕의 문제를 논하면서 '도' 의 문제를 제기하고 있다.

> "글은 없앨 수도 있는 것이나 '도' 가 행하여지지 않는다면 글이 없을 수가 없는 것이다."

> "문장은 비록 덕행의 아우 같은 것이지만 아무렇게나 해도 될 일이라고 할 수는 없는 것이다." [163]

그러나 문론에서 가장 구체적으로 '도론' 을 들고 나온 것은 유협劉勰(465?-532?)이다. 그의 대저인 『문심조룡文心雕龍』에는 '도' 를

163 "文可以廢, 而道未行則不得無文." "文章雖爲德行之弟, 未可呼爲餘事也."

본격적으로 논한 원도原道편이 있는데, 이런 말을 하고 있다.

> "그러므로 '도'는 성인으로 말미암아 글로 드리워지고, 성인은 글을 근거로 하여 '도'를 밝힘을 알 수 있다."[164]

그리고 도를 바탕으로 문학을 논하면서 다시 「징성徵聖」·「종경宗經」 등 편의 글로 「원도」편의 이론을 뒷받침하고 있다. 그리고 「서지序志」편에서는 "『문심』의 저작은 '도'에 근본을 두고 있다."[165]고 잘라 말하고 있을 정도이다. 그러나 본격적으로 문론의 중심으로 '도론'을 끌어들인 것은 중당中唐의 한유韓愈 이후 북송에 이르러서이다.

1) 북송

북송시대(960-1127)의 신유학은 도학道學이라고도 부르는데 그것은 그 학문의 중심이 하늘의 도道와 성인聖人의 도의 추구에 있었기 때문이다. 그러므로 그 문학론도 '도'를 중심으로 하여 전개된다. 그리고 그 '도'를 중심으로 하는 문학론도 중당中唐의 한유韓愈(768-824)로부터 시작되고 있다. 한유는 이렇게 논하고 있다.

164 "故知道沿聖以垂文, 聖因文以明道."
165 "文心之作也, 本乎道."

"내가 옛것에 뜻을 두고 있는 것은 그때의 문장이 좋아서 뿐만 이 아니라 그때의 도道가 좋았기 때문이다."[166]

"책을 읽어 공부를 하고, 말을 엮어 글을 짓는 것은 많은 것을 뽐내고 잘난 체 하려는 것이 아니다. 공부는 도道를 추구하기 위하여 하는 것이고, 글은 이理를 추구하기 위하여 짓는 것이다."[167]

한유는 '문도합일文道合一'의 경지를 추구하고 글에 있어서 '이理'의 중요성을 강조하였다. 그의 제자 이한李漢은 이 스승의 문학관을 요약하여 유명한 다음과 같은 도론을 남기고 있다.

"글이란 도를 관통하기 위한 기구이다. 이 도에 대하여 깊이 알지 못하고 좋은 글을 쓰게 되는 수는 없다.[168]

북송 초에 누구보다도 일찍이 고문운동古文運動을 추진하였던 유개柳開(948-1001)가 "문장이란 도를 추구하는 통발이다."[169]고 주장

166 「答李秀才書」: "愈之所志于古者, 不惟其辭之好, 好其道焉爾."
167 「送陳秀才彤書」: "讀書以爲學,纘言以爲文, 非以夸多而鬪靡也. 蓋學所以爲道, 文所以爲理耳."
168 「昌黎先生文集序」: "文者貫道之器也. 不深於斯道, 有至焉者不也."
169 「上王學士第三書」: "文章爲道之筌也."

한 것도 바로 한유의 이론을 이한과 약간 달리 표현한 것이다. 그는 "나의 도는 공자와 맹자와 양웅揚雄과 한유의 도이다."[170]라고 잘라 말하고도 있다. 왕우칭王禹偁(954-1001)도 "글이란 도를 전하고 마음을 밝히기 위한 것이어서 옛날의 성인들도 부득이할 때 글을 썼다."[171]고 말하고 있다.

북송시대의 신유학의 경향이 두드러지기 시작하면서 문학론에서도 현저히 자주 도론을 끌어다 쓰게 된다. 먼저 석개石介(1005-1045)가 이렇게 말하고 있다.

> "아아! 문장이 피폐하여진 지 이미 오래 되었다. ---문장의 근본이 날로 무너지고 있다. ---나는 마땅히 한유韓愈와 맹자孟子 같은 현명한 사람이 나와야만 ---도道가 크게 펴져서 거친 자갈밭이 없어질 것이며, 사람들은 그것을 따라 곧장 성인들에게로 가게 되어 굽은 길이나 좁은 길을 거치지 않고 큰 길을 따라 가게 된다고 생각한다."[172]

손복孫復(992-1057)도 같은 생각을 갖고 이런 말을 하고 있다.

170 「應責」: "吾之道, 孔子孟軻揚雄韓愈之道."(『全宋文』 卷122)

171 「答張扶書」: "夫文傳道而明心也, 古聖人不得已而爲之."

172 「與裵員外書」: "嘻! 文之弊已久. ----文之本日壞. ----吾當思得韓孟大賢人出, ----道大僻而無荒磧, 人由之直至于聖, 不由曲徑小道, 而依大路而行."

"글이란 도의 쓰임이요, 도란 가르침의 근본이다."[173]

도학道學의 발전에 따라 신유학자들의 문학론에 있어서의 '도'의 관념은 더욱 구체화한다. 먼저 주돈이周敦頤(1017-1073)는 『통서通書』에서 다음과 같은 유명한 '도'를 이용한 문학론을 펴고 있다.

"글이란 '도'를 실어 나르기 위한 것이다. 수레바퀴나 멍에를 갖추어 놓기만 하고 사람들이 쓰지 않는다면 쓸 데 없이 갖추어 놓은 것이다. 하물며 텅 비어놓기만 하는 수레야 더 말해 무엇 하겠느냐? 글을 짓는 것은 재주이고 도덕은 실질적인 것이다. ---도덕에 힘쓸 줄은 모르고 거저 글이나 잘 짓는 것은 재주를 부리는 것일 따름이다."[174]

정호程顥(1032-1083)와 정이程頤(1033-1107) 형제에 이르러는 '도'의 개념이 더욱 강해진다. 정이의 경우를 보자. '도'가 글 짓는 행위를 제약하는 지경에 가까워진다.

"전에 글과 시를 많이 짓지 말라고 한 것은 오직 심기心氣를 상

173 「答張洞書」: "文者道之用也, 道者敎之本也."

174 "文所以載道也. 輪轅飾而人不用, 徒飾也, 況虛車乎? 文辭, 藝也; 道德, 實也. --- 不知務道德, 而第以文辭爲能者, 藝焉而已."

하게 하기 때문만이 아니라 바로 가벼이 그것을 지어서는 안 되기 때문이다. 성현의 말씀은 부득이하여 하신 것이다."[175]

"공부하는 사람이 먼저 글을 배운다면 지극한 '도'에 이르는 이가 드물 것이다. 널리 함부로 읽는 것 같은 것은 또한 스스로를 해롭게 하는 것이다."[176]

학문은 말할 것도 없고, 문학의 목적도 '도'를 추구하는데 있음으로, 학자는 글이나 시를 짓는데 정력을 낭비해서는 안 된다. 그리고 학자가 '도'의 터득에 앞서 문학 공부를 하는 것도 해가 된다는 것이다. 이러한 문학론은 북송시대 고문가古文家들의 고문론古文論은 말할 것도 없고, 시인이나 정치가들에게까지도 현저한 영향을 끼치게 되어, '도'를 중심으로 하는 문학론은 북송시대에 걸쳐 일반화한다. 곧 북송시대 대부분의 사람들이 문학의 목적은 '도를 밝히는 데(明道)'[177]에 있다는 생각을 지니게 되었던 것이다. 구양수歐陽修(1007-1072)는 이런 말을 하고 있다.

175 「答朱長文書」: "向之言無多爲文與詩者, 非止爲傷心氣也, 直以不當輕作爾. 聖賢之言, 不得已也."

176 『二程全書外書』12 : "學者先學文, 鮮有能至道. 至如博觀汎濫, 亦自爲害."

177 『文心雕龍』原道편에 보이는 말임.

"성인의 글에는 비록 미칠 수가 없다고 하더라도 대체로 '도'에 뛰어난 사람은 글을 무난히 스스로 터득되게 되는 것이다."[178]

"공부하는 사람은 마땅히 경전을 스승으로 삼아야 하는데, 성전을 스승으로 삼기 위하여는 먼저 그 뜻을 알아야 한다. 뜻을 터득하면 마음이 안정되고, 마음이 안정되면 '도'가 순수해지고, '도'가 순수해지면 가운데 속이 충실해지고, 가운데 속이 충실해지면 글로 드러나는 것이 빛나게 된다."[179]

소식蘇軾(1036-1101)도 이런 말을 하고 있다.

"공자께서 '덕이 있는 사람은 반드시 할 말이 있다.'고 하였는데, 할 말이 있는 것이 아니라 덕이 입을 통하여 드러나는 것이다."[180]

그밖에 사마광司馬光(1019-1086)도 이런 말을 하고 있다.

"옛날의 이른바 '문'이라는 것은, 곧 이른바 예악의 '문'이었

178 「答吳充秀才書」: "聖人之文雖不可及, 然大抵道勝者, 文不難而自至也."

179 「答祖擇之書」: "學者當師經, 師經必先求其意. 意得則心定, 心定則道純, 道純則充於中者實, 中充實則發爲文者輝光."

180 「范文正公文集序」: "孔子曰; 有德者必有言. 非有言也, 德之發于口者也."

고, 예를 따라 움직이는 모습이었으며, 정악正樂을 연주하고 노래하는 소리였다. 지금 말하는 '글' 이 아니었다."[181]

왕안석王安石(1021-1086)도 이렇게 말하였다.

"세상을 다스리고 가르치는 정치 명령이 성인의 이른바 '글' 인 것이다. ---성인은 '도' 에 관하여 마음으로 그것을 터득하면 세상을 다스리고 가르치는 정치 명령으로 만드는 것이다."[182]

북송으로 들어와 문인들이 얼마나 문학작품을 창작함에 있어서 '도' 라는 개념을 중시했는가 알 수가 있을 것이다. 문학에 있어서 '도' 란 바로 사람들을 올바로 이끌어주고 세상을 평화롭게 다스리는 길인 것이다. 따라서 문학 작품은 시라 하더라도 공연히 홀로 자연이나 즐기는 풍류나 읊어서는 안 된다. 반드시 세상을 위하여 공헌하는 내용이 담겨 있어야 한다고 생각했던 것이다. 이런 뚜렷한 글을 짓는 목표를 지니고 문학창작을 하였기에 북송에 와서는 당나라보다도 한 단계 더 높은 수준의 문학을 발전시킬 수가 있었다.

181 「答孔文仲司戶書」: "古之所謂文者, 乃所謂禮樂之文, 升降進退之容, 絃歌雅頌之聲, 非今之所謂文也."

182 「與祖擇之書」: "治敎政令, 聖人之所謂文也. ---聖人之于道也, 蓋心得之, 作爲治敎政令也."

2) 남송

남송(1127-1279)에 와서는 북송에 성행한 이학자理學者들의 이론이 주희朱熹(1130-1200)에 의하여 종합되어 '주자학朱子學' 으로 체계화하면서 문학론에 있어서의 '도론' 은 정호와 정이 형제의 개념을 이어받아 문학론의 주류를 이루어 더욱 절대적인 것으로 발전한다. 문학에 있어 '도' 를 존중하는 것은 좋지만 그것을 절대적인 조건으로 받들고 보면 문학은 숨을 쉴 여지가 없게 된다. 호전胡銓(1102-1180)의 다음과 같은 주장은 북송 학자들의 주장을 이어받아 더욱 발전시킨 것이다.

> "덕이 있는 사람은 반드시 할 말이 있는데, 그것은 반드시 그렇게 되는 이치인 것이다. --- 덕이 성하면 그의 말은 뜻이 반드시 원대遠大하게 되는 것이 원칙이다."[183]

그러나 문학론에 있어서 '도' 의 개념도 주희朱熹에 이르러는 더욱 엄정해진다. 주희는 스승이라 받드는 정호 · 정이 두 형제의 이론을 더욱 충실히 계승 발전시킨 것이다. 그는 이렇게 주장하고 있다.

> " '도' 라는 것은 문학의 뿌리이고, 문학이라는 것은 '도' 의 가

183 「答譚思順」: "有德者必有言, 亦必至之理也. —德盛則其言也旨必遠, 理也."

지와 잎이다. 오직 그 뿌리가 '도'에 근본을 두고 있기 때문에 문학으로 드러나게 하고 있는 것이 모두 가 '도'인 것이다."[184]

그리고는 주돈이周敦頤의 "문이재도文以載道"의 이론을 다음과 같이 보충 설명하고 있다.

"글이 '도'를 싣고 있는 원리는 수레가 물건을 싣고 있다는 원리와 같다. 그러므로 수레를 만드는 사람이 반드시 그 수레바퀴와 수레채를 마련하듯이, 글을 짓는 사람은 반드시 그 표현을 잘 해야만 하는데, 모두 사람들이 좋아하여 그것을 쓰게 되기를 바라기 때문이다. 그러나 내가 마련해 놓아도 사람들이 쓰지 않는다면 곧 헛되이 마련한 것이 되어 실상 무익한 것이다. 하물며 물건이 실려있지 않은 수레나 '도'가 실려있지 않은 글이라면 비록 마련하기를 아름답게 한들 그것을 무엇에 쓰겠는가?"[185]

그리고 또 이한李漢이 "글이란 '도'를 관통하는 연모(文者貫道之器)"라고 한 말은 부적절한 표현임을 비판하고 있다.

184 『語類』 卷139 論文上 : "道者文之根本, 文者道之枝葉. 惟其根本乎道, 所以發之於文皆道也."

185 『通書解』 : "文所以載道, 猶車所以載物, 故爲車者必飾其輪轅, 爲文者必善其詞說, 皆欲人之愛而用之. 然我飾之而人不用, 則猶爲虛飾, 而無益於實. 況不載物之車, 不載道之文, 雖美其飾, 亦何爲乎?"

"이 글이란 모두가 '도' 가운데로부터 흘러나오는 것인데, 어찌 글이 반대로 '도'를 관통할 수 있을 이가 있겠느냐? 글은 글이고 도는 도이다. 글이란 오직 밥을 먹을 적의 반찬이나 같은 것이다. 만약 글을 가지고 '도'를 관통한다면 또한 근본을 가지고 말단을 삼고, 말단을 가지고 근본을 삼는 셈이 되고 만다. 그래도 되겠는가?"[186]

앞에 인용한 소식蘇軾이 "내가 글을 지을 때는 반드시 '도'가 함께하게 된다.〔我所爲文, 必與道俱.〕" 라고 한 말[187]까지도 주희는 다음과 같이 비판하고 있다.

"지금 소식蘇軾이 말하기를 '내가 말하는 글은 반드시 '도'와 함께하게 된다.' 고 하였다는데, 그렇다면 글은 스스로가 글이고 '도'는 스스로가 '도'이니, 글을 지을 적에는 돌아가서 '도'를 구해 와 속에 집어넣어야 될 것이다. 이것은 그의 큰 병폐이다."[188]

186 『語類』 卷139 論文上 : "這文皆是從道中流出, 豈有文反能貫道之理? 文是文, 道是道, 文只如喫飯時下飯耳. 若以文貫道, 却是把本爲末, 以末爲本. 可乎?"

187 『蘇東坡全集後集』 16卷 : 「祭歐陽文忠公文」 "公(歐陽修)曰; ---- 我所謂文, 必與道俱." 朱熹가 蘇軾의 말이라 한 것은 착오임.

188 上同; "今東坡之言曰 : '吾所謂文, 必與道俱.' 則是文自文, 而道自道, 待作文時, 旋去討個道來, 入放裏面. 此是他大病處."

주희에 의하면, '도'는 절대적인 것이고 글이나 문학은 여기에 딸려있는 부수적인 것에 불과하다. '도'는 언제나 절대적인 진리이지만 글은 '도'를 담고 있을 적에야 글의 값을 발하게 된다. 따라서 글이나 문학 자체는 별것이 아니라는 것이다.

『문장정종文章正宗』을 편찬한 진덕수眞德秀(1178-1235)의 아래에 인용한 것과 같은 의견도 주희의 '도'를 바탕으로 한 문학관을 그대로 발전시킨 것이다.

> "선비들이 공부를 하는 것은 '이'를 추구하여 쓰임에 이바지하려는 것이다. 글은 비록 공부 중의 한 가지 일이지만 요컨대 역시 여기에서 벗어나지는 않는 것이다. 그러므로 지금 편집한 것은 올바른 '이'를 밝혀서 절실히 실지로 쓰일 것을 위주로 하였다."[189]

여기의 '이'는 바로 신유학자들이 추구하던 '도'의 한 면이다.

또 이른바 심학心學을 주장했던 육구연陸九淵(1139-1192)도 다음과 같은 주장을 하고 있다.

> "책을 읽고 글을 짓는 것도 역시 우리들이 하는 일이다. 그러나

189 『文章正宗』 序文 : "夫士之于學, 所以窮理而致用也. 文雖學之一事, 要亦不外乎此. 故今所輯, 以明義理, 切實用爲主."

책을 읽는 것은 본시 글을 짓기 위해서가 아니니 글을 짓는 것은 그 말단적인 것이다."[190]

"덕이 있는 사람은 반드시 할 말이 있으니 진실로 그러한 사실이 있기 때문에 반드시 그의 글이 있게 된다. 사실은 근본적인 것이오, 글이란 말단적인 것이다."[191]

'도'를 추구하고 '덕'을 존중하는 그들에게 문학은 말단적인 것이 되고 만 것이다. 남송으로 와서는 문학론에 도론道論이 더 크게 원용되어 '도'만이 지나치게 강조되는 방향으로 기울어졌다. 따라서 문학 자체는 오히려 더욱 가벼이 여겨지게 되었던 것이다.

3. 기론氣論의 전개

앞에서 이미 말한 것처럼 문학론에 있어서 '기론'은 조비曹丕의 「논문論文」에서 시작되고 있고 그것은 '도'의 개념과도 밀접한 관계가 있다. 따라서 '도론'이나 마찬가지로 유협劉勰의 『문심조룡文

190 「與曾敬之」: "讀書作文亦是吾人事, 但讀書本不爲作文, 作文其末也."
191 「與吳子嗣之四」: "有德者必有言, 誠有其實, 必有其文. 實者本也, 文者末也."

心雕龍』 풍골風骨편에 이르러는 문학에 있어서의 '기' 의 문제를 여러 가지로 논하고 있다. 그 편의 제목인 '풍골' 이란 말을 유협은 기골氣骨이나 같은 말로 이해하고 있었던 것도 같다. 그러나 북송시대 이후 성행하는 문학론에 있어서의 '기론' 은 '도론' 이나 마찬가지로 역시 한유韓愈에게서 비롯되고 있다. 이를 통해서도 중국문학론에 있어서 '도' 와 '기' 는 불가분의 관계에 있음을 알게 된다. 그 이후로 '도' 와 '기' 는 남송에 그치지 않고 청淸나라 말엽에 이르기까지 시나 산문을 막론하고 문학론 속에 깊숙히 자리 잡고 발전하게 되었다.

1) 북송

먼저 북송의 '기론' 을 앞에서 열어준 한유는 이렇게 논하고 있다.

> " '기' 가 물이라면 언어는 거기에 떠있는 물건 같은 것이다. 물이 크면 거기에 뜨는 물건도 큰 것 작은 것 할 것 없이 모두 뜨게 된다. '기' 와 언어도 이와 같다. '기' 가 성대하면 언어의 길고 짧은 것과 높고 낮은 것이 모두 적절하게 된다." [192]

192 「答李翊書」: "氣, 水也; 言, 浮物也. 水大而物之浮者, 大小畢浮. 氣之與言, 猶是也. 氣盛則言之長短與聲之高下者, 皆宜."

"진실로 그의 교묘함과 지혜를 간직하고 있어서 일의 계기契機가 마음에 호응을 하고 '기'가 손상되지 않는다면, 곧 그의 정신이 완전하고 지키는 것이 굳건하여 비록 밖의 사물事物이 닥친다 하더라도 마음을 졸이게 된다."[193]

북송시대에 이르러 고문가古文家들과 신유학자新儒學者들은 이를 이어받아 문학론에 '기론'을 보다 적극적으로 원용하고 있다. 우선 구양수歐陽修도 「수곡야행기자미성유시水谷夜行寄子美聖兪詩」라는 '시를 논한 시(論詩詩)'에서 '기'를 인용하여 소순흠蘇舜欽(1008-1048)이 시를 짓는 경향을 다음과 같이 논하고 있다.

"소순흠은 '기'가 특별히 웅장해서, 온몸에서 호령 같은 숨소리가 나는 것 같네."[194]

북송시대에 가장 본격적으로 문학론에 '기론'을 끌어다 쓴 이는 소철蘇轍(1039-1112)이었다. 그는 이런 말을 하고 있다.

"나는 나면서부터 글을 짓기 좋아하여 거기에 대하여 지극히

193 「送高閑上人書」: "苟可以寓其巧智, 使機應于心, 不挫于氣, 則神完而守固, 雖外物至, 不絞於心."

194 "子美氣尤雄, 萬竅號一噫."

깊이 생각해 보았는데, 글이라는 것은 '기' 가 이룩해 놓는 것이라 믿게 되었다. 그러나 글은 배워서 잘 쓸 수가 없는 것이지만 '기' 는 길러서 이르게 할 수가 있는 것이다. --- '기' 가 그의 몸 가운데 차 있으면 그의 외모外貌로 넘쳐나오고 그의 말속에도 움직이고 있게 되어 자기도 알지 못하는 중에 그의 글에 드러나게 되는 것이다." [195]

『강서시사종파도江西詩社宗派圖』를 쓴 여본중呂本中(1119 전후)도 이렇게 '기' 를 문학론에 끌어들이고 있다.

"글의 물결이 널리 일게 하고자 한다면, 먼저 반드시 규모를 크게 만들고 나의 '기' 를 잘 기른 뒤에야 가능한 것이다. ---한유韓愈가 말하기를 '기가 물이라면 언어는 떠있는 물건이나 같은 것이다.' 고 하였다." [196]

황상黃裳(1043-1129)을 비롯한 몇 사람의 북송시대의 '기론' 을 인용한 문학론을 더 인용해 본다.

195 「上樞密韓太尉書」: "轍生好爲文, 思之至深, 以爲文者氣之所形. 然文不可以學而能, 氣可以養而致. ---其氣充乎其中, 而溢乎其貌, 動乎其言, 而見乎其文, 而不自知也."

196 「與曾吉甫論詩第二帖」: "欲波浪之闊, 先須于規模令大, 涵養吾氣而後可. ---退之云; 氣, 水也; 言, 浮物也."

"문장을 논하는 사람들은 말하기를 '기' 가 깃들여 이루어지는 것이라고 한다. 이것은 본시 옳은 말이나 '기' 가 문장에 깃들여지는 까닭을 올바로 말한 사람은 아직 없다."[197]

유엄劉弇(1046-1102)은 이런 말을 하고 있다.

" '기' 에 의지하지 않을 수가 없음이 이와 같다. 그러나 이것보다도 더 심한 것은 문장의 경우이다. 그의 '기' 가 완전한 자는 그의 표현이 혼후渾厚하고 그의 '기' 가 손상된 자는 표현에 제한을 받아 글이 비천卑賤해진다."[198]

모방毛滂(1055?-1120?)은 이런 말을 하고 있다.

"내가 듣건대, 어짊과 의로움의 방도나 『시경』과 『서경』의 가르침 속에는 '기' 가 있다고 하였다."[199]

북송 문인들은 문학의 심오한 참뜻을 찾아내어 보다 진실한 문학

197 「上黃學士書」: "論文章者, 謂氣之所寓. 此固是也, 而氣之所以寓乎文章, 未有能言者."

198 「上運判王司封書」: "氣之不可不恃也如此. 然又有甚乎此者, 其文章與! 其氣完者其辭渾, 其氣削者局以卑."

199 「上時相書」: "某聞仁義之塗, 詩書之府, 有氣也."

작품을 창작하려고 '도론' 뿐만이 아니라 '기론' 까지도 동원하여 문학의 본질을 추구하였다. 이러한 노력이 북송 문학을 보다 차원 높은 단계로 발전시켜주었다.

2) 남송

남송은 신유학인 주자학朱子學이 이루어진 왕조임으로 그 시대의 '기론' 의 발전은 중국의 전통문학을 이해하는데 매우 중요하다. 남송으로 와서는 '기론' 이 더욱 유행한다. 이강李綱(1083-1140)은 이렇게 문학에 있어서의 '기' 의 실상을 말하고 있다.

> "문장은 '기' 를 위주로 하여 마치 산천에 안개와 구름이 기어 있는 것과 같은 모습이다." [200]

진선陳善(1147 전후)은 기운氣韻이란 용어를 써서 '기론' 을 다음과 같이 펴고 있다.

> "문장은 기운을 위주로 하는 것이니, 기운이 부족하면 비록 좋은 표현을 쓰더라도 요컨대 좋은 작품이 되지 않는다." [201]

200 「道卿鄒公文集序」: "文章以氣爲主, 如山川之有烟雲."

201 『捫蝨新話』: "文章以氣韻爲主, 氣韻不足, 雖有辭藻, 要非佳作也."

따라서 남송시대에 와서는 '기론'이 문학론을 압도하기 시작한다. 육유陸游(1125-1210)가 이런 말을 하였다.

"문장은 마땅히 '기'를 위주로 하여야 하는데, 지금 사람들이 옛날 사람들만 못한 것은 이상한 일이 아니다."[202]

육유의 견해에 의하면, 그 시대 사람들이 옛날 사람들만큼 좋은 글을 쓰지 못하는 까닭은 '기'가 모자라기 때문이라는 것이다. 주자학자인 진덕수眞德秀는 이렇게 논하고 있다.

"그러므로 언어를 꾸미려 한다면 그의 '기'를 기르는 것이 좋고, 글을 잘 쓰려 한다면 공부에 힘쓰는 것이 좋다. '기'가 완전하여야 배움도 순수하게 된다. ---하물며 그 밖의 글이야 더 말해 무엇 하겠는가?"[203]

그가 '도'에 해당하는 '이理' 또는 '의리義理'란 용어를 써서 문학론을 진행시키고 있는 것과[204] 아울러 생각할 때, 그는 '이'에 대

202 「桐江行」: "文章當以氣爲主, 無怪今人不如古."

203 「日湖文集序」: "是故致飾語言, 不若養其氣; 求工筆札, 不若勵于學. 氣完而學粹. ---況其外之文乎?"

204 주 186)에 인용한 「文章正宗序」 참조.

가 되는 '기' 를 문장의 바탕으로 생각했던것 같다. 따라서 그의 '기론' 은 문학론이기보다는 만물의 원리로 통하는 문학보다도 한 단계 더 우위를 차지하는 것이다. 위료옹魏了翁(1178-1237)의 생각도 진덕수와 크게 다를 바가 없다.

> "문사文辭는 '기' 에 뿌리를 두고 있고, '기' 는 뜻에 목숨을 두고 있고, 뜻은 배움에서 서게 된다. '기' 가 엷고 두터운 것과 뜻이 크고 작은 것과 배움이 순수하고 잡된 것에 따라 문사의 험난하고 평이한 것과 바르고 비뚤어진 것이 정해지게 된다."[205]

'기론' 이 문학을 압도하고 있다. 이런 여건 아래에서 문학은 더 발전하기는 쉽지 않을 것이다. 이로부터 '기론' 은 중국문학론에 있어서의 중요한 한 가지 흐름으로 변한다. 곧 이 '기론' 이 뒷받침한 전통문학 창작은 이로부터 더 이상의 발전을 이루지는 못한다.

4. 맺는 말

남송에 들어와 엄우嚴羽(1200 전후)는 북송의 시에 대하여 비판적

205 「攻媿樓宣獻公文集序」: "辭根于氣, 氣命于志, 志立于學. 氣之薄厚, 志之小大, 學之粹駁, 則辭之險易正邪從之."

인 견해를 가지고 『창랑시화滄浪詩話』를 썼다. 그는 불교의 선禪의 개념을 원용援用한 시론詩論을 전개하여 유명한데, '선'을 시론에 원용한 것은 남송시대 신유학의 관념론적인 학문 경향과도 통하는 것이다. 그것은 남송 이후 실제의 문학창작과는 거리가 먼 여러 가지 관념론적인 개념 앞에서 논한 '도론'과 '기론'이 문학론을 장악하게 된 사실과도 관련이 있는 것이다. 이 영향으로 원나라 이후의 문학론이 모두 이와 같은 문학과는 직접 관련이 없는 신유학의 관념론적인 경향이 지배하게 된다.

꿔샤오위(郭紹虞)는 그의 『중국문학비평사中國文學批評史』에서 『창랑시화』에 대하여 논하면서,[206] 엄우嚴羽보다 앞서거나 비슷한 시기에 '선론'을 가지고 시를 논했던 사람들의 보기를 10여 명이나 들고 있다.

이때에 와서 완전히 체계화하고 자리 잡은 '신유학'은 원대에 특히 대성하면서 문학을 부정하고 문화를 부정하여 중국의 전통문학과 문화를 퇴조시키고 이질적인 문학과 문화를 발전케 한다. '신유학'은 너무나 정신적, 내면적 학문 방법에만 집착하여 자기네 전통문학 내지는 문화까지도 경시하는 결과를 초래한다. 곧 '신유학'은 너무나 사변적思辨的, 철학적哲學的인 학문 방법으로만 기울어 더욱 실제 사회와는 유리遊離된 관념적觀念的인 학문이 되어버렸던 것이

206 四 近古期 --- 自北宋至清代中葉 四七 嚴羽 滄浪詩話.

다. 심지어 오랑캐 민족이 자기네 중국을 지배하게 된 현실에도 둔감하였다.

후러청(傅樂成)은 「당형문화唐型文化와 송형문화宋型文化」란 논문에서 "당대 문화는 외래문화를 받아들이는 것을 위주로 하였다."고 말하면서, 북송과 남송에 대하여는 다음과 같이 논하고 있다.

> "송나라에 이르러는 마침내 민족 본위의 문화인 이학理學이 생겨났고, 그 문화정신과 동태動態도 단순해지고 전보다 오그라지는 방향으로 나아갔다. 남송 때에는 도통道統의 사상이 확립되어 민족 본위의 문화는 더욱 견고해져갔고, 그 외래문화를 배척하는 선입견先入見도 날로 더욱 심각해졌다."[207]

남송의 '신유학'은 성인聖人의 '도'의 추구를 학문 목표로 삼고, 학자들은 늘 그 '도'에 입각하여 생활하면서 자신들과 성격이나 방법이 조금이라도 다르다면 그것은 올바른 것이 될 수가 없는 것이라 단정하고 모두 배척하였다.

원대 이후에 있어서 문학론에 원용된 '도론'과 '기론'은 이상 얘

207 『唐型文化和宋型文化』(『漢唐史論集』, 聯經出版社, 1972) : "唐代文化, 以接收外來文化爲主. ---- 到宋, 遂有民族本位文化的理學的產生, 其文化精神及動態亦轉趨單純與收斂. 南宋時, 道統的思想旣立, 民族本位文化益形强固, 其排拒外來文化的成見, 也日益加深."

기한 문화적인 성격을 문학을 통해서 잘 보여주고 있다고 생각한다. 중국문학론을 통해서 보더라도 원대 이후로는 추상적이고 관념론적인 '도론'과 '기론'을 오히려 문학 자체보다도 중시하여 전통문학 창작을 억눌렀을 뿐만이 아니라 자기네 전통문화까지도 전반적으로 퇴조退潮시켰다고 여겨진다.

인성구기因聲求氣

"소리를 바탕으로 하여 '기'를 추구한다."는 뜻의 '인성구기'는 청대 동성파桐城派 고문론古文論의 중심을 이루는 말이다. 한국의 중국문학을 공부하는 사람으로서는 제대로 이해하기 매우 어려운 말이다. 사실 기론氣論은 위魏나라 문제文帝인 조비曹丕(187-226)가 중국 최초의 본격적인 문학론인 「논문論文」에서 "문장은 '기'를 위주로 하는 것이다〔文以氣爲主〕."고 선언한 뒤 시나 산문을 막론하고 문장을 논할 때 중국 문인들은 '기론'을 계속 써왔다. 그러나 실상 문장에 있어서 '기'가 구체적으로 무엇을 뜻하는지 정말 알기 어렵다. 기운氣韻·기세氣勢·기상氣象·기질氣質·기개氣槪·기풍氣風·재기才氣·골기骨氣·호기浩氣·신기神氣·생기生氣·의기意氣 등등 여러 가지 '기'에 해당되는 말들이 있지만은 어디에 가까운 말로 쓰고 있는지 종잡을 수도 없다. 그래도 시대가 우리에 가까운 사람일수록 우리의 사고방식에 가까울 것이라 생각하고, 청淸대 말엽 문인들이 쓴 기론인 '인성구기'라는 말을 취하여 그 뜻을 추구해 봄으로써 중국 문장론에 있어서의 '기'의 개념을 좀 더 올바로 파악해 보고자 하는 것이다.

'인성구기'라는 말을 우리가 알기 쉽게 비교적 간략하게 설명하고 있는 글로 장유교張裕釗(1823-1894)의 「오지보에게 보내는 글(與吳至父書)」[208]이 있다. 그 속에서 이 말의 뜻을 가장 잘 설명하고 있다고 생각되는 글 한 토막을 골라 아래에 인용한다.

> "옛날의 글을 논한 분이 말하였다. '글은 뜻의 표현을 위주로 하는 것이지만, 표현하는 말은 그 뜻에 잘 들어맞아야 하고, '기'는 그 말을 잘 드러낼 수 있어야 한다.' 수레를 가지고 비유를 하면 뜻은 수레몰이와 같고, 말은 거기에 실은 짐과 같고, '기'는 바로 수레를 가도록 하는 것과 같다. 그 시작은 '소리를 바탕으로 하여 '기'를 추구하는 데' 있으니, 그 '기'를 파악하기만 하면 뜻과 표현하는 말은 흔히 그로 말미암아 함께 드러나게 되는데, 법도라고 여기에서 벗어나는 것은 아니다. 그러므로 그중 하나만 잘 파악하면 그 나머지도 실마리를 잡아 끌어내게 되는 것이다.---
>
> 그러므로 요내姚鼐(1731-1815)와 여러 학자들의 '소리를 바탕으로 하여 '기'를 추구한다.'고 한 이론은 바꾸어질 수가 없는 것이다. 내가 옛 분들에게서 배우고자 하는 것은 '기'를 근거로 하여 글의 뜻에 통달하고 그것을 표현하는 말과 법도에도 통함으로

208 『濂亭文集』에 실림.

> 서 문장의 심오함을 깨닫는 것이다. 내 자신이 쓰는 글에 있어서는 한결 같이 뜻을 위주로 하면서도 표현하는 말과 '기'와 법도가 모두 따라오도록 하려는 것이다."[209]

우리로서는 정말 이해하기 어려운 문장론이다. 중국 글은 한자로 쓰는 것이기 때문에 한자의 특성으로 말미암아 이러한 문장론이 발전한 것이다. 한자는 뜻글자이고 아울러 글자마다 모두 다른 읽는 소리와 독특한 모양을 지니고 있다. 한자의 읽는 소리는 모두 단음절로 이루어져 있다. 따라서 아무리 단음절의 종류가 많다 하더라도 같은 소리를 지닌 글자가 많을 수밖에 없다. 보기로, 이 컴퓨터에서 쓰는 '한글' 한자의 '동' 음의 글자만 보더라도 東·洞·同·桐·童 등 모두 42개의 글자나 된다. 때문에 다시 소리로 뜻의 차이를 구별하기 위하여 성조聲調라는 것이 생겨났다. '성조'란 지금의 중국어에서 사성四聲이라 부르는 것이다. '사성'이란 변화가 없는 소리, 낮은 데서 높게 올라가는 소리, 높은데서 낮아졌다 다시 올라가는 소리, 높은 데서 소리가 내려가며 딱 끊어지는 소리의 네 가지이다. 그런데 이 한자의 성조는 시대와 그것을 쓰는 지역에 따라 많

209 "古之論文者曰:'文以意爲主, 而詞欲能副其意, 氣欲能擧其辭.' 譬之車然, 意爲之御, 辭爲之載, 而氣則所以行也. 其始在因聲以求氣, 得其氣, 則意與詞往往因之而幷顯, 而法不外是矣. 是故契其一, 而其餘可以緖引也.— 故姚氏曁諸家因聲求氣之說, 爲不可易也. 吾所求于古人者, 由氣而通其意, 以及其辭與法, 而喩乎其深. 及吾所自爲文, 則一以意爲主, 而辭氣與法, 胥從之矣."

은 변화가 있다. 그리고 서주西周 시대(B.C.1111-B.C.771)만 하더라도 글을 쓰는 전문가는 말할 것도 없고 임금에게 글을 읽어주는 전문가도 따로 있었다.[210] 이들은 한자로 써놓은 글은 그들이 쓰던 말과 달라서 빨리 읽으면 사람들이 알아듣지 못함으로 읽는 소리를 길게 잡아 늘이어 읊거나 노래하듯 읽었다. 이에 글자마다 읽을 적의 가락인 성조가 생기게 된 것이다. 때문에 중국의 문장론에서는 처음부터 글을 읽는 소리가 중시되었던 것이다. 중국에서는 후세까지도 책 읽는 것을 흔히 '금을 타며 노래하듯 책을 읊는다〔絃歌誦書〕.' 고 하였다.

본격적인 중국 최초의 문론서文論書인 유협劉勰(465-522)의 『문심조룡文心雕龍』을 보면 제1편이 원도原道인데 "문장의 기본 성격은 위대한 것이어서 하늘과 땅과 함께 생겨난 것이다.〔文之爲德也大矣, 與天地並生.〕" 라는 말로 글을 시작하고, 또 사람의 마음은 바로 하늘과 땅의 마음임을 논하고 나서 "마음이 생겨나자 말이 이루어졌고, 말이 이루어지자 글이 나타났다.〔心生而言立, 言立而文明.〕" 고 말하고 있다. 때문에 글은 무엇보다도 위대한 것이 되고 문론은 철학론이나 같게 되는 수박에 없다. 제1편 '원도' 로부터 제5편 변소辨騷에 이르기까지는 그러한 문장의 근본 성격을 논한 내용이고,

210 『周禮』 地官에 보이는 誦訓, 같은 책 夏官 司馬의 訓方氏와 撢人 등이 있다.

第6편 명시明詩로부터 第25편 서기書記에 이르기까지는 여러 가지 문장과 문체에 대하여 논한 내용이고, 第26편 신사神思로부터 第49편 정기程器까지는 문장의 창작과 비평을 논한 내용이고, 끝머리 제50편 서지序志는 이 책 전체의 서문에 해당하는 내용이다.

유협은 문장의 기본 성격을 정확히 파악하기 어려운 '도道'를 바탕으로 하여 이론을 펴기 시작하고 있다. 그리고 문장의 아름다운 표현을 논함에 있어서는 첫째 글의 겉모양을 통한 아름다움의 표현인 형문形文, 둘째 글의 읽는 소리를 통한 아름다움의 표현인 성문聲文, 셋째 글을 쓰는 사람의 마음이나 감정을 통한 아름다움의 추구인 정문情文이 있다고 하였다. 중국 글을 쓰는데 있어서 '형문'이나 '성문' 같은 것을 중시하게 된 것은 한자의 특징 때문이며 중국 글만의 특징이기도 하다. 어떻든 다른 나라 문학에서는 이처럼 글을 읽는 소리를 중시하는 중국 문장의 특징을 이해하기 힘들다.

우선 『문심조룡』의 편명만을 보더라도 마치 음악론 같이 느껴지는 성률聲律편이 있고, 지음知音편이 있다. 성률편의 첫머리에 이렇게 말하고 있다.

"음률의 시작은 사람의 소리에 근본을 두고 있다. 소리에는 높고 낮은 가락이 있는데 사람들의 혈기로부터 나오는 것이며 옛날 임금들은 이를 근거로 음악을 만들었다. 그러므로 악기는 사람의 소리를 본뜬 것이니 사람의 소리가 악기를 흉내 낸 것이 아님을

> 알 수 있다. 그러므로 사람들의 말은 문장과 신령스러운 지혜를 표현하는 중요한 것이지만 노래의 가락을 드러내는 일은 입술과 입만이 한다."[211]

유협은 이러한 성률에 대한 기본 개념을 바탕으로 성률이 문장에 끼치는 영향을 논하고 있는데, 그 일부분을 아래에 인용한다.

> "읽어서 더듬거리게 되는 글의 병폐는 각별한 것을 좋아하는 데서 생겨난다. 새로운 것을 추구하고 기이한 것을 좇다보니 그의 목구멍과 입술이 뒤엉키게 되고, 뒤엉킨 것을 풀려다 보니 강하고 지나치게 애쓰게 된다. 왼편이 엉겼다면 오른 편에서 풀어야 하고 끝 쪽이 막혔다면 앞쪽에서 뚫어야 한다. 그렇게 하면 읽는 소리가 입술에서 구르는 것이 쟁강쟁강 옥이 부딪히는 것 같고 말이 귀에 아름답게 들어오는 것이 영롱하게 구슬을 꿰어놓은 것 같을 것이다.
>
> 그러므로 말소리와 쓴 글씨가 아름답고 추한 것은 읊는 가락에 달려있고, 읊는 가락의 맛은 글자와 구절에서 흘러나온다. 그리고 글의 '기'와 힘은 '조화'와 '운률'을 통해서 이룩된다. 서로 다른 읽는 가락이 잘 어울리는 것을 '조화'라 하고, 같은 읽는 소

211 "夫音律所始, 本於人聲者也. 聲含宮商, 肇自血氣, 先王因之以制樂歌. 故知器寫人聲, 聲非學器者也. 故言語者, 文章神明樞機, 吐納律呂, 脣吻而已."

> 리가 잘 호응하는 것을 '운률' 이라 한다. '운률' 의 '기' 가 일정하면 나머지 읽는 소리는 제대로 내기가 쉽다. '조화' 란 것은 내려가기도 하고 올라가기도 하는 것을 다루는 것이어서 나머지 읽는 소리를 어울리게 하기가 어렵다."[212]

이처럼 중국 글은 쓰는 사람의 뜻만을 잘 표현할 뿐만이 아니라 써놓은 그 글을 읽을 적에 글을 읽는 소리도 그 가락이 아름다운 조화를 이루어야만 한다는 것이다.

다시 연자練字편에서는 "마음은 이미 읽는 소리에 그 표현이 맡겨져 있고, 글의 표현은 겉모양을 글자에 의지하고 있지만, 글을 읊을 적에는 가락을 통해서 그 기능이 드러난다."[213] 하였고, 부회附會편에서는 아이들이 글을 배움에 있어서는 "마음과 뜻을 신명神明으로 삼고, 글의 내용과 뜻을 뼈대로 삼고, 글의 겉모양을 살과 살갗으로 삼고, 높고 낮은 가락을 글 읽는 소리의 '기' 로 삼아야 한다."[214] 고 말하고 있다. 또 지음知音편에서는 글을 읽을 적에 주의해야 할

212 "夫吃文爲患, 生於好詭. 逐新趣異, 故喉脣糾紛 : 將欲解結, 務在剛斷. 左礙而尋右, 末滯而討前. 則聲轉於吻, 玲玲如振玉; 辭靡於耳, 累累如貫珠矣. 是以聲畫姸蚩, 寄在吟詠; 吟詠滋味, 流於字句. 氣力窮於和韻. 異音相從謂之和, 同聲相應謂之韻. 韻氣一定, 故餘聲易遣, 和體抑揚, 故遺響難契."

213 "心旣託聲於言, 言亦寄形於字, 諷誦則績在宮商."

214 "夫才童學文, 宜正體制, 必以情志爲神明, 事義爲骨髓, 辭采爲肌膚, 宮商爲聲氣."

점으로 글의 종류와 형식(位體), 글 솜씨(置辭), 글의 내용과 뜻(事義) 등 여섯 가지 요점(六觀)을 들면서 글을 읽을 적의 가락(宮商)도 그 속에 넣고 있다. 이는 한자라는 뜻글자의 특성으로 말미암아 읽어서 듣기에 멋지지 않으면 그 글은 좋은 글이 될 수가 없기 때문이다.

한자로 쓴 글은 글자가 드러내고 있는 뜻 못지않게 그것을 읽는 소리와 가락 및 글의 모양이 중요함으로 거기에는 자연히 뜻과는 또 다른 아름다움과 함께 '기' 같은 것이 생겨나게 마련이다. 이미 『논어』에서 증자曾子가 "말을 입 밖으로 냄에 있어서는 비루하고 사리에 어긋나는 것을 멀리해야 한다.〔出辭氣, 斯遠鄙倍矣. - 泰伯편〕"고 말하고 있다. 사람의 말을 '사기辭氣' 라고 '기' 자를 하나 더 붙여 말하고 있는 것이다. 때문에 앞의 『문심조룡』에서 글의 읽는 소리를 논한 짧은 대목을 인용하는 중에도 '글의 기운' 이란 말이 보였다. 중국문학사상 최초의 '기론' 은 중국 최초의 본격적인 문학론이라고 할 수 있는 위魏나라 문제文帝 조비曹丕(187-226)의 『전론典論』 논문論文에 보인다. 그는 「논문」을 "문장이란 나라를 다스리는데 쓰이는 위대한 사업이요, 영원히 썩지 않는 성대한 일."[215]이란 허두로 시작한 다음 아래와 같은 '기론' 을 펴고 있다.

"글은 '기' 를 위주로 하는 것이다. '기' 에는 맑고 흐린 실질적

215 "蓋文章, 經國之大業, 不朽之盛事."

인 차이가 있는데 힘을 써서 억지로 이룩할 수는 없는 것이다. 음악에 비유를 든다면, 소리 가락을 비록 고르게 내고 박자를 바르게 맞춘다 하더라도 나오는 '기'가 일정치 않아서 잘하고 못하는 바탕이 있는 것 같은 문제는, 비록 아비나 형이라 하더라도 그것을 아들이나 동생에게 옮겨줄 수가 없는 것이다."[216]

물론 이 '기氣'란 말은 장자莊子·맹자孟子·순자荀子 등에서 시작하여 한漢대의 여러 사상가들이 써온 개념을 빌려온 것이지만, 조비 이후로 이 '기론'은 중국 문학론의 두드러진 특징을 이루게 되었다.

유협도『문심조룡』풍골風骨편에서 글의 '풍골'을 논하면서 이렇게 말하고 있다.

"그러므로 글에 뼈(骨)가 있어야 함은 사람 몸에 뼈대가 있어야 함과 같다. 글의 내용에 바람(風)이 불고 있어야 함은 사람 육체에 '기'가 들어 있어야 함과 같다. 글의 표현이 단정하고 곧으면 곧 글에 뼈가 이루어진다. 글의 뜻과 '기'가 빼어나고 깨끗하면 글에 불고 있는 바람이 맑게 마련이다."[217]

216 "文以氣爲主. 氣之清濁有體, 不可力强而致. 譬諸音樂, 曲度雖均, 節奏同檢, 至於引氣不齊, 巧拙有素, 雖在父兄, 不能以移子弟."

217 "故辭之待骨, 如體之樹骸 : 情之含風, 猶形之包氣. 結言端直, 則文骨成焉; 意氣駿爽, 則文風清焉."

조비의 「문론」에는 앞에 인용한 '기론'에 뒤이어 '기'를 이용한 그 당시 작가들의 문학을 평한 말이 보인다.

유협의 『문심조룡』의 편명만을 보아도 신사神思·풍골風骨 같은 알 듯 모를 듯한 것들과 함께 창작론으로 양기養氣편이 보인다. 그 밖에도 "글의 '기'가 드러나면 옛날 사람들을 능가하게 된다.〔氣往轢古. ― 辨騷편〕", "'기'는 쇠나 돌도 변화시킨다.〔氣變金石. ― 樂府편〕", "글의 '기'가 빼어나면 글의 표현이 뛰어나게 된다.〔氣偉而采奇. ― 諸子편〕", "문장의 '기'가 드날리게 되면 글의 표현이 날아오른다.〔氣揚采飛. ― 章表편〕", "'기'에는 강하고 부드러운 것이 있다.〔氣有剛柔. ― 體性편〕", "'기'로써 뜻을 충실하게 한다.〔氣以實志. ― 體性편〕", "'기'를 업고 변화를 따라간다.〔負氣以適變. ― 通變편〕", "높고 낮은 가락이 글소리와 '기'를 이룬다.〔宮商爲聲氣. ― 附會편〕" 등등 거의 매 편마다 '기'를 이용하여 문론을 펴고 있다.

종영鍾嶸(467-519)도 그의 『시품詩品』 앞머리 총서總序에서 시론을 이렇게 시작하고 있다.

> "'기'는 사물을 움직이고 사물은 사람을 느끼게 한다. 그러므로 사람의 본성과 감정이 움직이어 춤과 시로 나타나는 것이다."[218]

218 "氣之動物, 物之感人, 故搖蕩性情, 形諸舞詠."

이후로 중국 문론에서 '기' 는 매우 중요한 자리를 차지하게 된다. 고문古文의 대가인 한유韓愈(768-824)는 그 '기' 를 이렇게 설명하고 있다.

> "'기' 가 물이라면 말은 그 위에 뜨는 물건과 같은 것이다. 물이 많으면 그 위에 뜨는 물건의 크고 작은 것들 모두가 뜬다. '기' 와 말의 관계도 그와 같다. '기' 가 성하면 말의 짧고 긴 것과 높고 낮은 것들이 모두가 적절하게 된다."[219]

따라서 중국의 문장론에 있어서 '기' 란 개념은 또 한 가지 중요한 명제로 발전하게 된다. 그래서 중국 글은 다른 나라 글에서는 생각할 수도 없는 독특한 가치를 추구하면서 독특하게 발전할 수밖에 없었다.

사실 글이란 사람들의 생각을 표현하기 위한 것이어서 글 뜻은 소리 내어 읽지 않고 눈으로만 보아도 충분히 파악할 수가 있다. 그런데 중국 사람들은 왜 읽는 소리를 그처럼 중시하는 것일까? 중국 글에서 읽는 소리가 독자에게 드러내어 전해주는 것은 무엇일까?

한자는 본시가 그림글자이다. 때문에 한자 한 글자는 제각기 독

219 韓愈「答李翊書」: "氣, 水也; 言, 浮物也. 水大, 而物之浮者, 大小畢浮. 氣之與言, 猶是也. 氣盛, 則言之短長高下者皆宜."(『昌黎先生集』卷16)

립된 모양(形)과 뜻(義)과 읽는 소리(音)를 갖고 있다. 이 중에서도 특히 뜻은 애매할 수밖에 없다. 보기로, '학學' 자만 하더라도 '배운다', '본뜬다', '안다', '깨닫는다', '학문', '공부', '공부하는 사람', '공부하는 곳', '학파' 등 여러 가지로 쓰이고, 따라서 다른 글자와 합쳐질 적에도 여러 가지로 풀이가 가능하다. 보기로, '학습學習'의 경우 '공부한다', '공부', '배우고 익힌다', '배운 것을 익힌다', '익힌 것을 배운다', '공부하는 습관', '풍습을 배운다', '학문과 습성' 등등 여러 가지 해석이 가능하다. 때문에 한자로 쓰는 글은 처음부터 모두가 시적인 글이었다. 어떤 일의 모습이나 진행 상황을 자세히 묘사하기 어려운 글이었다. 때문에 옛 중국 글에는 산문이 없었다. 그들이 산문이라 생각하는 것도 실은 모두가 시적인 글이었다. 때문에 중국 고대 문학은 소설이나 희곡 같은 것은 없고 오직 시를 중심으로 발전하여 왔다. 서주西周(B.C.1111-B.C.771) 초기에 이루어지기 시작한 중국 최초의 전적인 『시경詩經』·『서경書經』·『역경易經』의 글들이 모두 시적인 글로 쓰인 책이다.

시는 노래의 가사이기도 하다. 때문에 시적인 글은 글 쓰는 사람의 뜻의 표현 못지않게 글을 읽는 소리도 중요하다. 그러면 그 글을 읽는 소리가 독자에게 전해주는 것은 무엇일까? 글의 음악적인 효과라 할 만한 것인데, 글을 읽는 소리는 한편 글의 뜻과도 밀접한 관계가 있음으로 그 효과는 음악과도 다를 수밖에 없다. 이 읽는 소리의 효과를 꼬집어 말하기는 매우 어렵다. 여기에서 문학 평론가들이 생각해 낸 것이 '기'라는 개념이다. 이 '기'는 무어라 꼬집어 말하기는 어렵지만 모든 한자로 쓰는 글 속에 담겨있는데, 그것은 특히 읽는 소리를 통해서 가장 잘 드러나는 것이라 여겼음이 분명하다.

중국 고대문학사를 시의 발전을 중심으로 대략 살펴보기로 하자. 먼저 서기 기원 3000년 전후에 『시경』이 이루어졌고, 동주東周 시대(B.C.770-B.C.256)에 가서는 여러 사상가들이 나와 자기의 사상을 정리하여 글로 쓰기 시작하여 중국 문장은 급속히 발전한다. 그리고 이 시대에 나라를 이루어 큰 나라로 발전하기 시작한 장강長江 중류 지역의 초楚나라에서는 남쪽의 가락을 따른 새로운 시를 모아놓은 시집인 『초사楚辭』가 나와 중국의 시를 더 한층 발전시킨다. 이 『초사』는 한漢대(B.C.206-A.D.220)로 들어와 사부辭賦로 발전하며 한자의 특성을 살려 더욱 아름다운 글을 쓰는데 힘쓰는 글이 된다. 한나라 때 한자의 글자체가 예서隸書로 통일 된 뒤에야 글자의 사용은 매우 일반화 한다. 이때에 와서야 많은 지식인들이 문학작품으로 다룰만한 글을 쓰게 된다. 그리고 한나라 무제武帝(B.C.140-B.C.87)는 유학을 자신의 정치를 뒷받침하는 이론으로 존중하여 학자들을 우대하였음으로 많은 학자들이 학문 연구와 관련된 글을 쓰게 된다. 한편 한 제국의 영향은 서역에까지 펼쳐지게 되어 서역의 새로운 음악이 들어와 한나라의 노래를 발전시키어 새로운 악부樂府라 부르는 자유로운 시체가 유행한다. 그리고 곧 한자의 특성을 살린 아름다운 리듬을 발전시키려는 노력은 오언五言의 고시古詩가 시가의 주류를 이루게 한다.

그러나 시인들이 본격적으로 자기 이름을 내걸고 시를 쓰기 시작하는 것은 삼국시대(220-420) 조조曹操(187-229)의 위魏나라(220-265)에서 비롯된다. 그 주역은 조조이고, 그의 아들 조비曹丕(187-229)·조식曹植(192-232)의 형제 및 그들 밑에서 함께 활약한 공융孔融(153-208)·왕찬王粲(177-217) 등의 이른바 건안칠자建安七子가 함께 시를 썼다. 이때 칠언고시七言古詩도 유행하기 시작한다. 실상 중국문학은 이 시기로부터 본격적으로 창작과 발전을 시작하는 것이다.

이후 서진西晉(265-317)·동진東晋(317-420)에 이어 남북조南北朝시대(420-589)를 거치면서 문인들은 더욱 한자의 읽는 소리를 바탕으로 문장의 아름다움을 추구하는 글을 쓰게 된다. 곧 앞에서 설명한 한자의 읽는 소리와 그 소리가 지닌 성조聲調가 가장 잘 조화되어 아름다움을 이루는 시와 산문의 형식을 추구하게 된 것이다. 이에 한자로 쓰는 중국 글이란 글 쓰는 사람의 생각의 표현도 중요하지만 그 못지않게 글의 형식이나 읽는 소리 등이 나타내는 아름다움이나 기세 같은, 말로 꼬집어 표현하기 어려운 요소들이 문제가 되게 되었다. 이에 시에 있어서는 율시律詩가 대표하는 근체시近體詩가 발전하게 되고 산문은 변려문騈儷文을 이루게 된다. 이 율체律體의 시와 변체騈體의 산문은 수隋를 거쳐 당唐 제국이 전성을 구가하던 성당盛唐(713-755)에 이르기까지 중국의 대표적인 글의 형식으로 군림한다. 성당 이후로는 시의 창작에 있어서 시인들이 현실 문제에 눈을 떠서 시로 사회의 여러 가지 현상을 노래하려다 보니 다시 고시체古詩體가 중시되게 되고, 산문에 있어서도 자기 생각을 정확하게 표현하고 사회 현상을 제대로 그려내려는 노력을 하다 보니 한유韓愈(768-824) 등에 의하여 다시 옛날처럼 글을 쓰자는 고문운동古文運動이 일어나 고문古文이란 산문체가 일반화하게 되었다. 그러나 이후로도 율시와 변려문의 위력은 중국 글을 쓰는 사람들의 의식 속에서 사라지지 않고 있다. 율시가 모든 글자의 성조를 조화시켜 이루어진 것임은 모르는 이가 없을 것이다. 여기서는 산문인 변려문의 보기를 조금 들어 그 특성을 간단히 설명한다.

서릉徐陵(507-583)의 시선집詩選集인 『옥대신영玉臺新詠』의 서문의 앞머리 한 대목을 인용한다.

凌雲概日, 由余之所未窺; 萬戶千門, 張衡之所曾賦.

周王璧臺之上, 漢帝金屋之中. 玉樹以珊瑚作枝, 珠簾以玳瑁爲柙.

其中有麗人焉, 其人也, 五陵豪族, 充選掖庭; 四姓良家, 馳名永巷.

亦有潁川新市, 河間觀津. 本號嬌娥, 曾名巧笑.

楚王宮內, 無不推其細腰; 魏國佳人, 俱言訝其纖手.

閱詩敦禮, 非直東鄰之自媒; 婉約風流, 無異西施之被教. 弟兄協律, 自小學歌. 少長河陽, 由來能舞. 琵琶新曲, 無待石崇; 箜篌雜引, 非因曹植. 傳鼓瑟於楊家, 得吹簫於秦女.

구름 위로 높이 해에 닿을 듯이 솟은 궁전은 유여由余도 보지 못했던 것이고, 천만을 헤아리는 집과 대문은 장형張衡이 일찍이 「서경부西京賦」에서 읊었던 것과 같다.

주나라 목왕穆王의 벽옥대碧玉臺 같은 누대 위에 한나라 무제武帝의 황금옥黃金屋 같은 집안에, 옥 나무는 산호로 가지를 삼고 구슬발은 대매로 장식을 하고 있다.

그 가운데 미인들이 살고 있는데, 그 사람들 중엔 오릉五陵의 귀족 집안 딸 중에서 궁전으로 뽑혀 들어온 이가 있고, 귀족인 양갓집 출신으로 후궁에 들어와 이름을 날리는 이도 있다.

또 영천과 신시 및 하간과 관진 출신도 있는데, 교아嬌娥라고 불리던 미인도 있고 교소巧笑라고 불리던 미인도 있다.

초나라 궁전 안에서라도 그 가는 허리는 첫째 갈 미인이 있고, 위나라의 미인들이라 하더라도 그의 고운 손을 보고 모두가 놀랄만한 여인도 있다.

시를 읽었고 예의도 잘 알아 동쪽 이웃집의 바람둥이 여자와는 다르며, 아리땁고 멋이 있어서 옛날 미인 서시西施가 가르침을 제대로 받은 것과 다름없다. 형제들이 모두 음악을 잘 아는 것은 어려서부터 노래를 배웠기 때문이고, 어려서부터 춤 고장 하양河陽에서 자라나 일찍부터 춤을 잘 추었다. 비파로 새 곡조 연주하는데 석숭石崇 같은 대가도 못 따를 지경이고, 공후로 새 가락 뜯는데 조식曹植 같은 전문가도 놀랄 정도이다. 양운楊惲의 부인 같은 명인의 슬瑟

솜씨를 전수받았고, 진秦나라 농옥弄玉의 피리 솜씨도 전수받았다.

산문이라고 하지만 이 문체는 운문 못잖은 다음과 같은 몇 가지 특징을 지니고 있다.

첫째, 네 글자와 여섯 글자로 이루어진 구절이 중심을 이루고 있다. 간혹 세 글자와 일곱 글자로 이루어진 구절도 들어 있지만 이는 중간에 뜻을 강조하거나 변화를 주기 위한 것이다. 이 때문에 당唐나라 때에 가서는 이를 사륙문四六文이라 부르기도 하였다.

둘째, 거의 문장 전체가 대구對句로 이루어져 있다. "凌雲概日능운개일, 由余之所未窺유여지소미규."는 바로 뒤의 "萬戶千門만호천문, 張衡之所曾賦장형지소증부."와 두 구절씩 대를 이루는데 이를 격구대隔句對라 부른다. 다음의 "周王璧臺之上주왕벽대지상"과 "漢帝金屋之中한제금옥지중"은 바로 대를 이루는데, 이를 당구대當句對라 부른다. 위의 글 중에서 대구를 이루지 않은 것은 "其中麗人焉기중려인언"과 "其人也기인야" 두 구절과 "亦有潁川新市역유영천신시"란 구절 중에서 별로 중요한 뜻을 갖고 있지 않은 "역유"란 두 글자뿐이다. 여하튼 이 문체는 이처럼 전체의 글이 짝을 이루고 있기 때문에 '변문騈文' 또는 '변려문騈儷文'이라 부르는 것이다. '변騈'이란 나란히 수레를 함께 끌고 있는 '두 마리 한 쌍의 말'을 뜻하고, '려儷'는 '남녀 한 짝의 사람'을 뜻하는 글자이다.

셋째, 글을 읽는 소리가 잘 조화를 이루도록 성조가 잘 어울리게 글자가 배치되어 있다. 곧 넉 자 구절에서는 둘째 글자가 평성平聲이면 끝 글자는 측성仄聲, 반대로 둘째 글자가 측성이면 끝 글자는 평성이어야 한다. 여섯 글자나 일곱 글자로 된 구절도 앞쪽이 평성이면 뒤쪽은 측성, 반대로 앞쪽이 측성이면 뒤쪽은 평성이어야 한다. 이러한 성조의 규칙은 남북조 시대로부터 후세로 갈수록 더욱 엄격히 지키게 된다. 그리고 대구에 있어서도 앞의 구절이 위쪽은 평성 아래쪽은 측성이라면 뒤의 구절은 그 반대여야 한다. 또 당구대에 있어서는 앞 구절의 맨 끝 글자와 뒤 구절의 첫 글자의 성조를 같게 하도록 되어있는데, 그것은 앞 구절이 위쪽은 평성이고 아래쪽은 측성이라면 뒤 구절의 성조는 그 반대로 하기 위한 뜻과도 통한다.

넷째, 글의 표현에 전고典故를 많이 써서 글의 함축성을 극대화하려 한다. 위에 보기로 인용한 글도 매 구절마다 전고를 인용한 것이다. "능운개일凌雲概日"은 『주서周書』 무제기武帝紀에서 따온 표현이며, 유여由余는 춘추春秋시대 진晉나라 사람으로 뒤에 융戎으로 도망갔는데, 그곳 임금이 유여를 보내어 화려하다고 소문난 진秦나라 궁실을 보고 오도록 한다는 얘기가 『사기史記』 진본기秦本紀에 실려 있다. "만호천문萬戶千門"은 장형張衡의 「서경부西京賦」의 표현을 빌려 바꾸어 쓴 것이며, 다음 장형의 부賦란 그의 「서경부」와 「동경부東京賦」를 가리킨다. 그 뒤의 구절도 모두 그처럼 전고를 빌려 쓴 것이다. 전고를 빌리지 않은 구절은 "기중유려인언其中有麗人

焉"과 "기인야其人也"의 두 구절뿐이다.

다섯째, 극도로 아름다운 글의 표현을 추구하는 나머지 여간 정신 차리지 않고는 이 글이 무얼 쓰고 있는 것인지 알기조차 힘들다. 위에 인용한 글은 『옥대신영』이란 시선집詩選集의 서문인데, 글의 내용은 "화려한 집 안에 춤 잘 추고 노래와 악기 연주도 잘 하는 미인들이 있었다."는 것이다. 시선집 서문에 왜 화려한 집과 미인의 모습을 그리고 있는가? 그가 이 시선집에 뽑아 실은 시는 모두가 그런 미인들처럼 아름답고 멋진 글임을 강조하기 위함인 것이다.

중국 글은 읽는 소리를 중시하고 읽는 소리를 통한 글의 아름다움을 추구한 나머지 당나라 중엽 8세기에 이르기까지 위에 보기를 들은 바와 같이 산문은 변려체騈儷體로, 시는 율체律體로 궁극적인 발전을 이룩하게 된다.

중당中唐(756-835) 이후로 이러한 지나친 규율에서 벗어나려는 노력 끝에 산문은 새로운 고문古文을 발전시키고, 시는 다시 고시古詩와 사詞·곡曲을 발전시키지만 역시 한자를 쓰는 이상 글을 쓰는 사람의 생각의 표현 못잖게 글을 읽는 소리의 굴레로부터 벗어나지는 못한다. 그러는 중에도 중국의 문인들 머릿속에는 은연 중 후세의 '곡'은 '사'보다 저속하고 급이 낮은 것이고, '사'는 또 시에 비하여 저속하고 야한 것이며, 시에 있어서는 고체古體보다는 근체近體가 더 고급의 발전된 형식이라는 생각이 자리를 잡고 있다. 그것은 한자로 이루어진 글의 겉모양과 읽는 소리를 바탕으로 글이 이루고 있는 아름다움의 조화를 이해하고 있기 때문이다.

그러면 그 글을 읽는 '소리'가 드러내고 있는 값은 어떤 것인가? 그것을 구체적으로 설명하기는 매우 어렵다. 이에 '기'라는 애매한 개념을 생각해냈던 것이다. 유협이 문학론에 『문심조룡文心雕龍』이란 말을 붙였는데, '문심'은 직역하면 '글의 마음'으로 글을 쓰는 뜻이나 글의 내용 따위를 크게 말하면 문학사상 같은 것을 뜻하는 말이다. 다시 '조룡'이란 '용을 조각하는 것'으로 글의 겉모양을 꾸미고 모양새를 갖추는 문학의 형식을 가리키는 말이다. 유협이 글의 모양새를 갖추는 일을 용을 조각하는데 비유한 것은 마치 한자의 모양과 그 읽는 소리를 바탕으로 하여 글을 꾸미는 일이 잘 알 수 없으면서도 오묘하기 짝이 없는 용을 조각하는 일이나 비슷하다고 생각했기 때문일 것이다. 이러한 '용을 조각하였을 때' 드러나는 것이 글의 읽는 소리를 중심으로 하여 느껴지는 '기'라고 귀결짓게 되었던 것이다. 이러한 '기'의 개념을 바탕으로 하여 정리된 문장론이 바로 앞머리에 인용한 '인성구기因聲求氣'라 할 수 있다.

결국 글이면서도 그 뜻 못지않게 그 글을 읽는 소리가 중요하고, 그 글을 읽는 소리가 전해주는 '기'가 글이 잘 되고 못된 것을 결정한다는 것이다. 그러한 생각은 실상 지금까지도 우리는 유협처럼 중국 글을 쓰는 일을 '용을 조각하는 것'이나 같은 애매한 개념으로 받아들이는 수밖에 없을 것 같다. 그리고 외국 사람으로서는 죽어도 중국 글을 잘 쓰거나 올바로 이해할 수는 없는 일인 것 같다. '소리' 도 제대로 알기 어렵고 더구나 '기' 는 더욱 종잡을 수도 없는 것이기 때문이다. 곧 아무리 애를 써도 외국 사람으로서는 '인성구기' 는 매우 이해하기 어려운 일인 것만 같다.

주자학朱子學의 역사적 성격

1. 중당中唐 이후 중국 문화의 변화

당唐(618-907)나라 문화의 발전을 역사적으로 논할 때 그 변화의 단계를 보통 초당初唐(618-712)·성당盛唐(713-755)·중당(756-835)·만당晩唐(836-907)의 네 시기로 나누는데, '중당'은 전성을 구가하던 당 제국에 갑자기 일어나 전국을 휩쓴 '안록산安祿山의 난(755-763)'으로부터 시작된다. 갑자기 일어난 대 변란으로 말미암아 중국의 정치와 사회를 지배해 오던 대족大族들이 망하면서 도시의 상인과 공인 계급이 큰 부를 쌓아 새로운 세력으로 대두되고, 또 낮은 서민층의 영향력도 급격히 신장하였다. 여기에는 혼란을 틈타 들어온 외국문화도 영향을 끼쳤고, 어지러운 사회 속에 성행하게 된 도교와 불교도 많은 영향을 끼쳤다.

중당 시기의 문인들은 현실문제에 눈을 뜨기 시작하면서 지식인으로서의 자각심이 생기고 사회와 서민생활에도 관심을 기울이기 시작하였다. 이에 시인들은 현실문제를 반영하는 사회시도 쓰기 시작하였고, 그들의 작품 속에 작가의 개성을 살리기 시작하였다. 민간 가요의 형식을 빈 새로운 형식의 시인 사詞가 대두하기 시작하고, 또 비슷한 시기에 들어온 변문變文이라는 강창講唱 형식의 민간 예술이 유행하였다. 산문은 변려체騈儷體를 버리고 문장의 아름다움보다도 자기 생각을 곧바로 표현하기에 힘쓰는 고문古文을 주장하는 문인들이 나왔고, 고문을 활용한 소설인 전기傳奇가 유행하였다. 모두 이러한 사회계층의 변동, 곧 중국문화의 주체세력의 변화로 말미암은 것이다.

이러한 요건은 정치적 지배계층에도 큰 변화를 가져온다. '안록산의 난' 이후 당나라의 사대부들 중에는 어려운 집안 출신이거나 적어도 남보다 몇 갑절의 노력을 기울여 학문을 쌓음으로써 지배계층으로 오른 사람들이 많았다. 족벌을 바탕으로 힘들이지 않고 지배계층에 오른 사람이 매우 적어졌다. 모두가 치열한 경쟁을 자기 힘으로 이겨내고 윗자리에 오른 사람들이다. 지식인들의 낮은 서민에 대한 관심이 커졌다. 이들에게는 이전의 정치가들처럼 무조건의 전제정치가 용납될 수 없었다. 그들은 정치뿐만이 아니라 모든 일에 있어 절대적인 원리에 입각한 합리적인 방법을 찾아야만 하였다. 이 때문에 그들은 모든 현상을 통할하여 설명할 수 있는 보다 긴요한 원리를 찾지 않으면 안 되었다.

때문에 중국학의 중심을 이루어 온 유학儒學의 학문 방법도 변화를 일으킨다. 여기에는 불교와 도교의 성행도 영향을 끼쳤다. 먼저 한유韓愈(768-824)는 「원도原道」란 글에서 유가의 인의도덕仁義道德을 바탕으로 하는 옛 임금들의 도道를 논하고, 요堯임금 · 순舜임금 · 우禹임금 · 탕湯임금 · 문왕文王 · 무왕武王 · 주공周公으로부터 공자孔子를 거쳐 맹자孟子에게까지 전해져 내려온 유학의 도통道統을 논하면서 불교와 도교를 비판하였다. 그리고 「원성原性」에서는 『중용中庸』을 인용하면서 사람의 본성(性)과 감정(情)의 문제를 논하고 있다. 그를 뒤이어 제자인 이고李翺(772-841)는 『복성서復性書』에서 『논어論語』 · 『맹자孟子』와 함께 아직도 단행본으로 행세하지 못하고 있던 『대학大學』과 『중용』을 중시하면서 맹자의 성선설性善說을 바탕으로 하여 본성과 감정의 문제를 보다 깊이 논의하여 공자와 전혀 다른 성격의 사변철학思辨哲學의 선구자로 평가받게 되었다.

문인들 중에서도 유종원柳宗元(773-819)은 문학작품 이외에 「천대天對」 · 「천설天說」 · 「비국어非國語」 등의 글을 지어 원기일원론元氣一元論을 내세워 '원기'로 말미암아 만물이 존재함을 역설하고 하늘과 사람의 분계分界를 분명히 하였다. 유우석劉禹錫(772-842)도 유종원과 사귀면서 「천론天論」 3편을 지어 하늘과 사람은 엄연히 다른 존재임을 역설하고, 불교의 공空의 이론과 도교의 무無의 개념에 대해서도 자기 나름대로의 이론을 전개하고 있다. 유종원과 유우석은 스스로 자기 이론의 근거가 불교임을 공언하고도 있다.

이러한 당대 후기에 일어난 사회적, 문화적, 사상적 변화는 모두 계속 이어져가 오대五代(907-979)를 거쳐 북송(960-1127) 시대에 이르러 그 발전이 절정에 달하게 된다. 공자의 현실적이고 실제적인 문제만을 추구하던 유학이 이전의 학문 방법과는 완전히 다른 성질의 것으로 변한 것이다. 유학은 북송 대에 와서는 여러 학자들에 의하여 이른바 '도학道學'이라 부르는 현실 문제뿐만 아니라 형이상학적形而上學的인 명제命題도 추구하는 학문으로 발전한다. 그리고 다시 남송南宋(1127-1279) 시대에 와서는 주희朱熹(1130-1200)라는 대학자가 나와 북송 학자들의 이론을 모두 종합하여 자기 나름대로 체계화함으로써 주자학朱子學이라고도 부르는 성리학性理學을 완성하게 된다. 송대 육상산陸象山(1139-1193)으로부터 명대 왕수인王守仁(1472-1529)의 양명학陽明學으로 이어지는 심학心學도 모두 합쳐 이 새로운 경향의 유학을 신유학新儒學이라고도 부른다.

2. 북송 도학道學의 발전

'도학'은 이학理學 또는 '성리학'이라고도 흔히 부른다. 북송 초에 호원胡瑗(993-1059)이 『주역구의周易口義』·『중용의中庸義』 등을 저술하여 형이상학적인 문제를 연구하였고, 손복孫復(992-1027)도 『춘추존왕발미春秋尊王發微』 등을 써서 그런 성격의 학문을 하였으며, 이어 석개石介(1005-1045) 같은 학자들이 나와 『괴설怪說』·『중국론中國論』 등을 저작하여 당나라 말엽의 새로운 유학의 기풍을 계승함으로써 도학의 길을 열었다. 문인으로 유명한 구양수歐陽修(1007-1072)도 『시본의詩本義』·『역동자문易童子問』 등을 지어 경전 연구에 있어 새로운 '송학'의 길을 열었고, 역사가로 유명한 사마광司馬光(1019-1086)도 『역설易說』·『대학』·『중용』 등의 책을 써서 도학의 길을 닦았다.

그러나 송대의 도학을 본격적으로 출발시킨 학자는 주돈이周敦頤(1017-1073)이라고 보아야 한다. 그는 먼저 『태극도太極圖』를 만들고, 다시 그것을 해설하는 『태극도설太極圖說』을 지어 태극太極에서 음양陰陽·오행五行으로 변화하며 만물이 이루어지는 원리를 해설하였다. 모두 250여 자의 짧은 글이나 송대 도학의 우주관宇宙觀을 대표한다. 다시 『통서通書』에서는 성인聖人은 공부를 통하여 이를 수 있는 인간상人間像임을 논하여 도학의 목표를 성인이 되는 데 두도록 만들었다. 그리고 어짊(仁)·의로움(義)·예의(禮)·지혜(智)·신의(信)를 뜻하는 오상五常의 윤리와 사람의 본성인 성誠 같은 것을 논하였다.

다음으로 소옹邵雍(康節, 1011-1077)은 『황극경세서皇極經世書』에서 태극에서 양의兩儀·사상四象·팔괘八卦·64괘로 발전하며 만물을 낳는 원리인 도서선천지수圖書先天之數를 도입하여 설명하고 천지가 발전하는 시간의 운행을 다음과 같이 설명하였다. 12신辰이

1일日을 이루고, 30일이 1월月을 이루며, 12월이 1년年을 이룬다. 다시 30년이 1세世, 12세가 1운運, 30운이 1회會, 12회가 1원元을 이루면서 역사의 운행은 순환한다는 것이다. 1원은 129,600년이 된다. 다만 주희朱熹와 그의 친구 여조겸呂祖謙이 '성인의 학문'의 입문서로 삼기 위하여 함께 편찬한 북송 도학을 연구한 학자들의 이론을 체계적으로 정리해 놓은 『근사록近思錄』[220]에 소옹은 제외되고 있으니 주희 자신은 그의 수리數理를 바탕으로 하는 학문을 그다지 존중하지 않은 것 같다.

장재張載(1020-1077)는 『정몽正蒙』을 지어 기氣를 바탕으로 하는 본체론本體論을 펴 지금의 중국 학자들은 그를 유물론자唯物論者로 분류하고 있다. 「서명西銘」에서는 "건乾은 아버지가 되고, 곤坤은 어머니가 된다." "사람들은 나의 동포이고, 만물은 나와 동류이다." 라고 하면서 만물일체萬物一體의 사상을 폈다. 윤리 면에 있어서는 하늘이 내려준 '성'을 중시하며 "예는 바로 천지의 덕이다."[221] 라고 하면서 윤리를 절대적인 것으로 규정하였다. 다만 '기'를 주장하였다고 하여 그를 유물론자로 분류하는 것은 타당하다고만 할 수는 없다.

정호程顥(1032-1085)와 정이程頤(1033-1107) 형제는 주희가 스승

220 김학주 역 『近思錄』, 명문당, 2004 발행.

221 『禮窟』에 보이는 구절.

으로 받들어 모신 학자이다. 정호는 역리易理를 바탕으로 생생生生의 '도'와 '이理'를 본체론本體論으로 하여 우주론宇宙論을 추구하고 다시 인간의 '성性'과 '심心'을 논하였다. 그리고 윤리사상에 있어서는 특히 어짊(仁)의 윤리도 만물에 한결같이 통용됨을 강조하여 인간의 윤리란 '이'를 바탕으로 한 절대적인 것임을 강조하였다. 그리고 사람의 몸가짐에 있어서는 언제나 공경恭敬스러워야 함을 주장하였다.

정이는 이기이원론理氣二元論을 바탕으로 하여 '기'에 의하여 만물이 이루어지고 거기에 '이'가 깃들이게 된다고 생각하였다. 그것은, 곧 '음양陰陽'의 이기二氣가 '도道'를 따라 만물을 낳는 것과 같은 것이다. 따라서 하늘로부터 주어지는 "성性이 바로 이理"라고 하였다. 사람이 공부를 한다는 것은 이 본시부터 지니고 있던 '성'을 회복하여 성인이 되려는 것이다. 그래서 그는 사람이 본시부터 타고난 양지良知와 양능良能에 대하여도 이야기하고 있다.[222] 그래서 글짓기 곧 문학이나 책을 통한 공부는 대부분의 경우 참 공부에 방해가 될 뿐이라고 하였다. 이들 형제는 후세 사람들이 정자程子라 부르며 존경하게 되었고, 그들의 학문은 주로 뒤에 문인들이 편집한 『이정유서二程遺書』에 함께 들어 있어 두 사람의 차이가 분명치 않은 경우가 많다. 여기에 인용한 그들의 사상도 모두 이 책을 근거

222 『粹言』 心性論.

로 한 것이다.

이들 이외에도 북송시대의 대문호로 알려진 왕안석王安石(1021-1086)이나 소식蘇軾(1037-1101)도 도학자라고 알려져 있지 않지만, 왕안석은 『역의易義』·『홍범전洪範傳』·『노자주老子注』 등을 지어 도의 체용體用과 원기元氣의 문제를 논하기도 하고 오행五行 및 '심心'·'성性' 등의 문제를 논하기도 하였다. 소식은 수많은 저술 중에서도 『소씨역해蘇氏易解』 같은 데에서는 '성'의 문제를 '도'에 연결시켜 논하고 있다. 이로써 북송시대에 와서는 도학자가 아니라 하더라도 이미 유학의 변질로 그들의 사상이 성리학적인 경향까지도 포함되는 것으로 발전하고 있음을 알 수가 있을 것이다.

이러한 유학의 새로운 전개는 당나라 때 '안록산의 난' 이후의 변화를 이어받아 중국 전통문화를 가장 높은 수준으로 발전시킨 북송의 문화를 사상 면에서 대변하는 것이다. 중국의 봉건전제를 뒷받침해오던 유학도 북송시대에 이르러는 깊고 넓은 사상의 발전을 이룩하고 있는 것이다.

그런데 이처럼 화려하게 발전하던 유학을 남송시대에 주희라는 대학자가 나와 종합 정리하여 이른바 주자학을 이룩한다. 흔히 북송대의 도학은 주자학과 같은 것으로 여겨지고 있다. 그것은 주희가 북송 학자들의 이론을 종합하여 정리함으로써 새로운 유학을 체계화하였기 때문이다. 주희가 북송 도학을 종합하여 유학을 한 차원 더 높은 단계로 격상시켰다는 점은 높이 평가해야 할 것이다. 그러나 북송 도학자들은 중국의 문화 전통을 그대로 굳게 지키고 있어서 그의 학문을 문학이나 예술은 물론 정치 · 사회의 발전에도 기여하도록 더욱 발전시켰지만 주희에 이르러는 전통을 자기 나름대로 정리하고 너무나 자기중심적인 학문으로 이끌어가 많은 문제를 낳게 한다. 앞으로 주자학의 완성과 함께 거기에 따르는 문제들을 추구하려는 것이 이 글의 목적이다.

3. 주자학朱子學의 완성

남송의 주희(1130-1200)는 북송의 여러 학자들이 개발한 도학의 이론을 모아 종합 정리하고 체계화하여 새로운 유학을 이룩한다. 앞에서 간단히 논한 바와 같이 북송의 도학은 다음과 같은 네 가지 큰 흐름이 있었다. 첫째는 주돈이의 '태극太極'의 개념으로, 이를 바탕으로 음양陰陽이 변화하여 만물을 생성하게 된다는 생성론生成論을 근거로 한 우주론宇宙論이다. 둘째는 정호 · 정이 형제들이 발전시킨 '이理'의 철학이다. 그들은 모든 진리를 '이'를 바탕으로 추구하였다. 셋째는 장재의 '기氣'를 바탕으로 하는 본체론本體論이다. 그에 의하면 '기'는 만물 형성의 기능 또는 바탕으로 어디에나 존재하는 것이다. 넷째는 수리數理로 이 세상의 모든 현상을 풀이하려는 소옹의 '수數'의 철학이다. 이 밖에도 북송 유학의 새로운 흐름은 성性·심心·정情 등의 추구 등 많은 것을 들 수 있으나 가장 중요하다고 여겨지는 네 가지만을 든 것이다. 그리고 앞에서 이미 지적한 것처럼 주희는 『근사록近思錄』에 북송 도학의 대표적인 학자들의 학설을 정리하면서 소옹은 제외하고 있으니 '수'의 철학은 중시하지 않은 것 같이 보인다. 주희는 '수리數理'는 그다지 중시 안했다 하더라도 그의 '수리'를 바탕으로 한 생성론生成論이나 천지天地의 운행運行에 관한 사상 및 인생관人生觀 같은 것에서는 많은 깨우침을 받은 것으로 여겨진다.

주희는 북송 도학의 흐름을 모두 종합 정리하여 새로운 학문의 체계를 세워 공자의 유학을 보다 높은 차원으로 발전시켰다. 그가 이룩해 놓은 이른바 '주자학'의 특징을 요약하면 대략 다음과 같다.

첫째, 『논어論語』·『대학大學』·『중용中庸』·『맹자孟子』를 한데 묶어 '사서四書'라 부르며, 여기에 주석注釋을 가하면서[223] 그 해설을 바탕으로 새로운 성리학性理學의 체계를 세웠다. 그리고 요堯·순舜·우禹·탕湯·문왕文王·무왕武王의 성인聖人들에 의하여 전해져오던 학문이 공자孔子(『論語』의 저자)에 의하여 유학儒學으로 체계화 된 뒤, 다시 증자曾子(『大學』의 저자)와 자사子思(『中庸』의 저자)를 거쳐 전해져 오다가 맹자孟子에 이르러 그 학문의 도통道統이 끊겼다가 송宋대에 이르러 다시 이 학문이 전승되어 살아났다는 도통

223 『四書集註』.

론道統論을 확립한다. 따라서 이 도통에 끼는 사람만이 올바른 유학자이고 다른 사람들은 그릇된 학문을 한 것이 된다.

둘째, 정호·정이 형제의 '이理'의 철학과 장재의 '기氣'의 철학을 정리하여 '이'와 '기'의 관계를 확실히 하면서 이기론理氣論을 그의 사상의 근본 명제命題로 삼았다. 주희는 이런 말을 하고 있다.

> "천하에는 '이'가 없이는 '기'가 있을 수 없고, 또한 '기'가 없이는 '이'도 있을 수가 없다."[224]

> "'이'라는 것은 형이상形而上의 '도'이고, 만물을 생성하는 근본이다. '기'라는 것은 형이하形而下의 그릇이고 만물을 생성하는 기구이다."[225]

'이'와 '기'에 대한 주희의 설명이다. 그리고 '태극'은 바로 도道이며 '이'라고도 하였다.

> "태극은 지극히 훌륭하고 지극히 선한 '도'와 '이'일 따름이다."[226]

224 『朱子語類』 권1 : "天下未有無理之氣, 亦未有無氣之理."
225 「答黃道夫書」 : "理也者, 形而上之道也, 生物之本也. 氣也者, 形而下之器也, 生物之具也."
226 『朱子語類』 卷94 : "太極只是個極好至善的道理."

그리고 여기에 음양오행설陰陽五行說도 끌어들여 만물생성의 이론을 완성시켰다. '기'가 '이'를 바탕으로 움직이어 '음양陰陽'과 '오행五行'으로 변화하고 만물을 이룩한다는 것이다. 그리고 주돈이의 『태극도설太極圖說』에 보이던 도교의 흔적이며, 정호와 정이의 '이' 철학에 남아 있던 불교의 냄새를 완전히 씻어냈다.

셋째, 윤리학에 있어서는 "성性이 바로 '이'이다."라고 한 북송 도학자의 이론을 받아들여 그의 윤리관을 이룩하고 있다. 주희는 말하였다.

> "사람과 만물은 모두 천지의 '이'를 타고나 본성을 이루고, 모두 천지의 '기'를 받아서 형체를 이룬다."[227]

> "어짊이란 마음의 덕이오, 사랑의 '이'이다."[228]

따라서 주희는 "어짊(仁)·의로움(義)·예의(禮)·지혜(知)는 '성'이다."[229]고도 말하고 있다. '어짊(仁)'이라는 덕성도 만물에 다 같이 적용된다는 이론을 바탕으로, '사람의 욕심'을 물리치고 하늘의 '이'인 '천리天理'를 되찾는 것이 학문의 목표가 된다고 하였다.

227 『朱子語類』 卷4: "人物皆稟天地之理而爲性, 皆受天地之氣而爲形."
228 『論語』 學而·『孟子』 梁惠王 上 朱熹의 『集註』: "仁者心之德, 愛之理也."
229 『朱子語類』 권36: "仁義禮智, 性也."

'천리' 곧 하늘이 우리에게 내려준 '성性'을 추구하여 회복시키기만 하면 누구나 성인聖人이 될 수가 있다는 것이다. 따라서 공부하는 목표, 곧 학문의 목적은 성인이 되는 데 있게 된다.

다시 '성'이 '태극'이라면 마음은 '음양'과 같은 것이다[230]라고도 하였다. 따라서 사람의 마음은 '도'에 따라 올바로 움직이면 '천리天理'가 되어 그는 성인이 되고, 마음이 바르지 못하면 그것은 욕심欲心이 되어 그는 보통 사람으로 머물게 된다는 것이다.

'이'는 본연의 '성'이며 어짊(仁)·의로움(義)·예의(禮)·지혜(知)도 '성'이기 때문에 예는 바로 '천리'가 된다. 곧 사람의 '성'은 천지가 내려준 성(天地之性)이고 하늘이 정해준 성(天命之性)이며, 부자의 사이는 하늘에 의하여 합쳐진 관계(天合)이고 임금과 신하의 사이는 의리에 의하여 합쳐진 관계(義合)여서 '예禮'는 절대적인 규범이라는 것이다.

넷째로, 주희의 학문 방법은 거경궁리居敬窮理란 말로 요약이 된다. '거경'이란 정호程顥의 가르침을 따라 『대학』에서 말한 대로 마음을 바르게 하고(正心) 뜻을 정성스럽게 지님(誠意)으로써 자신의 몸을 닦는 일(修身)을 하여 '천리'를 드러내고 '인욕人慾'을 없애자는 것이다. '궁리'란 『대학』에서 가르치고 있는 대로 사물에 대하여 연구하여 올바른 지식을 얻는다는 격물치지格物致知를 하여

230 『朱子語類』 卷5.

'이'와 '기'의 실상實相을 추구하는 것이다. 그리고 그것은 '도'를 추구하여 성인이 되는 것을 목표로 하는 것이다. 그리고 '사서'는 학문의 도통道統을 드러내고 있는 경전이어서 꼭 읽어야 할 책이라 생각하고 주희는 주석까지 거기에 붙여 『사서집주四書集註』를 쓰기도 한 것이다. 이 사서를 읽는 방법에 대하여 주희는 다음과 같이 말하고 있다.

> "먼저 『대학』을 읽어 학문의 규모規模를 정하고, 다음에는 『논어』를 읽어 학문의 근본을 말하게 되고, 다음에는 『맹자』를 읽어 학문의 발전을 살피고, 다음에 『중용』을 읽어 옛 분들의 미묘함을 추구해야 한다."[231]

그러나 책을 통하여 공부를 많이 하여 많은 지식을 얻는 것은 진정한 공부에 방해가 된다고 믿었다. 『근사록近思錄』 권2를 보면 정호는 "기송박식記誦博識은 바로 완물상지玩物喪志"라고 말하고 있는데, 그 사상을 계승한 것이다. 곧 책을 많이 읽고 많은 지식을 얻는 것은 어떤 물건을 지나치게 좋아하여 즐기다가 자기의 뜻을 잃게 되는 거나 같은 짓이라는 것이다. '완물상지'는 『서경書經』에 보이는 말로, 사람이 어떤 물건을 너무 좋아하여 가까이 하고 즐기면 자

231 『朱子語類』 卷14 : "先讀大學而定其規模, 次讀論語而言其根本, 次讀孟子而觀其發越, 次讀中庸而求古人之微妙."

신의 뜻까지도 잃어버리게 된다는 말이다.

이 밖에도 많은 특징을 논할 수가 있겠으나 이 정도로도 공자의 유학이 주희에 이르러 완전히 다른 차원의 학문으로 발전하였음을 알 수 있을 것이다. 결과적으로 이들의 공부는 공자가 중시한 현실적인 문제는 도외시度外視하고 실증이 없는 지나치게 주관적主觀的이고 관념론적觀念論的인 진리 추구에 그치고 마는 경향이 있게 되었다.

4. 주자학과 중국문화의 이질화 - 주자학의 문제점

앞에서 간단히 지적하였듯이 최고도로 발전한 북송 이후의 중국문화는 더 이상 발전을 하지 못하고 그들의 전통으로부터 벗어나 이질적인 방향으로 전개되기 시작한다. 그러면 어찌하여 중국문화가 이질화하고 다른 민족이 침략하여 힘으로 지배하던 시대에 유학을 철학적인 면에서 더 한층 발전시킨 주자학이 생겨나 크게 발전할 수가 있었는가? 그것은 주자학이 그러한 시대 요건에 들어맞아 문화의 이질화를 뒷받침한 것을 뜻하기도 하는 것이다.

그러면 주자학은 유학을 크게 발전시켰으면서도 정치적, 사회적인 면에 있어서는 어떤 점에서 그러한 오랑캐 이민족이 침략하여 지배하는 시대 요건에 들어맞아 문화의 이질화를 뒷받침하게 되었는가?

첫째, 너무나 학문 성격이 자기중심적이며 향내적向內的이다. 그들은 거경궁리居敬窮理하여 자신의 수양을 쌓고 하늘의 이치를 추구하여 성인聖人이 되는 데 학문을 하는 목표를 두고 있다. 그러나 그런 공부를 평생 두고 해보아도 성인이 되는 사람은 없다. 따라서 자기 공부에 평생 얽매여 남의 일이나 밖의 일에 대한 관심을 지닐 여유가 없다. 심지어 나라나 사회와 민족에 대해서도 관심을 지닐 겨를이 없다.

둘째, 그들의 도통론道統論도 문제이다. 같은 유학이라 하더라도 '도통'에 끼지 못하는 사람들은 모두 배척하게 된다. 결과적으로 학문 연구에 있어서 지나치게 독선적獨善的이며 배타적排他的이다. 성악설性惡說을 주장한 전국戰國시대의 대유학자인 순자荀子(B.C. 315?-B.C. 236?)는 말할 것도 없고 같은 시대의 유학자라 하더라도 현실문제에 관심을 갖고 현실적인 문제에도 눈을 돌려야 한다고 주장한 진부량陳傅良·진량陳亮(1143-1194)·섭적葉適(1150-1223) 등도 주자학자들은 모두 배척하였다. 그러니 자기와 다른 학파, 다른 학문은 전혀 발을 붙일 여지가 없었다. 옛 학자 문인도 자기와 다른 사람들은 모두 경시하여 결국 학술적, 문화적인 전통을 잃게 되었다. 외국의 것은 당연히 모두 내치게 되어 자연히 문화상으로 쇄국주의鎖國主義 경향이 드러나는 수밖에 없었다. 그로부터 중국에는 다른 학문이 들어와 발전할 수 있는 여지가 없었고 그들의 문화 자체도 더 이상 발전하기 어렵게 되었다.

셋째, 주자학의 중심을 이루는 이기론理氣論은 사변적思辨的 관념론적觀念論的인 방법으로 추구되었다. 따라서 이기론을 바탕으로 하는 학문은 현실이나 실상과는 거리가 먼 것이 되고 만다. 그리고 이기론을 바탕으로 한 만물일체萬物一體의 개념은 결국 인간을 도외시하게 되고, 세상의 현실적인 일들을 모두 가볍게 여기도록 만든다.

심지어 정호程顥는 앞에서 이미 말했듯이 학문 방법으로 "글을 읽고 외는 것과 많은 것을 아는 것은 '완물상지玩物喪志' 하는 것"이라 하였다. 그는 공부란 공경스런 처신을 하고 마음속으로 이치를 추구하여 얻은 관념론적인 진리를 사변적으로 설명할 수 있으면 다 되는 것이라 생각한 것이다. 이런 정호의 생각은 그대로 주자학에 옮겨졌다.

넷째로, 음악의 부정이다. 공자는 "사람은 예를 근거로 서게 되고, 악을 근거로 완성된다."[232] "위대한 음악은 천지와 같은 조화를 이루고, 위대한 예는 천지와 같은 절조를 이룬다."[233]고 하였을 정도로 음악을 중시하였다. 그러나 주희는 음악을 부정하고 있다.

"그러므로 나는 시는 사람의 뜻에서 나오는 것이고, 악은 시를

232 『論語』 泰伯 : "立於禮, 成於樂."
233 『禮記』 樂記 : "大樂與天地同和, 大禮與天地同節."

근본으로 하는 것이라고 생각한다. 그러므로 뜻은 시의 근본이 되고, 악은 그 말단의 것이다. 말단의 것은 비록 없어진다 하더라도 근본이 존재하는 데에는 해가 되지 않는 것이다."[234]

이 음악의 부정은 예술의 부정, 문화의 부정으로 이어진다. 그리고 다음에 이야기할 감정의 부정과도 서로 통하는 개념이다.

다섯째는, 정情의 부정이다. 그것은 『중용』에서 "기쁨 · 노여움 · 슬픔 · 즐거움의 감정이 나타나지 않은 것이 '중'이다."[235]라고 한 말에 바탕을 두고 있다. 따라서 사람의 정은 사람의 욕심으로 통하고 또 그것은 천리天理에 반하는 것이 된다. 사람이 나고 죽는 것도 같은 일종의 자연 변화라고 담담하게 생각하였다. 장재는 "태어나는 것도 얻는 것이 없고, 죽는 것도 잃는 것이 없는 것이다."[236]고 하였다. 따라서 조물주도 없고 사후세계도 없다.

이들은 사람들의 감정을 바탕으로 하는 예술이나 문학을 모두 내치게 된다. 문학의 경우를 보자. 정이程頤에게 제자가 물었다.

"글을 짓는 것은 도를 추구하는 데에 해가 됩니까?"

234 「答陳體仁」: "故愚竊以爲詩出乎志者也, 樂本乎詩者也. 然則志者詩之本, 而樂者其末也. 末雖亡, 不害本之存."

235 『中庸』: "喜怒哀樂之未發, 謂之中."

236 張載『正蒙』: "生無所得而死無所喪."

"해가 되지! …… 『서경』에 '완물상지' 라 하였는데 글 짓는것 도 '완물' 일세."[237]

"전에 글과 시를 많이 짓지 말라고 말한 것은 …… 도리어 도를 추구하는 데에 반드시 해가 될 것이기 때문일세."[238]

이것은 반문학, 반예술, 반문화, 반문명적인 태도로 귀결된다. 이것도 주자학에 그대로 전수된 사상이다. 그들이 사는 곳은 결국 사랑 없는 가정, 사랑 없는 사회가 된다. 그리고 개인생활에 있어서도 풍요로움이나 향락 또는 행복이나 편의를 추구치 않게 된다. 모든 현실적인 가치는 가벼이 여기게 된다.

여섯째, 예즉리禮則理의 개념을 바탕으로 봉건질서封建秩序를 절대적인 것으로 강조하게 된다. 예는 바로 도道이며 윤리倫理는 바로 천리天理라고 주장한다. 주희는 "어짊과 의로움 및 예와 지혜는 성이다."[239]라고 하였고, 부모와 자식은 하늘에 의하여 합쳐진 관계(天合)이고 임금과 신하는 의리에 의하여 합쳐진 관계(義合)이기 때문에 효孝와 충忠은 사람으로서는 거역할 수가 없는 절대적인 윤리가 된다. "천하에는 옳지 않은 부모가 없다〔天下無不是之父母〕." 고도

237 『近思錄』 卷2 : "問; 作文害道否? 曰; 害也. …… 書曰, 玩物喪志, 爲文亦玩物也."

238 「答朱長文書」 : "向之云無多爲文與詩者, …… 反害于道必矣."

239 『朱子語類』 卷6 : "仁義禮智, 性也."

하였다. 이것은 바로 봉건전제를 강력히 뒷받침하는 원칙이 된다.

일곱째는, 비현실적인 학문의 이상이다. 그들에게는 '성性'과 '이理'를 추구하여 성인聖人이 되는 것이 학문 목표인데, 실제로는 어떤 사람도 평생 공부하고 수신을 한다 해도 그들이 말하는 성인은 될 수가 없다. 따라서 평생 성인을 추구하다가 성인이 되지 못하는 것은 말할 것도 없고 사람 노릇도 제대로 하지 못하고 아무것도 이루지 못한 채 일생을 끝내게 되는 것이다. 따라서 그들의 공부하는 방향이나 몸가짐도 현실과는 너무나 거리가 멀다. 장재는 자신의 학문 목표를 다음과 같이 밝히고 있다.

> "하늘과 땅을 위하여 마음을 바로 세우고, 살아있는 사람들을 위하여 올바른 도를 세우고, 옛 성인들을 위하여 전승이 끊인 학문을 계승하고 영원토록 태평세계를 연다."[240]

이 학문의 목표는 실제로 어느 한 가지도 사람으로서 시행할 수 있는 것이라고 장담하기는 어렵다. 이것은 그대로 주자학에 유입된 학문 목표이다.

이상의 특성 때문에 무척 고매하면서도 비현실적인 주자학은 뜻하지 않게도 여진족女眞族의 금나라와 몽고족蒙古族의 원나라가 중

240 『近思錄』卷2 爲學類 : "爲天地立心, 爲生民立道, 爲去聖繼絶學, 爲萬歲開太平."

국을 침략하여 지배하는 것을 학술적으로 뒷받침해준 셈이 되어버렸다. 그들의 윤리에 따르면, 황제가 이민족 출신이라 하더라도 일단 황제가 되고 나면 아무도 황제의 명령이나 뜻을 거스를 수가 없는 존재가 되기 때문이다. 때문에 원나라와 청나라의 황제들은 주자학을 적극적으로 지지하고, 주자학자들을 모두 고관으로 임용하고 그들을 이용하여 나라를 다스렸다.

5. 주자학에 대한 비판과 반발

송대의 도학자 중에도 쩌장(浙江) 원조우(溫州) 지방을 중심으로 하는 허경형許景衡 · 설계선薛季宣 · 진량陳亮 · 진부량陳傅良 · 섭적葉適 등의 영가학파永嘉學派는 외적에게 조국 땅을 빼앗기고 있는 현실을 보다 중시하여 현실을 돌보지 않고 이기론 만을 추구하는 주자학의 태도를 비판하였다. 그들은 학문이란 이 세상에 살아나가는 데 실제로 도움이 되고 세상에 유익해야 한다고 생각하였다. 머릿속의 생각만으로 진리를 추구하는 것이 학문이라고 생각한 주자학과는 대가 되는 태도이다.

보기를 들면, 진량陳亮(1143-1194)은 세상에 실제로 쓰임이 있는 일의 중요성을 내세우면서, 공부하는 사람은 성인聖人이 되는 일을 추구하는 것보다도 "망해가는 나라를 구하겠다는 뜻을 가지고 세상의 혼란을 없애는 일"을 목표로 삼아 "일세의 영웅"이 되기를 추구하여야 한다고 주장하면서 주희의 학문을 비판하였다.

> "지금 세상의 유학자들은 스스로 마음을 바르게 하고 정성스러운 뜻(正心誠意)을 터득했다고 여기고 있어서 그 자신의 몸이 완전히 마비되어 아프고 가려운 것도 모르는 사람들이다. 온 세상을 임금님과 부모의 원수 밑에 맡겨놓고도 편안히 지내면서 머리를 숙이고 두 손을 모아잡고 성性과 명命이나 논하고 있는데, 무엇을 '성', '명'이라 하는지도 알지 못하겠다."[241]

"도덕道德·성명性命에 관한 이론이 생겨나자---서로 가리고 서로 속이면서 천하의 실질적인 일은 모두 버리고, 바로 모든 일을 거들떠보지도 않고 버틸 따름이 되었다."[242]

또 섭적葉適(1150-1223)은, 노자老子는 "만사를 모두 버리고 특히 '도' 만을 말하고〔盡遺萬事而特言道〕", "있는 것을 없다고 하는〔以有爲無〕" "허무의 조상〔虛無之祖〕"이 되었다 하고, 심지어 노자의

241 「上孝宗皇帝第一書」: "今世之儒士, 自以爲得正心誠意之學者, 皆風痺不知痛癢之人也. 擧一世安於君父之讐, 而方低頭拱手而談性命, 不知何者謂之性命乎!"

242 「送吳允成運干序」: "自道德性命之說一興, --- 相蒙相欺, 而盡廢天下之實, 則亦終于百事不理而已!"

학문은 "이단적인 학문을 주장함으로써 왕도를 어지럽히어 그 죄는 잡아 죽여도 모자랄 지경이다.〔執異學而亂王道, 罪不勝誅矣!〕"라고 하며 장자莊子도 함께 공격하면서 도가道家를 비판하고 있다.[243] 그리고 불교는 '오랑캐의 학문(夷狄之學)' 에 이어서 "불교는 본시 괴멸壞滅을 본지本旨로 삼고 있어서, 그의 도를 행하면 반드시 망하는데, 망해도 후회하지 않으니 본시 그것을 기뻐하게 되어있기 때문이다.〔浮屠本以壞滅爲旨, 行其道必亡, 雖亡不悔, 盖本說然也.〕" 라고 하며 세상을 망치는 종교라고 비판하고 있다.[244] 그는 "물건이 있는 곳에 도도 있다.〔物之所在, 道則在焉.〕"[245] 고 하면서 "그러므로 옛날의 군자는 물건을 쓰되 자신을 위하여 쓰지 않았다. 기쁨도 물건 때문에 기뻐하였고, 노여움도 물건 때문에 노여워하였으며, 슬픔도 물건 때문에 슬퍼하였고, 즐거움도 물건 때문에 즐거워하였다.--- 그러면서 자신을 위하여 쓰지 않았다."[246]고 『중용中庸』의 '격물格物' 이란 말을 해석하면서, 도가와 불교 사상 비판을 앞세워 주자학도 비슷한 종류의 학문이라 하면서 함께 내쳤다.

후세의 유학자 중에도 주자학을 비판한 사람들이 있다. 간단히

243 葉適『習學記言』卷15.

244 上同 卷43.

245 上同 卷47.同

246 上同 卷14 : "是故古之君子, 以物用而不以己用, 喜爲物喜, 怒爲物怒, 哀爲物哀, 樂爲物樂, --- 而不自用也."

청나라 시대 학자들의 보기를 들기로 한다.

안원顔元(1635-1704)은 주자학을 두고 이런 말을 하고 있다.

> "송유宋儒는 지금의 요堯임금 · 순舜임금 · 주공周公 · 공자孔子나 같은 사람들이다. 당나라 때의 한유韓愈는 불교를 배척하다가 거의 죽을 뻔하였는데, 하물며 감히 지금 세상의 요임금 · 순임금 · 주공 · 공자를 논의할 수가 있겠는가? --- 이런 말이 나가기만 하면 목숨을 걱정해야 할 일이 반드시 닥칠 것이다."[247]

그리고 "죽음을 무릅쓰고 발언을 한다〔冒死言之〕."고 하면서 주자학을 여러 면에서 공격하였다. 주자학은 "사람들로 하여금 반나절은 조용히 앉아있고, 반나절은 책을 읽게 하고 있다."[248]고도 하였다.

대진戴震(1723-1777)도 주자학을 이렇게 공격하고 있다.

> "정씨程氏 형제와 주희는 이理는 존재하고 있는 물건처럼 취급하면서 하늘에서 내려주어 마음에 갖추어져 있는 것으로 여기어 천하에서 후세에 사람마다 자기의 의견을 근거로 하여 그것을

247 『存學編』 卷1 : "宋儒, 今之堯舜周孔也. 韓愈辟佛, 幾至殺身. 況敢議今世之堯舜周孔乎? --- 此言一出, 身命之虞所必至也."

248 『朱子語類評』 : "敎人半日靜坐, 半日讀書."

'이' 라고 고집함으로써 사람들을 미혹시키도록 하였다. 거기에 다시 무욕無欲의 이론을 보태어 '이' 를 파악하는 데로부터 더욱 멀어지고 그의 의견을 더욱 고집하도록 만들어서 사람들에게 더욱 극렬한 화禍를 끼치었다." [249]

그리고 다음과 같은 여러 가지 주자 이론에 대한 혹독한 비판의 이론도 전개하고 있다.

"사람이 태어난 뒤에 욕欲이 있고, 정情이 있고, 지知가 있게 된다. 이 세 가지는 혈기血氣와 심지心知의 자연스러움이다." [250]

"이理를 가지고 그들의 아래 사람들을 책하여, 아래 사람들의 죄는 사람마다 지적하여 헤아릴 수도 없이 많아진다. 사람들이 '법' 에 의하여 죽게 된다면 그래도 동정하는 자가 있겠지만, '이' 에 의하여 죽게 된다면 누가 그를 동정이라도 하겠는가?" [251]

249 戴震『孟子字義疏證』卷下 : "程朱以理, 爲如有物焉, 得於天而具於心, 啓天下後世, 人人凭在己之意見, 而執之曰理, 以惑斯民. 更淆以無欲之說, 於得理益遠, 於執己意見益堅, 而禍斯民益烈."

250 戴震『孟子字義疏証』: "人生而後有欲, 有情, 有知. 三者, 血氣心知之自然也."

251 上同 : "人死于法, 猶有憐之者, 死于理, 其誰憐之?"

"그들의 이른바 '이' 라는 것은 혹리酷吏의 이른바 '법' 과 같다. 혹리는 '법' 으로 살인하지만 성리학자들은 '이' 로 살인한다." [252]

담사동譚嗣同(1865-1898)도 그의 『인학仁學』 권 상上에서 이런 말을 하고 있다.

> "저속한 학자들과 비루한 유학자들은 걸핏하면 명교名教를 들먹이면서 천명天命처럼 공경하며 감히 어기지 않으며, 나라의 법도처럼 두려워하며 감히 논의하지도 못한다. ---그래서 수천 년 이래로 삼강오륜三綱五倫의 참혹한 화와 극렬한 해독이 이로 말미암아 혹독해졌다!" [253]

여기에서 말하는 명교名教란, 예교禮教 또는 이학理學이란 말로도 바꿀 수가 있는 것이다. 따라서 주자학도 그가 비판하고 있는 범주에 들어가는 것이다.

효종孝宗의 순희淳熙 연간(1174-1189) 말엽에 지합문사知閤門事를 지낸 왕실과 인척 관계가 있는 한탁주韓侂冑(?-1207)라는 인물이 있

252 「與某書」: "其所謂理者, 同于酷吏之所謂法. 酷吏以法殺人, 後儒以理殺人."

253 "俗學陋儒, 動言名教, 敬若天命而不敢渝, 畏若國憲而不敢議. ---則數千年來, 三綱五倫之慘禍烈毒, 由是酷焉矣!"

었다. 효종이 죽은 다음 광종光宗(1189-1194 재위)이 뒤를 이었는데 병으로 아버지의 상도 제대로 치르지 못하자 종실의 지추밀원사知樞密院事였던 조여우趙汝愚는 한탁주를 이용하여 고종高宗의 황후인 헌성태후憲聖太后를 움직이어 영종寧宗(1194-1224 재위)을 대신 임금 자리에 올려놓는다. 조여우가 추천하여 시강侍講으로 있던 주희朱熹가 한탁주는 간사한 인물이라고 상주하자, 한탁주는 임금 앞에서 배우들을 동원하여 높다란 관을 쓰고 넓은 소매의 선비 옷을 입고 선비들의 행위를 비꼬는 놀이를 하게 하였다. 주희는 모욕을 느끼고 조정을 떠났다. 한탁주는 자기 자리가 튼튼해지자 경원慶元 원년(1195) 다시 주자학을 가짜 한문인 위학僞學이라 하며 조여우도 그 무리라 하여 우승상右丞相 자리에서 몰아내고 주자학자들 59명을 가짜 학문을 하는 반역의 무리들(僞學逆黨)이라 하여 처벌하고 주자학자들은 벼슬을 못하도록 하였다. 임률林栗도 주희를 탄핵彈劾하였고, 여철余嚞은 주희의 목을 자르라는 상소를 하여, 이때 주희는 "지금 내 머리는 겨우 목 위에 붙어있는 셈"이라 스스로 말하였다.[254] 유삼걸劉三傑 · 하담何澹 · 심계조沈繼祖 · 호굉胡紘 등도 가짜 학문 공격에 가담하여 주자학자들은 모두 조정으로부터 사라져 버렸다.

한탁주는 경원慶元 4년(1198)에는 예국공豫國公, 다음 해에는 평

254 『朱子語類』 卷107 第33 時僞.

원군왕平原郡王에 봉해졌다. 그는 권세를 잡게 되자 가태嘉泰 4년(1204) 잃어버린 중원 땅을 되찾기 위하여 금金나라 정벌을 의결하였다. 그리고 북송 말엽 금나라와의 전쟁에 심혈을 다 바친 애국자 악비岳飛를 악왕鄂王에 추봉追封하고 굴욕적인 금나라와의 화의和議를 밀고 나간 진회秦檜의 벼슬을 박탈하였다. 이때 애국지사이며 사詞의 작가로도 유명한 신기질辛棄疾(1140-1207)도 궁전으로 들어와 "적의 나라는 반드시 어지러워지고 반드시 망할 것입니다." 하고 황제에게 아뢰며 한탁주를 지지하였다.

한탁주는 개희開禧 1년(1205)에 평장군국사平章軍國事가 되어 40년 이어져 온 금나라와의 화의和議를 깨고 1206년에는 금나라에 대한 공격을 시작하였다. 남송 군대는 약간의 승리를 거두기도 하였으나 여러 전투에서 패하였고 특히 사천선무부사四川宣撫副使 오희吳曦가 금나라와 내통內通하는 반역행위를 하는 바람에 크게 실패하였다. 이에 금나라와의 전쟁을 반대하는 화의파和議派가 더욱 늘어났다. 이를 기화로 1207년 예부시랑禮部侍郎 사미원史彌遠이 황후 양씨楊氏와 모의하여 황제의 명을 빌어 조정으로 나오는 한탁주를 습격하여 죽이고 그의 일당을 쓸어버렸다. 그리고 가정嘉定 1년(1208)에는 금나라와 다시 화의를 맺어 작은 아버지와 조카 사이인 숙질叔姪관계였던 송나라와 금나라의 관계는 큰아버지와 조카 사이인 백질伯姪 관계로 바뀌고, 송나라가 금나라에 해마다 바치는 물건은 은 30만 량兩과 비단 30만 필匹을 모두 각각 10만씩 늘이기로 하고, 그 위에 동원된 금나라 군사를 위로하는 경비로 은 300만 량과 죽은 한탁주의 목을 잘라 바치기로 하였다. 그리고 남송이 점령하고 있던 회하淮河 남쪽의 땅을 모두 금나라에 바치고 한탁주의 무덤을 파 관을 꺼내어 시체의 목을 잘라 금나라로 보냈다.

이러한 한탁주의 전기는 『송사宋史』 권474 간신열전姦臣列傳 중에 실려 있다. 주자학을 가짜 학문으로 몰아붙인 것이 그를 '간신'이라 부르게 된 원인으로 보인다. 『송사』를 편찬한 사람들은 주자학이 가장 성행한 원나라 재상급의 아로도阿魯圖·별아겁불화別兒怯不花와 탈탈脫脫을 비롯하여 한인 학자인 장기암張起巖·구양현歐陽玄·이호문李好文·진사겸陳思謙·왕택민汪澤民 등이다. 모두 『원사元史』의 그들 전기만 간단히 살펴보아도 주자학자임을 알 수 있는 사람들이다. 한탁주는 '간신'이 아니라 오히려 당시의 남송 처지를 생각할 때 애국자라고 보아야 할 것이다.

임중민任中敏은 『곡해양파曲海揚波』 권3에 『이견속지夷堅續志』의 다음과 같은 기록을 인용하고 있다.

> "송나라 단평端平 연간(1234-1236)에 진덕수眞德秀는 나라의 정치를 맡았었는데 이루어 놓은 일도 없이 죽어버렸다. 위료옹魏了翁도 나라의 일을 독려督勵하는 자리에 있었으나 역시 해놓은 일도 없이 그만두었다.

항주杭州의 한 배우가 선비로 분장하고 손에 학을 들고 나왔다. 다른 선비가 나와 그를 만나 이름을 묻자, 성은 종鍾이고[255] 이름은 용庸이라 하였다. 손에 들고 있는 것은 무엇이냐고 물으니, 큰 학[256]이라고 대답하였다. 그리고는 어울리어 기쁜 듯이 함께 술을 마셨다. 그 사람은 조금도 남기지 않고 마음껏 먹고 잔뜩 마신 다음 갑자기 땅 위에 넘어져 버렸다. 몇 사람이 달려들어 잡아끌었으되 요지부동이었다. 그러자 한 사람이 그의 뺨을 때리면서 큰 소리로 꾸짖었다. '무슨 놈의 『중용』, 『대학』 가지고 떠들기만 하더니, 그처럼 많은 음식과 술을 먹고는 꼼짝도 하지 못한단 말이야?' 그리고는 한바탕 크게 웃고 끝냈다.

어떤 사람이 그들이 진덕수와 위료옹 두 분을 놀이로 모욕한 것이라 하였다. 경윤京尹은 배우들을 모두 잡아다가 경형黥刑[257]을 가하였다." [258]

255 鍾은 중국 음으로는 中과 같음에 주의하기 바란다. 따라서 이름 鍾庸은 주자학에서 중시하는 『中庸』을 가리킨다.

256 魏了翁의 號가 白鶴山人이고 세상 사람들이 그를 鶴山先生이라 불렀으니 魏了翁을 가리키는 것이라 본 것이다.

257 얼굴에 罪目을 文身으로 표시하는 형벌임.

258 "宋端平間, 眞西山參大政, 未及有所建置而薨. 魏鶴山督之, 亦未及有所設施而罷. 杭州優人裝儒生, 手持鶴, 別一儒生與之邂逅, 問其姓名, 曰姓鍾, 名庸. 問所持何物, 曰大鶴也. 因傾盖歡然飲酒. 其人大嚼洪吸, 未有孑遺. 忽顚仆於地, 數人拽之不動. 一人乃批其頰大罵曰; 說甚中庸大學? 吃了許多酒食, 一動也動不得! 遂一笑而罷. 或謂其人戲侮眞魏二公. 京尹悉以優人黥之."

진덕수陳德秀(1178-1235)는 호가 서산西山이며 이종理宗 때 참지정사參知政事 벼슬까지 하였으나 아무런 업적도 이루지 못하고 죽었다. 그러나 그는 주자학을 가짜 학문이라고 몰아낸 한탁주가 죽은 뒤 다시 주자학을 살려놓은 학자로 인정받고 있다. 위료옹魏了翁(1178-1237)은 중간에 병부랑중兵部郎中 벼슬을 지냈다. 그도 남송 말엽 이종理宗 때의 대표적인 주자학자이다. 모두 이민족에게 침략당한 조국 땅을 되찾을 큰일을 꾀할만한 자리의 벼슬을 했는데도 아무 일도 하지 않으면서 학자연學者然하기만 한 그들을 못마땅하게 생각하는 사람들이 있었음이 분명하다.

6. 주자학으로 말미암은 중국인들의 의식의 변화

주자학은 공자의 유학을 완전히 다른 차원으로 발전시킨 새로운 유학이다. 따라서 주자학이 발전한 뒤로 유학이 지배해온 중국이란 봉건전제의 나라는 여러 모로 그 의식이 변화하였다. 그 사상적, 문화적인 중요한 변화는 이미 앞의 '4. 주자학과 중국문화의 이질화'에서 여러 가지로 지적하였다. 여기에서는 주자학이 성행한 뒤 보여준 중국인들의 중요한 의식의 변화를 들어보려고 한다.

첫째, 중국인들의 이적개념夷狄概念, 곧 주변 오랑캐 민족들에 대한 의식에 큰 변화가 일어났다. 이전에는 한족 이외의 사방의 이민족들은 모두 동이東夷·서융西戎·북적北狄·남만南蠻에 속하는 야만적이고 문화 수준이 낮은 사람답지 않은 오랑캐 민족이었다. 그러나 주자학자들은 공부만 제대로 하면 누구나 성인聖人이 될 수 있다고 하였다. 그리고 사람들의 예禮인 윤리倫理는 천리天理인데, 그들의 윤리에 따르면 임금과 신하의 관계는 의로움(義)을 바탕으로 합쳐진 절대적인 의합義合의 관계임으로 아무도 거스를 수가 없는 것이다. 이에 황제로 힘에 의하여 군림하게 된 여진족女眞族이나 몽고족蒙古族의 오랑캐 침입자의 지배도 자연스럽게 받아들이게 되었다.

둘째, 조국 민족 사회에 대한 관심이 박약해졌다. 앞에서 '주자학과 중국문화의 이질화'를 논하면서 일곱째로 '비현실적인 학문의 이상'을 그들의 문제로 꼽았다. 그들에게는 '이理'와 '기氣'를 추구하여 성인聖人이 되는 것이 학문 목표인데 실제로는 어떤 사람도 평생 공부하고 수신을 한다 해도 그들이 말하는 성인은 될 수가 없다.

당쥔이(唐君毅)는 그의 『중국문화지정신가치中國文化之精神價值』 제16장 3. '중국 문화정신의 근본적 결점에 대한 반성'에서 이렇게 논하고 있다.

> "송명 이학자들의 노력은 오직 각자가 자기에게만 국한되었다. 다른 사람들이 만약 따르지 않는다 해도 어찌하는 수가 없다. 그러

니 이른바 예악문화라는 것도 허위적인 수식이 되어버릴 수가 있는 것이다. ---언제나 성현은 늘 그대로 성현이고 소인은 늘 그대로 소인이다. ---어떻게 하면 범인들의 정신을 차츰 위로 올려놓을 수가 있는가 하는 객관적인 길이 하나도 제시되지 않고 있다."259

"중국의 유가(특히 宋明대의 유가가 더 심하다)의 사상은, 중요한 것은 도덕에 뿌리를 박고 있는 것인데, 그들이 말하는 현실과 이상은 서로 어울리지 않으며, 마음과 이理, 이와 일들이 서로 어울리지 않는다."260

그들은 자기의 이상을 추구하기에도 여념이 없다. 남이나 외부 일에 대한 관심을 지닐 여유가 없다. 때문에 그들은 인간 사회의 참여자가 될 수 없었다. 그러니 조국이나 민족에 대하여도 관심을 지닐 수가 없었다.

셋째, 남에 대한 관심이 없어서 10억의 인민이 화합하지 못하고 모래알처럼 흩어져 힘없는 나라가 되었다. 이는 앞의 둘째로 든 문제와도 직접 연관이 되는 사항이다.

259 "然宋明理學家之工夫, 只能各人自己用. 他人如不用, 則無奈之何者. 而所謂禮樂文化, 又可成爲虛僞之文飾. ---恒使聖賢自聖賢, 而小人自小人. ---而缺乏一如何使凡人之精神, 以次第上升之客觀路道."

260 "中國儒家(尤以宋明儒爲甚)之思想, 主要自道德立根, 其謂現實與理想不相對待, 心與理, 理與事, 不相對待."

넷째, 자기 학문만을 숭상하여 더 이상 다른 학문이 발전할 수가 없게 되었다. 같은 유학이라 하더라도 자기와 다른 이론이나 학설은 모두 배척하여 심지어 자신의 문화적인 전통조차도 잃게 되었다. 앞에서 주자학의 도통론道統論을 비판하면서 너무나 독선적獨善的이고 배타적排他的임을 지적하였다. 자기와는 다른 사고思考, 자기의 것과 다른 학문을 전혀 받아들이지 못하게 된 것은 큰 문제임을 지적하지 않을 수가 없다.

7. 원元(1260-1368) · 청淸(1661-1911)의 지배자들과 주자학

1) 원대

이미 조선시대의 박지원朴趾源(1737-1805)이 『열하일기熱河日記』 권10에서 "중국의 이학理學의 홍성은 오랑캐인 원나라 시대보다 더한 적은 없었다.〔中國理學之盛, 莫尙于胡元之世.〕"라고 단언하고 있듯이, 주자학은 몽고족의 원나라에 들어와 어느 시대도 견줄 수 없을 정도로 가장 성행하였다.

주희朱熹는 지금의 푸젠(福建)성에 나서 주로 그쪽에서 활약한 학자여서 주자학은 주로 남쪽에 펴져 있었다. 몽고蒙古(1206-1259)의 태종太宗(1234-1243) 7년에 몽고군이 남송을 공격하여 많은 포로를 잡았는데, 그중에 조복趙復(江西人)이란 학자도 끼어있었다. 그때 그의 집안 사람들은 모두 죽었으나 홀로 살아남아 연경燕京(지금의 北京)으로 끌려가 성리학性理學을 강의하였는데 그의 제자가 100여 명이 넘었다고 한다. 이를 시작으로 원나라가 들어서면서 주자학은 중국의 북쪽지방에까지도 널리 퍼지게 되었다. 태종太宗 10년(1238)에 조복을 연경으로 끌고 간 요추姚樞(1203-1280)는 태극서원太極書院을 세우고 주자사周子祠를 세우면서 거기에 정호程顥·정이程頤·장재張載·양시楊時·유초游酢 등의 도학자와 함께 주희朱熹를 육군자六君子라 하며 그 사당에서 함께 제사지내도록 하였다.[261]

주자학자인 양유중楊惟中(1205-1259)은 태종 때에 시작하여 헌종憲宗(1251-1259 재위)에 이르기까지 신임을 받아 장군으로 군중에서 정치 관련 업무까지 처리하였다. 그리고 남송의 유민遺民인 방회方回(1227-1307)와 대표원戴表元(1244-1310)·조맹부趙孟頫(1254-1322) 등이 모두 원나라로 들어와서도 벼슬하였다. 그리고 원 세조世祖(1260-1294 재위) 때에 벼슬한 유병충劉秉忠·허형許衡(1209-1281)·오징吳澄(1249-1333)·요추姚樞·두묵竇默(1196-1208)·유인劉因(1249-1293) 등이 모두 주자학자이다. 이 뒤로 원나라를 위하여 봉사하는 주자학자들은 헤아릴 수도 없이 많아진다. 이들은 모두 수

261 『元史』太宗本紀·楊惟中傳·趙復傳 등 참조.

많은 주자학에 관한 자료와 저술을 간행하고 있다.

『중편송원학안重編宋元學案』 권83으로부터 권88 사이에 실린 200여 명의 원대의 학자와 『원사元史』 권189로부터 권190 사이의 유학열전儒學列傳에 실린 40여 명도 모두가 주자학자이다. 『송원학안』의 도언導言에서는 앞에 든 조복 · 유인 · 오징 세 사람의 주자학자들을 '삼대유三大儒' 라고 칭송하고 있다.

다음에는 원나라 시대를 통하여 조정에서 주자학을 적극적으로 추존한 보기를 손에 잡히는 대로 몇 가지 들어보기로 한다.

인종仁宗의 황경皇慶 2년(1313)에는 다시 과거시험을 보았는데, 덕행명경과德行明經科만을 보았고 과거에 출제된 경전은 모두 주자의 주석注釋만을 표준으로 삼았다. 이는 이후 원대에 변함없이 통행된 원칙처럼 행해졌다.

문종文宗의 지순至順 원년(1330)에는 안회顔回의 묘당인 연국복성묘兗國復聖廟를 세우고 도통道統을 바탕으로 하는 유학을 중시하게 하였다.

순제順帝의 원통元統 2년(1334)에는 안회의 부친 곡부후曲阜侯를 기국공杞國公에, 모친 제강씨齊姜氏는 기국부인杞國夫人에, 부인인 대씨戴氏는 연국부인兗國夫人에 봉하고 시호諡號도 각각 내려준 위에 각각 제사를 제대로 지낼 수 있도록 사전祀田까지 하사하였다.

순제의 지정至正 22년(1362)에는 주돈이 · 양시楊時 · 호안국胡安國 · 채침蔡沈 · 진덕수眞德秀 등의 도학자들에게 봉작封爵을 하고 시호諡號를 내려준 위에 모두에게 태사太師 벼슬을 추증追贈하였다.

같은 해 12월 주희朱熹의 부친인 주송朱松에게 헌정獻靖이라 추시追諡를 하고, 주희에게는 제국공齊國公이라는 봉작封爵을 더하여 주었다.[262]

무식하고 야만적인 몽고족의 원나라는 이처럼 주자학을 적극적으로 높히며 한족의 주자학자들을 등용함으로써 이후 이들의 도움을 바탕으로 자신들의 무력武力을 온 세계에 과시하게 된다.

이때 몽고족 밑에서 벼슬하기를 싫어하는 일부 한족의 지식인들은 침략자들에게 항거할 생각은 하지도 못하고 세상으로부터 숨어서 자기 한몸만을 편히 보존하는 생활을 하였다. 보기를 들면, 저장浙江 지방에 숨어 지내던 지식인들은 시사詩社를 결성하고 자기들끼리 어울리어 시를 짓고 술이나 마시는 일로 세월을 보냈다. 남송이 망하자 오위吳渭가 주동으로 조직하였던 월천음사月泉吟社는 그 시작이라 볼 수 있다. 그 시사의 조직에는 방봉方鳳(1241-1322)·사고謝翶(1249-1295)·오사제吳思齊 등이 함께 했었고, 시우詩友가 280명이나 되었으며 『월천음사시月泉吟社詩』라는 시집도 내고 있다. 조국이나 사회문제를 모른 체하는 몸가짐에 있어서는 주자학의 영향도 무시할 수는 없을 성 싶다.

262 이상 據『元史』.

2) 청대

청나라 초기는 주자학의 시대라 할 만하다. 청나라는 중원을 차지하자, 곧 순치 2년(1645)에는 베이징(北京)의 문묘文廟 중앙에 공자를 모시고 대성지성문선선사大成至聖文宣先師에 봉하였다. 그리고 공자의 제자들과 함께 한유 이하 북송 도학자들과 주희 이하 많은 주자학자들을 곁에 모셨다.[263] 명나라의 향시鄕試에 급제하고 학교에서 공부한 거인擧人·생원生員 자격을 모두 인정하고, 순치順治 3년(1646)에는 명나라 제도를 그대로 따라 과거를 시행하였다. 특히 박학홍사과博學鴻詞科 등을 두어 성리학 일반화에 공헌하였다.

강희康熙황제(1662-1722 재위)는 특히 주자학을 중시하였다. 강희황제 좌우에서 웅사리熊賜履(1635-1709)와 이광지李光地(1642-1718)가 도왔는데, 특히 이광지는 강희 54년(1715) 황제의 명을 받아 『성리정의性理精義』를 편찬하는 등 많은 일을 했다.[264] 그리고 강희 51년(1712)에는 공자와 맹자를 뒤이어 유학을 발전시킨 공로는 주희가 가장 컸다고 하면서 공묘孔廟에 주희를 배형配享하면서 대성전大成殿의 공문십철孔門十哲 바로 다음 자리를 차지하게 하였다. 그리고 강희황제 밑에서 일한 육세의陸世儀(1611-1672)·장리상張履祥(1611-1674)·육농기陸隴基(1630-1693)·장백행張伯行(1652-1725) 등

263 『清史稿 校註』 권91.

264 『清儒學案』 권40 安溪學案 上.

이 모두 주자학자이다. 『성조인황제성훈聖祖仁皇帝聖訓』 권5 성학聖學에는 황제가 웅사리熊賜履와의 대화를 통해서 주자학을 칭송한 말이 상당히 많이 실려 있다. 강희황제는 "유학의 진리를 진작시킨 공은 주자가 가장 크다."[265]고도 말하고 있다. 그 밖에 강희황제가 주자학 진작을 위하여 시행하였던 주요 활동을 아래에 소개한다.

강희 10년(1671)에 강희황제는 정자程子의 후손을 파견하여 오경연석五經筵席에 참여토록 하였다.

강희 23년(1684)에는 강희황제가 친히 곡부曲阜 공자묘孔子廟를 참배하였다.

강희 24년(1685)에는 황제의 명으로 주돈이周敦頤의 후손을 파견하여 '오경연석' 에 참석시켰다.

강희 52년(1713)에는 이광지李光地에게 명하여 『주자전서朱子全書』를 편찬케 하였다. 그리고 칙령勅令으로 성리性理와 실학實學에 밝은 사람들을 천거케 하였다.

다만 양명학陽明學은 물론 실학實學과 고증학考證學 등도 함께 힘쓰도록 하여 이전의 주자학과는 달리 학문상 배타적인 성격이 강하지 않았다.

이후로는 학문 연구에 있어서 송학宋學보다는 고증학考證學을 중심으로 하는 한학漢學과 실학實學이 청대 학술의 흐름을 이끌어 주

265 『聖祖仁皇帝聖訓』 卷5 聖學.

자학은 별로 문제시되지 않았다. 그러나 '실학'을 존중하는 학자라 하더라도 사상면에 있어서는 주자학을 중심으로 하는 '송학'의 경향이 그대로 이어지고 있었다.

8. 중국문화의 이질화와 동북아의 나라들

남송 이후 중국문화가 이질화하자 한국과 일본 모두 중국을 별로 존중하지 않고 무시하며 내왕을 끊는 경향이 드러났다. 그것은 결국 모두가 쇄국주의적鎖國主義的 방향으로 흐르게 되어 같은 한문화권漢文化圈에 있던 동북아 여러 나라들 사이의 관계가 소원해져갔음을 뜻한다. 우리 조상들의 중국문화에 대한 생각이 달라진 것을 증명하기 위하여 아래에 조선시대 두 분의 대학자들의 글을 몇 토막 인용한다.

변계량卞季良은 활자본活字本『문선주文選注』의 발문跋文에서 이런 말을 하고 있다.

> "이로부터(활자를 만든 뒤로부터) 인쇄할 수 없는 책이란 없게 되었고 배우지 않는 사람이란 없게 되어 문화와 교육의 홍성은 날로 더해가고 세상 올바른 도의 융성은 홍성을 더하게 되었다. 저 중국의 임금들이 재정과 이익과 군사에 힘쓰는 것만이 나라에서 먼

저 하여야 할 일이라 여기고 있는 것에 견준다면 천지의 차이라 할 것이다. 실로 우리 조선의 만세무강한 복이라 할 것이다."[266]

조선시대 세종世宗 10년(1428)인 한족의 명나라 선종宣宗의 선덕宣德 3년에 쓴 글인데도 우리 조선이 중국에 비하여 문화면에서 훨씬 우위에 있음을 스스로 자랑하고 있다. 중국이 한족의 나라로 바꾸어지기는 하였지만 이미 앞의 몽고족 원元나라의 통치로 말미암아 저질화되고 오랑캐화가 된 문화를 아직도 회복하지 못하고 있다고 생각했기 때문이다. 그러니 원나라 시대나 청나라 시대에 중국의 문화나 학술을 보는 우리 조상들의 눈은 그들을 더욱 낮게 보았을 것이다. 다음에는 청나라 때의 경우를 보기로 한다.

박지원朴趾源 『열하일기熱河日記』를 보면 중국으로 가는 도중 수행원과 나눈 다음과 같은 대화가 보인다.

"(나무 울타리 안(栅內)의 중국의 풍성한 실상을 보면서) 수행원인 장복을 돌아보고 말하였다. '너를 다시 중국에 태어나도록 하면 어떻겠느냐?' 그가 대답하였다. '중국은 오랑캐 나라입니다. 소인은 그렇게 되기 바라지 않습니다.'"[267]

266 "由是(活字鑄造)而無書不印, 無人不學. 文教之興當日進, 而世道之隆當益盛矣. 視彼漢唐人主, 規規於財利兵革, 以爲國家之先務者, 不啻宵壤矣. 實我朝鮮萬世無彊之福也."(世宗 10년, 1428)

267 熱河日記』卷1 : "顧謂張福曰; 使汝往生中國何如? 對曰; 中國, 胡也. 小人不願!"

밑의 수행원조차도 경제적으로는 조선보다 풍성한 중국의 사회 실정을 보면서 "중국은 오랑캐 나라"라고 말하고 있는 것이다. 필자 박지원은 실학實學을 대표하는 학자 중의 한 분이다. 실학자들은 일반 조선 학자들보다는 청나라의 학술과 문화의 발전을 인정하는 사람들이다. 그런데 박지원은 『열하일기』에서 명나라를 '황명皇明'이라 부르면서도 중국 사람들을 '오랑캐들'이란 뜻으로, 군호群胡·중호衆胡 또는 호아胡兒라 표현하고 있다. 같은 책의 「도강록서渡江錄序」에는 또 다음과 같은 글이 보인다.

"후삼경자後三庚子는 무엇을 뜻하는가? 여행 일정과 날씨를 기록하는데 있어서는 해와 달을 표시해야 한다. 후後는 무슨 뜻인가? 숭정崇禎 연간이 시작된 '뒤'이다. 삼경자三庚子는 무슨 뜻인가? 숭정 연간이 시작된 뒤 세 번째 돌아온 경자년庚子年을 말한다. 왜 '숭정'이란 말을 쓰지 않았는가? 곧 강을 건너갈 것이기 때문에 그래서 쓰지 않았다. 어째서 쓰지 않은 것인가? 강 저쪽은 청나라 사람들이 있기 때문이다. 온 천하가 모두 청나라 연호를 받들고 있는지라 감히 숭정이란 말을 쓰지 못한 것이다. 어째서 사사로이 숭정이란 연호를 썼는가? 명나라야말로 중화中華의 나라였기 때문이다. --- 청나라 사람이 중국의 임금이 된 뒤로 옛 임금들의 제도가 오랑캐 것으로 변하였다. 동쪽 땅 수천 리里를 확보하고 강으로 국경을 삼아 나라를 이루고 홀로 옛 임금들의 제도를 지키고 있으니 명나라는 아직도 압록강 동쪽에 존속하고 있는 것이다. 비록 오랑캐를 물리칠 힘은 부족하지만 중원 땅을 깨끗이 하여 옛 임금들의 옛 제도를 다시 회복코자 한다. 그러면 모두가 '숭정'을 존중하여 중국이 존속하게 될 것이다."[268] 숭정崇禎 156년 계묘癸卯 열상외사洌上外史가 제題함.

박지원은 『열하일기』의 「도강록서」에서 청나라를 찾아가는 사신使臣을 수행하면서도 자기의 일기에서 그 해의 기년紀年을 청나라 황제의 연호年號에 따르지 않고 "후삼경자後三庚子"라고 쓴 까닭을 설명하고 있다. 여기에서도 한족의 명나라는 '중화中華의 나라'이지만 청나라는 '오랑캐 나라'라는 생각을 분명히 밝히고 있다. 조선시대에는 주자학이 사상과 학문을 지배하였기 때문에 더욱 이질적이라고 생각되는 것들을 철저히 배척하였다. 오랑캐인 몽고족과 여진족의 중국 지배를 받아들일 수가 없었던 것이다. 이 때문에 원나라 이후로는 우리와 중국의 관계가 날로 멀어졌다. 대국이라고 받들던 중국을 그때부터는 오랑캐 나라라고 단정하고, 그들의 이질적으로 발전하는 문화를 저질의 오랑캐 문화라 생각하고 거들떠보

268 "曷爲後三庚子? 記行程陰晴, 將年以係月也. 曷稱後? 崇禎紀元後也. 曷三庚子? 崇禎紀元後三周庚子也. 曷不稱崇禎? 將渡江, 故諱之也. 曷諱之? 江以外淸人也. 天下皆奉淸正朔, 故不敢稱崇禎也. 曷私稱崇禎? 皇明中華也.--- 淸人入主中國, 而先王之制度, 變而爲胡, 環東土數千里, 畫江爲國, 獨守先王之制度,是明室猶存於鴨水以東也. 雖力不足以攘除戎狄, 肅淸中原, 以光復先王之舊, 然皆能尊崇禎以存中國也." 崇禎 156年癸卯洌上外史題.

지도 않게 되었다. 때문에 우리나라 지식인들은 중국의 시가詩歌를 바로 우리의 시가처럼 생각하고 공부하여 읽고 쓰고 하면서도 원나라 이후에 발전한 곡曲에 대하여는 무관심하여 전혀 알지도 못한다. 이 때문에 이로부터 우리와 중국 또는 중국인들과의 관계는 매우 소원해진다.

그것은 얼마간 차이는 있으나 일본과 베트남 등의 나라도 마찬가지이다. 일본 같은 나라는 주자학만을 존중하지 않았기 때문에 우리보다는 독선적獨善的이고 배타적排他的인 경향이 덜하다. 때문에 그들은 원나라 이후의 중국 학술이나 문화면에 있어서도 좋은 점은 받아들였다. 그러나 그로부터 중국을 오랑캐 나라라 생각하고 별로 존중하지 않은 점은 거의 비슷하다. 이 때문에 이들도 모두 중국과의 관계가 소원해졌다. 게다가 일본이 근대로 들어와 제국주의帝國主義 방향으로 발전하여 우리나라와 중국 등 여러 나라를 침략하는 바람에 우리 동북아 여러 나라 사이의 관계는 극도로 악화되었다. 우리는 세계화에 앞서 우리 이웃 여러 나라들과의 관계를 바로잡지 않으면 안 될 것으로 안다.

9. 맺는 말

첫째로, 흔히 북송대의 도학은 주자학과 같은 것으로 여겨지고 있다. 그것은 주희가 북송 학자들의 이론을 종합하여 정리함으로써 새로운 유학을 체계화하였기 때문이다. 주희가 북송 도학을 종합하여 유학을 한 차원 더 높은 단계로 격상시켰다는 점은 높이 평가해야 할 것이다. 그러나 북송 도학자들은 중국의 문화전통을 그대로 굳게 지키고 있어서 그의 학문을 문학이나 예술은 물론 정치·사회의 발전에도 기여하도록 더욱 발전시켰지만 주희에 이르러는 전통을 무시하고 너무나 자기중심적인 학문으로 이끌어가 많은 문제를 낳게 한다. 주자학은 독선적이고 배타적인 성격이 강하여 다른 학문은 발전할 여지가 없었다. 그러나 북송의 도학자들은 자신들의 학문 전통을 유지하면서 이전의 유학과는 다른 여러 가지 문제들을 연구하기 시작하였기 때문에 만약 북송이 망하지 않고 그대로 발전하였더라면 도학 이외의 다른 학문 방법도 여러 가지로 시도되었을 것이다. 그들은 학문 연구에 과학적인 개념도 틀림없이 도입하여 발전시켰을 것이다. 그들은 자기네 문화를 '문예부흥文藝復興'의 단계까지 끌어올렸을 가능성도 있다.

둘째로, 그들은 자기중심의 학문 방법으로 너무나 높은 이상을 추구하였기 때문에 밖의 세상이나 나랏일에 대하여 관심을 지닐 여유가 없었다. 때문에 유학은 한 차원 높은 단계로 발전시켰지만, 결과적으로 이민족의 중국지배를 밀어주고 감싸주는 결과를 가져왔다. 이러한 주자학의 역사적인 역할은 보는 각도에 따라서 서로 다른 평가가 가능하다. 곧 나라를 다른 민족에게 내주고 주인이었던 한족이 오랑캐의 지배에 순종하도록 만들고, 높은 발전을 이루어온 중국의 전통문화가 전통을 잃고 저질화 또는 오랑캐화하도록 작용하였다는 견해가 있을 수 있다. 그러나 또 다른 다음과 같은 견해가 있을 수 있다. 매우 넓은 지역을 차지하고 있던 유목민족인 여진족女眞族과 몽고족蒙古族이 중원中原 땅으로 쳐들어와 정복을 하였으나 결국 이들을 한족漢族으로 동화시키어 새로운 중화민족中華民族을 이룩하고 중국 영토를 더욱 광대하게 넓히도록 만들었다. 그리고 전통문화도 저질화하고 오랑캐화한 것처럼 보이기도 하지만 실제로는 그 문화를 더욱 널리 인민대중 사이에 퍼지도록 하였다는 것이다. 이전의 중국 전통문화는 주로 지배계급인 사대부士大夫들의 것이었으나 이제는 13억 인구의 위아래 사람들이 함께 누리는 위대한 대중문화로 발전하게 하였다는 것이다.

다만 유학이 역사적으로 역대 왕조의 봉건전제정치封建專制政治를 계속 뒷받침하여 왔고, 특히 〈근대〉에 이르러 새로워진 주자학이라는 유학은 원 · 명 · 청의 대제국의 정치를 뒷받침하여 왔기 때문에 중국 학자들은 주자학을 부정적인 면에서 보지 않으려고 하는 것 같다. 특히 우리나라에 있어서는 조선시대의 정치 사회를 주자학이 완전히 지배하여왔기 때문에 특히 그 사상적인 가치를 크게 해석하려는 경향이 있다. 그러나 우리는 주자학의 평가에 있어서 보다 냉정하여야 할 줄로 믿는다. 그래야만 특히 〈근대〉의 중국문학사의 흐름을 제대로 파악할 수가 있을 것이다.

중국 시詩 · 사詞 · 곡曲의 발전과 한국인의 반응

1. 들어가는 말

오늘 우리 회의의 주제는 〈한중韓中 교류交流의 인문학적人文學的 조망眺望〉이다. 그러나 실상 '인문학, Humanities'의 개념이 문제되기 시작한 것은 1930년 무렵 미국의 엘리트 연구대학을 중심으로 하여 생겨난 일이다. 그때 과학과 기술 및 경영 분야에 대하여 도를 넘게 우선시하면서 학문의 합리성이나 현대화를 지나치게 강조하는데 대한 우려에서 발전한 것이다.[269] 따라서 한국과 중국 두 나라의 학자들이 고전문학을 주제로 하여 한중교류를 논할 적에는 인문학은 독립된 학문의 한 분야로 별로 문제될 수가 없는 것이다. 그러나 현대에 와서는 한국과 중국 두 나라 모두 근대화로 말미암아 우

269 Deborah Fitzgerald; Bringing Science and Humanities Together: The Promise and Perils(2014년 제41회 대한민국학술원 국제학술대회 발표논문) 참조.

리도 두 나라 사이의 문화교류에 있어서 이제는 인문학적인 조망眺望을 할 필요성이 제기되고 있다. 이번의 〈한중교류의 인문학적 조망〉이란 주제는 시의적절하다고 여겨진다.

여기에서는 중국 고전문학의 중심을 이루어 온 시詩가 새로운 사詞와 곡曲으로 변화 발전하는 양상을 중심으로 하여, 그러한 변화에 한국의 지식인들이 어떻게 반응하였는가를 추구해 보려는 것이다. 시가는 중국문화의 중심을 이루는 한 분야여서 그러한 추구는 결국 범위를 넓히어 한국의 지식인들이 중국문화를 어떻게 받아들였는가를 밝히는 데 도움이 될 것이다. 그리고 한중 두 나라 사이의 문화교류상에는 어떤 문제가 있는가를 찾아낼 수도 있을 것이다. 그럼으로써 이번 회의에서 추구하려는 두 나라 사이의 "이해의 증진과 교류의 활성화를 위하여" 그 방법을 찾는 데에도 도움을 줄 수 있게 될 것으로 믿는다.

2. '시' 로부터 '사' · '곡' 으로의 발전과 그 특징

중국 전통문학은 '시' 를 중심으로 하여 발전하여 왔다. 그리고 그 중국시가사에 있어서의 큰 변화는 당唐나라(618-907)가 전성기를 자랑하던 8세기에 민간가요 형식을 본떠서 문인들이 창작하기 시작한 '사' 가 중당中唐(756-835) 시기에서 시작하여 만당晩唐(836-

907)과 오대五代(907-979)를 거치면서 문인들에 의하여 본격적으로 새로운 시가로 정착되고, 북송北宋(960-1127) 때에 이르러는 대표적인 문학 형식의 하나로 크게 유행하여 송사宋詞라는 말이 생겨날 정도로 크게 발전한다는 것이다. 그리고 여진족女眞族의 금金나라(1115-1234)와 몽고족蒙古族의 원元나라(1206-1368)가 중원 땅을 차지하게 되자 다시 곡曲이라는 새로운 시가가 등장한다. 이 '사'와 '곡'은 형식에 있어서 매우 비슷하다. 때문에 많은 문학사에 있어서 '곡'은 '사'로부터 자연스럽게 발전한 악부樂府 계열의 같은 성격의 시가라고 보는 이들이 많다. 그러나 '사'와 '곡'을 발전시킨 문화적인 배경, 곧 '곡'과 '사'를 낳은 사회와 작가들의 성격 및 사상 같은 것이 현격히 서로 다르다. 따라서 '사'와 '곡'은 그 노래의 가락이며 그것을 반주하던 악기도 다르고 노래의 분위기도 완전히 서로 다른 것이다.

일반적으로 중국 문학자들은 '시'야말로 중국문학을 대표하는 아정雅正한 형식과 성격을 갖춘 문학이고, '사'는 '시'에 비하여 그 풍격이 야속野俗되며, '곡'은 다시 '사'에 비하여 더 저속하다고 여기고 있다. 그것은 '시'·'사'·'곡'이 모두 민간의 가요를 바탕으로 발전한 노래의 가사지만, '시'는 완전히 중국의 지배계급이오 지식인인 사대부士大夫의 것으로 발전한 데 비하여, '사'는 민요의 색채를 약간 그대로 지니고 있고, '곡'은 보다 더 민중에게 가까이가 있기 때문이다.

중국의 민간연예는 모두 단순한 노래인 청창淸唱에서 시작하여 고사故事를 연출하는 속강俗講으로 발전하고 다시 희곡戱曲으로도 발전하고 있다. 지금 중국의 여러 지방에 유행하고 있는 모심기 노래에서 나왔다고 생각되는 「앙가秧歌」며 거지들의 장타령인 「연화락蓮花落」과 「도정道情」 같은 것이 모두 그러하다. '곡' 에도 청창인 산곡散曲이 있고, 청창인 여러 '곡' 을 엮어서 한 가지 일을 노래하는 투수套數가 있고, 노래와 춤으로 긴 얘기를 연출하는 대곡大曲이 있다. '대곡' 이란 원元대의 잡극雜劇, 명明대의 전기傳奇, 청淸대의 경희京戲와 여러 가지 지방희地方戲를 말한다. '사' 도 청창인 소사小詞 이외에 여러 다른 곡을 엮어 한 가지 일을 창하는 전답轉踏 · 대곡大曲과 제궁조諸宮調 등이 있다. '시' 에는 간혹 서사적인 장편의 작품도 있지만 청창의 가사 같은 성격을 벗어나지 못하고 있다. 물론 이것은 중국문학사에서 다루는 사대부들의 문학작품을 두고 하는 말이다. 사대부가 문학작품으로 창작하기 이전의 민간에서 유행되던 '시' 나 '사' 와 '곡' 은 모두 청창의 것뿐만이 아니라 속강俗講과 희곡戱曲 형식의 것들이 다 있었으리라고 생각된다. 그러나 우리는 문학작품으로 다루어지고 있는 것들을 가지고 논하기 때문에 '시' 는 완전히 사대부의 것인 데 비하여 '사' 는 민요의 색채를 약간 그대로 지니고 있고, '곡' 은 보다 더 대중에게 가까이 가 있다고 하는 것이다. 여기에서 우리가 각별히 주의해야 할 것은 '곡' 에는 산곡散曲과 희곡戱曲(또는 大曲)이 있는데, 대곡大曲 위주로 논하면 북송北宋 말엽(1127 전후)에 남곡南曲인 희문戲文이 가장 먼저 생겨났지만 그것은 크게 유행될 기회를 갖지 못한 채, 원나라(1206-1368)에 잡극雜劇이 이루어져 성행하게 되고, 명대(1368-1661)에 가서는 희문戲文을 바탕으로 발전한 보다 장편의 전기傳奇가 성행하며, 청대(1661-1911)에 가서는 경희京戲를 중심으로 하여 여러 가지 지방희地方戲가 유행한다. 일반적으로 중국희곡사에서는 왕꿔웨이(王國維, 1877-1921)의 『송원희곡고宋元戲曲考』 이래로 그것들 중 잡극의 예술성이 가장 뛰어나고 다음은 전기의 순이며, 청대의 경희나 지방희는 문학으로 다룰 만한 작품을 생산하지 못하고 있다고 단정하고 문학사에서 다루지도 않고 있다. 거기에는 시대가 흐를수록 희곡이 저속해지고 있다는 생각도 함께 작용하고 있는 것이다. 그럼에도 불구하고 경희 같은 것은 현대에 이르러서도 꾸준한 발전을 이루어 지금 13억 중국 인구의 위아래 계층 사람들 모두와 56개 소수민족少數民族도 다 함께 즐기는 위대한 '대중예술'로 발전되어 있는 것이다.

그런데 이 '시'·'사'·'곡'의 발전은 발전의 시대적인 특징을 갖고 있다. 내가 쓴 『중국문학사』[270]의 공인되고 있는 가장 두드러진 특징의 하나는 문학사의 시기 구분에 있다고 할 것이다. 그 책의 「서설」 제3장(P.47-76)을 보면 중국고전문학사의 시기를 다음과 같

270 新雅社 刊, 2007. 8. 改訂版.

이 크게 두 시기로 나누고 있다.

> "오랜 중국문학사를 앞뒤 두 시기로 크게 구분한다면, 마땅히 앞 시기는 〈고대〉, 뒤의 시기는 〈근대〉라 불러야 할 것이다. 〈고대〉란 중국문학이 생겨나 꾸준히 발전함으로써 전통문학을 이룩하고, 그 전통문학을 발전의 정점에 도달하게 하였던 시기이다. 그리고 〈근대〉란 어떤 세력의 압력에 밀리어 중국의 전통문학이 전통을 잃어 더 이상의 발전을 하지 못하게 되고, 다른 방향으로 발전하게 되었던 시기이다."

그리고 〈고대〉와 〈근대〉의 분계시점은 북송 말(1127) 전후이며, '시' 를 중심으로 하는 중국 전통문학의 발전은 북송에서 그 정점에 이른 뒤 그 뒤로는 퇴조하는 현상을 보여주고 있다고 하였다. 북송이 망한 뒤로는 문학창작의 중심이 '시' 로부터 통속적인 희곡과 소설로 옮겨가 새로운 양상의 중국문학사를 전개시키고 있다고 본 것이다. 곧 〈고대〉란 전통문학이 발전을 거듭해온 시기이고, 북송이 망한 뒤의 〈근대〉란 전통을 잃은 시기라는 것이다. 〈고대〉는 '시' 의 시대이고, 〈근대〉는 소설과 희곡의 시대라고도 하였다. 그리고 크게 문화 전반으로 문제를 확대하여 보면, 〈고대〉는 중국의 전통문화가 꾸준히 발전을 거듭하여온 시기이고, 〈근대〉는 중국문화가 전반적으로 이전과는 다른 이질적인 방향으로 발전하기 시작한 시대라고 보는 것이다.

여기에서 주제로 내건 '시' 와 '사' · '곡' 을 놓고 이러한 시대의 변화를 다시 따져 보면, 〈고대〉는 '시' 와 '사' 의 시대가 되고, 〈근대〉는 '곡' 의 시대가 된다. 그런데 〈고대〉에 있어서 '사' 의 시대는 꾸준히 발전하여 온 중국의 전통문화가 외국문화의 영향으로 변화를 일으키면서 더 한층 발전한 시대이다.

미국학자 Edwin O. Reischauer와 John K. Fairbank가 공저한 East Asia, The Great Tradition을 보면 중국문화사를 논하면서 중국 사람들이 자랑하는 당唐나라 시대를 대체로 현종玄宗의 말년에 일어났던 '안록산安祿山의 난(755-763)' 을 기준으로 하여 앞뒤로 둘로 나누어 놓았다. 그리고 당의 전기는 제5장에서 남북조시대에 붙이어 중국의 전통문화가 발전해온 시기라 규정하고 그 문화 발전의 양상을 논하고 있고, 제6장인 Chapter Six에서는 당의 후기를 송나라에 합치어 중국문화의 발전이 황금기를 이루었던 시대, 곧 The Golden Age of Chinese Culture라고 규정하고 있다.[271] 북송과 남송을 합쳐 놓은 것은 잘못이지만 당나라 후기로부터 북송의 이르는 시대는 확실히 중국문화의 황금기라고 할 수 있는 시대이며, 이는 '사' 의 시대가 되기도 한다. 따라서 그 이후는 〈근대〉이며 '곡'의 시대가 되는 것이다.

271 P. 220, Houghton Mifflin Company, Boston, 1960.

'사' 의 시대는 전성을 자랑하던 당나라에 갑자기 '안록산의 난' 이 일어나 서쪽 이민족의 세력이 영향을 미치고 그 문화도 함께 따라 들어와 온 정치 사회와 문화를 자극하여 중국의 전통문화를 다시 한 단계 높은 발전을 이루게 한다. 이 발전은 북송에 이르러 더욱 충실히 결실을 맺게 하여 중국의 전통문화가 전반적으로 최고의 경지에 발전케 된다. 이 북송이 망하면서 중국은 '곡' 의 시대, 곧 〈근대〉로 접어들게 되는 것이다. 앞에서 "〈근대〉란 어떤 세력의 압력에 밀리어 중국의 전통문학이 전통을 잃어 더 이상의 발전을 하지 못하게 되고, 다른 방향으로 발전하게 되었던 시대"라 하였는데, 그때 중국에 압력을 가한 세력이란 바로 북쪽의 북송을 멸망시킨 여진족女眞族의 금나라와 남송까지 망하게 한 몽고족蒙古族의 원나라였다.

중국 주변의 이민족들은 '사' 의 시대부터 민족의식이 생기기 시작하여 모두 한자에 대항할 자기네 문자를 만들기 시작하였다. 우선 신장(新疆)에 있던 우전于闐이 가장 먼저 문자를 만들었고, 흉노匈奴의 별종인 돌궐突厥은 6세기부터 문자를 만들어 쓰기 시작했고,[272] 회흘回紇도 중앙아시아의 속특粟特의 자모를 빌어 회흘문자回紇文字를 발전시켰다. 토번吐蕃은 우전于闐의 문자를 빌어 자기네 문자를 만들어 썼는데 그것이 지금의 장문藏文으로 발전하였다. 그

272 開元 20년(732)에 세워진 突厥文字인 闕特勤碑 등이 있음.

리고 신장新疆을 중심으로 있던 고창高昌·구자龜玆 등도 모두 8세기 무렵에는 자기네 문자를 만들어 썼다.[273] 그들보다도 뒤에 크게 중국에 영향을 끼친 요遼나라는 태조太祖 5년(920)에 거란대자契丹大字를 만들었고, 약간 뒤에 소자小字를 만들어 썼다.[274] 서하西夏도 11세기에 이원호李元昊가 황제 자리에 오른 뒤 광운廣運 원년(1036)에 서하문자西夏文字를 만들어 쓰기 시작하였다.

북송에 크게 압박을 가하였던 금金나라는 태조太祖 아골타阿骨打가 신하들을 동원하여 천보天輔 3년(1119)에 여진대자女眞大字를 만들어 쓰기 시작한다. 뒤에 희종熙宗이 여진소자女眞小字라 부르는 문자를 만들어 쓴다.[275] 세종世宗의 대정大定 4년(1164)부터 여진문자로 중국의 경서를 번역하고 대정 11년부터는 여진문자로 과거科擧를 보아 인재를 등용하기 시작한다. 다시 대정 13년에는 중앙에 여진국자학女眞國子學을, 제로諸路에는 여진부학女眞府學을 설립하여 한자문화를 극복하려고 노력하였다.

몽고에서는 처음에는 회흘문자回紇文字와 비슷한 글자를 만들어 썼으나 원元 세조世祖 홀필렬忽必烈은 국사國師 빠스빠(八思巴)를 모시고 몽고신자蒙古新字를 만들게 하여 지원至元 6년(1269) 천하에 널

273 『中國大百科全書』語言文字卷 참조.
274 『遼史』 권2, 권64 참조.
275 『金史 』 권2, 권4 참조.

리 폈다. 수도에는 몽고한림원蒙古翰林院과 몽고국자감蒙古國子監 및 몽고국자학蒙古國子學, 지방에는 몽고교수蒙古敎授와 몽고제거학교관蒙古提擧學校官 등을 두어 몽고문자 교육과 사용에 힘쓰게 하였다. 지원 8년(1271)에는 경사의 몽고국자학, 지원 6년에는 각로의 몽고자학蒙古字學에서 『통감절요通鑑節要』를 몽고문자로 번역하여 교과서로 썼다고 한다. 그리고 과거도 몽고문자로 보았다.[276]

요나라와 서하나라에서 시작하여 북송에 압력을 가하고, 금나라와 원나라는 중원을 차지하고 무력에 있어서 뿐만이 아니라 문화면에 있어서도 한족들에게 큰 탄압을 행사하게 된다. 금나라와 원나라의 문자정책이 이를 잘 설명해 준다. 때문에 크게는 이들 이민족들이 한족에 동화되었다고 하지만 그 못지않게 한족도 이들에 의하여 변질되어갔던 것이다. 이 변질로 말미암아 중국문화는 〈근대〉 또는 '곡' 의 시대로 들어가게 되는 것이다.

'사' 는 중국의 전통문화가 전성하던 시기의 시가이므로 그 시기의 문장은 중국 전통문학의 정화精華이며 그 시기의 음악은 중국 전통음악을 대표한다. 우리나라 『고려사高麗史』 악지樂志와 조선 성종成宗 24년(1493)에 이루어진 『악학궤범樂學軌範』에 실린 당악唐樂에는 '사' 도 들어있으니 '사' 의 음악과 악기는 조선시대를 통하여 연주된 궁전의 당악에 가까운 형태였을 것이다. 그러나 '곡' 은 여진

276 『元史』 권202, 권87, 권81 참조.

족과 몽고족의 지배 아래 중국문화가 전통을 잃고 더 이상 발전을 못하고 이질적인 방향으로 기울어지던 시기를 대표하는 시가이다. 따라서 그 가사도 본시는 여진어나 몽고어로 된 것이 많고 내용은 속되고 질이 낮은 것이었을 것이다. 한족 지식인들이 지배자들을 위하여 문장력을 다하여 다시 '곡'을 창작하기는 하였지만 그 오랑캐적인 성격과 속된 기미를 완전히 없애지는 못하였다. '곡'의 음악도 여진족이나 몽고족의 악곡으로 바뀌고 반주 악기도 모두 그들의 것으로 변하였다. '곡'을 공연하는 연예자들의 복장이나 연출방법 같은 것도 모두 바뀌었다.

때문에 중국이 '곡'의 시대로 들어가자 한국 사람들은 중국을 오랑캐 나라라 보고 그 문화는 오랑캐 문화라 보면서 무시하게 되었다. 이러한 한국 사람들의 중국문화에 대한 외면으로 '곡'의 문화, 곧 〈근대〉의 중국문화는 더 이상 한국에 영향을 끼치지 못하게 된다. 한국의 옛 지식인들은 누구나가 '시'를 공부하고 '시'를 짓기에 힘썼다. '시'를 모르면 과거에 급제할 수도 없었고 지식인으로 행세할 수도 없었다. 그러나 '사'에 대하여 알고 '사'를 지을 줄 아는 사람들은 극소수에 불과하였다. 대체로 '사'는 야속野俗된 면이 있다고 생각하면서도 거기에 대하여 관심은 갖고 있었다. 그러나 '곡'은 완전히 저속한 오랑캐 문화라 생각하고 아무도 거들떠보지 않았다. 한국 지식인들은 원元 잡극雜劇에 대하여도 관심이 별로 없고, 명明대 전기傳奇에 대하여도 거의 알지 못하고, 청淸대 지방희地

方戲나 경희京戲에 대하여는 거들떠보지도 않을 뿐만이 아니라 형편없는 연극이라고 무시하기까지 한다. 따라서 '시' 와 '사' 의 시대에는 한국이 중국과 같은 문화권에서 동질적이어서 형제처럼 잘 지냈지만, '곡' 의 시대에 와서는 서로가 다른 성격의 문화를 지니는 서로 외면하는 사이의 나라로 변한 것이다. 대체로 한국은 그대로 문화의 전통적인 성격을 유지하였지만 중국은 전혀 다른 성격의 문화의 나라로 발전한 것이다. 때문에 중국에는 없어진 '시' 와 '사' 시대의 문화의 일부가 한국에는 보전되어 있는 것들이 있다. 그리고 한국 사람들은 '곡' 의 시대의 중국문화에 대하여는 관심도 갖지 않아 두 나라의 관계는 더 멀어지는 현상을 보이게 되었다. 이처럼 한국 사람들이 '곡' 의 문화에 대하여 관심도 없고 이해도 크게 부족하다는 것은 큰 문제가 아닐 수가 없다. 이는 한국과 중국의 문화 교류상의 큰 문제이니 반드시 풀어나가야만 할 것이다. 그런데 더 큰 문제는 한국 사람들이 이러한 사실에 대하여 거의 깨닫지 못하고 있다는 점이다.

3. '곡' 의 문화와 한국인

2007년 4월 초순, 나는 일간신문에서 중국의 유명한 영화감독인 츤카이꺼(陳凱歌)가 만든 영화 「메이란팡(梅蘭芳)」이 개봉된다는 소식을 읽었다. 며칠 뒤 시간을 쪼개어 그 영화를 보러 가려고 하였으나 관객들의 반응이 시원치 않아 이미 상연을 접어버린 뒤였다. 그리고 여러 날 뒤 다행히도 나는 그 영화의 DVD를 구하여 볼 수가 있었다. 메이란팡(梅蘭芳, 1894-1961)은 남자이면서도 중국의 전통 연극인 경극京劇[277]의 여주인공 청의靑衣 역할을 맡아 여러 경극 작품에서 중국의 역대 미인들로 분장하여 요염한 몸놀림과 아름다운 목소리로 한 시대의 관객들을 매료시켰던 세계적인 배우이다. 이때 그가 나라 안팎에서 이름을 날린 경극의 극목으로는 『천녀산화天女散花』·『대옥장화黛玉葬花』·『귀비취주貴妃醉酒』·『낙진洛神』·『천금일소千金一笑』 등 수많은 작품이 있다. 메이란팡은 중국의 역사적인 미녀 또는 전설적인 아름다운 신녀神女가 나오는 작품 주인공들의 멋지고 매력적인 젊은 여인 역할을 창唱과 몸놀림의 연기로 무대 위에 살려냈던 것이다.

메이란팡은 중국 내에서 뿐만 아니라 미국과 유럽 여러 나라에 가서도 이름을 크게 날렸다. 1919년과 1924년 두 번 일본에 극단을 이끌고 가서 도쿄(東京)·오사카(大坂) 등지에서 경극을 연출하여 열광적인 환영을 받았다. 1930년에는 미국으로 건너가 6개월이나 머물면서 워싱턴·뉴욕·시카고·샌프란시스코·로스앤젤레스

277 京劇은 京戲, 또는 國劇이라고도 中國人들이 부르는 中國에 가장 널리 유행되고 있는 歌舞로 演出하는 그들의 傳統演劇이다. 西洋人들은 Chinese Opera 또는 Peking Opera라고 흔히 부른다.

등지의 극장에서 60여 차례나 공연을 하였다. 이때 찰리 채플린을 여러 차례 만나고 많은 할리우드 배우들도 만났다. 다시 1935년에는 소련으로 가서 모스크바 · 레닌그라드에서 공연을 하고 콘스탄틴 스타니슬래브스키와 베르톨트 브레히트 같은 연극 전문가들과도 교류하였다.

그리고 그의 국내의 지위와 명성도 대단하다. 1949년(56세) 중화인민공화국이 성립한 해에는 중국 제1차 문예학술계대표대회文藝學術界代表大會에 참석하고, 마오쩌둥(毛澤東) 주석과 주은라이(周恩來) 총리를 회견하였으며, 중화인민공화국 개국성전開國盛典에도 참여하였다. 1950년에는 전국인민대표대회의 대표, 중국문학예술계연합회中國文學藝術界聯合會 전국위원회위원全國委員會委員, 중국희극작가협회이사회中國戲劇作家協會理事會 주석단위원主席團委員이 되었다. 그리고 중국희곡연구원 · 중국희곡학원 등의 원장院長도 역임하였다. 중국에서의 그의 지위는 장관급이었다.

그런데도 한국 사람들은 메이란팡이 어떤 사람인지 잘 모른다. 일본이 중국을 침략할 적에는 "메이란팡만 잡으면 중국을 잡는다." 고 하면서 일본 사람들이 메이란팡을 유인하여 경극을 공연케 하려고 하였으나 그는 수염을 기르고 이제는 여자 역을 할 수가 없다고 그들의 요구를 거절하였다. 게다가 한국 사람들은 경극이 무언지도 모르고 또 그 음악이나 연출을 좋아하지 않는다. 이건 큰일이다. 중국에서는 2001년 UNESCO에서 중국 사람들이 가장 오래된 자기네 전통연극이라고 내세우는 명明대의 희극인 곤곡崑曲을 '인류의 구술口述 및 비물질문화유산非物質文化遺産의 대표작' 으로 지정하자 중국 연극계에서는 곤곡뿐만이 아니라 경극 같은 자기네 전통연극을 세계화하겠다고 기염을 올리고 있다. 그런데 한국 사람들은 거기에 대하여 관심도 없고 아무것도 모르고 있다. 메이란팡이 누구인지 경극이 무엇인지 관심도 없는 것이다. 그래가지고는 한 · 중문화교류는 말뿐이지 어떤 실효도 거두지 못할 것이다.

그 면에 있어서 우리는 중국과 일본 사이의 전통연예 교류의 실황을 보면서 많은 것을 배워야만 할 것이다. 중국과 일본 사이의 민간연예 교류는 매우 진지하고 관계가 밀접하다. 여기에서는 특히 그들 사이의 '곡' 관계의 교류를 보기로 들려고 한다. 곧 그들의 대표적인 전통연극이며 다 같이 가무歌舞로 연출하는 중국의 경극계와 일본의 가부키(歌舞伎) 분야의 교류는 매우 밀접하다. 먼저 내게 있는 교류관계를 알려주는 사실 기록을 메이란팡의 경우를 중심으로 하여 실상을 살펴보기로 한다.

1956년에 경극의 여주인공역으로 온 세계 연극계에 이름을 떨친 명배우 메이란팡이 63세의 나이로 일본을 방문하여 53일 동안 도쿄(東京)를 비롯하여 교토(京都) · 오사카(大阪) · 후쿠오카(福岡) 등 12개 도시를 돌면서 경극을 공연하였다. 이미 늙었다고 할 수 있는 남자가 젊은 여자 미인 역할을 하는 것임에도 불구하고 일본의 메이란팡과 경극에 대한 반응은 열광적이었다. 교토에서는 입장료가

1500원(입장료가 비싸다는 가부끼도 1000원 이하)이었는데도 공연 10여 일 전에 표가 매진되었고,[278] 후쿠오카에서는 1,300석 극장인데 관중의 요구로 입석을 200석이나 더 팔았고, 공연 날에는 극장 문 앞에 관객이 2시간 전부터 줄을 서서 개장을 기다렸다 한다. 중국 경극 단원들은 공연을 하는 한편 일본의 연예인들과 환담회도 갖고 일본의 전통극을 감상하기도 했으며, 18개 대학을 방문하여 강연 및 경극의 연기와 동작을 보여주며 시연試演 등을 하였다 한다. 그리고 극단의 단원들은 몇 명씩 나누어져 각자 자기 기호에 따라 일본의 무악舞樂 · 난릉왕蘭陵王 · 노(能, 2개 반) · 관언狂言(4개 반) · 가부끼(歌舞伎) · 경무京舞 · 화류파花柳派 · 서기파西崎派(3개 반) · 고전음악古典音樂 · 척팔尺八 등을 일본인 선생을 모시고 공부하였다. 한 편 일본 배우들에게는 경극을 가르쳐주고 필요한 옷과 도구 등도 모두 증정하였다. 일본에서는 경극단을 정성을 다해 접대하고, 경극단은 성의를 다하여 일본 사람들을 위해 공연하였다. 이처럼 중국과 일본의 전통 연예계는 서로 배우고 협력하면서 형제처럼 서로의 연예를 발전시키고 있는 것이다. 따라서 일본에서는 여러 편의 경극 작품을 일본 전통연예로 개편하여 공연하고, 중국 측에서는 일본의 가부끼 등의 작품을 경극 등으로 개편하여 공연하면서 서로의 연기와 연출 방법을 배우기에 힘쓰고 있다.

278 吉川幸次郎『閑情の賦』梅蘭芳その他 의거.

또 얼마 전에는 일본의 전통 연극 가부끼의 배우인 판동옥삼랑坂東玉三郞이 쓴 「나에게는 미국보다도 중국이 더 잘 맞는다.」는 글[279]을 읽었다. 필자는 일본의 가부끼에서 남자이면서도 여자 주인공 역할을 하는 배우이다. 그는 2010년에 중국 수조우(蘇州)의 소주곤극원蘇州崑劇院으로 가서 중국의 고전극인 곤극崑劇의 명작 『모란정牡丹亭』의 여주인공인 두려낭杜麗娘 역을 소주곤극원의 배우들과 함께 연출했다고 하였다. 정말 놀라운 일이다. 일본 사람인 그가 가부끼의 여자 역할을 전문으로 하는 배우라 하더라도 중국에 가서 수조우(蘇州)라는 고장의 방언까지 익힌 다음 중국 배우들과 함께 곤극의 대표작 『모란정』의 여주인공 역을 맡아 공연하여 좋은 평가를 받았다는 것은 정말 믿기지 않는 일이다. 일본 남자가 중국의 미녀처럼 창하기도 어렵고 여자 같은 동작은 말할 것도 없고 중국 미녀의 몸짓으로 춤을 추기는 더욱 어려운 일이다.

판동坂東이란 배우는 일찍부터 메이란팡의 연기에 매혹되어 있었고, 특히 메이란팡의 연기 중에서도 당唐 현종玄宗과 양귀비楊貴妃의 사랑을 다룬 『귀비취주貴妃醉酒』라는 경희에서 보여준 양귀비 역할에 반해 있었다 한다. 때문에 자신이 20세 무렵에 아버지가 "너는 새로운 작품 중에서 마음대로 고르라면 무슨 역할을 가장 하고 싶으냐?" 고 물었을 때 "양귀비 역을 하고 싶습니다." 하고 잘라

279 日本『文藝春秋』2011년 2월호 所載.

대답하였다 한다. 그뒤 1987년에 가다오까(片岡)라는 감독이 『현종과 양귀비』라는 가부끼를 무대에 올릴 때 그 양귀비 역을 자신이 맡아 공연하였다는 것이다. 이때 그는 먼저 베이징(北京)으로 달려가 중국 경극 최후의 단역 배우라고 칭송되는 메이란팡의 아들 메이바오지우(梅葆玖)와 그의 여동생 메이바오웨(梅葆玥)[280]를 찾아가 직접 양귀비 연기와 필요한 창과 춤에 대한 지도를 받았고, 도쿄(東京) 신교연무장新橋演舞場에서 공연하는 동안에는 이들이 일본으로 찾아와 여러 가지를 지도해 주고 가르쳐 주었다 한다. 다시 1991년에는 무용극인 『양귀비』에도 출연하였다고 한다. 그는 이렇게 쌓아온 경험과 수련이 있었기 때문에 2010년에는 중국으로 건너가 곤극인 『모란정』의 여주인공 두려낭杜麗娘 역을 성공적으로 해낼 수가 있었을 것이다. 그의 글에 따르면 그의 아버지며 할아버지도 모두 가부끼의 여자역 배우였다. 1926년 그의 할아버지와 아버지가 몇 명의 일본 가부끼 배우들과 어울리어 중국을 방문한 일화도 쓰고 있다. 그때 30대의 전성기였던 메이란팡이 많은 저명한 정치가와 지식인과 실업가들 같은 각계의 인사들을 데리고 나와 마중해 주었고

280 梅葆玖와 梅葆玥 男妹는 아버지 梅蘭芳과도 여러 번 京劇을 공연하였으며, 梅葆玖는 중국 최후의 女主人公 役 專門의 男子俳優라 稱頌 받았으나 지금은 나이가 많아 梅蘭芳京劇團을 男妹가 함께 운영하고 있다. 우리나라에는 1900년대 초에 京劇 『霸王別姬』에서 梅葆玖가 虞姬로 出演하여 유명하다.

환영만찬에는 밤을 새우며 술 마시고 노래를 주고받으며 즐겼다 한다. 그리고 귀국할 적에는 비단으로 만든 중국 옷과 모자 등을 선물로 받았다고 하였다.

다시 가부끼의 유명한 여역배우 이찌가와엔노스께(市川猿之助)가 쓴 『슈퍼 가무기』[281]에는 1989년 3월 중국의 경희 전문가들과 합작하여 경희의 연기를 가미하여 만든 가부끼 「용왕龍王」을 여러 해의 교섭 끝에 연습을 하고 많은 어려움과 문제를 이겨낸 다음 성공리에 연출한 경험담이 실려 있다.[282] 1991년 1월에는 중국 경극원과 일본 신제작좌新制作座가 합작하여 일본 작가 마야마세이가(眞山青果) 원작의 희곡 『판본용마坂本龍馬』를 경극으로 개편하여 연출하고도 있다. 그와 이름이 같은 그의 할아버지도 가부끼의 여자역 배우인데, 1955년에는 가부끼의 첫 번째 해외공연으로 중국에 가서 공연을 하였으며, 다음 해 메이란팡의 내일 공연은 그에 대한 답례의 성격도 띄고 있다고 하였다.

정말 중국과 일본의 전통 연예가들의 교류와 우의가 부럽다. 우리도 이를 본받아 경희를 비롯한 중국인민이 좋아하는 연극이나 놀이를 함께 즐기며 이해하기에 노력하여야만 할 것이다.

281 日本 東京 集英社 發行, 2003. 2. 19.

282 三. 「龍王」 - 京劇과의 日中 合作 (P.49-74) 참조.

4. 맺는 말

명明대의 왕기덕王驥德(?-1623)도 그의 『곡률曲律』[283]에서 『철경록輟耕錄』을 인용하여 이런 말을 하고 있다.

> "원나라 때의 북쪽 오랑캐 달달達達[284]이 쓰던 악기는 쟁箏 · 진蓁 · 비파琵琶 · 호금胡琴 · 혼불사渾不似 같은 종류의 것이고, 그것으로 연주하는 악곡은 역시 한인들의 것과는 다른 것이었다."

'곡' 은 이전의 노래와는 가락도 다르고 성격도 달랐으며 반주에 쓰이는 악기도 완전히 다른 것이었다. 때문에 우리는 앞에서도 얘기한 것처럼 '곡' 자체는 물론 '곡' 의 문화에 속하는 것들조차 잘 알지 못하고 관심도 갖고 있지 않다.

그러나 중화인민공화국에서는 앞에서 이미 지적한 바와 같이 나라의 지도자들이 모두 적극적인 인민들이 좋아하는 경극의 애호가이다. 경극은 다시 중남해中南海에서 시작하여 가난한 인민들에 이르기까지 모든 사람들이 소중히 여기며 좋아하는 방향으로 발전하고 있다. 중국의 지도자인 마오쩌둥(毛澤東) · 조우은라이(周恩來) · 주더(朱德) · 류샤오치(劉少奇) · 등샤오핑(鄧小平) · 츤윈(陳雲) · 예젠

283 『曲律』 권4 雜論 39下.

284 達達 : 몽고족의 별칭으로 본시는 韃靼, 塔塔爾, TarTar 등으로 표기하였다.

잉(葉劍英)·리셴녠(李先念)·양상쿤(楊尙昆)·장저민(江澤民)·리루이환(李瑞環)·주룽지(朱鎔基) 등이 모두 경극과 그들 전통희곡의 애호자이며 경극 종사자들의 친구이다.

지금 중국에서 경극은 농민 노동자를 비롯한 온 중국의 위아래 모든 사람들이 좋아하는 자기네 전통 연예이다. 그것은 봉건시대의 유물이기 때문에 이를 현대화하고 개량하여 백성들을 즐겁게 해주고 그들을 화합케 하면서 자기네가 목표로 하는 사회주의 혁명의 방향으로 온 인민을 이끌려는 것이다. 그리고 소수민족까지도 경극을 통하여 화합시키어 모두가 함께 경극으로 위안을 받고 격려를 받으며 힘까지 얻어 대국으로 우뚝 일어서려는 것이다.

우리는 이 경극을 이해하지 못하면 안 된다. '시'와 '사'의 시대에는 중국은 우리와 같은 문화권의 나라였고 형제의 나라였다. 지금은 '곡'의 시대가 이어지고 있다고 할 수 있는데, 경극 같은 것은 그처럼 가깝고 친하였던 우리 바로 이웃에 있는 큰 나라 13억의 인민 모두가 좋아하는 연극이다. 경극을 모르고는 중국이나 중국문화를 얘기하기 힘들다. 중국인민을 가까이 할 수도 없다. '곡'에 대하여 알고 이해하고 가까이 하도록 노력해야만 한다.

중국의 전통과 개혁

—신해혁명 백 주년 기념辛亥革命百周年紀念—

1. 들어가는 말

중국에 있어서 전통과 개혁의 개념이나 성격은 간단하지 않다. 그 시대와 그 정치, 사회, 학술, 문화 등 어디에 중점을 두느냐에 따라 그 논의는 크게 달라질 것이기 때문이다. 특히 여기에는 '신해혁명 백 주년 기념' 이란 조건이 달려있기 때문에 한漢나라 이후 2000년을 이어온 봉건전제주의封建專制主義의 종식終熄과 서양문화의 영향이 크게 문제되지 않을 수가 없다. 그리고 그러한 논의는 몇 년 뒤 1919년의 5·4 문화운동에 대한 연토硏討를 배제할 수가 없을 것이다.

그러나 지금 전통과 개혁을 논함에 있어 가장 중요한 것은 신해혁명 이후 지금의 중국에서 그 문제가 어떻게 발전하여, 어떻게 자리 잡고 있고, 어떤 의의를 갖고 있느냐고 하는 문제이다. 5·4 무렵의 자기네 전통을 부정하고 서양의 덕선생德先生(Democracy)과

새선생賽先生(Science)을 받아들이려던 태도는 비교적 이해하기 어렵지 않았다. 그러나 지금의 중국이 추구하고 있는 사회주의란 누가 보더라도 이전의 봉건적인 전통과는 완전히 대조적인 것이어서 자기네 전통을 더욱 철저히 배격하여야만 할 것 같다. 그런데 실상은 문화대혁명文化大革命 이후로 중국에서는 그들의 전통을 크게 내세우고 있다. 실은 문화대혁명의 발동도 마오쩌둥(毛澤東) 주석의 사회주의 밑바닥에 깔려있는 봉건주의적인 요소가 그 바탕이 되었던 것도 같다. 그러나 여기에서는 그 문제가 주제가 아님으로 결론으로 최근 중국 독서계에 선풍을 일으킨 위단(于丹)의 『논어심득論語心得』[285]에 대한 간단한 비평을 이용하여 그에 대한 논의를 대신할까 한다.

2. 중국 전통에 대한 개혁 요구

북송北宋(960-1127) 말엽 여진족女眞族의 금金나라(1115-1234)와 몽고족蒙古族의 원元나라(1206-1368)가 중국 땅을 지배하기 시작한 이후 〈근대近代(1128-1911)〉에는 그 문화에 시정적市井的인 성격이 크게 보태어졌으되 주자학朱子學이 성행하고 봉건전제 제도가 더욱

285 北京 中華書局 2006. 11. 刊.

강화되었던 시대이다. 말로는 덕德과 예禮를 중시하는 유학儒學을 앞세우면서도 지배 윤리는 더욱 경직화硬直化하여 새로운 길을 찾으려던 한족漢族 지식인들은 가혹한 문자옥文字獄 앞에 자신들이 나갈 길을 쉽게 찾을 수가 없었다. 그러나 청淸나라 말엽으로 가까워오면서 당唐대(618-907)부터 들어오기 시작한 서양문화와 명明대(1368-1661)부터 두드러지기 시작한 기독교 선교사들의 영향에서 시작하여 제국주의 침략을 동반한 서양문화의 충격으로 자기를 각성하기 시작한 중국의 지식인들은 모두 전통의 개혁만이 자기의 살길임을 알게 되었다.

명明대의 서광계徐光啓(1562-1633)는 젊어서 천주교 세례를 받고 회시會試에 합격하여 진사進士가 된 뒤 Matteo Ricci와 사귀며 『기하원본幾何原本』이란 책을 함께 썼고 여진족의 침략에 대비하기 위하여 "서양 대포를 만들어 성을 지킬 것"을 상소한 뒤 희종熹宗황제(1621-1627 재위)의 명으로 서양 선교사들을 불러들이어 화약을 이용하여 화기火器를 만들기도 하였으며, 만년에는 선교사들과 함께 새로운 『숭정력서崇禎曆書』를 만들기도 하였다. 청대로 들어와서는 강희康熙(1662-1722 재위) 같은 황제는 주자학을 지배윤리로 내세우면서도 젊어서부터 과학적인 서양 학문의 우수성을 깨닫고 열심히 공부하여 그를 만난 서양인들도 모두 찬탄하는 위대한 황제가 되었다. 그가 스승처럼 모셨던 선교사 이름만 들어도 Adam Schall(湯若望, 독일) · Ferdinand Verbiest(南懷仁, 벨기에) · Bouvet(白進, 프랑스)·Gerbilon(張誠, 프랑스)·Pereira(徐日昇, 스페인)·Grimaldi(閔明我, 이태리) 등이 있다. 황제는 특히 기하학을 중심으로 하는 수학을 좋아하였다 한다. 그 뒤로 옹정雍正(1723-1735 재위)황제와 건륭乾隆(1736-1795 재위)황제는 청나라를 이 세계에서 가장 강한 나라로 유지하여 개혁의 문제가 크게 대두될 여지가 없었다. 그러나 아편전쟁阿片戰爭(1840-1842)과 태평천국太平天國의 난(1851-1864)을 겪은 뒤로는 지식인들 사이에 자기네 전통문화에 대한 개혁의 요구는 크게 드러나기 시작한다.

처음 서양문화 특히 과학과 기술의 발전에 머리를 숙인 그들의 개혁사상은 중체서용中體西用의 형식으로 드러난다. 자기네 전통을 바탕으로 하고 서양 과학문명을 받아들여 응용한다는 것이다. 1861년 풍계분馮桂芬(1809-1874)이 「교빈려항의校邠廬抗議」에서 "중국의 윤리와 도덕을 근본으로 삼고, 여러 나라의 부강해지는 술법으로 보강한다."[286]고 한데서 시작, 1898년 장지동張之洞(1837-1909)이 「권학편勸學篇」에서 "옛 학문을 체體로 삼고, 새로운 학문을 용用으로 삼는다.", "중국의 학술로 몸과 마음을 다스리고, 서양의 학술로 세상일을 처리한다."[287]라고 한 말에서 구체화 하였다. 19세기 후반기의 개혁사상은 모두 이 범주를 벗어나지 못하였으며 이홍장李鴻

286 "以中國之倫常名敎爲原本, 輔以諸國富强之術."

287 "舊學爲體, 新學爲用." "中學治身心, 西學爲世事."

章(1823-1901)과 좌종당左宗棠(1812-1885) 등의 이른바 양무파洋務派는 시종 이런 구호 아래 서양 무기를 수입하는 것 같은 활동을 전개하였다. 1895년에는 강유위康有爲(1858-1927)와 양계초梁啓超(1873-1929)를 중심으로 하는 이른바 유신파維新派가 나와 정치 사회와 문화 전반에 걸친 변법유신變法維新 활동을 전개한다. 그리고 임서林紓(1852-1924)와 엄복嚴復(1853-1921)이 이 무렵에 수많은 서양의 문학작품과 사상 서적들을 번역하여 출판한 것은 잘 알려진 일이다.

1872년에는 청나라에서 매년 청소년 30명을 선발하여 미국으로 유학을 보내기 시작하였고, 1876년부터는 이홍장李鴻章이 10명 또는 수십 명의 청년 학생들을 영국과 프랑스로 유학을 보내어 군사軍事와 여러 가지 서양 학문을 공부하게 하였다. 1896년부터는 일본으로도 유학생을 보내기 시작하였다. 특히 서양학문 교육을 위하여 새로 창설한 교육기관인 복주선정학당福州船政學堂을 비롯하여 천진무비학당天津武備學堂・상해남양공학上海南洋公學・신방언관新方言館・호북무비학당湖北武備學堂・한양철로학당漢陽鐵路學堂 등에서 적극적으로 여러 나라에 학생을 유학보내기 시작하였는데 특히 일본 유학생이 점점 많아졌다. 1906년에는 일본 유학을 하는 중국 학생이 8,000여 명에 이르렀다 한다. 이 유학 출신들은 귀국하여 곧 신문 잡지와 교육을 통하여 활동을 전개하면서 민주주의 혁명의 중심세력으로 발전한다.

그러나 본격적인 중국 전통에 대한 개혁의 문제는 1911년의 신해혁명으로 시작하여 1919년의 5 · 4 문화운동文化運動으로 논란論難과 실천이 성황을 이룬다. 신해혁명에서는 주로 정치적, 사회적인 전통의 개혁이 추구되었고, 5 · 4 시기에 와서는 그 개혁이 전통문화 전반에 걸쳐 논의되었다. 그런데 이미 신해혁명에 있어서의 개혁의 개념은 봉건전제를 바탕으로 하는 이민족의 청나라 왕조 타도에 이은 민주주의 건설이라는 혁명이었고, 뒤이은 5 · 4 문화운동도 실은 자기네 전통문화 전반에 걸친 혁명의 추구였다. 그때의 사상 조류를 가장 잘 대표하는 츤두시우(陳獨秀, 1879-1942)의 글인 「신청년 죄안에 대한 답변서(新青年罪案之答辯書)」의 말을 아래에 인용한다.

> "그들은 이 잡지가 공자孔子의 유교를 파괴하고, 예법禮法을 파괴하고, 우리 고유문화를 파괴하고, 부녀자들의 정조를 파괴하고, 전통윤리와 전통예술(京劇 등) · 전통종교(귀신) · 옛 문학 · 옛 정치(특권과 인맥에 의한 통치)를 파괴하고자 한다는 이유에서 이 잡지를 비난한다. 물론 이러한 모든 책임은 인정하지만 다만 우리는 죄를 짓지는 않았다. 우리는 단지 덕德선생과 새賽선생이라는 두 선생님을 지지했기 때문에 앞에 언급한 죄를 범한 것이다.
>
> 민주주의를 변호하기 위하여 우리는 유교와 예법과 정조 · 옛 윤리 · 옛 정치를 반대할 수밖에 없다. 또 과학을 옹호하기 위하여 우리는 전통예술과 전통종교를 반대할 수밖에 없다. ……"[288]

288 『新青年』(1919. 1. 15.) 所載.

'공자의 유교 타도(打倒孔家店)' 는 이 시기 개혁파들의 구호였다. 1912년에 교육부에서는 공자묘孔子廟의 석전釋奠을 중지하라는 명령을 내렸다. 이후 여러 지방의 문묘文廟가 파괴되어 학교로 바뀌고, 교과목 중 경전經傳을 읽는 과정이 취소되었다. 중국에 있어서 자기네 전통문화나 사상은 모두 현대화의 걸림돌로 인식되었던 것이다.

그런데 5 · 4 문화운동 이후 1921년에는 중국공산당中國共產黨이 이룩되고, 혁명의 개념은 점점 사회주의혁명社會主義革命 쪽으로 대세가 발전한다. 5 · 4 운동을 주도한 『신청년新青年』 잡지도 5 · 4 이후에는 츤두시우(陳獨秀) · 리다차오(李大釗, 1889-1927) 등을 중심으로 마르크스주의를 강조하기 시작하였고, 1923년에는 중국공산당 중앙위원회中央委員會의 기관지 같은 성격으로 발전하기도 하였다. 이 밖에도 5 · 4 이후에 나온 『소년중국少年中國』(1919) · 『성기평론星期評論』(1919) · 『중국청년中國青年』(1923) · 『각오覺悟』(1919) 등등 사회주의로 기운 신문잡지가 무수히 발간되었다. 마르크스주의는 특히 봉건전제와는 정반대 위치의 사상임으로 지식인들의 이 시기 자기네 전통의 배격은 매우 적극적이었다.

이 시기에 전통 부정의 조류를 걱정하는 일파도 자연스럽게 생겨났다. 유신파維新派의 량치차오(梁啓超)가 내던 『신민총보新民叢報』(1920) 등 여러 잡지와 류스베이(劉師培) · 장빙린(章炳麟) · 왕꿔웨이(王國維) 등이 글을 쓴 『국수학보國粹學報』(1905), 후스(胡適)가 '전통문화의 정리(整理國故)' 라는 구호를 내세우고 낸 『독서잡지讀書雜誌』(1919) · 『노력주보努力週報』(1922) 등이 바로 그런 성격의 것이다. 그리고 차츰 가장 전통 배격에 적극적이던 공산주의 계열에서도 전통을 다시 평가하면서 중시하기 시작하였다. 보기를 들면, 루신魯迅(1881-1936)이 중국 고대문학사를 연구하고 꿔머러(郭沫若, 1892-1978)가 중국 고대사회사 등 연구에 손을 대기 시작하였다.

그런데 이러한 전통문화의 존중은 이 시기 중국 정치를 이끌어온 국민당 장제스(蔣介石, 1887-1975) 총통과 공산당 마오쩌둥(毛澤東, 1893-1976) 주석이라는 거물들의 영향도 적지 않았을 것 같다. 두 지도자 모두 자기네 전통문화에 대한 애착이 무척 강하였다. 장蔣 총통이 타이완(臺灣)으로 옮겨오면서 고궁박물원古宮博物院의 유물을 모두 가져오고 중국학의 대 학자들을 모두 모시고 온 것은 유명한 얘기이다. 그리고 특히 왕양명王陽明(1472-1528)을 좋아하여 사람들의 "행위는 타고난 양지良知이며 양능良能" 이라 하면서 양명학陽明學을 바탕으로 한 통치철학의 체계를 이룩하여 『역행철학力行哲學』과 『중국의 운명(中國之命運)』이란 책을 저술하였다. 전통에 대한 소양이나 애호는 장제스 못지않게 마오쩌둥도 적극적이었다. 마오쩌둥은 옛날 형식의 시와 사詞를 직접 짓고 있고 옆에는 늘 수북이 옛 선장본線裝本 고서들을 쌓아놓고 지냈다.

마오쩌둥 주석은 「중국 공산당의 민족전쟁 중에 있어서의 지위(中國共産黨在民族戰爭中的地位)」(1938. 10.)라는 연설에서 이렇게 말

하고 있다.[289]

"마르크스·레닌주의는 우리 당의 전투 역량을 대대적으로 높여줄 것이며 아울러 우리가 일본 제국주의와 싸워 이기는 공작을 가속화시켜줄 것이다. 우리의 역사적인 유산을 학습하고 마르크스주의의 방법으로 거기에 비판적인 평결을 내려주는 것이 우리 학습의 또 다른 한 가지 임무인 것이다. 우리 민족에게는 수천 년의 역사가 있고 거기에는 특성이 있으며 거기에는 여러 가지 진귀한 것들도 있다. 공자로부터 순원(孫文)에 이르기까지 우리는 마땅히 평결을 내리고 이 진귀한 유산들을 계승하여야만 할 것이다.

공산당원은 국제주의적인 마르크스주의자이다. 그러나 마르크스주의는 반드시 우리나라의 구체적인 특성과 서로 결합되어야 하며 또 일정한 민족주의 형식을 통과하여야만 비로소 실현할 수가 있는 것이다. 중국공산당에 대하여 말할 것 같으면 곧 마르크스·레닌주의의 이론을 잘 배워서 중국의 구체적인 환경에 응용하여야만 하는 것이다.

중국의 특성을 떠나서 마르크스주의를 이야기한다는 것은 오직 추상적이고 속은 텅 빈 마르크스주의일 따름이다. 그러므로 마르크스주의를 중국에 있어서 구체화시켜야 하고 모든 형식 속

289 『毛澤東選集』 제3권.

에 반드시 띠고 있어야 할 중국적인 특성이 있도록 하여야만 한다. 다시 말하면 중국의 특성에 맞추어서 그것은 응용되어야만 한다."

마오 주석은 마르크스주의도 중국의 특성에 맞추어서 응용되어야 한다고 생각했던 것이다. 곧 마오 주석은 중국의 사회주의 혁명을 추진하면서도 중국적인 특성 또는 중국의 전통문화를 중시한 것이다.

마오쩌둥은 1942년 엔안(延安)에서 「문예좌담회 자리에서의 강화(文藝座談會席上的講話)」를 발표하여 자기네 사회주의 문화노선을 분명히 밝혔다.

"우리는 모든 뛰어난 문학과 예술의 유산을 계승하여 그중 모든 유익한 것은 비판적으로 흡수하고, 우리가 그때 그곳의 인민생활에 있어서의 문학과 예술의 소재로 작품을 창조할 적의 모범으로 삼지 않으면 안 된다."

"우리는 결코 옛날 사람들이나 외국 사람들을 이어받아 그것을 모범으로 삼는 일을 거부해서는 안 되며, 봉건계급의 것이나 부르주아의 것이라도 전혀 상관이 없는 것이다."

『신민주주의론新民主主義論』에서는 그 방법을 구체적으로 "봉건적인 찌꺼기(糟粕)는 버리고, 민주적인 알맹이(精華)만을 흡수한다."고 하였다. 그러나 실제로 그들의 봉건유산 중에 '찌꺼기'로 가려져 버려야 한다고 내쳐진 것은 지금까지 하나도 없다.

죽의 장막 내부를 자유세계에 최초로 소개한 미국의 신문기자 Edgar Snow는 People on our Side[290]에서 이렇게 말하고 있다.

> "중국에 대하여 적은 지식을 갖고 있는 미국 사람들에게 '공산주의자'라는 말은 오해를 불러일으키기 쉽다. 사실상 중국에는 진짜 '공산주의'라는 것이 이루어진 일이 없었으니, 이전의 소비에트 지역에 있어서도 그러하였고, 중국의 공산주의자들이 달리 주장한 일도 없었다. 이전에 장시(江西)에서 짧은 기간이었지만 젊은 붉은 군대가 생산 방법에 있어서 집단경영을 시도하며 모든 개인 소유를 없애려고 했었으나 그 경험은 여러 가지 수정을 하게 하였다. 중공에서는 늘 그들의 계획은 중국의 '부르주아 민주혁명'을 이끄는데 있다고 밝히고 있다. …… 사회주의는 과거에 있어서나 현재에 있어서나 궁극적인 목표이지만 분명히 먼 거리에 있는 것이라 여기고 있다."

이처럼 그들이 자기네 전통문화를 중시한다 하더라도 가장 중요

290 Book Three : Return to the East II. China's Destiny: 1944 III. The People's War.

한 문제는 중화인민공화국이 이룩된 뒤로 사회주의의 물결 속에 그들의 전통이 어떻게 받아들여지고 있느냐는 것이다.

3. 중국의 전통과 혁명

앞에서 이미 이 대목은 위단(于丹)의 『논어심득論語心得』에 대한 간단한 비평으로 대신한다고 하였다. 이는 현 중국의 자기네 전통에 대한 자세와 의욕을 중국 독서계에 선풍을 일으킨 이 책이 충분히 암시해주고 있다고 생각되기 때문이다.

우선 사회주의를 지향하는 중국에서 이런 책이 어째서 그처럼 선풍을 일으키고 높은 평가를 받느냐 하는 것이다. 이 책은 『논어』와 공자 사상에 관한 해설서의 성격을 지닌 저술이다. 그런데 첫 장이 「하늘과 땅과 사람의 도(天地人之道)」이다. 맨 앞머리에서 『논어』와 공자의 사상 중에서 '하늘과 땅과 사람의 삼재三才'의 사상이 가장 중요함을 내세우고 있는 것이다. 그러나 『논어』 어디에도 '하늘과 땅과 사람의 삼재'를 얘기한 대목은 없다. 저자가 이를 증명하기 위하여 인용한 『논어』의 글도 양화陽貨편의 "하늘이 무슨 말씀 있으시더냐? 사철이 돌아가고 있고 만물이 자라고 있지만 하늘이 무슨 말씀을 하시더냐?〔天何言哉? 四時行焉, 萬物生焉, 天何言哉?〕"고 한 '하늘과 땅과 사람을 뜻하는 삼재'와는 아무런 관련도 없는 대목뿐이다.

'하늘과 땅과 사람의 삼재' 란 말은 『역경易經』 계사전繫辭傳 하下편에 처음 보이는데, 이는 역점易占의 원리가 심오함을 강조하기 위하여 끌어다 붙인 말이다. 그러나 이 사상을 바탕으로 새로운 정치철학을 체계화 한 것은 공자의 유학儒學을 중국 봉건전제의 기본원리로 확정시킨 한나라 무제武帝 때의 동중서董仲舒(B.C.179?-B.C.104)이다. 그는 무제에게 올린 『대책對策』에서 대일통大一統의 사상을 내세우면서 공자의 사상과는 거리가 먼 음양오행설陰陽五行說까지 끌어들이며 천인합일天人合一 및 천인감응天人感應의 이론을 전개하였다. 그에게 '하늘' 은 지극히 존귀하고, 지극히 높은 존재이며 모든 물건의 조상(群物之祖)이다. 그리고 천자天子는 하늘(天)로부터 명命을 받은 것이라 단정하고 왕王이라는 글자를 이렇게 풀이하였다.

> "옛날에 글자를 만든 사람은 세 획 가운데를 연결하여 놓고는 그 글자를 왕이라 하였다. 세 획이란 것은 하늘과 땅과 사람이다. 그리고 그 가운데를 연결한 것은 그들의 도道가 통한다는 것이다. 하늘과 땅과 사람의 중간을 잡아 이를 꿰뚫어 셋이 서로 연관을 갖고 통하게 한 것이니 왕자王者가 아니라면 누가 이를 감당할 수 있겠는가?"[291]

291 "古之造文者, 三畫而連其中, 謂之王. 三畫者, 天地與人也. 而連其中者, 通其道也. 取天地與人之中, 以爲貫而參通之, 非王者孰能當?"

여기에서 하늘과 땅이 사람과 통하는 존재임을 주장할 적의 '사람' 은 보통 사람들이 아니라 천자 또는 왕자인 것이다. 보통 사람들이라면 하늘과 '하나로 합쳐지거나(合一)', 사람의 행동에 하늘이 '감응感應' 할 수가 없는 것이다. 보통 사람들이 나쁜 짓을 한다고 하더라도 하늘이 일식日食이나 태풍颱風으로 경고하는 수가 없다. 보통 사람들이 착한 짓을 해도 하늘은 아무런 변화를 보이지 않는다. 그러나 통치자인 황제는 하늘과 같은 존재이기 때문에 그의 일거일동은 모두 하늘로 통하여 하늘은 통치자의 행위에 감응을 보이게 된다는 것이다. 이는 천자의 전제통치를 절대적인 원리로 감싸기 위한 것이다. 사람들은 하늘과 땅에 통하는 통치자에게 복종하며 삼강오륜三綱五倫을 지키면서 얌전히 살아가야 한다는 것이다. 위단(于丹)이 '하늘과 땅과 사람의 삼재' 를 증명하기 위하여 인용한 것도 『삼오력기三五歷紀』에 보이는 18000억 세를 살았다는 반고盤古의 전설이다. 그리고 삼재三才와 천인합일天人合一을 해설한 뒤에는 사람들은 어렵고 가난하더라도 자기 처지에 만족하고 얌전히 살아가야 한다고 설교만하고 있다. 그렇다면 위단이 말하는 '삼재' 중의 '사람' 은 중국공산당의 당 주석이 아닐까?

둘째 장은 「심령의 도(心靈之道)」인데, 이는 사회주의자들이 배격하는 철저한 유심론唯心論을 바탕으로 한 이론이며, '심령' 이란 개념조차 애매하기 짝이 없다. '심령' 이란 말도 『논어』 어디에서 끌어온 말인지 알 수 없다. 마치 기독교에서 많이 쓰는 성령聖靈이란 말에서 힌트를 얻은 것처럼 느껴지기만 한다. 이런 지경이니 나머지 5장에 대하여는 더 얘기할 필요도 없을 것 같다.

다만 한 가지 제1장에도 진晉나라 시인 도연명陶淵明(365-427)이 팽택령彭澤令이란 벼슬을 하면서 술만 마시며 세월을 보내다가 상부에서 사무 감사관이 나오자 “월급인 다섯 말의 쌀(五斗米) 때문에 시골 소인小人에게 허리를 굽힐 수 없다.”하고 벼슬을 내던지고 「귀거래혜사歸去來兮辭」를 읊으면서 전원田園으로 돌아온 것을 칭송하고 있다. 제5장 「친구와 사귀는 도(交友之道)」에서는 지식인들이 사회를 버리고 숨어 사는 것을 찬양하면서 전원에 숨어 술만 마시고 산 도연명의 생활을 무척 높이 칭송하고 있다. 아무리 보아도 가난한 인민을 위하려는 사회주의 이념과는 거리가 먼 것 같다.

금년에는 베이징(北京)의 톈안문(天安門) 광장에 큰 공자의 동상이 세워졌다. 이러한 중국의 전통과 개혁에 관련되는 문제들이 대국굴기大國崛起를 꿈꾸고 있는 중화인민공화국이라는 큰 나라의 움직임과 어떤 관련이 있는 것인지 흥미롭기 짝이 없다.

3

중국문학사의 문제들

중국 고전문학을 다시 살펴보면서

1. 중국 고전문학사에 있어서의 〈고대〉와 〈근대〉

본인의 『중국문학사』[292]를 보면 중국문학사의 시기를 다음과 같이 크게 두 시기로 구분하여 논하고 있다.

> "오랜 중국문학사의 시기를 먼저 앞뒤 두 시기로 크게 구분하고 있다. 앞의 시기는 〈고대〉, 뒤의 시기는 〈근대〉라 부르고 있다. 〈고대〉란 중국문학이 생겨나 꾸준히 발전함으로서 전통문학을 이룩하고, 그 전통문학을 발전의 정점에 도달하게 하였던 시기이다. 그리고 〈근대〉란 갑자기 일어난 외족 세력의 압력에 밀리어 중국문학이 이전과는 다른 성격의 방향으로 발전하였던 시기이다. 그 〈고대〉와 〈근대〉가 나누어지는 시점은 북송 말 남송 초

292 김학주 『중국문학사』(신아사 간, 2007. 8. 개정판) 제3장 제1편 서설 제3장 중국문학사의 시기별 특징 P. 47.

(1127)이며, 시를 중심으로 하는 중국 전통문학의 발전은 북송에서 그 정점에 이른 뒤 남송 이후로는 더 이상 발전하지 못하는 현상을 보여주고 있다. 남송 이후로는 문학창작의 중심이 시로부터 통속적인 희곡과 소설로 옮겨가 새로운 양상의 중국문학사를 전개시키게 된다. 곧 〈고대〉란 전통문학이 발전을 거듭해온 시기이고, 남송 이후의 〈근대〉란 문학창작의 성격이 바꾸어진 시대라는 것이다."

이 시기 구분을 다시 문화 전반에 적용시켜 계속 고도의 발전을 이루어오던 〈고대〉의 중국 전통문화가 〈근대〉에 이르러는 이질적인 방향으로 발전하기 시작한 시대라고 본 것이다. 이는 중국 학자들도 주의하기 시작한 본인의 중국문학사의 가장 두드러진 특징 중의 하나이다.

그러나 본인은 정년퇴직 후 연세대학에서 「중국의 문화와 사상」이란 교양강좌를 맡아왔는데, 이전보다 넓은 눈으로 중국이나 중국문화를 바라보며 강의를 준비해 오면서 그 성격의 이해에 있어서 매우 큰 변화가 일어났다. 따라서 본인의 『문학사』의 시대구분은 물론 문학사의 줄거리와 내용도 개정하지 않으면 안 될 형편으로 발전하였다. 심지어 중국의 대표적인 문학 작가나 작품의 평가조차도 다시 하여야 할 필요성을 느끼고 있는 실정이다.

2. 장안과 북경

장안長安과 북경北京은 중국 역사상 대표적인 두 도읍이다. 장안[293]에는 서주西周(B.C. 1111-B.C. 771)에서 시작하여 진秦(B.C. 221-B.C. 206) · 서한西漢(B.C. 206-A.D. 8) · 수隋(581-618) · 당唐(618-907)나라 등이 도읍을 두고 나라의 위세를 온 세상에 떨쳤고, 북경에는 원元(1206-1368)나라에서 시작하여 명明(1368-1661) · 청淸(1661-1911)나라들이 도읍을 삼은 뒤 다시 현대 중국의 수도로 이어지고 있다. 그런데 장안과 북경을 도읍으로 삼고 천하天下를 다스린 중국의 황제들과 그들의 정치 사회를 둘러보면서 여러 가지 새로운 사실을 깨닫게 되었다.

장안과 북경은 18세기 이후에 와서 중국의 영토로 확정된 시장(西藏) · 신장(新疆) · 칭하이(靑海) · 깐수(甘肅) · 닝샤(寧夏) · 네이멍구(內蒙古) · 랴오닝(遼寧) · 지린(吉林) · 헤이룽장(黑龍江) 등 변두리 지역을 빼고 만리장성萬里長城 안의 중원中原 땅만을 놓고 본다면 모두 변두리 지역에 자리 잡고 있다. 이는 모두 중국 밖의 이민족이 중원을 정복하고 힘으로 중국을 지배하기 위하여 마련한 수도이다. 중국을 지배하는 이민족의 통치자가 자기 민족의 근원지와 가까운 변두리에 자리 잡고 앉아 힘으로 중원 땅을 지배하면서 나라 안의

293 西周의 수도인 豐 · 鎬, 秦의 수도인 咸陽도 모두 長安 근처여서 長安 속에 포함시킨 것이다.

백성들은 거들떠보지도 않고 자신의 욕망만을 추구하기 위하여 정한 수도이다. 이는 중국 문학은 물론 중국 문화의 성격을 결정하는 데 작용하였고 또 지금 와서 우리가 그것을 이해하는 데에도 중요한 뜻을 가지고 있다.

장안시대 왕조의 지배자들은 중원 밖으로부터 무력으로 쳐들어온 민족이지만 중원을 지배하면서 스스로가 중원의 주인인 한족漢族으로 발전하고 한족의 전통문화를 이룩한 뒤 그것을 계속 발전시켜 왔다. 때문에 이 시대의 문학은 본인의 문학사에서 규정한 〈고대〉와 비슷한 성격을 유지하였다.

그러나 북경시대의 주인공은 여진족女眞族의 금金(1115-1234)나라와 몽고족蒙古族의 원元나라 및 만주족滿洲族의 청淸나라이다. 이 시대에 와서는 중국 주변의 이민족들에도 민족의식이 생겨나서 북경에서의 지배 민족들은 자기들의 생활방식을 그대로 유지하며 중원 땅의 한족에게도 자기네 생활양식을 강요하면서 그들을 무력으로 지배하였다. 여진족과 몽고족은 사막과 초원을 무대로 유목을 일삼던 야만 민족이다. 만주족이란 뒤에 여진족이 자기네 야만성을 감추기 위하여 그들 스스로가 바꾼 호칭이다. 문화수준이 형편없는 지배 민족이 찬란한 전통문화를 발전시켜온 한족들에게 자기네 문화를 강요한 것이다. 이에 중국문화는 갑자기 다른 성격의 것으로 발전하기 시작한 것이다. 본인은 이를 중국문화의 이질화라 표현하였다. 이러한 중국문화의 이질화는 중국문학이 〈고대〉로부터 〈근대〉로 바꾸어진 북송 말 남송 초에 여진족 금金나라의 압력에서 시작된다. 원나라와 청나라 중간에 한족의 명明(1368-1661)나라가 있었지만 명나라 지식인들의 노력에도 불구하고 한 번 잃은 문화의 전통은 다시 회복할 길이 없었다. 문학 사상 명대의 전칠자前七子 후칠자後七子 같은 문학자들의 복고주의復古主義 문학이라는 것도 실은 자기 문학 전통의 회복 노력에서 이루어진 것이다. 명대에 와서는 이질화를 통하여 중국 정치와 사회 및 백성들의 생활 방법과 그들의 사상조차도 다 변하고 있었기 때문에 잃어버린 전통은 쉽사리 되찾을 수가 없었다. 어떻든 문학은 문학사에서 논한 〈근대〉의 성격에 가깝게 발전하고 있다.

중원 내륙 도시를 도읍으로 삼았던 왕조들도 있다. 가장 두드러진 도읍이 주나라가 중원 지배의 전진기지로 건설하였던 도시 낙양洛陽이다. 주나라도 나라를 무력으로만 지배하기 어렵게 되자 도읍을 낙양으로 옮기어 동주東周(B.C. 771-B.C. 250)의 시대가 전개된다. 한나라도 왕망王莽의 신新(A.D. 9-23)나라에 일단 멸망당하였다가 다시 낙양을 도읍으로 동한東漢(25-220)을 발전시킨다. 나라의 도읍이 중원 내륙 도시로 옮겨와서는 백성들의 삶을 직접 접하게 되어 포악한 힘에 의한 지배가 어렵게 된다. 이에 국력은 밖으로 떨치지 못하지만 보다 자유로운 사회 분위기 속에 학술과 문화 및 문학은 크게 발전한다. 동주시대의 제자백가諸子百家의 출현과 동한시대의 유학의 발전 및 불교의 유입과 도교의 형성만을 보아도 그 실상을 알 수 있다. 한나라를 뒤이은 위魏(220-265) · 서진西晉(265-317) · 동진東晉(317-420) · 남북조南北朝(420-581) 시대에는 많은 나라들이 흥망을 거듭하고 수많은 이민족들이 중원으로 들어와 나라를 세우는 혼란의 시대가 이어진다. 이때의 대표적인 도읍은 북쪽의 낙양과 남쪽의 건강建康이라 부르던 남경南京이었는데, 이들 나라는 국세는 약했지만 중국의 학술과 문화를 다양하게 발전시킨다. 위나라 시대에는 시를 중심으로 하는 문학의 창작을 본격적으로 개시하여 서진 · 동진에는 중국 전통문학을 크게 발전시키고 남북조 시대에 이르러는 수사修辭를 극도로 추구하여 변려문駢儷文과 근체시近體詩를 발전시킨다. 뒤의 수隋(581-618) · 당唐(618-907)이라는 대 제국은 이 시기에 발전한 문화를 바탕으로 나라의 위세를 발휘하게 되는 것이다. 다시 당나라 이후의 북송北宋(960-1127)은 변경汴京이라 부르던 개봉開封에 도읍을 하고 중국 전통문화와 문학을 발전의 정점으로 이끈다. 남송南宋(1127-1270)도 임안臨安이라 부르던 항주杭州를 도읍으로 남쪽의 일부 지역을 차지하지만 고도의 문화를 유지하다가 망한다.

이처럼 중국의 문화와 사상 및 문학은 중원을 지배하는 도읍의 위치에 따라 큰 차이를 보여주고 있다.

3. 다시 깨달은 고전문학의 성격

여기에서 장안시대와 북경시대의 문학을 얘기하면서 문학사의 〈고대〉와 〈근대〉의 성격과 "비슷하다" "가깝다"는 표현을 쓰고 있는 것은 중국역사에는 장안과 북경이 아닌 중원 내륙 도시에 도읍을 하였던 나라들도 상당한 수이고, 장안과 북경 및 〈고대〉와 〈근대〉의 기간도 일치하는 것은 아니어서 그 개념이 완전히 같지 않기 때문이다. 그러나 무엇보다도 중요한 문제는 장안시대와 북경시대의 문학을 검토하면서 중국 고전문학에 대한 본인의 견해에 큰 변화가 생겨났다는 것이다. 그중 두드러진 변화는 다음과 같은 것이다.

1) 한자의 권위

중국문학은 한자로 표기되는 글을 창작의 수단으로 쓰고 있다. 한자는 본시 은殷(B.C. 1751-B.C. 1111)[294]나라 사람들이 개발하여 쓰고 있던 것을 주周(B.C. 1111-B.C. 250)나라 무왕武王이 은나라를 쳐부순 뒤, 무왕의 형제인 주공周公 단旦이 다시 은나라 지역을 정벌하여 은나라 문화를 가져다가 한자를 근거로 제례작악制禮作樂을

294 여기의 西周 이전의 紀年은 董作賓·嚴一萍 共編『中國年代世系表』(1957, 臺北 藝文印書館 發行)을 따랐음.

하고 나라를 다스리는 규범으로 삼은 뒤로부터 실용되기 시작한 것이다. 주공은 언어와 풍습이 서로 다른 수많은 종족들을 합쳐 한족을 이룩하면서 한자를 이용하여 여러 가지 법도를 정하고 명령을 전달하면서 이들을 다스리는 수단으로 삼았던 것이다. 때문에 한자로 이루어진 글에는 처음부터 지배 권력을 업은 위세와 권위가 주어졌던 것이다. 처음부터 한자로 글을 쓰고 읽고 이용하는 사람은 지배자 또는 지배계층에 속하는 사람이었다.

공자孔子(B.C. 551-B.C. 479)의 유학이 이루어진 뒤로 한자의 권위는 더욱 널리 확정된다. 『시경詩經』 국풍國風의 시처럼 민간 가요라 하더라도 한자로 옮겨지면 거기에는 사람들을 압도하고 이끄는 권위가 주어져 경전經典으로 받들어졌다. 『역경易經』은 본시 점을 치는데 쓰이는 책이지만 한자로 쓰인 뒤에는 사람들의 이성을 뛰어넘은 진리가 담긴 경전이 되었다. 그뿐 아니라 유가의 경전을 모아놓은 십삼경十三經 속에는 『시경』·『서경書經』·『역경』 등의 경전과 함께 『이아爾雅』라는 책이 한 질 끼어있다. 이 『이아』는 한자의 뜻을 해설한 중국에서 가장 오래된 자전字典이다. 이것이 오경五經에 쓰인 글자를 해설하고 있다 하더라도 자전을 경전이라고 높이 받드는 것은 이해가 되지 않는다. 이 책은 주나라 초기에 주공이 나라를 다스릴 '예악제도'를 마련하면서 지은 책이라고도 하고, 주공이 첫 권인 석고釋詁 만을 지었고 나머지는 공자 또는 자하子夏 등이 보충한 것이라고도 한다. 어떻든 『이아』가 유가의 경전 틈에 끼게 된 것은 한자가 지니고 있는 권위 때문이라고 보는 수밖에 없다.

수隋(581-618)·당(618-907)대에는 형식적으로 봉건지배의 공정성을 내세우기 위하여 과거제도科擧制度를 시행하였다. 그러나 피지배계급의 사람들은 아무리 머리가 좋고 열심히 공부한다 해도 한자를 공부하여 과거에 급제할 정도로 한자를 공부할 수가 없었기 때문에 계급을 바탕으로 한 봉건전제 제도는 무난히 유지되었다. 뒤에 중국을 지배한 원元(1206-1368)·청(1616-1911)의 몽고족과 만주족도 힘으로는 한족을 지배하면서도 한자의 권위를 극복하지 못하여 결국은 문화적으로 한족에 동화되고 만다.

근대에 서양문화가 들어온 뒤에 한자는 현대화에 장애가 되는 요소라고 인식되었다. 그러면서도 한자의 권위 앞에는 모두가 굴복하고 있다. 명明(1368-1644)나라 때 서양 선교사들이 중국으로 들어와 기독교 선교를 위한 책을 내면서 한자의 독음을 로마자로 달기 시작하여[295] 로마자 운동이 상당한 성공을 거두었다.[296] 이에 따라 중국학자들도 한자에 대신할 문자를 연구하기 시작하여 주음자모注音字母 등을 만들어 내었다.

1921년 중국공산당이 성립된 뒤 일부 지식인이 소련에 가서 그

295 Matteo Ricci(1552-1610)의 『程氏墨苑』이 그 보기이다.

296 林語堂은 그의 From Pagan to Christian 제2장에서 자기 어머니가 로마자로 쓴 성경을 읽었고, 자기와 늘 로마자로 쓴 편지를 불편 없이 주고받았다는 얘기를 쓰고 있다.

곳 계몽운동에 자극을 받아 라틴화운동을 전개하여 상당한 성공을 거두었다.[297] 1930년대에는 그 운동이 국내에까지 들어와 루신魯迅(1881-1936)도 만년에는 여기에 적극 가담하여 라틴화운동을 지지하는 글을 여러 편 썼다.[298] 그리고 그는 죽기 직전에 찾아온 신문(『救亡情報』) 기자에게 병상에서 "한자가 없어지지 않으면 중국은 반드시 망한다."는 유명한 말을 남기었다. 마오쩌둥이 옌안(延安)으로 옮겨간 뒤 1935년에 중국신문자연구회中國新文字研究會가 이루어져 라틴화운동에 불이 붙는다. 한때 이 운동은 상하이(上海)를 비롯하여 전국적으로 확대되는 듯도 하였다. 그러나 1944년에는 라틴화를 중지하고 다시 한자 공부를 하자는 운동으로 바꾸어진다. 결국 중국 공산당도 한자의 위세 앞에 굴복하고 만 것이다. 이는 1917년 후스(胡適, 1891-1962)가 백화문학운동白話文學運動을 일으키자 중국의 지식인들이 모두 따라가며 현대문학을 발전시켰을 적부터 예견된 일이다. 백화문학운동이란 중국말을 한자로 말하는 대로 기록하자, 곧 한자를 발음기호로 쓰자는 말도 안 되는 주장인데 별로 반대하는 이도 없이 모두가 따라갔다. 이 봉건전제적인 한자를 받아들이고 있는 중국 사회주의의 장래와 중국의 현대화가 무척 흥미롭게 기대된다.

297 1921년 『晨報』의 특파원으로 모스크바에 특파되었던 瞿秋白이 1929년 지은 『라틴화 字母』가 대표적인 업적이다.

298 그의 산문집 『且介亭雜文』(1934)에도 여러 편 실림.

결론적으로 중국문학은 지금까지도 한자의 권위 아래 지배당하고 있다는 것이다. 이는 중국의 글과 중국문학 및 중국 사람들의 사고방식을 이해하는 데에 중요한 요건으로 작용한다.

2) 중국 전통문학은 지배계급의 전유물이었다.

한자로 이루어진 글이 지배자들의 권위를 상징하는 것이었기 때문에 그 글자로 이루어진 문학도 지배계급의 전유물이었을 수밖에 없다. 중국의 고전문학은 서민들과는 무관한 일부 봉건지배계급만의 것이었다. 일반 백성들은 아무리 머리가 좋은 사람이라도 한자를 배울 수가 없었으니 문학에 가까이 가는 수도 없었다. 더구나 전통문학의 중심을 이루어 온 시의 창작이나 완상은 완전히 한 차원 더 높은 다른 세계의 것이었다. 서기 기원 전 1100년 전후 『시경』을 비롯한 유가의 경전들이 이루어지기 시작하고, 동주東周(B.C. 771-B.C. 250) 시대에는 『초사楚辭』와 더 많은 경전 및 제자백가諸子百家들의 글이 이루어지고, 한漢(B.C. 206-A.D. 220)대에는 초가楚歌와 부賦 및 악부시樂府詩·고시古詩가 이루어졌으나 모두 지배계급의 위세를 과시한 또는 지배자들을 위한 글이지 개인적인 창작이 아니었다. 본격적으로 문인들이 자기 이름을 내걸고 시를 중심으로 한 문학작품을 쓰기 시작한 것은 조조曹操의 위魏(220-265)나라부터이다. 그것은 지금 우리가 쓰고 있는 해서체楷書體 한자의 사용과 거의 동

시에 행해졌다. 곧 전국 인구를 천만으로 본다면 전 인구의 0.0000001%밖에 안 되는 조조 삼부자와 건안칠자建安七子의 10명 정도가 문학 창작의 주인공들이었다. 관청 심부름을 오래하여 한자로 쓰인 실용적인 글을 어느 정도 안다고 하더라도 시라는 문장을 짓고 이해한다는 것은 불가능한 일이다. 중국의 전통문학이 시를 중심으로 하여 발전한 데에는 봉권지배권력封建支配權力과 함께한 한자의 권위 때문이기도 하다. 수·당 시대의 과거에서 나라의 정치에 종사할 인재를 뽑는 시험에 정치나 현실사회와는 아무런 관계도 없는 시를 짓는 능력을 테스트하는 진사과進士科가 가장 중시되었던 사실도 그것을 증명한다.

도교와 불교의 영향으로 동진東晋 나라의 도연명陶淵明(365-427)을 비롯하여 개성적인 문학도 약간은 선보였으나 이 지배계급의 문학은 한자를 빌어 자신들의 위세를 백성들에게 과시하는 방향으로 발전하였다. 산문은 문장의 멋진 표현을 추구한 나머지 운문 이상으로 글귀의 대우對偶와 한자 성조聲調의 조화를 추구하여 문장의 오묘함을 다한 변려문騈儷文을 이룩하고, 시에 있어서도 성률설聲律說을 바탕으로 한 수사修辭의 기교를 극도로 추구하여 제齊(479-502)·양梁(502-557)의 영명체永明體를 중심으로 한 궁정문학宮廷文學 등은 지배계급의 서정을 과시하면서 율체律體를 이루어 갔다. 수·당 제국帝國의 문학은 이 흐름을 계승하여 지배계급의 문학을 더욱 발전시킨 것이다.

당나라 현종玄宗(713-755 재위) 말년에 '안록산安祿山의 난'이 일어나 이민족들이 당 제국을 멋대로 유린하며 이전까지 정치와 경제를 독점해 오던 대족大族들을 하루아침에 멸망시키어 지배계급의 성격을 바꾸어 놓았지만, 이 혼란 중에 들어온 이민족의 새로운 문화와 백성들의 힘에 대한 지식인들의 각성은 중국문화를 더한층 발전시키어 중국 전통문학이 북송北宋(960-1127)에 이르러는 발전의 정점에 이르게 한다. 한자의 확고한 권위 때문에 외래문화의 유입과 백성들의 힘에 대한 지식인들의 각성에도 불구하고 문학은 지배계급의 손으로부터 벗어나지 못한 채 크게 발전할 수가 있었던 것이다.

뒤이어 여진족女眞族의 금金(1115-1234)나라가 북송을 멸망시키고, 다시 몽고족蒙古族의 원元(1260-1368)나라가 남쪽으로 도망가 명맥을 유지하던 남송南宋(1127-1279)마저 멸망시키어 중국문화를 이질적인 방향으로 틀어놓는다. 이에 문학도 전통적인 시는 더 이상 발전을 못하고 통속적인 성격을 지닌 소설과 희곡이 문학 창작의 중심으로 변한다. 그럼에도 한자의 권위는 그대로 유지되어 소설과 희곡에 시정적市井的, 서민적인 성격이 보태어지지만 지배계급의 손으로부터 완전히 떠나지를 못한다.

이상 논한 중국 고전문학의 성격을 놓고 볼 적에 실상 〈고대〉 또는 장안시대의 대가라고 칭송되는 왕유王維나 이백李白의 시라 할지라도 그들의 문학을 엄격한 면에서 그의 시대를 대표하는 문학이라 할 수가 있는 것인가 하는 의문조차 생겨나게 된다. 중국문학은 자료는 적지만 다시 피지배계급 또는 절대다수의 백성들의 입장에서 재검토되어야만 할 것 같다.

3) 중국 소설과 희곡을 중심으로 하는 〈근대〉의 문학적인 특성

필자는 중국문학사상 〈근대〉의 중국문화의 이질화異質化는 심하게 표현하면 오랑캐화(胡化) 또는 저질화低質化라고도 할 수 있는 것이라 믿어왔다. 이질화는 문화 수준이 낮은 여진족과 몽고족이 자기네 문화를 한족에게 강요하면서 진행되었기 때문이다. 따라서 문학적인 면에서 보더라도 〈근대〉의 시나 소설 또는 희곡은 세련 면에서 〈고대〉의 시에 훨씬 못 미치는 것이라 여겨왔다. 소설이나 희곡에 보태어진 시정적, 서민적인 성격이라는 것도 바로 이질화를 뜻하는 것으로 보아왔다.

그러나 〈고대〉의 중국 전통문학이라 하더라도 그 근원은 따지고 보면 바로 서민이다. 『시경』의 시들도 실은 낮은 백성들이 부르던 노래로부터 발전한 것이다. 그러니 어떤 문학이건 시정적, 서민적인 성격이 전혀 없을 수는 없는 것이다. 〈고대〉에는 서민들의 것을 한자를 써서 표현하면서 그 문학을 지배계급의 전유물로 만들었는데 〈근대〉로 들어와 그 문학에 시정적, 서민적인 성격이 보다 두드러지게 되었다는 것은, 그 문학이 문학 발생의 근원으로 어느 정도

되돌려졌다는 것을 뜻한다. 그것은 문학의 대중화大衆化를 뜻하는 것이 된다. 대중화는 표면상 저질성을 느끼게도 하지만 문학이나 예술로부터 벗어나는 것은 아니다. 일부 지배계급의 전유물보다 대중적인 것이 예술 면에 있어서도 더 위대할 수 있다.

중국에 있어서 문학의 대중화는 한자와 그 권위로부터 벗어나야만 가능한 것이다. 그런데 〈근대〉에 중국문화가 이질화하면서 그 문학의 중심을 이루는 소설과 희곡은 더욱 널리 한자를 모르는 서민들 사이에 파고들었다. 여러 도시마다 있는 차관茶館에서 공연되는 설서說書 등과 경극京劇 같은 연희演戲를 통하여 서민들도 『삼국지三國志』·『수호전水滸傳』·『서유기西遊記』의 얘기나 양귀비楊貴妃 같은 미인 또는 악비岳飛 같은 애국자의 얘기를 모르는 사람이 없게 되었다. 보기를 들면, 민국 초기 봉천奉天(지금의 沈陽) 소서문리小西門里의 홍태헌鴻泰軒이란 차관茶館에서는 평서가評書家인 이경규李慶奎란 사람이 늘 설서說書를 하였는데 일반 사람들의 인기가 대단하였다 한다. 심지어 그 고장의 군벌軍閥인 장작림張作霖조차도 가끔 그를 원수부元帥府로 초청하여 그의 설서를 들었고, 특히 『정충설악精忠說岳』·『수당연의隋唐演義』·『양가장楊家將』·『명영열明英烈』 등 4종의 공연이 가장 큰 민중의 환영을 받았다 한다.[299] 그 결과 소설과 희곡은 중국 인민들의 생각을 좌우하기에 이르렀다.

299 『遼海鶴鳴』(1994 上海書店) 苑鳴 「臉譜由自己畵」의 기록 축약 인용.

치루샨(齊如山, 1875-1962)은 그의 『오십 년 이래의 경극五十年來的國劇』 제4장에서 “최근 1100년 동안 중국의 전국 인민의 사상은 완전히 희극戲劇에 의하여 통제되어 왔다.”고 하면서 다음과 같은 보기를 들고 있다. 주周나라에 있어서는 주공周公과 소공召公이 매우 공로가 큰 중요한 인물인데도 경극京劇 때문에 일반 사람들에게는 강태공姜太公 만큼 알려져 있지 않다. 한漢나라에 있어서는 소하蕭何나 조조曹操 같은 인물이 중요한데 경극 때문에 제갈량諸葛亮을 사람들은 더 중요한 인물로 알고 있다. 당唐나라에 있어서는 위징魏徵 같은 큰 인물보다도 경극을 통해서 사람들은 설인귀薛仁貴를 더 잘 알고 있다. 심지어 당나라 때의 장사귀張士貴와 송宋나라 때의 반미潘美는 『당서唐書』와 『송사宋史』 같은 역사 기록을 보면 나라의 공신이며 충신인데, 경극에서 그들을 좋지 않은 사람으로 출연시키고 있어서 일반 사람들은 모두 그들을 나쁜 사람으로 알고 있다는 것 따위이다. 치루샨은 경극의 영향을 얘기하고 있지만 인민의 사상을 지배한 것은 경극뿐만이 아니라 소설의 바탕인 탄사彈詞·고사鼓詞 등 설서와 민간연예가 다 포함되는 것이다. 『삼국지』에 나오는 관우關羽가 중국 민간의 보호신으로 받들어지고 관색關索이란 있지도 않은 그의 아들을 만들어 놓고 영웅신으로 숭배하는 고장이 많은 것도 이러한 소설과 희곡의 영향이다. 중국문학사상 문인들이 자기 이름을 내걸고 작품을 쓰기 시작하여 본격적인 중국문학을 발전시킨 장본인이 조조曹操 삼부자와 그들 아래에서 활동한 건안칠자建

安七子이고 지금 우리가 쓰는 한자체인 해서楷書를 본격적으로 쓰기 시작한 것도 그들이다. 이들은 중국 전통문화와 문학의 발전에 크게 공헌한 사람들인데도 중국 인민들 머릿속의 조조는 간신奸臣에 불과하고 문학론자들도 조조의 공로를 크게 내세우지 못하고 있다. 정사正史인 『삼국지三國志』의 위지魏志 기록을 보면, 조조는 수많은 반역자들을 물리치고 망해가는 한나라를 지탱해준 바르고 용감한 장군이며 시인이다. 그리고 백성들을 위하여 올바른 정치를 하려고 애쓴 훌륭한 위나라 임금이었다.

중국의 소설과 희곡은 본시 노래인 창을 위주로 하여 이루어지는 것이었다. 서양의 소설이나 희곡이 사람들의 생활과 활동을 그대로 표현하는 형사形似의 방법을 추구하고 있는데 비하여, 중국에서는 상징적인 노래로 사람들이 생활을 통하여 드러내는 여러 가지 서정이나 정신의 표현을 뜻하는 신사神似의 추구를 위주로 하고 있다. 말을 바꾸어 중국의 전통 소설이나 연극의 미학적인 추구는 전신傳神에 있다고도 하는데 실상은 같은 말이다.[300] 여기에 쓰인 '신'의 뜻이 문제임으로, 『철학사전』(上海辭書出版社) 미학권美學卷의 형신形神에 대한 해설 속의 그에 대한 설명을 보면 이러하다.

300 夏寫時『論中國戲劇批評』第一輯「論中國戲劇的審美特徵」四. 論傳神美 등 참조.

"'형'은 진실을 가리키며, ---. '신'은 대상의 정신과 기질과 의지와 품격을 심각하게 드러내 보이고 창작자의 사상과 감정을 표현하는 것을 가리킨다."[301]

곧 '전신'이란 창작자의 사상과 감정을 바탕으로 일정한 사람들의 정신과 기질과 의지와 품격을 드러내는 것을 목표로 하는 것이다.

본시 중국에는 시나 소설 · 희곡의 구별이 없었다. 지금 중국 민간에 공연되고 있는 민간연예를 보아도 모두 그러하다. 보기를 들면, 농촌의 모심기 노래인 앙가秧歌는 본시 노동요勞動謠였을 것이나 뒤에는 설서 형식으로 얘기를 앙가 곡조의 창으로 연출하기도 하고 간단한 두세 명의 배역이 등장하여 창과 대화를 주고받으며 얘기를 연극 형식으로 연출하는 경우도 흔하게 되었다. 거지들의 장타령에서 발전한 연화락蓮花落이나 도정道情 같은 것도 그러하다. 곧 오래된 중요한 민간가요들은 모두 노래 · 설서 · 희곡의 세 가지 양식으로 민간에 유행하고 있다. 대부분의 한 종류의 민간연예에 문학 면에서 보면 시와 소설 · 희곡의 세 가지 형식이 공존하고 있는 것이다. 필자는 이는 『시경』 때부터 그러하였던 중국 연예의 두

301 "形指眞實, ---. 神指深刻揭示對象的精神 · 氣質 · 品格和表現創造者的思想 · 情感."

드러진 특징 중의 하나라 여기고 있다.[302]

이러한 것들을 〈근대〉의 대중화된 문학이라고 할 때에 이 대중들의 문학 수단은 한자로 된 글이 아니라 민간의 설창자說唱者와 배우들의 공연이다. 경극만을 놓고 보더라도 베이징(北京)의 가난한 인민들까지도 경극에 대한 조예가 매우 깊었다. 쉬커(徐珂)의 『청패류초淸稗類鈔』 권78 피황희皮黃戲 대목에는 다음과 같은 기록이 보인다.

"경극인 피황희는 베이징에 성행되어 그 가락은 베이징에서 완비되었다. 장사꾼이나 심부름꾼들도 짧은 옷에 머리를 동여매고서 늘 희원에 들어가 경극을 보았는데, 그 한 가락 한 박자의 곡조에 있어서도 연출자의 잘잘못을 모두 판별할 수 있었다. 잘하면 갈채로서 연출에 보답하였고, 잘하지 못할 경우에는 소리를 지르면서 욕하였다. 희원 안의 모든 사람들이 약속도 안하였으되 모두 같은 소리를 냈다. --- 그러므로 베이징의 배우들은 고관이나 돈 많은 상인들의 칭찬을 받는 것을 영예로 여기지 않고 도리어 가난한 청중들의 여론에서 욕을 먹지 않으려고 신중히 신경을 쓰며 규칙에 어긋나지 않으려 하였다. 진실로 여기에 실패하지

302 「서한 학자들의 『시경』 해설에 대한 새로운 이해」(『중국문학사론』, 2001. 9. 서울대학교 출판부 발행 소재) 참고.

않으면 유능하다고 인정되었다."[303]

박지원朴趾源(1737-1805)의 『열하일기熱河日記』에는 중국 민간연예의 성황을 알려주는 다음과 같은 기록이 있다. 건륭乾隆 45년(1780) 6월 24일 압록강을 건너 베이징(北京)을 향해 가다가 7월 15일에 본 광경을 쓴 것이다.

"절이나 도관 및 묘당에는 마주보는 문 위에 반드시 한 개의 희대가 있는데, 모두 일곱 개 또는 아홉 개의 들보가 얹히어져 있어서 높고 깊고 웅대함이 보통 점포 건물과는 비할 바가 아니었다. 이렇지 아니하면 깊이와 넓이가 만 명의 관중을 받아들이기 어렵기 때문이다. 걸상과 탁자와 의자나 안석 같은 좌석이 모두 천 개는 될 것 같고 색칠도 정교하고 사치스러웠다. 길 가 천리 길에는 흔히 갈대 자리나 대 자리를 깐 높은 누대를 누각이나 궁전 모양으로 만들어 놓았는데 만든 솜씨가 기와집보다도 훌륭하였다. 혹은 특별히 추석 날 공연에 쓰기도 하고 혹은 특별히 7월 보름에 쓰기 위한 것이다. 묘당이 없는 작은 마을에서는 반드시 정월 보름날이나 7월 보름날에 맞추어 이러한 대 자리를 깐 누대를 세우

303 "皮黃盛於京師, 故京師之調尤至. 販夫豎子, 短衣束髮, 每入園聆劇, 一腔一板, 均能判別其是非. 善則喝采以報之. 不善則揚聲而辱之. 滿座千人, 不約而同. --- 故優人在京, 不以貴官巨商之延譽爲榮, 反以短衣座客之輿論爲辱, 極意矜愼, 求不越矩. 苟不顚躓於此, 斯謂之能."

고 여러 가지 연극과 놀이를 공연하였다." [304]

박지원은 이 뒤 7월 22일자 일기 및 7월 30일자 일기에도 도시 가운데 희장戲場과 길가에 세워놓은 희대戲臺에서 민간연예와 연극을 공연하는 굉장한 모습을 쓰고 있다.

중국희곡사를 얘기할 때 왕궈웨이(王國維, 1877-1927)의 『송원희곡고宋元戲曲考』를 필두로 하여 모두가 명明대 전기傳奇는 원元대 잡극만 못하고, 청淸대의 지방희地方戲나 경극京劇은 또 명대 전기만 못하다고 한다. 심지어 청대의 지방희나 경극은 문학으로 다루지도 않는다. 그러나 이것은 한자로 된 문장만을 바탕으로 한 문학적인 평가이다. 〈근대〉로 들어와 문학이 후퇴한 것이 아니라 공연을 통하여 대중화한 것이다. 청대의 지방희나 경극은 문학이나 예술이 되지 못하는 것이 아니라 더욱 대중화한 것이다.[305] 이는 민간의 공연예술만을 놓고 하는 얘기가 아니라 시나 소설 · 희곡에도 전반적으로 적용되는 견해이다. 다만 〈고대〉의 봉건지배계급의 문학의식에서 그 문장을 보면 약간 저질적이어서 문학이라 보기가 어려울

304 「戲臺」: "寺觀及廟堂, 對門必有一座戲臺, 皆架七梁, 或架九樑, 高深雄傑, 非店舍所比. 不若是, 深廣難容萬衆. 凳卓椅几, 凡係坐具, 動以千計, 丹雘精侈. 沿道千里, 往往設蘆簟爲高臺, 像樓閣宮殿之狀, 而結構之功, 更勝瓦甍. 或扁以仲秋慶賞, 或扁以中元佳節. 小小村坊無廟堂處, 則必稱上元中元設此簟臺, 以演諸戲."

305 『경극이란 어떤 연극인가?』(명문당, 2009. 1. 간행) 참조.

뿐이다. 실상 〈근대〉의 문학은 공연을 통하여 지배계급의 전유물에서 벗어나 문학의 본원으로 되돌려지며 더욱 위대한 대중예술로 발전하고 있는 것이다. 시조차도 창을 통하여 대중에게로 다시 돌아온 것이다.

중국문학은 문장으로 이루어진 자료만을 바탕으로 할 것이 아니라 공연을 통하여 유포되는 시나 소설 또는 희곡에 대하여도 다시 평가해야만 할 단계에 이르렀다고 믿는다.

4. 중국 소설과 희곡을 중심으로 하는 〈근대〉의 문학적인 특성

퇴직 뒤에 연세대학에서 교양과목으로 『중국문화와 사상』을 강의하면서 전공인 중국 고전문학에 대한 견해가 크게 바뀌었다. 학문은 넓은 기초 위에 다양한 시각을 가지고 접근해야 참된 것을 얻게 된다고 여기게 되었다. 앞 대목에서 설명한 바와 같이 크게 세 가지 면에서 중국 고전문학을 보는 눈이 달라졌다. 특히 두드러진 큰 변화는 대중예술에 대한 이해를 바탕으로 중국문학은 한자로 쓰인 글만을 가지고 이해하여서는 안 된다는 것이다. 〈근대〉의 문학뿐만이 아니라 〈고대〉의 경우도 마찬가지이다. 우리 국문학자들은 '구비문학口碑文學' 이란 개념을 살려 입으로 전해진 문학을 이해하고 있는데, 중국의 경우에는 '공연문학公演文學' 이란 말을 쓰거나 더 적절한 표현을 찾아 문제를 해결하여야 할 것 같다. 이는 『중국문학사』의 혁명을 뜻하는 일이어서 결코 간단한 일이 아니다. 2007년 8월에 출판한 필자의 개정판 『중국문학사』(신아사 간)는 그때는 마지막 개정이라고 생각하며 출판한 것이다. 앞으로는 잘못된 글귀나 글자 같은 것이나 찾아서 고치면 되리라 생각하였었다. 그러나 이제 필자의 『중국문학사』는 다시 한 번 수정을 가하지 않으면 안 될 처지가 되었다. 그것도 대대적인 수술이 아니면 안 될 것 같다. 다만 철저히 수정할만한 자료의 수집과 수정할 시간과 능력이 주어질 것인지 걱정이 될 뿐이다. 여러분들의 이에 대한 협조와 거리낌 없는 고견을 간절히 빈다.

역사적 사상적 충돌과 조화를 통해 본 중국 전통문학의 변화와 발전

1. 들어가는 말

인류의 역사와 문화는 '충돌과 조화' 의 과정 속에 생성되고 발전되어 왔다. 여기에서의 '충돌과 조화' 는 외형상의 것과 이념상의 것들을 모두 포함하는 것이다. 따라서 한 나라의 문학과 역사 · 철학의 발전 변화는 그 나라의 문화상의 '충돌과 조화' 의 작용을 종합적으로 이해함으로써 보다 올바른 실상을 파악할 수 있게 되리라 믿는다.

더구나 중국의 경우에는 문화를 창조하고 발전시키는 계기가 되는 '충돌과 조화' 가 많은 경우 한꺼번에 여러 무리의 사람들에 의하여 이루어졌다. 때문에 학문에 있어서는 문사철文史哲의 구분이 없었다. '충돌' 을 통해서 일어나는 변화와 거기에서 생겨나는 새로운 사유방식思惟方式과 이것들에 대한 기록이 한꺼번에 일어나고 있기 때문이다. 따라서 중국학은 이 '충돌과 조화' 의 문제를 함께 추구하여야만 모든 현상의 뜻을 올바로 파악할 수 있다. 곧 문학을 연구하는데 있어서도 그 시대의 역사와 사상의 발전을 올바로 파악하여야 그 문학을 올바로 이해하게 된다는 것이다.

이를 전제로 하여 여기서는 먼저 중국 전통문학의 중심을 이루어 온 시의 발전과 변화를 바탕으로 하여 중국 역사와 사상 상의 '충돌과 변화' 가 어떻게 작용하였는가를 논하고자 한다.

2. 은殷(B.C. 1751-B.C. 1111) · 주周(B.C. 1111-B.C. 250)[306] 시기

서기 천수백 년 전 중국 동북쪽에 상당히 높은 문화를 발전시키고 있던 은나라를 서북쪽에서 온 문화 수준이 매우 낮은 주 민족이 무력으로 정복하고 그들을 다스리면서 은나라 문화를 가져다가 새로운 중국 전통문화를 이룩한다. 이를 신본문화神本文化로부터 인본문화人本文化로의 발전이라 설명하는 이도 있다. 그들은 중원을 지배하기 위하여 은 민족이 갖고 있던 한자를 가져다가 정치와 사회에 실용을 한다. 서북쪽의 주 민족이 동쪽의 은 민족을 합쳐 새로운 한족漢族을 이룩하고 한족의 한자를 바탕으로 한 새로운 언어를

306 周나라 初期 以前의 紀年은 董作賓 · 嚴一萍 共編『中國年代世系表』(臺北 藝文印書館, 1957) 의거.

발전시킨다. 황하 유역을 중심으로 하는 동쪽 지역과 서쪽 지역을 합병하여 새로운 큰 나라를 이룩하고 봉건제도封建制度를 마련하여 황제가 온 나라를 다스리게 된다. 여기에서 천자天子가 다스리는 천하天下의 개념도 이루어지게 된다. 이전의 중원 땅에는 씨족氏族을 바탕으로 한 수많은 부족국가部族國家들이 차지하고 있었고, 은나라는 그 동북 지역에서 가장 문화가 발달하고 세력이 강한 나라여서 그 지역의 많은 부족국가들을 거느리던 나라였다.

한자는 본시 말을 기록하기 위하여 도입된 문자가 아니다. 풍습과 언어가 서로 다른 여러 부족部族들이 함께 뜻을 표현하여 서로 알리기 위하여 발전시킨 문자이다. 그러나 일단 이 한자로 글을 쓴 다음에는 이것을 읽어야 한다. 한자는 읽는 음이 한 글자를 단위로 하는 단음절單音節이어서 자연히 발음의 안정을 위하여 이언二言이 기본을 이루게 되고 다시 사언四言·육언六言의 구절을 일반화 시킨다. 이때의 노래는 '사언'이 주류를 이루어 중국 최초의 시가집인 『시경詩經』을 낳는다. 『서경書經』·『주역周易』도 이룩되어 흔히 이것은 산문으로 쓰인 글이라 하지만 한자의 속성상 역시 운문에 가까운 글이다. 여하튼 이때 이루어진 이 삼경三經은 중국 최초의 전적이며 중국학술 문화의 바탕이 된다. 그리고 이 시기에 주공周公 단旦이 마련한 예악제도禮樂制度는 이후 중국 문화와 봉건전제封建專制 제도의 기틀이 된다.

삼경을 통해서 알 수 있듯이 착실한 성격의 주 민족은 은나라 문화를 흡수하면서도 천명天命을 근거로 하는 정치사상과 봉건제도와 종법제도宗法制度를 바탕으로 한 새로운 사회사상과 윤리사상을 발전시킨다. 공자孔子(B.C. 551-B.C. 479)의 유학儒學은 이때에 마련된 사상과 제도 위에 발전한 것이라 할 수 있다. 곧 중국 최초의 시가詩歌인 사언시四言詩는 은나라와 주나라가 '충돌' 한 뒤 합쳐져 '조화' 를 이루면서 처음으로 이룩된 중국문화의 기반을 대표하는 시가인 것이다.

3. 한漢대(B.C. 206-A.D. 220)의 시가

중국 역사상 두 번째 큰 변화는 서기 기원전 221년의 진시황秦始皇에 의한 천하 통일이다. 이는 기원전 5세기 무렵부터 발전하기 시작한 장강長江 유역의 남쪽 오랑캐인 남만南蠻의 지역을 중국문화권으로 이끌어들이는 결과가 되기 때문이다. 이 진나라(B.C. 221-B.C. 206)에 의한 천하의 통일은 한漢나라가 바로 이어받아 남쪽 문화를 종합하여 중국문화를 새로운 단계로 발전시킨다.

진시황은 무력으로 천하를 통일한 뒤 승상丞相인 이사李斯(B.C. 284?-B.C. 208)의 건의를 받아들여 한자의 글자 모양을 소전체小篆體로 통일한다. 약간 뒤에 다시 글자체가 예서체隸書體로 바뀌는데, 이 한자 글자 모양의 통일은 문화적으로는 나라 땅의 통일 못지않은 큰 뜻을 지닌다. 바로 뒤를 이어받은 한나라는 이 새로운 한자체도 이어받아 한례漢隷라 부를 정도로 통일된 한자를 상용하여 그들의 문화와 학문을 발전시키기 시작하기 때문이다.

한나라를 세운 고조高祖(B.C. 206-B.C. 195 재위) 유방劉邦은 남쪽 출신이어서 춘추전국春秋戰國시대(B.C. 481-B.C. 221) 남쪽에 일어나 발전한 초楚나라에 유행하던 초가楚歌와 초사楚辭가 들어와 한대의 시가와 사부辭賦를 발전시킨다. 민간에는 악부체樂府體의 비교적 자유로운 형식의 노래가 유행하는데, 여기에는 초나라 노래와 함께 무제武帝(B.C. 140-B.C. 87 재위)의 서역西域 원정遠征을 따라서 수입된 서역 음악의 영향도 작용했을 것이다.

그러나 보다 큰 영향은 역시 초나라 지방의 노래에서 온 것이다. 『시경』 계열의 노래는 4언言으로 이루어지는데 비하여 남쪽의 초나라 노래는 기본적으로 춤의 리듬인 3언으로 이루어진다. 이에 4언에 3언이 융합되면서 동한東漢시대(25-220)에 가서는 악부가 5언과 7언의 고체시古體詩로 발전한다. 다만 5언시五言詩는 청신한 맛을 느끼게 하는데 비하여 7언시는 무겁고 더딘 느낌이 있어 5언시가 7언시에 앞서 먼저 성행하게 된다.

이미 동주東周 때에 초楚나라에 노자老子(B.C. 571?-?)와 장자莊子(?-B.C. 275?)가 나와 무위자연無爲自然의 도가사상을 발전시키고 있고, 그곳의 노래들도 초현실적이고 낭만적인 정조를 띄고 있다. 한대로 들어와서는 이 남방의 도가사상[307]으로부터 변형된 황로黃老

의 학문[308]이 성행하기 시작하고, 전국戰國시대에 대두되기 시작한 음양오행陰陽五行의 사상도 유행한다. 이는 바로 유학에도 영향을 끼쳐 유가사상을 변화시킨다. 동중서董仲舒(B.C. 145-B.C. 86?)는 특히 공자의 『춘추春秋』를 바탕으로 하여 하늘인 '천'을 만물의 근원으로 내세우면서 음양오행설을 인용하여 천인합일天人合一의 이론을 전개하며 사람의 윤리도 하늘의 도道에 바탕을 두고 있는 것임으로 오상五常의 덕이나 오륜五倫은 절대적인 것이라 주장한다. 특히 하늘의 덕을 지닌 천자天子를 중시하며 천하일통天下一統·천인감응天人感應의 이론 등을 내세워 천자의 권위를 절대적인 것으로 높이고 충忠·효孝의 윤리도 절대적인 것으로 풀이하게 된다. 무제武帝도 동중서의 건의를 받아들여 오경박사五經博士를 두고 유학 이외의 다른 학문은 모두 내쳐서 이로부터 중국 2000년의 역사를 통하여 유학은 중국 봉건전제의 기본이념으로 자리를 굳히게 된다.

춘추전국春秋戰國시대가 그러하였듯이 황제의 폭력이 약해지고

307 도가는 한편 전쟁에 골몰하던 楚나라의 실정도 배경으로 하고 있어서 唐나라 王眞·宋나라 蘇轍 등은 老子의 兵家적인 성격을 논하고 있다(『道德眞經論兵要義述』 敍表 및 『老子解』 卷2). 德論은 道術을 논한 것으로 여기에서 兵家·法家도 나오고, 黃老, 道教 등도 발전할 수 있었다.

308 黃老之學 : 老子 위에 전설적인 黃帝를 보태어 자기들 학문의 創始者로 받드는 學派. 戰國時代 中葉에 齊나라 愼到·田駢 등에서 시작되었는데, 淸淨無爲를 그 사상의 바탕으로 삼고 있다. 漢나라 초기의 임금 중에 黃老思想을 받드는 이들이 있어 크게 세상에 드러났다.

백성들의 생활은 비교적 자유로워져서 이로 말미암은 정치사회의 혼란은 문화의 발전을 가져온다. 동한 말엽 내란으로 어지러웠던 건안建安시대(196-219)에는 지식인들의 사회에 대한 책임의식의 각성覺醒에 따라 위魏나라 조조曹操(155-220) 삼부자와 그들 밑의 문인들을 중심으로 자기의 이름을 내걸고 시를 쓰는 시인들이 등장한다. 중국 고전문학의 중심을 이루는 시는 위魏(220-265)나라의 조조로부터 본격적으로 창작이 시작되어 서진西晋(265-317) · 동진東晋(317-420) · 남북조南北朝(420-581)에 이르기까지 계속 크게 발전한다. 세상은 어지러웠지만 시를 중심으로 하는 중국 전통문학이 본격적으로 발전하는 것이다. 동한 말엽에 들어온 불교佛教와 새로 이루어진 도교道教의 성행도 이러한 문화 발전에 여러 모로 큰 영향을 끼쳤다.

중국문학사상 오칠언고시五七言古詩의 발전과 본격적인 문학 창작의 시작은 이러한 역사적 사상적인 충돌과 조화를 통한 발전을 배경으로 하고 있다.

4. 근체시近體詩의 완성

위魏나라가 망한 뒤로 여러 이민족들이 중원으로 진출하여 나라를 세운 오호십륙국五胡十六國(304-439)을 거쳐 남북조南北朝시대에 이르기까지 많은 이민족이 중원에 침입하여 나라를 세우면서 극심한 정치적 혼란이 이어진다. 중원에 대한 외국의 영향이 커지고 불교와 도교도 크게 유행한다.

이런 중에 문학은 위나라 때[309]와는 달리 유선시遊仙詩 · 현언시玄言詩가 유행하면서 유미주의적唯美主義的인 경향이 두드러지게 되고 외국 음악의 영향으로 민가民歌조차도 변한다. 구자악龜玆樂을 비롯한 서역西域 음악의 영향을 받아 남북조 시대에는 너덧 구절의 짧은 노래들이 민간에 유행하는데, 이 영향으로 문인들도 악부체의 고시古詩로부터 벗어나 길이는 짧고도 형식적인 수사기교修辭技巧를 다한 시를 짓게 된다. 영명체永明體를 중심으로 한 궁체시宮體詩가 그런 시를 대표하고 심약沈約(441-513)의 사성팔병四聲八病은 그런 시를 짓는 기법을 이론적으로 뒷받침하였다. 산문도 시처럼 한 구절이 4자 또는 6자로 이루어지고 쓰는 글자들의 성조聲調가 앞뒤로 잘 어울려지도록 배려하여 운문처럼 글을 짓는 변려체騈儷體로 변한다. 그리고 도교와 불교의 성행은 현실을 바탕으로 한 중국사상의 폭을 초현실超現實의 세계로까지 크게 넓혀준다. 이런 남북조의 시의 변화가 절구絶句와 율시律詩가 대표하는 근체시近體詩를 이루어 놓는다. 이러한 시와 산문은 바로 뒤의 당唐나라(618-907)가

309 魏나라 시인들은 自己覺醒을 바탕으로 社會와 사람들도 考慮하는 시, 후세에 흔히 建安風骨이라 부르게 된 品格을 지닌 시를 썼다. 西晉 이후로는 道敎와 佛敎의 영향으로 이른바 玄學이 유행하면서 詩情이 바꾸어졌다.

이어받아 더욱 완전한 형태로 발전시키게 된다.

당나라는 이러한 문학과 함께 외국문화의 영향으로 다양해진 중국문화를 이어받아 대제국의 문화다운 더욱 화려한 발전을 과시한다. 시에 있어서는 당대로 들어오면서 근체시의 형식이 확정되어 고체·근체의 모든 시체詩體가 모두 갖추어지게 되고 그 내용에 있어서도 모든 면에 깊이가 더해져서 고도의 발전을 구가하게 된다. 특히 당 태종太宗(627-640)은 정관지치貞觀之治라고 역사가들에게 칭송받는 정치의 안정을 이룩하고 공영달孔穎達(574-648) 등의 학자들에게 의뢰하여 유교 경전의 표준 해설서인 『오경정의五經正義』를 칙명으로 편찬케 하여 유학 사상을 통일한다. 그러면서도 도교와 불교 및 외국의 이질적인 문화를 널리 받아들여 전통문화를 더욱 발전시킨다. 근체시의 완성은 이러한 외국문화와의 충돌과 조화를 통하여 고도의 발전과 안정을 이룩한 당 제국의 초반기의 정치와 문화의 실상을 반영하고 있다.

5. 중당中唐(756-835)의 변화

갑자기 일어난 '안록산安祿山의 난'(755-763)은 평화로웠던 당 제국을 하루아침에 전란으로 몰아넣는다. 갑자기 큰 혼란에 빠진 대제국은 정치·경제·문화 전반에 걸쳐 급격한 변화가 일어난다. 전란으로 황하 유역 중원 땅이 전체적으로 파괴되고 쌀값은 전란 전에 비하여 300배나 뛰어오르기도 하였다. 더구나 안록산 자신이 영주營州의 잡호雜胡인데다가 반란부대 주력이 이민족들로 이루어졌고, 반란을 평정하기 위하여 당에서는 회흘回紇을 중심으로 하는 외국의 구원병을 불러들이어 당나라 땅 안에서 외국 군대가 들어와 서로 잔인한 싸움을 벌이며 멋대로 살인과 약탈을 일삼는 현상이 벌어졌다. 그리고 토번吐蕃·남조南詔·회흘 등이 혼란을 틈타 끊임없이 중국으로 침입하여 왔다. 일반적으로 문학사학자들은 당나라의 시를 중심으로 한 문학발전의 시기를 초당初唐(618-712)·성당盛唐(713-755)·중당中唐(756-835)·만당晩唐(836-907)의 네 시기로 나누는데, '중당' 이란 시기는 '안록산의 난' 으로부터 시작된다.[310]

중당에 들어서자 비참한 전란을 겪으면서 문인들은 먼저 자신에 대하여 자각하고 두보杜甫(712-770)와 한유韓愈(768-824)의 경우처럼 개성적인 시를 추구하게 되었다. 전란 중에 백성들의 처참한 모습을 눈으로 보고 그 경험을 살려 두보·백거이白居易(772-846)처럼 현실을 고발하는 시도 쓰기 시작하였다. 한편 전란을 통해서 서민들의 위대한 저력도 실감하고 백거이·원진元稹(779-831) 같은 시인들은 서민들의 언어로 시를 쓰고 서민들의 서정까지도 추구하려

310 明대 高棅의 『唐詩品彙』에서 시작하여 일반적으로는 盛唐을 西紀 713年으로부터 765年까지, 中唐은 766年으로부터 835年까지라 하나, 필자는 『중국문학사』(신아사 간)에서 이와 같이 시기를 구분하고 있다.

하였다. 한유 · 유종원柳宗元(773-819)은 산문에 있어서 형식적인 변려문騈儷文을 버리고 하고 싶은 말을 그대로 표현하는 고문古文을 쓸 것을 주장하였다. 돈황敦煌 변문變文이 보여주듯이 민간에는 속강俗講이 유행한다. '속강' 이란 역사나 전설 같은 얘기를 창唱과 말을 섞어가며 연출하여 사람들에게 들려주는 연예演藝이다. 이러한 속강의 영향으로 구체적인 얘기를 쓰는 단편소설 형식의 전기傳奇도 생겨난다. 그리고 민간에 유행하는 가요의 형식을 빌리어 문인들이 새로운 자유형의 서정시인 사詞를 짓기 시작한다. 이 새로운 문학풍조는 오대五代(907-979)를 거쳐 북송北宋(960-1127)까지 이어지면서 발전하여 중국 전통문학을 북송에 이르러 발전의 정점에 이르게 한다.

사상면에 있어서도 불교와 도교의 성행은 바로 유교에 영향을 끼쳐 그 학문의 성격을 바꾸어 놓는다. 당대에는 서역과의 교통도 빈번해져 요교祆教 · 경교景教 · 마니교摩尼教 · 유태교猶太教 등의 종교도 들어와 있었다. 그 결과 현실적인 사람과 사회의 문제에서 벗어나지 않던 유학이 이 시대에 와서는 불교와 도교의 형이상학적이고 사변적思辨的인 학문방법의 영향으로 눈앞에 보이는 사물보다도 그것을 있게 한 근원 또는 그것의 존재 의의 등을 추구하기 시작하였다. 한유韓愈가 「원도原道」에서 유가의 도道를 논하고 그의 제자 이고李翱(772-841)가 「복성서復性書」에서 사람과 만물의 본성本性을 논한 것이 그 보기이다. 결국 이러한 새로운 사유방식은 북송北宋으로 이어지면서 성리학性理學이라는 새로운 성격의 유학을 이룩하게 한다.

중당의 문학에 일어났던 큰 변화는 곧 중국 정치사회의 변혁과 유가사상의 새로운 발전을 대변한다. 곧 문화적인 충돌과 조화로 말미암은 당제국의 혼란과 정치적인 불안정은 그들의 전통문학을 황금기로 이끄는 새로운 혁신과 발전을 이루었던 것이다.

6. 사詞와 곡曲 – 결론을 겸하여

1) 중국의 새로운 시인 사와 곡

중국시가사中國詩歌史에 있어서의 큰 변화는 8세기에 당나라에서 민간가요 형식을 본떠서 창작하기 시작한 사詞가 오대五代를 거치면서 더욱 발전하고 다시 북송北宋 때에 전성을 이루었는데, 금金(1115-1234) · 원元(1206-1368)대에 가서는 다시 곡曲이 등장한다는 것이다. '곡' 에는 단순한 노래인 산곡散曲과 가무로 얘기를 연출하는 잡극雜劇이 있다. 음악에 있어서는 산곡과 잡극이 다를 바가 없어서 이를 아울러 '곡' 이라고도 부른다. 그러나 여기에서 논하려는 '곡' 은 주로 시가詩歌인 산곡을 가리킨다.

사는 '안록산의 난(755-763)' 이후 중당中唐시대에 대두되기 시작한 서민들에 대한 관심을 바탕으로 생겨난 새로운 시가이다. 두보杜甫(712-770)의 현실을 반영하는 시, 백거이白居易(772-846)·원진元稹(779-831)이 서민의 언어를 시에 쓰고 서민들의 서정까지도 추구하려던 중당의 문학풍조의 산물이라 하겠다. 사는 그 당시 서민들의 노래의 형식을 본뜬 것이다. 장지화張志和(730?-810?)의 「어가자漁歌子」·원결元結(723-772)의 「애내곡欸乃曲」 등도 민간의 고기잡이 노래와 뱃노래를 본떠서 지은 시이다. 그러나 본격적인 사는 이백李白(701-762)을 비롯하여 백거이白居易·유우석劉禹錫(772-842) 등에 의하여 지어지기 시작하였다.

같은 시대의 같은 서민들의 노래를 본떠서 지은 시인데도 앞의 장지화·원결의 것은 사라 하지 않는 것은 그 악곡樂曲이 사와 다르기 때문이다. 사가 국풍國風이나 악부樂府와 구별되는 것은 아무래도 시대에 따른 음악의 변화 때문일 것이다. 당대에는 특히 외국과의 교섭이 잦았고 외국 문물을 적극적으로 받아들여 자기네 문화를 발전시켰는데, 음악에 있어서도 그러하다. 특히 서쪽의 서량악西涼樂·구자악龜玆樂은 그 영향이 두드러진다. 당 현종玄宗(713-755 재위) 때 최령흠崔令欽의 『교방기敎坊記』에 실린 그 시대에 유행한 곡명曲名을 보면, 원호천怨胡天·강심원羌心怨·정서번定西蕃·호찬자胡攢子·구자악龜玆樂 등 일일이 보기를 들 수 없을 만큼 제목만을 보아도 분명히 서역 음악의 영향을 확인할 수 있는 악곡명이 많이 실려 있다.

이 사는 중당中唐에서 시작되어 만당晩唐・오대五代를 거쳐 북송에서 크게 성행하여 중국의 전통문화가 외국문화의 영향을 받아 최고의 경지로 발전했던 시대[311]의 문학을 대표한다. 북송에 들어와 시인들이 백성들의 생활이나 정치 사회에도 관심을 갖게 되자 시로 일정한 얘기도 읊게 된다. 그리고 불교와 도교의 영향으로 유학까지도 이理・기氣 같은 형이상학적인 명제命題까지도 자기네 학문 안으로 끌어들이게 되자 시인들은 사상적인 문제도 시로 읊게 된다. 이는 전통적인 서정을 위주로 하던 시의 성격의 변화를 뜻한다. 이에 북송의 시인들은 사라는 새로운 민간의 자유로운 노래 형식을 받아들이어 새로운 '사'라는 시가를 이용하여 자신들의 서정을 추구하였던 것이다. 따라서 사는 북송을 대표하는 새로운 시가라고 할 수가 있다.

곡은 여진족女眞族의 금金나라(1115-1234)와 몽고족의 원元나라(1206-1368)가 중국을 정복 지배하면서 민간에 유행한 그들의 음악에 의하여 변질된 노래의 가사이다. 왕세정王世貞(1526-1590)이『예원치언藝苑卮言』에서 곡의 발생에 대하여 다음과 같이 논하고 있다.

"곡이란 사가 변한 것이다. 금나라와 원나라가 중국에 침입하여 지배하게 되면서 쓰게 된 오랑캐 음악이어서 시끄럽고 잡되어

311 Edwin O. Reischauer 등 저 East Asia, The Great Tredition Chapter Six; The Late T'ang and Sung: The Golden Age of Chinese Culture 참조 바람.

처량하면서도 빠르고 더디고 다급한 리듬을 사로서는 따라갈 수가 없어서 다시 새로운 노래를 지어 그들에게 잘 보이려 하게 된 것이다."[312]

'곡'은 본시 오랑캐 노래(胡曲)에서 발전한 것이다. 곧 '곡'은 중국 전통문화 발전의 정체停滯 및 문화전통의 상실의 시대를 뜻하는 시가이다.

2) 사와 곡의 차이

① 사와 곡의 유사성

사와 곡은 형식에 있어서 구분하기 어려울 정도로 흡사하여 전문가들도 그것이 어떻게 다른 것인가 분명한 정의를 내리지 못하고 있다. 그것은 사와 곡의 발생 배경도 비슷하고 문장 형식도 비슷하기 때문이다. 모두 민간가요에서 나온 것이어서 그 풍격도 비슷하다. 사는 본시 남녀의 정을 바탕으로 한 완약婉約한 서정이 주류를 이루었는데, 곡도 마찬가지이다. 명대의 왕세정王世貞(1526-1590)이 "곡이란 사가 변한 것이다."고 하였고, 정즌둬(鄭振鐸, 1898-1958)는 『중국속문학사中國俗文學史』에서 사와 곡의 차이에 대하여 이렇게

312 "曲者詞之變. 自金元入中國, 所用胡樂嘈雜, 淒緊緩急之間, 詞不能按, 及更爲新聲以媚之."

논하고 있다.

> "산곡이란 원대 이래 민간에 유행한 가곡의 총칭이다. 당송 사도 원래 민간의 가곡이었는데, 오대와 북송으로 밀려가면서 이미 귀족의 음악이 되었고, 남송에 이르러는 이미 뻣뻣한 물건이 되어 버렸다. 이에 산곡이 생겨나 그것을 대신하게 되어 원대에 크게 유행하였는데, 역시 활기차고 팔팔한 민간의 것이기 때문이다."[313]

정즌둬도 '곡'이 여진족女眞族 금나라와 몽고족蒙古族 원나라의 오랑캐 음악에 의하여 이루어졌다는 말은 빼먹고 있다. 어떻든 사와 곡은 시대를 이어 다 같이 민간의 가곡으로부터 발전한 것이므로 비슷할 수밖에 없다.

사와 곡은 다 같이 자유형에 가까운 장단구長短句이다. 겉모양으로는 사와 곡의 차이를 분간하기 힘들다. 청대 심웅沈雄(1653 전후)의 『고금사화古今詞話』에는 사와 곡의 패명牌名도 같고 조명調名도 같은 것 60곡을 들고 있다. 이 밖에 패명과 조명은 같지만 구법句法에 약간의 차이가 있는 것들도 있다.[보기: 醉花陰] 그리고 패명은

313 『中國俗文學史』 下册 第9章 元代的散曲 : "散曲是流行於元代以來的民間歌曲的總稱. 唐宋詞原來也是民間的歌曲, 推到了五代及北宋, 已成了貴族的樂歌, 到了南宋, 已是僵化了的東西. 於是散曲起而代之, 大流行於元代, 還是活潑潑的民間之物."

같은데 조명은 다른 것[보기: 感皇恩 · 烏夜啼], 패명은 다르지만 조명은 같은 것[보기: 사 喜遷鶯과 곡 也不羅]이 있고, 패명 조명 모두 다르면서도 구법이 비슷한 것들도 있다.

그러나 사와 곡은 비슷하면서도 전혀 다른 것이다. 그 음악이 다르고 반주로 쓰이던 악기도 전혀 다르기 때문이다. 사와 곡을 대하는 중국문학자들의 태도도 달랐다. 『사고전서총목四庫全書總目』 사곡류詞曲類에서는 다음과 같은 평을 하고 있다.

> "사와 곡의 체는 문장기법 면에 있어서 그 품위가 매우 낮아서 작가들이 귀하게 여기지 않았고, 다만 재주가 있는 선비들이 아름다운 표현을 가지고 서로 다투었다."[314]

사까지 곡에 합쳐 그렇게 말한 것은 지나치다. 정즌둬는 "우리는 원곡元曲은 '속俗' 되면 좋고 '아雅' 해지면 비실비실 생기가 없어진다고 여기고 있다."[315]고도 말하였다.

그러한 경향은 모두 곡이 이루어져 발전한 시대적, 사상적 배경 때문이다. 그리고 그 배경을 분명히 이해함으로써 사와 곡의 차이도 분명해질 것이다.

314 "詞曲二體, 在文章技藝之間, 厥品頗卑, 作者不貴, 持才華之士以綺語相高耳."

315 鄭振鐸『中國俗文學史』.

② 역사적인 충돌을 통해 본 사와 곡

사는 '안록산의 난' 으로 말미암아 당나라에 외국의 영향이 커지고 통치권이 쇠약해졌던 시대에 생겨난 문학이다. 나라는 어지러웠지만 다른 한편으로 서민 세력의 신장과 서민에 대한 지배계급의 넓어진 관심 및 보다 자유롭게 들어온 외국문화의 흡수를 바탕으로 전통문화는 오히려 더욱 찬란한 발전을 이룬 시대이다. 이 발전은 오대五代와 북송北宋으로 이어지면서 중국 전통문화를 발전의 황금기로 이끈다. 사의 발전도 이 전통문화의 전성과 궤도를 같이 한다. 중국문학의 발전도 역시 이 시기에 최고조에 달하였다.

사가 크게 발전하였던 북송은 국세는 약해도 문치文治를 하여 중국의 전통문화 발전을 최고의 경지로 이끌었던 시대이다. 북송은 거란족契丹族의 요遼나라나 여진족의 금金나라와 군사력이 아닌 화의和議로 오랜 평화를 유지하며 고도의 문화를 발전시켰다. 강한 이웃들과 피하기 어려운 군사적, 문화적인 충돌을 비켜가면서 전통문화의 발전을 도모한 조화의 극치를 이룬 시대를 대변하는 것이 사의 발전이다. 곧 중국 전통시의 성격이 변하자 서정을 위주로 하던 전통시가 사로 변했던 것이다.

이에 비하여 곡은 이민족의 지배 아래 중국문화가 변질되어 그 발전이 다른 방향으로 이루어졌던 시기를 대표하는 문학이다. 곡은 금나라 원본院本에 뿌리를 둔 것 같은데 실제로는 정복왕조征服王朝인 몽고의 원나라에서 성행하였다. 따라서 노래의 가락이나 곡조가

사와 완전히 다른, 문화가 저질이었던 금나라와 원나라 사람들의 노래를 바탕으로 하여 그 가사를 중국의 문인들이 작품으로 다듬어 이룩된 것이다. 따라서 곡은 노래의 가사인 여진어女眞語와 몽고어蒙古語 같은 오랑캐 말을 한문으로 옮긴 것 같은 것들이 있다. 사가 중국의 전통문화가 최고조에 달했던 시기의 문학이라면 곡은 전통문학이 변질되던 시기를 대표하는 문학이다. 많은 중국문학자들은 명대의 산가山歌나 괘지아掛枝兒 및 청대의 도정道情 등을 곡의 계승이라 여기지만 그것들은 '곡'과는 또 다른 성격의 시가이다.

③ 사상적인 충돌을 통해본 사와 곡

사상 면에서 보면 도교·불교의 성행으로 말미암아 유학에 현저한 변화가 일어나던 시기에 사가 생겨난다. 현실문제만을 가지고 씨름하던 유학이 한유韓愈(768-824)가 「원도原道」·「원성原性」 같은 글을 지어 유학의 도통론道統論을 펴면서 성性을 논한다. 그의 제자 이고李翶(772-841)와 유종원柳宗元(773-819)·유우석劉禹錫(772-842) 등도 '성'과 하늘과 사람의 문제 및 만물의 근원으로서의 원기元氣를 논하는 등 이전의 유학자들과는 안목이 크게 달라진 면모를 드러내던 시기이다.

사상 면에 있어서 북송은 앞에서 얘기한 중당中唐의 한유韓愈·이고李翶 등의 사상을 이어받아 도학道學 또는 이학理學이라고도 부르는 성리학性理學을 발전시켰던 시대이다. 송대에 들어와 호원胡瑗(993-1059) · 손복孫復(992-1057) · 석개石介(1005-1045)와 그의 제자들이 도학의 길을 열고, 문학가로 알려진 구양수歐陽修(1007-1072)도 『역동자문易童子問』 · 『시본의詩本義』를 지어 새로운 송학宋學의 기풍을 열었다. 정치가로 알려진 사마광司馬光(1019-1086) · 왕안석王安石(1021-1086) 등도 '성性' · 심心 · 기氣 등을 논하여 이 시대 유학의 변화를 보여주고 있다.

특히 성리학의 선구자로 받들어지는 주돈이周敦頤(1017-1073)가 나와 『태극도설太極圖說』을 지어 태극太極 · 음양陰陽 · 오행五行의 변화를 통하여 만물이 생성됨을 도표로 그린 위에 해설을 붙이고, 『통서通書』를 지어 누구나 공부를 하는 사람은 성인聖人이 되는 데에 목표를 두도록 하였다. 그를 이어 『황극경세서皇極經世書』의 작자 소옹邵雍(1011-1077), 『정몽正蒙』과 「서명西銘」으로 유명한 장재張載(1020-1077), 주희가 스승으로 받든 정호程顥(1032-1085)와 정이程頤(1033-1107)의 형제가 나와 북송의 성리학을 크게 발전시킨다.

사는 사상적으로 이처럼 눈부신 유학의 새로운 성리학으로의 발전의 시대를 반영하고 있는 것이다. 만약 이러한 학문이 그대로 남송 때 주희朱熹(1130-1200)에 의하여 주자학朱子學으로 귀결되지 않았다면 이러한 북송의 발전은 중국의 르네상스 곧 문예부흥文藝復興을 이끌었을지도 모를 일이다.

어떻든 '곡' 의 발전은 사상적으로 남송에 와서 이루어진 주자학이 대변한다. 주희는 북송 학자들의 성리학을 다시 종합하고 정리하여 유학을 한 차원 더 높은 단계로 발전시킨 학자이다. 그러나 이 주자학은 같은 시대의 유학자인 진량陳亮(1143-1194)이 다음과 같이 비평하고 있다.

> "온 세상을 나라와 부모의 원수 밑에 편안히 지내도록 하며, 머리를 숙이고 두 손을 모아잡고 본성本性과 천명天命이나 논하고 있는데, 무엇을 본성 또는 천명이라 하는지도 알지 못하겠다."(「上孝宗皇帝第一書」)

> "도덕道德·성명性命에 관한 이론이나 내세우고 ---서로 가리고 서로 속이면서 천하의 실질적인 것은 모두 없애고 또 모든 일을 거들떠보지도 않고 버틸 따름이다.(「送吳允成運干序」)

주자학은 현실문제에 관하여는 지나치게 눈을 감았다고 볼 수 있다. 윤리학에 있어서는 "성性이 바로 이理"라고 주장하며 "사람과 만물은 모두 천지의 '이'를 타고나 '성'을 이루고, 모두 천지의 '기氣'를 받아 형체를 이룬다."(『朱子語類』 권4)고 하면서 만물일체지인萬物一體之仁을 강조하였다. 그리고 부자父子는 천합天合이고 군신君臣은 의합義合이라고 하면서 유교의 윤리를 절대적인 것으로 내세웠다.

현실문제에는 눈을 감고 거경궁리居敬窮理하며 이기론理氣論이나 펴고 임금과 신하관계의 윤리를 절대적인 것으로 내세우는 학문은 이민족인 정복지배자征服支配者들의 마음에 꼭 드는 학문일 수밖에 없었다. 원대에는 주자학이 국학國學처럼 성행하였다. 『원사元史』만 보더라도 주돈이 등 대표적인 송나라 도학자들의 사당祠堂을 세우고 작위爵位를 추증追贈하고 있다. 성리학은 원나라 지배자들의 옹호 아래 국학이라 할 정도로 전성을 이루었다. 곡은 이러한 성리학의 성행시대를 대표하는 것이다.

충돌과 조화에 의한 중국시의 발전 변화와 그 특징은 사로부터 곡으로의 발전을 통해서 가장 잘 드러나고 있다.

중국학 연구의 방향 전환

-문학연구를 중심으로 하여-

1.

지금껏 중국학의 연구는 중국의 지난날의 영광스런 업적이나 중국문화의 위대함을 드러내고 그것을 확증하는 작업이 그 중심을 이루어왔다. '근대적' 이란 말을 거의 '서양적' 이란 말과 비슷이 받아들이고, 서세동점西勢東漸이란 말을 쓰면서도 위대했던 중국이 왜 지금 와서는 서양세력에 밀리게 되었는가 추구해보려는 노력은 그다지 눈에 띄지 않는다. 문학연구에 있어서는 『시경詩經』이나 『초사楚辭』의 위대한 성취를 비롯하여 당시唐詩와 송사宋詞 및 사대기서四大奇書 등의 빼어난 문학적인 성과 등을 드러내는데 그 작업이 집중되었다. 철학연구에 있어서는 여전히 중국사상의 심오함, 곧 유교·도교 사상의 위대함을 확인하는데 역점이 두어져 심지어 근래 아시아의 다섯 마리 작은 용이 발전할 수 있었던 사실도 유교의 가치관이 뒷받침했기 때문이라고 논증하려는 경향도 현저하다. 역사연구도 지난 시대 왕조들의 위대했던 실상들을 논증하려는 노력이 그 중심을 이루고 있다고 할 수 있다. 다시 말하면, 중국학 연구는 경經·사史·자子·집集의 가치를 확인하는 작업이나 같은 성격의 것이었다. 이러한 연구가 결코 쓸 데가 없고 가치 없는 일이라는 것은 아니다. 이러한 연구를 전제로 하여야만 중국이란 나라나 중국문화에 대한 올바른 인식과 정확한 평가가 가능할 것이다. 따라서 이러한 연구가 앞으로도 중국학 연구의 중심이 되어야 할 것임에는 이의가 없다.

그러나 이제는 중국학 연구의 방향을 일부는 전환시켜 이전과는 반대편에 서서 문제를 찾아내고 그 해결을 추구하는 방법도 동원해야할 때가 되었다고 생각한다. 과거의 영광과 위대함은 충분히 드러났기 때문에, 이제는 그 위대한 지난날의 전통이 어째서 지금까지 이어지지 못하고 있는가라고 하는 의문을 바탕으로 하는 연구의 착상도 필요하다고 생각한다. 그러기 위해서는 과거의 위대함뿐만이 아니라 이제는 지난날의 부정적인 면, 곧 지난 중국의 문화가 지닌 치부도 추구하여 드러내는 작업도 과감히 추진하여야 할 줄로 믿는다. 무엇이 중국의 지난날의 영광을 흐리게 하였고, 어떤 요인들이 중국문화의 발전을 정체시키어 서세西勢를 동점東漸케 하였는가라고 하는 등의 문제를 냉정히 추구하여야 한다는 것이다. 그래야만 현대에 있어서의 중국이란 어떤 나라이며, 어떤 것이 참된 중국의 것인가 올바로 인식할 수 있게 될 것이다. 그리고 이것은 중국학 연구가 보다 냉철해지고 보다 객관화 될 수 있음을 뜻하기도 한다. 여기서는 그러한 문제를 문학 연구의 면에서 훑어보고자 한다.

2.

그러면 중국문학 연구를 중심으로 하여 연구의 방향을 전환시켰을 때 당면하게 될 큰 문제들에 대하여 검토해보기로 한다. 5000여 년의 중국문학사를 보면, 지난날의 찬란했던 중국의 전통문학이 어느 시기엔가 중간에 그 발전이 정체된 끝에, 근대에 이르러는 전혀 다른 새로운 문학개념에 압도당하는 현상이 되었음을 발견하게 된다. 따라서 중국의 현대문학을 제외한 고전문학사는 분명히 크게 앞뒤의 두 시기로 구분되지 않으면 안 된다. 앞의 시기란 중국의 전통문학이 계속 발전하여왔던 시기이고, 뒤의 시기란 이전의 전통문학의 발전이 멎어져 정체된 현상을 보여주는 시기이다. 다시 말하면, 앞의 시기는 중국문학이 계속 발전하여 눈부신 전통을 이루며 풍부한 창작 업적을 남긴 시대이고, 뒤의 시기는 중국문학 발전이 전통에서 벗어나 그 문학발전의 방향이 다른 각도로 바뀐 시대이다.

이 문학발전이 앞뒤로 전변하였던 시기는 북송北宋 말년(1127) 전후이다. 원이둬(聞一多, 1899-1948)도 「문학文學의 역사歷史 동향動

向」이란 글에서 다음과 같이 말하고 있다.

"서주西周로부터 송宋에 이르기까지 우리의 이 전반 부분의 문학사는 일부의 시사詩史이다. 다만 시의 발전은 북송北宋에 이르러 실제로는 끝나고 있다. 남송南宋의 사詞는 이미 억지로 버틴 것이라 할 것이다. 시 자체를 두고 말할 것 같으면, 우무尤袤 · 양만리楊萬里 · 범성대范成大 · 육유陸游와 약간 뒤의 원호문元好問 같은 사람들도 쓸데 없는 중복되는 작가들이고, 그 후의 사람들은 더 말할 필요조차도 없다. 명明 청淸 두 시대에 벌어졌던 시에 관한 그토록 많은 운동과 쟁론들은 모두가 뜻 없는 몸부림이었다고 여겨진다. 한 차례의 몸부림이 실패할 적마다 그 몸부림이 쓸데없는 수고이고 아무런 소용도 없는 것이었음을 거듭 실증해줄 따름이었다."[316]

이 시기의 문학 발전의 전변은 희곡의 경우 가장 현저하게 드러난다.[317] 북송 이전의 전통적인 중국 희곡이란 가무희歌舞戲를 중심으로 하는 놀이 형식의 이른바 소희小戲였으나, 북송 말년에 이르러 갑자기 희문戲文 또는 남희南戲라 부르는 전혀 다른 형식과 성격의

316 聞一多『神話與詩』(中華書局, 1956).
317 김학주「中國戲劇의 변화를 통해 본 中國文化의 轉變」(『中國戲曲』 創刊號, 1993, 韓國中國戲曲硏究會 刊) 참조.

대희大戲가 생겨나 원元 잡극雜劇, 명明 전기傳奇, 청淸의 경희京戲 및 지방희地方戲로 이어진다. 곧 북송 이전은 〈소희〉의 시대이고, 남송 이후는 〈대희〉의 시대가 전개되고 있는 것이다. 이 〈소희〉와 〈대희〉의 차이는 희극의 구성 방식이나 규모의 크기만이 달라진 것이 아니라 거기에 쓰이던 음악이며 악기와 노래를 비롯하여 무용과 의상 등 모두가 전혀 다른 성격의 것으로 일변하였다.

따라서 중국 고전문학사의 시기를 둘로 크게 구분한다면, 당연히 북송 말년(1127)을 분계分界로 하여 앞의 시대를 〈고대古代〉, 뒤의 시대를 〈근대近代〉로 하여야 할 것이다.[318] 〈고대〉는 시를 중심으로 하는 중국의 전통문학이 계속 발전하여온 시대이고, 〈근대〉는 중국의 전통문학이 더 이상의 발전을 이루지 못하였던 시대이다. 따라서 중국에 있어서의 〈근대〉의 문학이란 전통에서 벗어나 다른 방향으로 발전한 시대라고까지도 극언할 수 있을 것이다. 그러함에도 불구하고 이제껏 중국을 비롯한 외국 학자들이 쓴 중국문학사를 보면 이러한 관점에서 문학사의 시기를 구분한 예는 발견할 수가 없다.

이런 전제를 바탕으로 하여 중국의 고전문학사를 본다면 매우 기본적이고도 중요한 다음과 같은 몇 가지가 우리가 연구하고 해결하여야만 할 문제로 떠오른다.

318 金學主『中國文學史』(新雅社, 2013 개정판) 참조.

1) 중국문학은 북송 말 무렵 왜 자기 전통을 잃게 되었는가?
2) 전통의 상실은 남송 이후 중국문학에 있어 무엇을 의미하는가?
3) 중국문학사상 그러한 전변轉變은 언제부터 왜 일어났는가?
4) 새로운 〈근대〉문학의 특징은 무엇인가?
5) 〈근대〉문학은 올바로 연구되고 또 올바른 평가를 받고 있는가?
6) 현대의 중국문학은 어떻게 평가하여야 할 것인가?

이 밖에도 이에 부수한 수많은 문제들이 따라 나오게 된다.

앞의 희곡의 전변을 얘기하면서 잠깐 지적했듯이, 이 시기의 희곡의 전변이란 그 시대 음악과 노래와 무용과 의상이나 무대장치를 통해서 드러나는 미의식 등등 그 시대의 예술 전면에 걸친 변혁을 뜻하는 것이다. 따라서 이 시기의 시대적인 전변은 문학에만 국한된 것이 아니라 중국문화 전반에 걸친 문제였다고 여겨진다. 이에 따른 여러 가지 문제의 추구나 연구는 중국문학 또는 중국문화를 올바로 해석하고 이해하기 위하여 불가결의 작업이 될 것이라 믿는다.

3.

시대 변화에 대한 감각은 아무래도 역사학자들이 가장 예리할 수 밖에 없다. 역사학자들은 위에서 논한 것 같은 중국 사회의 시대변화에 따르는 〈고대〉가 언제 끝나고 있느냐고 하는 문제에 대하여 일찍이 주의를 기울이었다. 일본 학자 나이또오도라지로(內藤虎次郎)가 가장 먼저 당唐 송宋 사이의 시대적인 변화에 착안하여 중국사에 있어서 송 이후가 〈근세近世〉임을 주장하였고,[319] 미야자끼(宮崎市定) 등 여러 그의 제자들이 뒤를 이었다. 그리고 세계 각국의 중국사학자들이 이를 계기로 송대의 변화문제를 여러 각도에서 연구하기 시작하였다.[320] 그 결과를 잘 반영한 저술로는 Edwin O. Reischaur, John K. Fairbank 공저의 East Asia, The Great Tradition(Houghton Mifflin Company, Boston, 1958)이 있다. 그중 Chapter Six가 The Late T'ang and Sung, Golden Age of Chinese Culture이며, 송대 이후를 "Early Modern Society"라 말하고 있다. 그러나 아직도 이 〈근세〉는 어떤 의의를 지니고 있는가, 어째서 그토록 이 지구상에서 최고의 지위를 계속 유지해오던 찬란한 중국 〈고대〉의 문화와 문명이 〈근세〉로 들어와서는 뒤쳐지기 시작했는가, 그리고 〈근세〉의 시대적인 특

319 「概括的唐宋時代觀」(1922), 『支那上古史』 등(『內藤湖南全集』 所載).

320 Change in Sung China_Innovation or Renovation? Edited by James T. C. Liu and Peter J. Golas; D. C. Heath and Company, 1969 참조.

징은 무엇인가 하는 등의 중요한 기본적인 문제에 대하여 명확한 해답을 얻지 못하고 있다. 이것 모두 연구의 방향을 과감히 전환하고 보면 좀 더 효과적인 연구결과를 얻을 수 있는 문제가 아닐까 한다.

철학 면에 있어서는 문제가 더욱 심각하다. 이 〈근세〉는 사상적으로 북송에 발전한 도학道學을 주희朱憙(1130-1200)가 체계화한 주자학朱子學이 뒷받침하였는데, 대부분의 학자들이 이 주자학을 위대한 근대적인 사상과 학문의 발전이라 보고 있는 것이다. 미국의 석학인 Wm. T. de Bary가 The Liberal Tradition in China 등에서 송대에 발전한 신유학新儒學은 "전통적인 유교의 가치를 원용하여 그것을 근대적(Modern) 자유적(Liberal) 방향으로 발전시킨 것이다." 라고 하는 이론도 거의 저항을 받지 않고 있다. 그리고 북송의 도학 또는 이학理學을 주자학과 합쳐서 일반적으로 성리학性理學 또는 신유학이라 부르고 있다. 그 밖에도 나라 안팎의 저명한 수많은 학자들이 주자학의 발전적인 성격을 논증하기 위하여 정력을 아끼지 않고 있다.

그러나 문학의 입장에서 본다면 오히려 성리학자들은 문학의 부정론자들이었다고까지 극언할 수 있을 정도이다. 정이程頤(1033-1107)는 "『서경書經』에 완물상지玩物喪志라 하였는데, 글을 짓는 것도 역시 완물玩物이다." 라고 하였고,[321] 주희朱熹(1130-1200)는 심지

321 『二程全書』 참조.

어 한유韓愈(768-824)의 "문자관도지기文者貫道之器"라는[322] 생각까지도 도道에 대한 그의 이해가 불철저함을 공격하며 "이 글이란 모두 도로부터 흘러나오는 것인데, 어찌 도리어 글이 도를 관통할 이가 있겠느냐? 글은 글이고 도는 도인데, 글이란 다만 밥 먹을 적의 반찬이나 같은 것이다."[323] 라고 하였다. 이것은 〈도〉를 중시하는 도학자道學者들의 기본적인 태도여서 호전胡銓(1102-1180)이 "〈도〉만 진실로 마음에 터득한다면 글은 비록 짓지 않는다 해도 괜찮은 것이다. 글이 무슨 소용이 있는가?"[324] 하고 말한 것과 같은 입장에서 나온 말들이다.

이들은 〈도〉의 추구를 중시한 나머지 그 밖의 거의 모든 일들을 가벼이 보았다. 문장은 〈도〉를 설명하고 선전해주는 기능을 가졌음을 인정하면서도, 그것은 〈도〉의 추구인 참된 공부와는 직접 관계가 없는 것일 뿐더러 오히려 공부에 방해가 되는 것이라 여긴 것이다. 다시 말하면, 이들에게 문학이란 없어도 괜찮은 것이었다. 결국 이들의 태도는 사람에 따라 그 강도强度에 차이는 있지만 문학의 부정으로 귀결되는 것이다.

유학의 발전이라 일반적으로 받아들여지는 주자학의 가장 두드러진 특징은 성인지향聖人志向의 〈도〉를 학문 목표로 삼는다는 것

322 韓愈의 제자 李漢이 「昌黎先生文集序」에서 한 말임.

323 『朱子語類』 卷139 論文上.

324 「灞陵文集序」.

이다. 따라서 모든 사물事物은 존재하기 때문에 가치가 있다는 종래의 생각에 반성이 일고 비판이 가해지게 된 것이다. 사물事物이란 그 존재를 존재하게 하는 근원이 있기 때문에 비로소 사물의 존재는 그 가치를 지니게 되었다고 생각하게 된 것이다. 따라서 감성적感性的·외면적外面的인 것에의 지향은 물리치고, 정신적精神的·내면적內面的인 것에의 추구가 중시되게 되었다. 사물을 존재하게 하고 정신적·내면적 추구의 지상목표가 되는 〈도〉만이 중시되게 된 것이다.

실상 문학뿐만이 아니라 사람들의 문화 자체가 내면적이라기보다는 외면적인 현상에서 이루어지고 있음으로 결국 이들의 주장은 문화 자체까지도 부정하는 방향으로 귀결된다. 이는 앞에서 희곡의 전변을 얘기하면서 중국문화의 변혁을 추론하였던 사실과도 합치되는 결과이다. 전통을 잃은 문화의 변혁이나 문화의 부정은 결국 자기 문화의 상실 또는 발전의 정체를 가져올 것이기 때문이다. 그리나 그것은 한편 새로운 방향의 발전을 뜻하게도 되는 것이다.

성리학은 지나치게 정신적·내면적인 것에 대한 추구로 기울어졌기 때문에 너무나 자기 중심적인 학문으로 발전하였다고도 할 수 있다. 그리고 그들이 지향하는 성인의 〈도〉는 실상 사람들이 죽을 때까지 그것만을 추구한다 해도 도달하기 어려운 지표이다. 따라서 〈도〉의 추구에 골몰하다 보면 자신 이외의 남의 일이나 밖의 일, 심지어 자기 나라나 자기가 소속되어있는 사회에 대하여도 별 관심을 지닐 여유가 없게 된다. 그 때문에 지식인들이 외족의 침입과 지배에도 초연할 수 있었던 것 같다. 성리학은 근대적인 철학으로의 발전이 아니라 문화의 부정을 통하여 자기네 문화를 상실케 하고, 결국은 자아까지도 잃게 만든 장본인지도 모른다.

4.

이상은 어디까지나 문학사적인 관점에서 중국학에 접근하는 방향을 전환하여 검토해본 결과로 얻어낸 가설이다. 여기에는 개인의 편견과 논리의 부적절한 전개도 있을 수가 있다. 그러나 적어도 문학뿐만이 아니라 역사 · 철학 또는 정치 · 경제 · 사회 등 모든 분야에 걸쳐 이러한 연구 방향의 전환은 새로운 성과를 얻어낼 수 있음이 증명되었을 것으로 믿는다. 이제는 좀 더 많은 사람들이 적극적으로 중국학 연구의 방향을 전환하여 중국의 부정적인 면의 탐구도 진행되어야 할 것으로 믿는다. 그래야만 중국 또는 중국문화의 위대함도 올바로 인식케 되고, 현대에 있어서의 중국의 위치도 올바로 파악할 수 있게 될 것이다.

실크로드와 중국문화

—중국 시의 변화 발전을 중심으로 하여—

1. 들어가는 말

중국은 세계 사대문명의 발상지 중의 하나이나 옛날에는 다른 문명권과의 교류가 매우 적었다. 그들의 천하天下개념 때문이다. 그들은 자기네 나라를 지금의 세계라는 말에 가까운 '천하' 라고 이해하였다. 국가 개념이 현대 사람들과 전혀 달랐다. 그리고는 자기들 이외 주위 사방의 민족들은 모두 미개의 북적北狄·서융西戎·남만南蠻·동이東夷의 오랑캐들이라 생각하였다. 그리고 천하 밖의 사방은 기후나 지리 조건이 사람들이 살기에 적절치 못한 곳으로 여겼다. 따라서 천하 밖으로 그들이 사는 땅을 더 넓힐 생각을 전혀 하지 않았다. 자기 나라 이외의 오랑캐가 침입하여 약탈을 하면 그들을 쳐 물리쳐서 더 멀리 쫓아내기에만 힘썼다. 만리장성은 그들의 오랑캐 민족에 대한 태도를 단적으로 보여주는 유적이다. 너희들 오랑캐는 제발 이 안으로 들어오지만 말아달라는 것이다.

그런데 서기 기원전 2세기부터 이 중 유독 서북쪽의 지방으로부터 중국의 권역을 넘어 새로운 문화가 들어와 중국의 전통문화를 자극하여 한 차원 더 높은 단계로 발전시키게 된다. 이 중국의 서북쪽 변방 사막지대로부터 중앙아시아를 가로질러 서양세계와 접하게 되는 길, 주로 여러 곳의 오아시스로 연결되는 그 통로를 실크로드라 부른다. 대체로 중국의 장안長安에서 시작하여 깐수(甘肅)와 신장(新疆)을 거쳐 중앙아시아 및 서방 아시아를 거쳐 지중해 연안의 여러 나라에 이르던 통로이다. 실크로드는 '비단 길' 이란 뜻이다. 중국의 특산인 비단을 서쪽의 이란 · 인도 · 로마 등의 나라로 수출하는 길이었기 때문이다. 그러나 지금 와서 이 말은 그러한 통로라는 개념에 국한되지 않고, 옛날 중국의 '서방문화와의 접촉' 및 '서방문화의 수입' 이라는 넓은 뜻까지도 포함하는 말로 발전하였다. 여기에서도 그런 뜻으로 쓰려고 한다.

역사상 서양 사람들이 중국의 물품 중에서 가장 크게 끌렸던 물품이 이 비단과 도자기陶瓷器이다. 심지어 옛날 서양 귀족들의 옷과 생활용품을 대표할 정도로 이 두 가지 중국 산품은 존중되었다. 심지어 China는 도자기와 함께 중국을 뜻하는 말로 쓰이게 되었고, 옛 로마인들은 중국을 '비단 나라' 라는 뜻으로 Seres라 불렀다 한다.

여기에서는 '서방문화의 접촉' 또는 '서방문화의 수입' 이 중국 전통문화의 발전에 어떻게 작용하였는가라고 하는 문제를 특히 중국 고전문학의 중심을 이루어 온 시의 발전을 중심으로 하여 살펴보려는 것이다.

2. 중국 전통문화의 형성 - 『시경詩經』 시의 유행 -

중국 전통문화는 그 형성부터 실크로드가 형성되기 전의 중국의 서북쪽과 관련이 있다. 서기 1111년 전[325]에 중국의 동북쪽 황하 중하류 지방에 상당히 높은 문화를 발전시키고 있던 은殷(B.C. 1751-B.C. 1111)나라를 서북쪽에서 온 문화 정도가 매우 낮은 주周(B.C. 1111-B.C. 250)나라 민족이 무력으로 정복하고 황하 유역을 중심으로 하는 중국의 동쪽과 서쪽 지역을 합병하여 새로운 나라를 이루고 다스리게 된다. 주나라 무왕武王(B.C. 1111-B.C. 1105 재위)은 은나라를 정복하고 그들의 문화까지 가져다가 새로운 중국 전통문화의 터전을 이룩한다. 여기에 비로소 천하天下의 개념이 형성되고 중국을 지배하는 한족漢族이라는 새로운 민족도 이루어지는 것이다. 특히 이러한 위대한 업적은 무왕의 아우 주공周公 단旦에 의하여 이루어진다. 무왕은 은나라를 쳐부순 뒤 앓다가 몇 년 뒤 죽고 어린 성왕成王(B.C. 1104-B.C. 1066 재위)이 뒤를 잇자 주공이 대신 나라 일을 돌보게 된다. 그때 은나라 주왕紂王의 아들 무경武庚이 동쪽 은나라 옛

325 中國 古代의 西紀紀年은 董作賓 · 嚴一萍 共編 『中國年代世系表』(臺北 藝文印書館, 1957 刊)의 推算을 따랐음.

지역의 여러 부족들을 선동하여 반란을 일으킨다. 그러자 주공은 3년의 세월 동안 반란을 일으킨 은 민족의 본거지인 동쪽 지방을 정벌하면서 은 민족이 발전한 제도와 문물을 가져다가 자기들에게 맞는 종족제宗族制를 바탕으로 한 봉건제도封建制度와 여러 가지 예악제도禮樂制度를 마련한다. 은나라에서 쓰던 한자漢字도 가져다가 나라를 다스리는데 쓰게 된다. 여기에서 중국의 전통문화는 본격적으로 발전을 시작한다.

이때 민간의 노래와 궁정에서 쓰던 노래의 가사를 모아 이루어진 중국 최초의 시가집인 『시경詩經』이 이루어진다. 『서경書經』과 『역경易經』도 같은 시기에 이루어졌다고 생각되고 있다. 그리고 이때 주공이 제정한 예악제도는 뒤에 『예기禮記』·『주례周禮』·『의례儀禮』를 이루게 한다. 여기에서 중국의 전통 학술문화와 문학이 출발한다. 공자의 유학도 주공의 예악제도를 바탕으로 한 것이다. 어떻든 이 시대의 문학은 『시경』이 중심을 이루며, 이를 바탕으로 중국 전통문학은 발전을 하게 되는 것이다. 그리고 『시경』은 문학뿐만이 아니라 초기의 중국 전통문화의 성격을 전반적으로 가장 잘 대표하는 책이라고 할 수 있다.

중국의 전통문학뿐만이 아니라 전통문화의 바탕도 중국 땅의 서쪽으로부터 쳐들어온 주周민족에 의하여 이루어졌고, 실크로드가 생긴 뒤에는 더 한층 서쪽의 문화가 들어와 중국문화를 자극하여 그 문화를 더한층 발전시키게 되는 것이다.

3. 실크로드의 개척과 중국문화 - 악부시樂府詩와 오칠언五七言 고시古詩 -

주나라(B.C. 1111-B.C. 250) 뒤에 진시황秦始皇(B.C. 246-B.C. 210 재위)이 천하를 통일하여(B.C. 221) 춘추시대(B.C. 771-B.C. 404)부터 발전하기 시작한 초楚·오吳·월越 나라를 중심으로 하는 장강長江 유역의 남만南蠻의 지역까지 중국 문화권으로 합병시킨다. 이 천하의 통일은 곧 한漢나라가 이어받아(B.C. 206) 남쪽 문화를 종합하여 중국문화를 새로운 단계로 발전시킨다. 시가에 있어서는 남쪽 초나라에 유행하던 초가楚歌와 초사楚辭가 들어와 사부辭賦라는 새로운 형식의 문학을 성행시킨다. 그런데 서한西漢(B.C. 206-A.D. 8) 초에 다시 서역西域지방으로부터 새로운 문화가 들어와 중국 민간에 유행하는 노래를 변화시키어 민간의 노래를 글로 써서 시를 만들던 사대부士大夫들의 시가詩歌에도 변화가 일어나게 된다.

한나라에 들어와서도 서역 개척은 한 무제武帝(B.C. 140-B.C. 87 재위)의 등장을 기다려야만 하였다. 무제는 장건張騫(?-B.C. 114)을 서기 기원전 138년에 서역으로 파견하여 천신만고 끝에 아프칸 북부의 대하大夏를 비롯하여 대완大宛·강거康居 등의 나라와 통하고, 다시 다른 장군들을 보내어 루란(樓蘭)·대완을 정벌하였다(B.C. 108-104). 그리고 선제宣帝(B.C. 73-B.C. 49 재위) 때에는 그 지역에 서역도호부西域都護府를 설치하였다. 이에 정식으로 서역과의 교역이 시작되어 주로 한나라의 비단이 수출되는 실크로드가 개척된다. 이때 서역으로부터는 잠두蠶豆 · 오이 · 마늘 · 호두 · 포도 · 수박 · 홍당무 · 석류 및 수공업품 등이 들어왔고 그와 함께 서역의 특이한 음악과 무용 등의 문화가 처음으로 중국에 수입되었다. 한나라의 음악 · 미술 등은 이 자극으로 크게 발전한다. 문학에 있어서는 민간에서 시작하여 사대부에 이르기까지 악부樂府라는 비교적 자유롭고 새로운 형식의 노래가 유행하게 된다. 여기에는 무제의 원정으로 수입된 서역을 비롯한 외국 음악의 영향이 컸다고 보아야 할 것이다.

동한東漢(25-220) 때에는 명제明帝 58-75 재위)가 영평永平 16년(73)에 반초班超(32-102)를 보내어 서역 나라들과 연락을 취하게 하고, 다음 해에는 서역도호부西域都護府를 두어 서역을 관리하게 하였다. 그리고 반초는 소륵疏勒에 주둔하며 아프칸 북쪽 대월지大月氏와도 교류를 하게 되었다(A.D. 76). 다시 화제和帝(89-105 재위)의 영원永元 3년(91) 반초는 도호都護가 되어 구자龜玆에 머물다가 71세가 되어서야(A.D. 102) 서역을 떠나왔다. 이에 동한은 지금의 이란 지방의 안식安息과도 교류를 하고, 화제和帝 때에는 천축天竺(인도 · 파키스탄 지역)에서 실크로드를 통하여 상인들이 중국으로 들어왔다. 서역과의 교역이 더욱 활발해졌고, 교역을 통하여 서역으로부터 낙타와 모직 및 식물 같은 특수한 물품 이외에도 음악 · 미술 등에 관한 더욱 다양한 서역문화가 동한으로 들어왔다.

이 사이 서한 말엽에 불교가 수입되고, 동한에 들어와서는 제왕들도 불교에 관심을 갖게 되어 낙양洛陽에 백마사白馬寺라는 큰 절이 세워졌다. 그리고 안식安息 · 대월지大月氏의 불승들이 와서 불경 번역에 종사하게 된다. 불교와 함께 인도와 서역의 새로운 음악 · 미술 등이 들어와 중국 전통문화를 자극하여 더욱 발전시켰다. 중국의 전통사상과 사회생활에도 많은 변화를 가져왔고 동한 말 도교道敎의 발전에도 큰 기여를 하였다. 동한 때 악부시樂府詩가 오칠언五七言 고체시古體詩로 발전한 것도 인도와 서역음악의 영향이 적지 않았다. 실크로드를 통해서 들어온 서역의 새로운 문물은 중국을 자극하여 그들의 전통 문화와 문학을 크게 발전시키게 된다.

4. 중국 전통문화의 발전 - 근체시近體詩의 발전

한나라 이후 위魏(220-265)나라를 뒤이어 서진西晉(265-317)과 동진東晉(317-420)에 가서는 여러 이민족들이 중원으로 진출하여 나라를 세운 오호십륙국五胡十六國이 어지러이 섰다 망했다 한 시기(304-439)가 있었고, 또 남북조南北朝시대(420-589)에 이르기까지 많은 이민족이 중원에 침입하여 나라를 세우면서 극심한 정치적 혼란이 이어진다. 중원에 대한 외국의 영향이 커지고 불교와 도교도 크게 유행한다.

양주涼州(지금의 甘肅省 武威)는 한나라 때부터 실크로드의 교역

거점도시였고 중국의 서역문화를 접하는 중심지였는데, 오호십륙국五胡十六國 시대에는 전량前涼·후량後涼·남량南涼·북량北涼·서량西涼이 모두 여기를 도읍으로 삼았었으니 그 시대에는 혼란 중에도 서역문화가 얼마나 들어왔을까 짐작이 간다. 특히 북조北朝의 북위北魏(386-534)가 도읍으로 삼았던 낙양洛陽 같은 곳에는 서역으로부터 들어와 머무는 서역 사람들이 무척 많았다.[326] 그리고 불교가 크게 성행하였다. 북위 가평嘉平 2년(250)에는 40여 명의 인도 불승이 낙양 백마사白馬寺로 와서 불교 계율戒律을 전수하였다. 그 밖에도 남북조에는 수많은 불승들이 와서 불경을 번역도 하고 강해를 하기도 하였다. 한편 중국의 불승들도 천축天竺으로 가서 불경을 구해오고 불경을 구하려고 갔을 적의 여행의 견문을 책으로 써서 전에는 들어본 일이 없었던 인도 남해와 중앙아시아의 역사, 지리, 풍속 등이 중국에 소개되었다.

이때에 들어온 서역 및 불교의 음악과 무용 및 미술·조각 등은 중국의 음악과 건축·조각·회화 등을 한 차원 더 높이었다. 북위에서는 서량악西涼樂을 국기國伎라 불렀을 정도이고,[327] 천축天竺이

326 『洛陽伽藍記』 卷3 : "自葱嶺以西, 至於大秦, 百國千城, 莫不歡附, 商胡販客日奔塞下.---樂中國土風, 因而宅者, 不可勝數, 是以附化之民萬有餘家."

327 『隋書』 卷15 音樂志 : "西涼者, ---魏太武旣平河西得之, 謂之西涼樂. 至魏周之際, 遂謂之國伎. ---楊澤新聲 · 神白馬之類, 生於胡戎. ---舞曲有于闐佛曲."

란 불교음악도 양주를 거쳐 들어왔다.[328] 그리고 중국 각지의 석굴石窟에 남아있는 이 시대의 조각에 보이는 호희胡戲와 사자춤 등을 노래한 양梁나라 무제武帝(502-549 재위)와 주사周捨(469-524)의 「상운악上雲樂」 시[329] 등도 천축과 서역문화의 중국문화에 대한 영향을 증명한다. 주사의 「상운악」을 아래에 인용한다.

서쪽의 늙은 오랑캐
그 이름은 문강文康인데
천지사방으로 노닐면서
삼황三皇에게도 거만하게 구네.
서쪽으론 해 지는 몽사濛汜를 구경하고
동쪽으론 해 뜨는 부상扶桑에 노니네.
남쪽으론 남극해에 배를 띄우고
북쪽으론 북극 불모의 땅에 이르네.

옛날에는 신선인 약사若士와 벗하였고
팽조彭祖와 함께 자랐다네.
옛날에 잠시 곤륜산에 갔다가

328 上同 : "天竺者, 起自張重華據有涼州, 重四譯來貢男伎, 天竺則其樂焉. 歌曲有沙石疆, 舞曲有天曲."
329 郭茂倩의 『樂府詩集』 卷51 淸商曲辭에 실려있음.

다시 요지瑤池에서 술을 들게 되었는데
주제周帝는 맞이하여 윗자리에 앉혔고
왕모王母는 불사약 옥장玉漿을 대접하였다네.
그래서 목숨은 남산처럼 끝없이 되었고
뜻은 금강金剛처럼 단단하게 되었다네.

푸른 눈은 아련하고
흰머리는 길다랗네.
가는 눈썹은 수염난 곳까지 뻗었고
높다란 코는 입 위로 처져 있네.
놀이를 잘할 뿐만 아니라
술도 잘 마신다네.
퉁소와 저가 앞에서 울고 있고
제자들이 뒤를 따르고 있는데
많은 사람들이 공경스런 모습으로
각기 맡은 일을 하고 있네.

봉황새는 늙은 오랑캐 집안의 닭이요,
사자는 늙은 오랑캐 집안의 개라네.
천자께서는 어지러운 세상을 올바르게 다스리어
다시 해와 달과 별빛을 밝게 하셨네.
은택이 내리는 비처럼 베풀어지고

교화가 바람처럼 백성들을 휩쓸었네.
자연현상을 살피어 모든 이치를 밝혀 내고
양梁나라를 방문하기로 뜻을 세워
수레 끄는 사마四馬를 배로 늘이고 길을 닦은 뒤
비로소 천자가 계시는 도읍에 이르렀다네.

궁전 앞에 엎드려 절하면서
옥당玉堂을 우러르는데,
따라온 하인들이 줄지어 벌여 섰고
모두가 염치와 절의를 알고
다 같이 의로운 도리를 알고 있는 듯하네.
노랫소리 피리 소리 은은히 울리고
북소리 둥둥 울리어
울림은 하늘에 진동하는데
그 소리는 봉황새 울음 같네.

나서고 물러섬이 모두 규칙에 맞고
나아가고 물러감이 모두 가락에 맞네.
모든 재주가 다 좋기는 하지만
오랑캐 춤은 그중에서도 가장 잘 추네.
늙은 오랑캐가 부쳐온 상자 속에는
더 기이한 악장들이 있다네.

수만 리 길을 가져다가
성상께 바치고자 한다는 거네.

이것을 차례차례 이야기하려 하여도
늙은지라 잊은 것이 많다네.
다만 바라건대 밝으신 폐하께서
천만 년 장수하시어
즐거움이 다하는 일 없으시기를!

西方老胡, 厥名文康,
서방노호 궐명문강

遨遊六合, 傲誕三皇.
오유육합 오탄삼황

西觀濛汜, 東戲扶桑.
서관몽사 동희부상

南泛大蒙之海, 北至無通之鄉.
남범대몽지해 북지무통지향

昔與若士爲友, 共弄彭祖扶床.
석여약사위우 공농팽조부상

往年暫到崑崙, 復値瑤池擧觴.
왕년잠도곤륜 부치요지거상

周帝迎以上席, 王母贈以玉漿.
주제영이상석 왕모증이옥장

故乃壽如南山, 志若金剛.
고내수여남산 지약금강

青眼智智, 白髮長長,
청 안 원 원　백 발 장 장

蛾眉臨髭, 高鼻垂口.
아 미 림 자　고 비 수 구

非直能俳, 又善飮酒.
비 직 능 배　우 선 음 주

簫管鳴前, 門徒從後,
소 관 명 전　문 도 종 후

濟濟翼翼, 各有分部.
제 제 익 익　각 유 분 부

鳳凰是老胡家鷄, 獅子是老胡家狗.
봉 황 시 노 호 가 계　사 자 시 노 호 가 구

陛下撥亂反正, 再朗三光,
폐 하 발 란 반 정　재 랑 삼 광

澤與雨施, 化與風翔.
택 여 우 시　화 여 풍 상

覘雲候呂, 志遊大梁,
첨 운 후 여　지 유 대 량

重駟修路, 始屆帝鄕.
중 사 수 로　시 계 제 향

伏拜金闕, 仰瞻玉堂,
복 배 금 궐　앙 첨 옥 당

從者小子, 羅列成行,
종 자 소 자　나 열 성 항

悉如廉潔, 皆識義方.
실 여 렴 결　개 식 의 방

歌管愔愔, 鏗鼓鏘鏘!
가 관 음 음　갱 고 장 장

響振鈞天, 聲若鵷皇.
향 진 균 천　성 약 원 황

前却中規矩, 進退得宮商.
전 각 중 규 구　진 퇴 득 궁 상

擧技無不佳, 胡舞最所長.
거 기 무 부 가　호 무 최 소 장

老胡寄篋中, 復有奇樂章,
노 호 기 협 중　부 유 기 악 장

齎持數萬里, 願以奉聖皇.
재 지 수 만 리　원 이 봉 성 황

乃欲次第說, 老耄多所忘.
내 욕 차 제 설　노 모 다 소 망

但願明陛下, 壽千萬歲,
단 원 명 폐 하　수 천 만 세

歡樂未渠央.
환 락 미 거 앙

위의 시를 보면, 우선 주인공으로 서역으로부터 온 늙은 오랑캐 '문강文康' 이 등장한다. 그는 많은 종자從者들을 거느리고, 또 봉황과 사자도 데리고 다닌다. 이 봉황과 사자도 모두 사람들이 분장했을 것이다. '문강' 은 눈이 새파랗고 흰머리가 길며, 긴 눈썹에 높은 코를 지닌 서쪽 호인胡人의 얼굴 모양이며, 반인반선半人半仙의 모습이다. 그를 따르는 여러 종자들도 서역 사람의 복색을 하고 호인胡人의 얼굴 모양을 하였을 것이다. 이는 가면놀이가 분명하니 데리고 다니는 봉황과 사자도 제각기 사람들이 봉황새와 사자모양의 껍질을 뒤집어 쓰고 분장한 것일 것이다. 그는 멀리 서역에서 양梁나라 천자의 성덕聖德을 전해 듣고 중국을 찾아와 종자들을 거느리고 호무胡舞를 추고 기악奇樂을 연주하며 천자에게 축수祝壽를 한다. 그 시대에 서역문화 수입의 양상을 실질적으로 알려주는 시이다.

특히 이 시대 불경 번역은 중국 문장의 발전에 크게 기여한다. 불경의 부처님에 관한 얘기는 중국 글의 서사敍事 기교를 여러 면에서 발전시켰고, 범문梵文은 중국시의 평측平仄 같은 성조聲調를 발달시켰다. 그리고 지금까지 남아있는 돈황敦煌을 비롯하여 운강雲岡 · 용문龍門 등의 석굴石窟은 북위 이후로 중국의 건축 · 조각 · 미술 · 음악 등의 발전에 얼마나 크게 기여했는가를 여실히 보여주고 있다.

특히 이 시기에 외국 음악의 영향으로 민가民歌가 변한다. 구자악龜兹樂을 비롯한 서쪽 음악의 영향인 듯 남북조 시대에는 주로 4구절의 짧은 노래들이 민간에 유행한다. 이 영향으로 문인들도 악부체의 고시古詩로부터 벗어나 길이는 짧고도 모든 글자의 성운聲韻의 해화諧和를 추구하며 형식적인 수사기교修辭技巧를 다한 시를 짓게 된다. 근체시近體詩에 가까운 시가 유행하고 심약沈約(441-513)의 사성팔병四聲八病은 그런 경향을 이론으로 뒷받침한 것이다. 산문散文도 한 구절의 글자 수가 4자와 6자가 중심이 되고 한 구절 앞뒤 글자 독음의 높낮이를 따져 쓰고 대우對偶를 무척 강구하는 변려체騈儷體로 발전한다.

당唐제국(618-907)은 이처럼 실크로드를 통하여 수입된 서방문화의 영향으로 다양해진 중국문화를 계승하여 더욱 화려한 발전을 이룩한다. 수隋나라(581-618)의 칠부악七部樂·구부악九部樂을 바탕으로 한 당나라의 연악燕樂 십부악十部樂을 보면 그중 서량西涼·천축天竺·구자龜玆·소륵疏勒·고창高昌·강국康國·안국安國 등 7종의 음악이 서역의 것이니 남북조와 수나라를 이어받은 서역 음악의 성행을 짐작할 수 있을 것이다.

시에 있어서는 당대로 들어오면서 근체시가 완성되어 고체古體와 근체近體의 모든 시의 형식이 다 갖추어지고 그 내용에 있어서도 도교와 불교의 영향으로 여러 면에 걸친 사상적인 깊이가 더해져서 고도의 발전을 구가하게 된다. 특히 당 태종太宗(627-640 재위)은 정관지치貞觀之治라고 역사가들에게 칭송받는 정치의 안정을 이룩한다. 그리고 당 제국의 전성은 현종玄宗의 개원開元(713-741)·천보天寶(742-755) 연간까지 이어진다. 이에 따라 초당初唐(618-712)을 거쳐 성당盛唐(713-755)이라 부르는 이 시기까지 중국의 전통문학이며 전통문화의 발전이 계속 이어지게 된다. 여기에는 서역문화의 영향을 무엇보다도 높이 평가하여야 할 것이다.

5. 중국 전통문화 발전의 전성기 – 시·사詞·속강俗講의 발전 –

갑자기 일어난 '안록산安祿山의 난' (755-763)은 평화로웠던 당 제국을 하루아침에 전란으로 몰아넣는다. 불의의 혼란에 직면한 대제국은 정치, 경제, 문화 전반에 걸친 급격한 변화를 겪게 된다. 전란으로 황하 유역 중원 땅이 전체적으로 파괴되고 쌀값은 전란 전에 비하여 300배나 뛰어오르기도 하였다. 더구나 안록산 자신이 잡호雜胡인데다가 반란부대 주력이 이민족 군인으로 이루어졌고, 반란을 평정하기 위하여 당에서는 회흘回紇을 중심으로 하여 삭방朔方·안서安西·대식大食 등 서역 민족의 지원병을 불러들이어 당나라 땅 안에서 외국 군대끼리 잔인한 싸움을 벌이며 멋대로 약탈과 살인을 일삼는 현상이 벌어졌다. 그리고 토번吐蕃·남조南詔·회흘 등이 혼란을 틈타 끊임없이 세력을 키우면서 중국으로 침입하여 왔다.

이런 중에 문인들은 먼저 자신을 되찾고 백성들의 참혹한 실상에 눈을 뜨게 되었다. 따라서 이전에는 볼 수 없었던 개성적인 시를 추구하는 시인, 백성들의 참상을 눈으로 보고 현실을 고발하는 시를 쓰는 시인, 서민들의 언어로 시를 쓰고 서민들의 서정까지도 추구하는 시인들이 나왔다. 산문에 있어서는 형식적이고 유미주의적인 변려문을 버리고 하고 싶은 말을 그대로 표현하는 고문古文을 쓸 것을 주장하는 작가들이 나왔다. 돈황敦煌 변문變文이 보여주듯이 민간에는 얘기꾼이 창을 섞어가며 옛날 얘기나 전설 같은 것을 공연하는 속강俗講이 유행한다. 그 영향을 받아 구체적인 얘기를 쓰는 단편소설 형식의 전기傳奇도 생겨난다. 민간에 유행하는 가요의 형식을 빌리어 문인들이 새로운 자유형의 시인 사詞를 짓기 시작한다. 이 새로운 문학풍조는 오대五代(907-979)를 거쳐 북송北宋(960-1127)까지 이어지면서 더욱 발전하여 중국의 전통문학은 북송에서 발전의 정점에 이르게 된다.

당대의 서역문화의 유입 상황은 당시만 보더라도 상운악上雲樂(李白 · 李賀) · 서량기西涼伎(白居易 · 元稹) · 호등무胡騰舞(李端 · 劉言史) · 자지무柘枝舞(白居易 · 劉禹錫 · 薛能) · 소막차蘇莫遮(張說) · 발두撥頭(張祜) · 사리불舍利弗(李白) 등과 그밖에 호선胡旋 · 혼탈渾脫 · 발호왕걸한희潑胡王乞寒戲 · 파라문婆羅門 등 서역에서 들어온 음악, 무용, 놀이가 무수히 많다. 그 밖에 서역으로부터 많은 화가와 음악가들도 들어와 활약하였다. 당 최령흠崔令欽의 『교방기教坊記』에 실린 악곡의 곡명을 보아도 원호천怨胡天 · 강심원羌心怨 · 정서번定西蕃 · 호찬자胡攢子 · 구자악龜兹樂 등 일일이 보기를 들 수 없을 만큼 분명히 서역 음악의 영향이라고 할 수 있는 악곡들이 많다.

당나라는 천축天竺과도 교역이 활발하여 예술 · 음악 · 의학 · 천문 · 역법 · 어학 등에 많은 영향을 받았다. 특히 현장玄奘(596-644)과 의정義淨(635-713) 같은 중국 스님들이 인도로 들어가서 직접 불경을 구해왔다. 그리고 현장은 『대당서역기大唐西域記』라는 견문기를 써서 중앙아시아 · 아프가니스탄 · 인도 · 파키스탄 · 네팔 · 스리랑카 등 100여 개 나라의 역사 지리와 풍토 인정을 소개하고, 의정은 『남해기귀내법전南海寄歸內法傳』과 『대당서역구법고승전大唐西域求法高僧傳』을 써서 인도와 남해 일대 지역의 종교와 문화생활을 소개하였다.

그리고 당나라 장안 서시西市에는 파사波斯・대식大息 등 서역 여러 나라의 상인들이 와서 몰려 살면서 장사를 하였고 술집에는 서역에서 온 호희胡姬들이 많았으며,[330] 불교가 성행함은 물론 기독교 계통의 경교景教와 요교祆教・마니교摩尼教・이슬람교 등 외국의 종교가 들어와 사원을 세웠다. 따라서 당대에는 호복胡服・호장胡帳・호상胡床・호좌胡坐・호반胡飯・호장胡帳・호공후胡箜篌・호적胡笛・호무胡舞 등이 크게 유행하였다.

당나라는 멀리 이란(波斯)・아랍(大息)은 물론 터키 이스탄불에 도읍을 하였던 동로마제국과도 교류하면서[331] 제지술과 도자기 및 비단을 비롯하여 여러 가지 수공업품 등 자기네 문물을 서쪽에 전해주는 한편 서역 문화를 받아들여 자기네 전통문화를 더욱 다양하게 발전시켰다.

이러한 전통은 북송시대로 고스란히 전승된다. 북송에서는 중국 봉건사회를 지탱하여 온 유학까지도 도교와 불교 등 외국 종교의 장점을 흡수하여 도학道學으로 한 차원 높은 발전을 이룩한다.『태극도설太極圖說』・『통서通書』의 저자인 주돈이周敦頤(1017-1073),『황극경세서皇極經世書』의 작자 소옹邵雍(1011-1077),『정몽正蒙』과

330 李白 등 당시 시인들의 시에는 胡姬에 관하여 노래한 작품이 적지 않음.
331 『舊唐書』 拂菻傳 참고 바람.

「서명西銘」으로 유명한 장재張載(1020-1077), 주희朱熹가 스승으로 받든 정호程顥(1032-1085)와 정이程頤(1033-1107) 형제 등이 대표적인 북송의 도학을 발전시킨 학자들이다. 이러한 사상의 바탕 위에 중국 전통문화는 중당中唐(756-835) 이후로 특히 서역문화를 받아들여 만당晩唐(836-907) · 오대五代(907-979)를 거쳐 북송으로 오면서 크게 성행하여 최고의 발전을 이루었던 시대[332]가 된다.

6. 맺는 말

여진족의 금金(1115-1234)나라와 몽고족의 원元(1206-1368)나라가 중원을 지배한 남송南宋(1127-1279) 이후는 중국이 자신의 전통을 잃은 시대라서 실크로드와의 관계에 있어 논외가 되는 수밖에 없다.[333] 이상 살펴본 바와 같이 중국의 전통문화는 서북쪽으로부터 침입한 민족에 의하여 이루어지고, 그 발전은 실크로드를 통해서 들어온 새로운 서역 문물의 흡수와 그 자극으로 이루어지고 있는 것이다.

332 Edwin O. Reischauer 등 저 East Asia, The Great Tredition Chapter Six; The Late T'ang and Sung: The Golden Age of Chinese Culture 참조 바람.

333 「중국문학사에 있어서의 〈고대〉와 〈근대〉」·「중국 戱劇의 변화를 통해 본 중국문화의 轉變」(졸저 『중국문학사론』 서울대출판부 참조).

중국 전통문학의 중심을 이루어 온 시를 두고 본다면 중국 최초의 사화집인 『시경』에 실린 사언시四言詩의 형식은 서북쪽에서 들어온 주周 민족에 의하여 이루어진 것이다. 그리고 자유로운 형식의 한漢대 악부시樂府詩와 오칠언고시五七言古詩는 각각 서한西漢의 장건張騫과 동한東漢 반초班超의 활약에 힘입은 실크로드 개척으로 이루어져 발전한 것이다.

다시 근체시近體詩는 남북조南北朝 시대에 서역 음악의 유입으로 변화한 민간가요를 바탕으로 이루어져 당唐나라 초기에 발전한 것이다. 당나라 때에는 '안록산安祿山의 난' 이후로 더욱 많은 서역의 음악과 문화가 들어와 민간음악을 변형시키어 그것을 본뜬 장단구長短句의 사詞가 발전하고 속강俗講을 성행시키면서 중국의 전통문학도 한 단계 더 높은 차원으로 발전케 한다.

그리고 북송北宋에 와서는 서역 종교의 영향을 받아 현실문제만을 문제 삼던 유학을 형이상학적인 문제까지도 학문의 대상으로 삼는 이른바 성리학性理學으로 차원을 높여 놓았다. 북송은 이처럼 폭넓어진 사상을 바탕으로 당나라를 이어받아 중국의 전통문화를 가장 높은 경지로 발전시켰다. 그리고 남송南宋 때에 와서는 오랑캐 민족인 금金나라와 원元나라에 정복 당하여 그들의 전통문화를 제대로 지키지 못한 탓에 실크로드가 제 역할을 못하게 되었고 그들의 문화는 이질적인 방향으로 흘러가게 되었던 것이다.

중국희곡사의 몇 가지 문제에 대하여[334]

1. 들어가는 말

나는 중국 고전희곡을 공부하면서 늘 중국의 옛날 희곡과 연예에 대한 개념이나 희곡사에 대하여 여러 가지 의문을 품어왔다. 특히 처음부터 중국 희곡학자들의 그들 전통희곡에 대한 개념이 잘못되었다고 여겨져 그 방면에 대한 나의 관심을 떨쳐 버릴 수가 없었다. 중국 학자들은 왕꿔웨이(王國維, 1877-1927)가 『송원희곡고宋元戲曲考』(1912)를 내어 중국 전통희곡 연구의 길을 연 이래 지금까지도 중국의 전통희곡은 원元 잡극雜劇 이후의 이른바 대희大戲 종류의 것들이고, 그 이전의 소희小戲는 성숙하지 못한 단계의 연극이라 믿고 있다. 그러나 이는 자기네 연희의 성격을 올바로 파악하지 못한

334 이 논문은 2010년 4월 27일 중국예술연구원 희곡연구소에서 그곳 연구원과 석·박사 과정 학생들을 상대로 강의한 원고를 보충 수정한 것임.

때문이며, 중국의 전통 연극은 오히려 탈놀이 등을 중심으로 하는 가무희歌舞戲인 '소희' 라고 나는 믿어왔다. 내 초기의 논문인 「나례儺禮와 잡희雜戲-중국과의 비교를 중심으로」(『아세아연구』 6권 2호 고려대학교, 1963), 「향악잡영鄕樂雜詠과 당희唐戲와의 비교 고석考釋」(『아세아연구』 7권 2호, 1964) 등은 그러한 소신을 증명하기 위한 일련의 작업이었다. 그리고 한참 뒤인 1994년에 낸 『중국 고대의 가무희』(2015. 5. 명문당, 증보판)는 원나라 이전 중국고대희곡사를 '소희' 를 중심으로 하여 올바로 써보자는 욕심에서 이루어진 저술이다.

왕꿔웨이 뒤에 원 잡극에 집중되고 있는 중국희곡사를 보충하려는 뜻에서 일본 학자 아오기(青木正兒)가 『지나근세희곡사支那近世戲曲史』(1930)를 썼다. 다시 중국인민공화국이 선 뒤로 중국 학자들 사이에는 왕꿔웨이의 업적은 실제 연극은 보지 못하고 책상 위에서 문헌만을 가지고 이루어진 것이어서 문제가 많다고 주장하면서 실제 연극의 공연을 바탕으로 한 장상예술場上藝術의 올바른 개념을 바탕으로 한 희곡사를 이룩해야 한다는 주장이 크게 대두되었다. 조우이빠(周貽白, 1900-1977)가 낸 『중국희극사략中國戲劇史略』(1936)을 시작으로 그의 유작인 『중국희곡발전사강요中國戲曲發展史綱要』(1979)에 이르는 일련의 희곡사 관련 저작은 그러한 입장을 대표하는 것이다. 이러한 새로운 연구업적에도 만족 못하고 근래에 와서 후지(胡忌)·츤둬(陳多)·러디(洛地)·조우화빈(周華斌) 등 중국의 대표적인 희곡학자들이 모여 여러 사람들이 힘을 모아 좀 더 적극적으로 중국희곡사를 바로잡아 보자고 『희사변戲史辨』 제1집(중국희극출판사, 1999)을 내면서 공동작업을 지금까지 계속하고 있으나 아직도 만족할만한 열매는 맺지 못하고 있다.

그것은 중국 학자들의 자기네 희곡사와 전통희곡에 대한 기본 개념에 이 밖에도 몇 가지 문제가 더 있기 때문이라고 필자는 믿는다. 내 자신도 정년퇴직 이후 대학에서 전공보다도 중국문화에 대하여 넓은 범위의 강의를 하다 보니 전공인 고전문학을 보는 눈도 달라져 중국 문학사에 대한 인식에 많은 변화가 일었다. 본시 중국문학사의 시기 구분 등 고전문학 특징의 파악을 희곡사를 바탕으로 시작하였음으로 여기에서는 먼저 또 달라진 중국희곡사가 지니고 있는 몇 가지 문제에 대하여 정리해 보려는 것이다.

2. 왜 중국 전통희곡은 가무희가 중심을 이루는가?

중국문화는 한자문화라고 바꾸어 말할 수도 있다. 그것은 중국의 전통문화는 한자에 바탕을 두고 생겨나서 발전해온 것이기 때문이다. 그러므로 중국 예술의 창조에서 추구하고 있는 미학적인 특징도 모두 한자의 특성을 바탕으로 이루어진 것이다. 시에서 시작하여 소설·희곡과 심지어는 회화에 이르기까지도 모두 예외가 될 수 없다.

한자는 뜻글자이다. 사람들의 말을 기록하기 위하여 만든 글자가 아니다. 그림 글자로 시작된 글자이기 때문에 글자의 겉모양조차도 간단하지 않다. 쓰기도 어렵고 읽기도 어려우며 읽는 것을 알아듣기도 어렵다. 그리고 각 지방마다 서로 쓰는 말이 다른 천하의 수많은 민족이 함께 써온 글자이기 때문에 사용상의 혼란도 무척 많았다. 게다가 옛날에는 글씨 쓰는 연모나 쓰는 방법도 매우 불편하였기 때문에 글은 되도록 간단히 쓰면서도 되도록 많은 뜻을 나타내려 하였다. 한자는 그림글자로 시작된 것이어서 글자마다 독특한 모양과 읽는 음과 뜻을 지니고 있다. 이러한 글자로 뜻을 되도록 간단한 방법으로 표현하려고 애쓰다 보니 그 글은 자연히 형식이 축약되어 시에 가까워지지 않을 수가 없다.

서주西周(B.C.1111-B.C.771)[335] 초기의 중국 문장은 『시경詩經』·『서경書經』·『역경易經』 같은 경전뿐만이 아니라 은殷나라 때(B.C.1751-B.C.1111)부터의 갑골문甲骨文·금문金文 같은 것들까지도 모두 산문이 아니라 시에 가까운 글이다. 시는 본래가 노래의 가사이기도 하다. 옛날의 이러한 글은 쓰는 전문가도 따로 있었지만 읽는 전문가도 따로 있었다. 글을 읽는 사람들은 듣는 사람이 알아듣기 쉽고 진력이 나지 않도록 하기 위하여 노래나 창을 하는 것 같은 방법으로 책을 읽었다. 때문에 중국에서는 옛날부터 세상에 전해오는 전설이나 민족의 영웅설화 같은 얘기들은 설창자說唱者의 설창을

335 여기의 紀年은 董作賓·嚴一萍 共編 『中國年代世系表』(臺北 藝文印書館, 1957) 依據함.

통하여 전해졌다. 곧 모든 얘기가 전문가의 창唱을 중심으로 하여 세상에 전해졌다는 것이다. 지금까지도 중국의 민간에는 여러 가지 얘기들이 설창자가 창하는 설창說唱이나 희곡 형식의 기예로 연출되고 있다. 중국에는 옛날부터 노래와 춤으로 일정한 얘기를 연출하는 가무희가 상당히 발달하고 있었다. 졸저 『중국문학사론』(서울대출판문화원, 2001) 제1장 제2절 「소설사 자료로서의 『서경』」, 제2절 「서한西漢 학자들의 『시경』 해설에 대한 새로운 이해」, 제3절 「중국 고적古籍의 또 다른 성격에 대하여」 등의 글은 모두 이를 증명하기 위하여 쓴 것이다.

곧 중국에서는 시 뿐만이 아니라 소설이나 희곡 같은 성격의 예술도 본시부터 노래와 춤으로 연출되었다. 연극은 사람들의 생활을 무대 위에 재현하는 것이라고 하는데, 실상 노래와 춤은 사람들의 생활을 무대 위에 재현하기에는 아주 불편한 수단이다. 그러므로 노래와 춤으로 연출하는 연극은 본래의 목적이 무대 위에서 사람들의 실제 생활을 흉내내려는 데 있지 않았을 것이다. 일반적으로 중국 희곡 학자들은 중국 희곡의 특징은 사의寫意에 있으며,[336] 서양 연극의 특징인 사사寫事와는 대비가 된다고 말하고 있다. '사사' 가 사람들의 일 또는 사람들의 생활을 그대로 그려내는 것임에 비하여 '사의' 는 사람들의 생각이나 뜻, 또는 감정 같은 것을 표현하는 것

336 陳多의 『戲曲美學』 第六章 一 이 그 보기임.

을 말한다. 또 중국연극의 미학적인 지표는 전신傳神에 있다.[337]고도 한다. '전신'의 '신'은 역시 사람들의 눈에는 보이지 않는 정신 또는 뜻 같은 것이어서 '사의'의 '의'와 통하는 말이다.

중국 시의 평론을 보면, 많은 사람들이 그 미학적인 특징을 설명하기 위하여 역시 '신'의 개념을 활용하고 있다. 유협劉勰(464?-520)의 『문심조룡文心雕龍』에는 신사神思편이 있고, 엄우嚴羽(1200 전후)의 『창랑시화滄浪詩話』에는 시의 입신入神을 논한 대목이 있으며, 왕사정王士禎(1634-1711)은 시를 짓는데 있어서 신운神韻을 살릴 것을 주장하였다. 모두가 '신'의 개념을 살려 시를 논하고 있으니 시의 미학지표도 '전신'에 있다고 말하여도 좋을 것이다.

운이둬聞一多(1899-1946)는 「문학文學의 역사적歷史的 동향動向」[338]에서 중국문학사는 "실제상으로 다만 일부의 시사일 따름이다. 그러나 시의 발전은 북송에 이르러 실제로 끝나고 있다."[339]고 말하고 있다. 그리고 남송南宋 이후는 소설과 희곡의 시대로 중국문학이 발전하고 있는 것이다. 그런데 샤셰시(夏寫時)는 「중국희곡 평론의 배경」에서 또 말하기를, "시의 기조를 이루는 서정성은 이후 소설과 희곡 속에서 더욱 심각하게 표현되고 있다."[340]고 말하고 있다.

337 夏寫時의 『論中國戲劇批評』 第1輯 四. 「論傳神美」가 그 보기임.

338 『神話與詩』 甲集 소재.

339 "實際上只是一部詩史, 但是詩的發展到北宋實際也就完了."

340 "成爲詩之基調的抒情性, 以後在小說與戲曲裏面尤爲深刻的表現." (『論中國戲劇批評』 第一輯 소재)

소설과 희곡에 시보다도 서정성이 더욱 심각하게 표현되고 있는 것은 소설과 희곡이 본래 춤과 노래로 연출되는 것이었기 때문이다. 중국 전통 희곡은 본래부터 서정적인 특성을 지닌 것이다. 중국문학에 있어서는 본질적으로 시와 소설 · 희곡이 모두 같은 표현 수단을 쓰고 있기 때문에 모두가 같은 특성을 지니고 있는 것이다. 그리고 소설이나 희곡의 중심을 이루는 '창'은 그중의 한 편을 따로 떼어 놓으면 바로 시이다. 때문에 소설이나 희곡까지도 포함하여 중국 고전문학은 시를 중심으로 하여 발전하여 왔다고 말하게 되는 것이다.

그런데 송대 심괄沈括은 『몽계필담夢溪筆談』에서 당나라 사람 장언원張彦遠이 왕유王維(701-761)의 그림에는 대부분 사철의 분별이 없다고 비평한 말에 대하여 이렇게 말하고 있다.

> 나의 집에는 왕유의 그림인 「원안고와도袁安高臥圖」가 있는데 눈 속에 파초가 그려져 있다. 이것은 곧 마음이 지니고 있는 것을 따라 손이 움직이어 뜻이 가는 대로 이루어진 것이다. 그러므로 이치에 따라 신神의 경지로 들어가 아득한 하늘의 뜻을 터득한 것이다. 이것은 속된 사람에게는 말해주기도 어려운 것이다.[341]

341 "予家藏摩詰畵袁安高臥圖, 有雪中芭蕉. 此乃得心應手, 意到便成. 故造理入神, 逈得天意. 此難可與俗人道也."

그림에도 '신의 경지로 들어가는' '입신'의 미학적인 지표가 있는 것이다.

중국의 모든 예술 창조가 '신'의 개념을 기초로 하고 있는 것이다. '신'은 공간을 초월하는 것이기 때문에 모든 예술은 창조하는데 일정한 공간만 있으면 그만이다. 어떠한 설치물이나 보조물 같은 것도 필요로 하지 않는다. 희곡의 연기자는 노래와 춤 및 자신의 기예만 있다면 어떠한 공간 속에서도 당장 인간세계의 여러 가지 현상을 즉시 무대 위에 재현할 수 있다. 공간뿐만이 아니라 시간이나 사물의 제한도 모두 극복할 수가 있다. 곧 무대 위에 아무것도 없이 세상의 어떠한 장면도 즉시 연출할 수가 있다는 것이다. 그러기에 중국 희곡의 전문가들은 흔히 말하기를, 중국 연극무대에는 "아무것도 없지만 무엇이든 있게 한다.〔一無所有, 無所不有.〕"고 한다. 기본적으로 희곡의 표현방법은 시나 그림과 완전히 같은 것이다. 중국 희곡은 서양 희극과는 달리 연극의 얘기가 그다지 중요하지 않은 것이다. 따라서 중국에 있어서는 얘기 줄거리가 긴 '대희'는 후세에 이루어진 것이며, 고대에는 얘기 줄거리는 간단한 놀이 형태의 '소희' 곧 가무희가 중국 전통연극의 중심을 이루어 발전해 왔던 것이다.

중국에는 본래 시나 소설 · 희곡의 구별이 없었다는 것은 지금 중국 민간에 공연되고 있는 민간연예를 보아도 알 수 있는 일이다. 보기를 들면, 농촌의 모심기 노래인 앙가秧歌는 본시 농부들이 모를

심으면서 부르던 노동요였을 것이나 뒤에는 전설이나 역사 얘기를 앙가 곡조의 창으로 '설창' 형식으로 연출하기도 하고 더 발전하여 간단히 두세 명의 배역이 등장하여 창과 대화를 주고받으며 춤을 추면서 간단한 얘기를 연출하는 경우도 흔하게 되었다. 거지들의 장타령의 일종이었던 연화락蓮花落이나 도정道情 같은 것도 그러하다.[342] 중국의 오래된 중요한 민간가요들은 모두 노래 · 설창 · 희곡의 세 가지 양식으로 민간에 유행한 것이다. 곧 한 종류의 민간연예에 문학 면에서 보면 시와 소설 · 희곡의 세 가지 형식이 공존하고 있는 것이다. 이는 『시경』 때부터 그러하였던 중국 연예의 두드러진 특징 중의 하나라 여기고 있다.[343]

따라서 중국의 전통 희곡은 본시 구성이 간단한 '소희小戲' 인 가무희가 중심을 이루고 있었다. '대희' 는 금金나라와 원元나라 이후에 발전한 것이다.

342 졸고 「연화락蓮花落의 형성과 발전」 및 「민간곡예 도정道情에 대하여」(『중국의 희곡과 민간연예』 III. 민간의 곡예曲藝 8, 9절, 명문당 2002년 발행).

343 「서한 학자들의 『시경』 해설에 대한 새로운 이해」(『중국문학사론』, 2001. 9. 서울대학교 출판부 발행 소재) 참고.

3. 〈고대〉와 〈근대〉

중국 희곡사를 보면 북송 말년(1127)을 경계로 하여 그 이전은 가무희를 중심으로 하는 소희小戲의 시대였고 그 이후는 대희大戲의 시대로 발전하고 있다. 북송 말 남송(1127-1279) 초 무렵에 갑자기 남쪽 온주溫州 지방에 이전의 '소희' 와는 다른 희문戲文이 생겨나 여기에서 중국 고전희곡의 전체적인 성격이 갑자기 크게 바꾸어지는 것이다. '희문' 은 남희南戲라고도 부르는데, 남희는 '대희' 의 일종으로 이후 중국 희곡은 원元(1206-1368) 잡극雜劇, 명明(1368-1661) 전기傳奇, 청淸(1661-1911) 화부희花部戲로 발전한다. '화부희' 란 경희京戲를 비롯한 여러 지방의 지방희地方戲를 다 포괄하는 말이다. 중국의 희곡은 '소희' 나 '대희' 를 막론하고 옛날부터 "노래와 춤으로 간단한 얘기를 무대 위에 공연하는 것"[344]이었다. 중국 희곡이 '소희' 로부터 '대희' 로 갑자기 바꾸어질 때 그 연극의 형식만이 짧은 데서 긴 것으로 변한 것이 아니라 거기에 쓰이던 음악과 춤도 모두 다른 성격의 것으로 바꾸어지고 연출 방법도 모두 달라졌다. 그것은 중국의 음악이며 무용 · 미술 · 문학 등의 성격이 모두 바꾸어졌음을 말한다. 그것은 중국 문화의 급격한 전변을 뜻하는 것이었다.

이를 근거로 중국희곡사의 '소희' 의 시대를 중국문학사 또는 문

344 王國維가 내린 中國戲曲의 定義(『戲曲考原』).

화사에 있어서의 〈고대〉, '대희'의 시대를 〈근대〉라고 규정하게 된 것이다.[345] 곧 희곡사의 '소희'와 '대희'의 시대의 개념을 중국 문화사는 물론 중국 고전문학사의 시기 구분에까지도 적용시키게 된 것이다. 곧 〈고대〉는 중국 전통문화 및 전통문학이 이루어져 꾸준히 발전했던 시기이고, 〈근대〉는 중국 전통문화나 전통문학이 더 이상 발전하지 못하고 이질적인 방향으로 발전하기 시작한 시대라고 본 것이다.

서주西周(B.C.1111-B.C.771) 초로부터 발전하기 시작한 중국의 전통문화와 시를 중심으로 하는 중국 전통문학은 꾸준히 발전하여 북송(960-1127)에서 그 정점에 이른 뒤 남송(1127-1279) 이후로는 퇴조하는 현상을 보여주고 있다고 하였다. 남송 이후로는 문학창작의 중심이 시로부터 통속적인 희곡과 소설로 옮겨가 새로운 양상의 중국문학사를 전개시키고 있는 것이다. 곧 〈고대〉란 전통문학이 발전을 거듭해온 시기이고, 남송 이후의 〈근대〉란 문학이 전통을 잃고 이질적인 방향으로 발전한 시기라는 것이다. 〈고대〉는 시의 시대이고, 〈근대〉는 소설과 희곡의 시대라는 것이다.

이러한 북송 말엽에 일어난 중국 문화의 급작스러운 변화는 북방의 여진족女眞族 금金나라(1115-1234)와 몽고족蒙古族 원나라(1206-1368)의 중원 정복 때문이었다. 이들은 중원을 무력으로 정복하고

345 「중국 희곡의 변화를 통해 본 중국 문화의 전변轉變」(『中國戲曲』 창간호, 한국중국희곡연구회, 1993. 12.)

는 힘으로 자기네 옷이나 음식 습관을 비롯하여 생활방식을 한족에게 널리 강요하였다. 이에 따라 중국에는 문화 전반에 걸친 큰 변화가 갑자기 일어난 것이다. 그런데 여진족이나 몽고족은 유목민족으로 생활문화의 수준이 한족에 비하여 매우 낮은 민족이다. 중국 사람들이 융적戎狄이라 보아온 이들의 강요에 의하여 중국 문화에 일대 변화가 일어났던 것이다. 때문에 대체로 이 문화의 이질화는 저질화 또는 오랑캐화라고 보아왔다. 희곡을 놓고 본다면 '대희'는 희곡의 연출 기교에 있어서는 '소희'에 비하여 발전한 것이라 할 수 있을지도 모르지만은 그 예술성, 곧 그 음악이나 무용 같은 것은 '소희'의 것이 '대희'의 그것보다 훨씬 정련된 높은 수준의 것이라 믿어왔다.

그러나 지금 와서는 〈근대〉의 문화나 문학도 이질적으로 변하기는 하였지만 단순히 오랑캐화나 저질화한 것이 아니며, 〈고대〉의 그것만이 진정한 중국의 전통문화나 전통문학이 아님을 깨닫게 되었다. 우리는 지금도 여진족이나 몽고족이라면 문화가 뒤처진 오랑캐라 믿고 있어서 이러한 변화를 저질화 또는 오랑캐화라고 보기 쉽다. 그러나 이 시대의 여진족이나 몽고족은 모두 뚜렷한 민족의식을 가지고 자기네 문자를 만들어 쓰면서 세상을 자기 뜻대로 다스린 민족이었다. 그리고 지금은 한족과 화합하여 커다란 중화민족을 형성하고 있다. 그리고 그들의 전통문화는 오랑캐 문화의 영향으로 변질은 되었지만 그 뼈대는 그대로 건전한 것이다. 결코 저질문화나 오랑캐 문화로 변한 것은 아니다.

중국 〈고대〉의 전통문학은 시를 중심으로 발전하여 왔다. 그때문에 중국 고전문학에 있어서는 시가 가장 중시되고 소설이나 희곡 같은 것은 가벼이 보아 왔다. 중국의 오랜 역사에도 불구하고 본격적인 고전희곡 연구는 왕궈웨이(王國維)의 『송원희곡고』가 나온 1912년 이후에 시작되었다고 할 수 있는 정도이니 문학에서 희곡이 얼마나 무시되어 왔는가 알 수 있다. 소설이나 희곡 작품은 처음부터 시정적인 성격이 짙게 물들어 있었고, 소설은 설창하는 사람들의 연창演唱을 통해서 희곡은 배우들의 공연을 통해서 처음부터 글을 모르는 서민들과 가까웠다. 사대부 문인들이 그 때문에 소설·희곡은 저질적인 것으로 치부하였다. 그러나 금나라와 원나라 이후 소설과 희곡은 서민들의 지지에 힘입어 더욱 대중 속으로 파고들면서 크게 발전한다.

실상 중국에서 한자로 이루어진 글은 봉건 지배자들의 전유물이었다. 그 글자로 이루어진 문학도 두말할 것 없이 지배계급의 것이었다. 중국의 고전문학은 한자를 모르는 서민들과는 무관한 일부 봉건 지배계급만의 것이었다. 중국문학사에 있어서 본격적으로 문인들이 자기 이름을 내걸고 시를 중심으로 한 문학작품을 쓰기 시작한 것은 한나라 말엽 조조曹操(155-220)의 위魏나라부터이다. 그것은 지금 우리가 쓰고 있는 해서체楷書體 한자의 사용과 거의 동시에 진행되었다. 조조 및 그의 아들 조비曹丕(187-226)와 조식曹植(192-232)의 삼부자 및 건안칠자建安七子의 10명이 그 시대 문학 창작의 주인공들이었다. 그 많은 인구 중 겨우 열 명이 시를 썼는데도 문학사에서는 이를 위나라의 문학, 중국의 전통문학이라고 다루고 있다.

한자로 쓰인 글을 어느 정도 안다고 하더라도 시라는 문장을 짓고 이해하는 것은 차원이 전혀 다른 일이다. 중국의 전통문학이 시를 중심으로 하여 발전한 데에는 봉건 지배권력과 함께한 한자의 권위 때문이기도 하다. 수隋·당唐 시대의 과거에서 나라의 정치에 종사할 인재를 뽑는 과거 시험에 정치나 현실 사회와는 아무런 관계도 없는 시를 짓는 능력을 테스트하는 진사과進士科가 가장 중시되었던 사실도 그것을 증명한다. 실상 중국의 대시인이라고 칭송되는 당대의 왕유王維(701-761)나 이백李白(701-762)의 시도 서민들의 생활과는 전혀 무관한 것들이다. 봉건 지배계급의 문학 테두리로부터 벗어나야만 이 〈근대〉의 희곡과 함께 소설의 가치는 올바른 평가를 받을 수가 있을 것이다.

중국 고전문학은 한자로 쓰인 사대부들만의 문학도 중요하지만 한자를 떠나 설창자나 배우들의 입을 통하여 또는 공연을 통하여 절대 다수의 서민들에게 전하여지는 문학은 더욱 소중한 것임을 명심해야 한다. 이런 면에서 '대희'에 대한 평가도 다시 이루어져야만 한다고 믿는다.

4. 〈근대〉로의 변화

중국 문화사에 있어서의 대 변혁은 북송 말(1127)에 갑자기 일어났다고 했지만 실상 그 변화의 시작은 중당中唐 때부터이다. 일반적으로 중국문학사에 있어서 당나라 문학을 논할 적에는 그 시기를 초初·성盛·중中·만晩의 네 시기로 구분하고[346] 모두 중당은 대종代宗의 대력大曆 연간(766-779)으로부터 시작된다고 한다. 그러나 중당은 '안사安史의 난(755-763)' 이 기점이라고 봄이 옳다.[347] 평화로웠던 당 제국에 이민족의 군대들이 갑자기 쳐들어와 약탈과 살육을 멋대로 자행하며 온 천하를 휩쓸어 지식인들의 성격을 바꾸어 놓고 지식인들 눈을 바꾸어 놓은 것이 '안사의 난' 이다. 문학만을 놓고 보아도 이 내란과 함께 일어난 변화는 엄청나게 다양하다.

우선 전통문학의 중심을 이루어 오던 시도, 이전까지는 사대부들의 음풍농월吟風弄月이 그 풍격의 주류를 이루어 왔었는데, 시인들이 '안사의 난' 을 통하여 사회와 자기 시대에 대하여 눈뜨게 되어 시의 성격에 변화가 일었다. 여기에서 발전한 현실주의적인 시는 두보杜甫(712-770)에서 시작하여 중당의 많은 시인들이 그것을 계승 발전시켰다. 그리고 두보는 시의 표현에 있어서도 개성을 추구하여

346 嚴羽『滄浪詩話』, 高棅『唐詩品彙』 등.

347 김학주 『중국문학사론』(서울대 출판부, 2001) Ⅲ. 中唐의 변화와 송대 문학 9. 中唐論 참조.

새로운 자기 나름의 시를 썼다. 보통 한유韓愈(768-824)를 우두머리로 하는 괴탄파怪誕派들이 이를 계승하였다고 하나 중당 이후로는 거의 모든 시인들이 시의 내용이나 용어에 있어서도 개성을 추구하는 경향이 두드러지게 된다. 흔히 한유는 산문을 쓰는 방식으로 시를 썼다고 하는데, 이는 한유뿐만이 아니라 중당의 많은 시인들에게서 발견되는 경향이다. 사회문제나 어떤 사건을 시로 묘사하다 보면 자연히 그 시는 산문적인 경향을 띨 수밖에 없게 될 것이다. 그리고 이것은 이 시대 고문古文의 성행과도 적지 않은 관계가 있을 것이다.

'안사의 난' 을 겪으면서 사대부들도 서민에 대하여 많은 관심을 기울이게 되었다. 혼란을 통해서 서민의 위력을 절감한 때문일 것이다. 특히 백거이白居易(772-846)와 원진元稹(779-831) 같은 시인들은 흔히 현실주의적인 작가로 높은 평가를 받고 있지만, 그보다도 더 중요한 이들의 중국시사상의 공헌은 무식한 할머니도 이해할 수 있는 쉬운 서민의 언어로 시를 쓰면서 남 보기에는 유치하고 천박한 서민의 서정까지도 추구했다는 것이다. 그 때문에 흔히 중국의 문학비평가들은 "원진은 가볍고 백거이는 속되다(元輕白俗)." 고 말하고 있지만, 이들의 가볍고 속된 새로운 시의 경향은 중국 시인들의 눈을 크게 뜨게 하였다. 이 때문에 산문의 수법도 시를 쓰는 데에 동원하게 되고, 또 민간설화의 영향으로 시로 여러 가지 얘기를 읊는 경향도 더해졌고, 서민들의 쉽고 천박한 언어도 시어로 등장하게 된 것이다.

이들이 서민의 언어로 시를 쓰고 서민의 서정을 추구한 결과 그 시는 점점 서민들의 노래의 풍격과 형식에 가까워졌다. 그러다가 백거이는 유우석劉禹錫(772-842) 등과 함께 그때 민간에 유행하던 노래의 형식을 그대로 원용하여 새로운 자유로운 형식의 시를 쓰기 시작했다. 이를 전통적인 우아하고 단정한 모든 구절의 길이가 일정한 시와 구별하기 위하여 사詞 또는 장단구長短句라 부르게 된다. 이 새로운 시체인 '사'는 만당晩唐 오대五代를 거치며 문학 작품으로 확실한 자리를 확보하고 다시 송대에 이르러는 크게 성행하게 된다. 그리고 '사'와 같은 형식의 민간가요는 민간에 소설의 속체俗體라고 할 수 있는 설서說書 또는 속강俗講의 성행을 뒷받침한다.

중국문학 사상 본격적인 소설의 발전은 문인들의 손을 떠나 순수한 민간에서 유행한다. 민간에 성행한 '속강'이 바로 그것이다. '속강'이란 민간에서 얘기꾼이 노래와 말을 섞어 가며 전설이나 역사적인 인물 얘기 등을 여러 사람들에게 들려주던 것이다. 돈황敦煌에서 발견된 변문變文이나 속부俗賦 등이 모두 이 '속강'의 일부 대본이라고 보아야 할 것이다. '속강'에서 뒤에 강창講唱 또는 설서說書 등으로 불리는 민간연예와 희곡이 발전하게 된다. 그리고 그 대본은 문학사에서 소설·강창문학·희곡 등으로 다루는 문학작품으로 남게 된다. 원元(1206-1368)대에 가서는 또 달라진 민간가요의 가락을 바탕으로 성행한 새로운 형식의 시인 곡曲이 산곡散曲과 함께 새로운 연극의 일종인 잡극雜劇을 성행케 한다는 것을 기억하기 바란다.

글의 수식을 극도로 추구하던 변려문騈儷文을 지양하고 쓰고자 하는 내용을 보다 쉽고 분명하게 쓰려는 산문 형식인 고문이 성행한 것도 서민들에 대한 이 시대 문인들의 관심과 관계가 있을 것이다. 한유와 유종원柳宗元(773-819)을 흔히 고문운동의 대가로 내세우고 있지만 중당의 대부분의 문인들이 고문을 중시하였고, 소설인 전기傳奇도 이 시대에는 모두 고문으로 썼다. 남북조南北朝 시대(420-581)의 지괴志怪보다 한 단계 더 발전한 이른바 전기소설傳奇小說도 중당의 문학을 대표하는 새로운 형식의 것이다. 이것도 서민들의 '속강'의 영향 아래 발전한 것이다. 그리고 이 '전기'는 앞에 얘기한 '사'나 '설서' 등과 함께 속俗의 것을 아雅의 범위 안으로 끌어올리려는 이 시대 사대부 문인들의 노력의 산물이라 할 수도 있을 것이다.

이처럼 중당은 중국문학 사상 커다란 변화의 시대였다. 그리고 이 변화는 모두 북송北宋(960-1127) 시대로 이어지면서 발전하여 중국 전통문학의 발전을 정점으로 끌어올린다. 이전의 역사가나 철학자들은 당唐나라와 송나라 시대의 변화에 주의를 하면서도 북송과 남송을 구분할 줄 몰랐다. 북송의 도읍 변경汴京의 문화와 생활 풍습 등을 쓴 맹원로孟元老(1126 전후)의 『동경몽화록東京夢華錄』과 남송 임안臨安의 문화 양상에 대하여 쓴 내득옹耐得翁(1235 전후)의 『도성기승都城紀勝』, 오자목吳自牧(1270 전후)의 『몽량록夢粱錄』, 주밀周密(1232-1308)의 『무림구사武林舊事』 등의 기록과 내용의 성격이 대체로 같은 성질의 것이라는 것과 중국 역사상 당 제국을 계승한 왕조가 북송과 남송을 합친 양송兩宋이라고 보아온 중국 학자들의 습성이 그렇게 만들었을 것이다. 그러나 위에 든 책들은 남송 도읍의 왕실을 중심으로 한 지배계층의 생활문화를 쓴 것이어서 북송과 별 차이가 없는 것이다. 남송 때는 이미 중원 일대를 여진족과 몽고족이 차지하고 있었고 남송의 민간에도 그들의 영향은 크게 퍼져 있어서 남송 초에 이미 항주杭州보다도 더 남쪽에 있는 온주溫州에 이민족 문화의 영향으로 이루어진 '희문戲文'이 성행한 것이다. 따라서 남송부터 이미 〈근대〉에 속하는 시대이며, 남송은 중국 역사를 정식으로 이어간 북송을 계승한 왕조라고 할 수는 없다. 더구나 북송과 남송을 합쳐서 같은 한 나라라고 보는 것은 정치적인 면에서나 문화적인 면에서나 잘못일 수밖에 없다.

중당의 변화는 서민 의식의 강화가 그 바탕이며 중국의 전통문화는 그 서민 의식에 힘입어 북송에 가서 더욱 발전한다. 그리고 남송 이후 〈근대〉의 중국문화의 이질화는 한족보다 문화수준이 낮은 여진족女眞族의 금金(1115-1234)나라와 몽고족蒙古族의 원元(1206-1368)나라의 압력으로 말미암은 것이다. 따라서 그 이질화를 저질화 또는 오랑캐화라고도 보아왔다.

그러나 〈근대〉의 소설과 희곡을 중심으로 하는 중국문학 또는 그 문화는 다시 평가되어야 함은 이미 앞에서 밝히었다. 〈근대〉의 문화는 〈고대〉에 비하여 이질적인 것임에는 틀림없지만 그러나 그 것은 저질적인 것도 아니고 오랑캐적인 것도 아니다. 다만 〈근대〉에 와서는 〈고대〉보다도 서민적인 성격이 훨씬 더 강해지고 심지어 다음에 논할 대중적인 성향까지도 날로 더 발전하고 있다. 지금 보면 이러한 발전 경향도 중당의 변화를 바탕으로 하고 있다. 중당의 서민 의식의 강화가 시를 중심으로 하는 전통문학을 북송시대에 이르러 한 단계 더 높은 차원으로 발전하게 하였고, 다시 남송 이후로는 서민 의식이 더욱 강해져 소설과 희곡을 중심으로 하는 새로운 성격의 문학을 발전시키게 된 것이다. 곧 〈근대〉 문학의 이질적이라 볼 수 있는 변화도 중당의 변화를 바탕으로 하여 한 차원 더 높이 발전한 것이며, 이질화된 그 문화의 밑에는 의연히 그 문화의 전통이 깔려있는 것이다.

5. 청대 이후 경극京劇과 지방희地方戲의 대중성

지금 경극이란 연극은 13억 중국 민족의 높은 계층으로부터 아래 계층에 이르기까지, 곧 중남해中南海의 국가 지도자들로부터 노동자 농민에 이르기까지, 그리고 50여 소수민족까지도 모두가 좋아하고 즐기는 연극이니 세계 다른 곳에 유례가 없는 위대한 대중예술이며 중국의 민족극이라고 할 수 있다.

『중국희곡극종수책中國戲曲劇種手册』[348]에 실린 각 지방에 공연되고 있는 '지방희' 를 모두 합친 전통 연극의 종류가 360종이고, 그중 전문극단이 있는 것만도 275종이다. 그중에서도 경극은 넓은 전국의 여러 지방과 모든 소수민족들 사이에 공연되고 있는 중국의 가장 대표적인 전통 연극이다. 중국은 연극의 나라라고도 할 수 있다.

경극이 생겨난 청나라 말엽 이후로 나라는 내란과 외국의 침략으로 스스로 백년국치百年國恥라 말할 정도로 어지럽고 위태로웠는데도 왕실로부터 가난한 백성들에 이르기까지 위아래 온 나라 사람들 모두가 경극에 "미쳤다" 고 희곡 학자들이 표현[349]할 정도로 빠져 있었다. 왕궁인 자금성紫禁城 · 이화원頤和園 · 원명원圓明園 · 열하행궁熱河行宮에는 삼층으로 이루어진 거대한 전통 연극의 공연 무대인 대희대大戲臺가 있었다.[350] 그 밖에도 자금성만 보더라도 10여 개의 중간 크기와 일반 희대戲臺와 같은 크기의 작은 규모의 희대가 있었으니 임금들이 얼마나 경극에 빠져 있었는가 짐작이 갈 것이

348 中國戲曲出版社, 1987.

349 湯斌 『湯子遺書』 권9 蘇淞告諭 : "如遇迎神賽會, 搭臺演戲, --- 群聚往觀, 擧國若狂." 陸文衡 『嗇庵隨筆』 권4 風俗; "高搭廣臺, 迎神演劇, --- 聚觀者通國若狂." 蔣士銓(1726-1785) 「京師樂府詞」 16首 중 제7수 "有司張弛之道, --- 毋令一國之人皆若狂." 吳梅(1884-1939) 『中國戲曲概論』 권下; "民間聲歌, 亦尙亂彈, 上下成風, 如飮狂藥." 陳宏謀 『培遠堂偶存稿』 文檄 권45; "聚衆賽會, --- 男女奔赴, --- 人人若狂."

350 圓明園과 熱河行宮의 것은 불에 타버리고 지금은 있지 않음.

다. 북경의 빈민가인 텐차오(天橋) 지구 사람들이 전통 연극을 좋아하는 모습을 노래한 이슌딩(易順鼎, 1858-1920)의 「천교곡天橋曲」 10수의 자서自序를 아래에 인용한다. 이것만 보더라도 지극히 가난한 백성들까지도 얼마나 경극에 빠져있었는가 그 실정을 대강 짐작할 수 있게 될 것이다.

"텐차오는 수10보步 넓이의 땅인데, 거기에 남희원男戱園 2집, 여희원女戱園 3집, 악자관樂子館 3집, 여악자관女樂子館 또 3집이 있다. 연극 관람료는 3매枚이고, 찻값은 겨우 2매이다. 희원이나 악자관은 나무 시렁을 엮고 자리를 깔아 만들었고, 떠돌아다니는 사람들이 개미떼 같았는데 가난한 사람들이 대부분이다. 악자관은 내부가 약간 깨끗하고 떠돌아다니는 사람들도 적다. 펑펑시(馮鳳喜)라는 자가 매력이 있어 인기가 있다. 이전 청나라 때부터 베이징의 가난한 백성들은 생계가 날로 어려워져서 떠도는 백성들이 날로 늘었다. 가난한 사람들이 재주를 팔아 영업을 하는 장소에 부자들은 오지 않는다. 그래서 가난한 사람들이 재주를 팔아 영업을 하여 올리는 소득은 모두가 가난한 사람들의 재물이다. 나는 이쁜 날렵한 사람들도 보았지만 불쌍한 처지의 사람들도 보았는데, 그러나 이쁜 날렵한 자들도 모두가 결국은 불쌍한 자들이다. 나와 함께 떠돌아다니는 자들도 불쌍한 자들이다. 여기까지 쓰다 보니 나는 울음이 터지려 한다."[351]

중화민국시대(1912-1949)에는 일부 학자들이 경극을 비판하기도 하였지만 실제로는 경극이 더욱 성행한다. 남자가 여자 주인공 역을 맡아 연기를 하는 배우로 사대명단四大名旦이라고 알려진 배우들이 나와 경극의 성행을 더욱 자극한다. '사대명단' 이란 메이란팡(梅蘭芳, 1894-1961) · 순헤이셩(荀慧生, 1900-1961) · 샹샤오윈(尙小雲, 1900-1958) · 청옌치우(程硯秋, 1904-1958)라는 네 명의 배우이다. 이들의 경극 공연에 그 당시 사람들이 얼마나 열광적이었는가를 보여주는 기록 한 토막을 소개한다. 쉬제원(許介文)이란 사람이 1936년 가을 메이란팡이 산둥(山東) 지난(濟南)에 와서 공연했을 적의 실황을 적은 글[352]의 일부이다.

"메이란팡의 공연 소식은 ---한때 지난의 문화생활 중에서 큰 사건이었다. 위로는 고관이나 거상과 부자들로부터, 아래로는 뜨내기 장사꾼과 일꾼들 및 작은 점포를 지닌 사람들까지 모두 앞다투어 구경을 하려 하였다. 가오탕(高唐) · 장치우(章丘) · 웨이셴(濰縣) · 즈추안(淄川) · 뽀샨(博山)에서부터 자오셴(膠縣) 동쪽 여러 고

351 "天橋數十弓地耳, 而男戲園二, 女戲園三, 樂子館又三, 女樂子館又三. 戲資三枚, 茶資僅二枚. 園館以席棚爲之, 游人如蟻然, 窶人居多也. 樂子館地稍潔, 游人亦少. 有馮鳳喜者, 楚楚動人. 自前淸以來, 京師窮民生計日艱, 游民亦日衆. 貧人鬻技營業之場, 爲富人所不至. 而貧人鬻技營業所得者, 仍皆貧人之財. 余旣睹驚鴻, 復睹哀鴻, 然驚鴻皆哀鴻也. 書至此, 余欲哭矣!"

352 許介文「梅蘭芳首演泉城記盛」(山東省文史硏究館 編『山左鴻爪』所載).

을에 이르는 사람들이 지난으로 와서 여관 같은 곳에 묵으면서 연극을 보려는 사람들이 많았는데, 어떤 사람들은 7, 8일이나 기다리고도 표를 사지 못하였다."

그의 글에 따르면, 그때 극장표는 4원(이때 밀가루 한 포대 값이 1원 9전이었음)이었는데 암표 값은 6원이었고, 공연이 진행되는 15일 동안 극장은 계속 초만원이었다 한다. 메이란팡은 중국 안에서 뿐만이 아니라 미국과 유럽 및 일본에까지도 널리 알려졌던 명배우이다. 그는 중화인민공화국에 와서도 장관급 이상의 대우를 받으며 활동하였다.

경극을 좋아하는 데 있어서는 국민당과 공산당의 차별이 없었다. 1945년 10월 국공합작國共合作 회담이 열리어 옌안(延安)에 있던 마오쩌둥(毛澤東)이 충칭(重慶)으로 갔을 적에 장지에스(蔣介石) 총통은 세 번이나 모 주석을 경극 공연에 초청하여 관람하였다 한다.[353]

중국 공산당은 혁명투쟁 초기(1920년대)부터 민간연예를 중시하며 문화공작에 힘을 기울이었다. 1942년 마오쩌둥이 옌안에서 이른바 『문예강화文藝講話』를 발표하여 자기네 문예노선을 밝힌 뒤 그 방향에 따라 샨시(山西)의 지방희인 앙가극秧歌劇을 중심으로 전

353 厲慧森 「京劇厲家班」(『陪都星雲錄』 重慶市文史研究館 編, 上海書店, 1994).

개되었던 '앙가극운동' 은 특히 유명하다. 1943년 1월부터 다음 해 44년 6월에 이르는 기간에 창작 공연된 '앙가극' 의 작품 수가 300여 편이고 그 관객 수는 800만이 넘었다 한다.[354] 따라서 중화인민공화국이 수립된(1949) 뒤로는 더욱 경극을 비롯한 자기네 전통문화의 진흥에 힘을 기우리고 있음을 알 것이다. 이전 사람들은 경극을 미친 듯이 좋아하였지만 지금은 경극을 온 민족이 즐기며 화합하고 함께 사회주의 건설로 나아가게 하는 전통 연예라고 믿고 있다.

따라서 그들은 이전 경극의 봉건적인 요소와 비현대적인 연출 방법 등을 개량하고 새로운 자기네 사회주의 이념에 들어맞는 작품을 창작하여 사회주의 건설에 이바지하고자 한다. 그들은 경극을 이용하여 인민들의 사상을 올바로 이끌고, 동북공정이나 서북공정 같은 정책 수행에 합치되는 역사관과 사회관을 인민들 머릿속에 심어주고, 역사적으로 한족과 대립해온 소수민족들의 생각도 다 함께 대중국을 건설하는 화합하는 방향으로 교정하고 있다. 심지어 1966년에 시작되었던 문화대혁명도 우한(吳晗)의 신편 역사극 『해서파관海瑞罷官』의 비판에서 시작되고 있다. 그리고 전국에 10편도 안 되는 혁명 현대극인 '본보기 연극(樣板戲)' 만을 공연케 하면서 '문화' 를 앞세워 엄청난 수의 정치가와 학자 및 예술가들의 목숨을 빼앗고 무수한 사람들을 박해하였다.

354 『延安文藝叢書』 秧歌劇卷 前言.

중국은 1927년 붉은 군대를 창설하면서부터 그들의 가장 중요한 임무의 하나가 경극이나 지방희를 이용한 인민들을 향한 문화공작이었다. 물론 연예를 통하여 인민들을 자기네 편으로 끌어들이는 것이 일차 목표였겠지만 차츰 경극이나 지방희 같은 것은 군대나 일반 조직에 기력도 불어넣어 준다고 믿게 된 것 같다. 그래서 문화대혁명도 경극을 중심으로 추진되었을 것이다. 그리고 한국전쟁 때 중국은 항미원조抗美援朝의 구호 아래 군대를 조선으로 파견하여 전쟁에 끼어든 다음 수많은 위문공연단도 파견하였다. 메이란팡(梅蘭芳)·조우신팡(周信芳)·마롄량(馬連良) 등 이때의 경극 명배우들이 모두 대대적인 위문단을 이끌고 최전방을 찾아와 공연을 하였다. 메이란팡만 보더라도 1954년까지 네 번에 걸쳐 최전방 전선을 찾아가 위문공연을 하였는데, 중국에서는 무기도 부실한 중국군이 최신의 현대무기를 지닌 미국을 상대로 이들에 힘입어 잘 싸웠다고 말하고 있다.

어떻든 경극은 이전의 봉건적인 요소와 비현대적인 요소를 극복하면서 지금도 대 중국의 13억 위아래 사람들이 널리 즐기고 있는 연극으로 엄연히 공연되고 있다. 그러나 지금의 중국 희곡사를 보면 어떤 책이나 중국 고전 희곡을 논할 적에 원대의 잡극雜劇이 예술성이 가장 뛰어나고 다음 명대의 전기傳奇는 연출 기교는 발전했으나 예술성은 잡극만 못하고, 청대의 경극이나 지방희는 아주 형편없는 연극으로 취급하고 있다. 심지어 일반 중국문학사에서는 경극이나 지방희는 전혀 문학작품으로 다루지도 않고 있다.

그러나 이것은 분명히 잘못된 것이다. 13억 중국 인구의 위아래 사람들이 모두가 좋아하는 연극인 경극은 예술이 아니고, 옛날의 시처럼 그 나라 인구의 0.01%도 안 되는 사람들이 즐기던 것만을 제대로 된 문학이라고 보아온 데에는 문제가 있는 것 같다. 희곡을 놓고 볼 적에 원대 잡극보다 명대 전기는 예술성이 시원찮다고 보는 이들이 대부분이나 서민이나 대중에게는 전기가 잡극보다도 훨씬 더 가까워졌다. 그리고 청대 이후의 경극과 지방희는 거의 대중예술이라 불러도 좋을 정도로 서민들이 함께하게 되었다.

중국 학자 중에도 이 점에 눈을 떠가고 있다. 류전劉禎은 「목련희와 중국 민간희극의 특징을 논함(目連戲與中國民間戲劇特徵論)」에서 이렇게 말하고 있다.

> "본질인 면에서 희극은 일종의 민간예술이다. 그 역사적인 변천과 생존 환경 및 공연체제와 창작의 주체 및 감상의 대상은 모두 민간에 있었다. 당연히 다른 문예 형식들과 같이 일정한 정도로 발전하게 되면 반드시 도시로 들어가고 궁전으로도 들어가게 된다. 문인들의 흥취를 끌어들이어 거기에 참여시킴으로써 그것들을 더욱 우아한 방향으로 이끌고 더욱 예술적인 풍미를 갖추게 만든다. 그러나 그것이 어떤 정도, 어떤 단계까지 발전하든 간에 그 뿌리는 모두 민간에 있는 것이며 그것이 존속하는 영양분은 바

로 무수한 서민 백성들인 것이다."[355]

우리는 희곡뿐만이 아니라 중국문학 전반을 평하는 잣대를 바꾸고 대중예술에 대한 개념을 바로잡아야 할 것이다. 경극은 한자로 쓴 그 작품을 읽을 적에는 시원찮은 예술일지도 모르지만은 공연하는 작품을 보고 들을 적에는 전혀 다른 차원의 예술이 되고 있는 것이다.

6. 맺는 말

이상 지금껏 중국 문학자들이 중국 희곡사를 제대로 못 쓰고 있는 문제점을 몇 가지 들었다. 이 희곡사의 문제는 실은 중국문학사에도 전면적으로 관련이 있는 것이다. 중국 희곡사의 '소희'와 '대희'의 시대가 본인의 『중국문학사』 시기 구분에 있어 〈고대〉와 〈근대〉로 발전하여 중국문학 발전과정을 이해하는 데에 큰 영향을 끼치고 있는 것이 그 좋은 보기이다.

355 "本質地看, 戲劇是一種民間藝術, 其歷史演繹, 生存環境, 運作機制, 創作主體, 欣賞對象, 都在民間. 當然, 與其他文藝形式一樣, 發展到一定程度必然進入城市, 步入宮廷. 吸引文人的興趣, 參與其間, 引導使之更趨雅致, 更具藝術韻味. 但無論他發展到什麼程度, 哪个階段, 其根都在民間, 藉以生存的養料就是千千萬萬的庶民百姓."(『戲劇』1966年 第3期 所載).

첫째, 중국의 전통 희곡은 '소희' 인 가무희가 중심을 이룬다. 이것은 필자의 이전부터의 소신이었다. 여기에서는 한자문화의 성격 및 중국예술의 미학적인 지표 등을 바탕으로 그 사실을 더 한층 분명히 논술하려고 노력하였다. 노래와 춤으로 연출되는 연예는 본시부터 사람들의 생활을 무대 위에서 흉내를 내거나 연극을 보고 듣는 이들에게 사람들의 움직임을 자세히 전달하려는 데 목적을 두지 않았다. 이른바 '사의' 또는 '전신' 에 목표가 있다. '사의' 또는 '전신' 이란 작품 창작에 있어서 감정이나 생각의 표현을 위주로 하는 것이다. 따라서 그 작품은 길지 않아도 된다.

둘째, 〈고대〉와 〈근대〉의 문학이나 희곡을 논함에 있어 이제껏 〈고대〉는 전통의 시대, 〈근대〉는 전통을 잃은 시대라 보아왔으나 이는 잘못이라 생각한다. 〈근대〉의 문화는 이질화 된 것은 사실이나 그렇다고 그것이 오랑캐화나 저질화를 뜻하는 것도 아니다. 〈고대〉의 시가 추구하던 서정성을 〈근대〉에 와서는 전통을 유지하면서 소설과 희곡으로 추구하게 되었던 것이다. 그리고 〈고대〉의 지배계급 전유의 문학에서 벗어나 보다 서민적이고 대중적인 방향으로 발전하였다. '대희' 도 그런 면에서 다시 평가되어야 할 것이다.

셋째, 중당시대에 이르러 두드러진 시의 변화와 고문운동 및 사詞와 속강俗講·전기傳奇의 대두 등이 보인 문학의 일대 변전은 북송까지 이어져 특히 전통문학의 발전을 정점으로 이끈다. 〈근대〉에 이르러는 급격히 문학이 소설과 희곡을 중심으로 하여 이질적인 방향으로 발전한다. 이는 여진족과 몽고족의 중원침략에 따른 강압에 의한 변화여서 그 변화는 전통을 잃고 오랑캐화 · 저질화한 것을 뜻한다고 보아왔다. 그러나 냉정히 따져보면, 이는 전통의 상실이나 오랑캐화가 아니며 중당의 문학상의 변화를 바탕으로 하여 더욱 서민적, 대중적 방향으로 발전한 것이다. 〈근대〉의 문화적 또는 문학적인 성격은 다시 평가되어야 한다.

넷째, 일반적으로 중국의 고전 희곡 중에서 예술성이 가장 뛰어난 것은 원대의 잡극이고 명대의 전기는 그보다 뒤지며, 청대의 지방희나 경극은 전기보다도 더 못한 것으로 치부하고 있다. 중국문학사에서는 지방희나 경극에 대하여는 청대의 희곡을 논하면서 모두가 손도 대지 않고 있다. 그러나 원대보다도 명대는 희곡의 공연이 더 성행하고 더 서민에게로 다가간다. 청대는 명대보다도 더욱 희곡 공연이 성행하며 서민들의 참여가 늘어 경극과 지방희는 온 민족이 즐기는 대중적인 연예로 발전한다.

앞에서 이미 중국 전통시는 사대부 문인들만의 것이었음을 밝히었다. 실은 전통적인 〈고대〉의 문학이나 회화 등 예술은 일반적으로 모두가 봉건사대부의 전유물이었다. 그 발전은 처음부터 끝까지 모두 사대부의 손안에서 이루어져 왔다. 전혀 인민 대중의 생활은 반영될 수가 없는 것들이었다. 고시는 모두 아름다운 풍경이나 우아하고 여유 있는 사대부의 생활과 정서를 읊은 것들이었고, 옛날 그림은 모두 오묘한 산수나 아름다운 꽃이나 새 같은 것을 그린 것들이었다. 인민대중의 정감이나 생활과는 아무런 관련도 없는 것이었다. 소설과 희곡은 처음부터 시보다는 서민적인 기색을 많이 담고 있었다. 이 서민적인 기색이 청대의 경극과 지방희에 와서는 더욱 크게 발전하여 위대한 대중예술을 이루어지게 한 것이다.

우리는 아직도 서양문학의 관점에서 희곡의 예술성을 논하고 있기에 그 평가가 잘못되고 있다. 경극은 대중성을 지닌 연극이지만, 다만 그 예술적인 특성은 현대 예술의 개념에 들어맞지 않는 점이 적지 않다. 참된 장상예술場上藝術의 개념을 살리어 우리는 경극이나 지방희 같은 대중예술의 가치를 올바로 다시 평가하도록 노력해야 한다.

이 논문이 『희사변』을 내면서 중국 희곡사를 바로잡으려고 애쓰고 있는 학자들에게 일조가 되기를 간절히 바란다.

4

중국어 논문

再論「中國文學史上的‘古代’與‘近代’」

1. 緖言

本人曾經在「中國文學史上的“古代”與“近代”」一文,[431] 論道中國古典文學史的分期問題, 以北宋末南宋初(1127)爲分界, 大分前後兩個時期, 前期爲‘古代’, 後期爲‘近代’. 斷定古代時期是中國文學形成而後不斷地發展, 中國傳統文學成就非常燦爛的時代; 近代時期是中國文學失去自己的傳統, 不能再向上發展, 日趨下坡的時代. 到近代隨着文學傳統的喪失, 自己的創造和發展能力也失去, 其文學不能再發展, 轉到異質的方向去, 甚至以爲是胡化,[432] 低質化了. 古代的傳統文學是以詩爲中心, 發展到世界上最高的地點; 到近代, 以詩爲中心的傳統文學停止發展, 文學創作變以小說戲曲爲中心, 但其小說戲

431 『夏旦學報』(社會科學版), 2002年 第3期. pp. 22-26.

432 因爲從古代激變到近代的原因在女眞族與蒙古族的中原侵略.

曲的文學成就, 比古代詩的水準頗低.

最近如上中國文學史的看法, 發生了很大的變化. 文學史的分期方法沒有變, 但是古代與近代的文學性格的了解上, 發生很大的變化. 於此論其要點.

2. 傳統的喪失問題

從前以爲到近代喪失自己的文學傳統, 而最近覺察是很大的錯誤. 中國近代文學雖與古代文學其性格確然不同, 仍然繼續繼承其文學傳統, 更使發展到非常重要的方向. 夏寫時在「中國戲曲批評的背景」裏說; "成爲詩之基調的抒情性, 以後在小說與戲曲裏面尤爲深刻的表現."[433] 對的, 在中國文學, 詩小說戲曲本質上表現方法都相同, 與西洋的小說戲曲其性格完全不同.

本來中國的小說戲曲是成自民間說唱與演戲的, 原來是用歌舞演故事的本子. 現代文學上的小說是描述人間生活有關的各種故事的, 又戲曲是舞臺上演出人間生活有關的事象的.可是中國小說戲曲所用的歌舞是要描寫故事或者人間生活非常不方便的手法, 用歌舞所表現的主要目的在登場人物有關的情緒. 所以論中國小說戲曲的美學

433 『論中國戲劇批評』第1輯 所載.

特徵, 都說與詩一樣在寫意[434]或神似 · 傳神,[435] 與現代文學上之小說戲曲追求寫事的美學特徵大不同. 中國詩的評論裏面, 多應用 '神' 的概念. 例如劉勰(464?-520)『文心雕龍』的 '神思' 篇, 南宋嚴羽(1200前後)『滄浪詩話』的 '入神' 之論, 淸王士禎(1634-1711)主張的 '神韻說', 他們所用神的概念與神似 · 傳神的神相近. 分明近代的小說戲曲也繼承了古代詩文學的傳統, 很難說到近代喪失自己的文學傳統.

一般地對中國小說戲曲的美學特徵, 認識不正確, 評論時過於重視其故事的傾向很大. 比如有人批評『三國志』·『水滸傳』等小說時太注重其故事, 說三國只能打仗, 互相沒有正當的相戰目的, 對人民一點考慮都沒有; 又水滸裏面登場人物皆是殺人强盜, 都是水準不高的作品. 又崑曲『十五貫』的成功裏面, 似有過多重視戲曲故事的傾向. 我們批評中國小說與戲曲時候, 應當對其一段一段的抒情性更多注意.

中國文學史上, 近代的變化從唐玄宗天寶十四年(755)所起 '安史之亂' 而後的中唐開始,[436] 其時的重要變化如下.

傳統詩也起了變化. 謳歌和平的唐帝國突然陷入之大亂當中, 如杜甫(712-770)等詩人親眼看了戰亂裏面百姓之種種慘狀, 開始用詩寫出當時社會的實況, 老百姓的實像. 又激變的社會裏面發現新的自我,

434 陳多『戲曲美學』第6章 1. 等.

435 夏寫時『論中國戲劇批評』第1輯 4.「論傳神美」等.

436 一般的中國文學史, 論唐代文學時, 皆規定中唐從代宗之大曆年間(766-775)開始, 可是實際上中唐從 '安史之亂' (755-763) 開始.

開始努力用自己的言語表現自己的生活與思想, 這使與以前士大夫有閑風流生活中發出來的抒情詩情調不一樣.由此發展白居易(772-848)·元稹(779-831)等爲始的現實主義詩人所作社會詩, 韓愈(768-824)·孟郊(751-814)等開始寫的多有個性的詩. 內亂中庶民勢力的增大, 又使白居易·元稹等人利用庶民之平易語言作詩, 同時努力應用庶民的鄙俚的抒情. 繼之幾位詩人對庶民的關心, 終於利用當時民間流行的歌謠形式, 開始寫新的詩, 卽是長短句之詞.

這詞的發展, 與當時流行之俗講關係密切, 民間俗講多以詞爲唱辭的. 敦煌石室出現文卷裏面的詞與變文等有關俗文學資料, 給我們了解當時民間俗講與詞的流行情況. 民間的俗講所講唱故事, 又使文人創作傳奇小說. 散文也起了變化, 韓愈·柳宗元(773-819)等人反對當時流行的駢儷文, 推進古文運動, 傳奇的創作也與古文運動有關.

近代開始流行小說與戲曲, 皆是繼承如此詩·俗講·傳奇·詞等傳統文學之變化, 更使向上發展的. 稍後又從傳統詩發展的詞變爲曲, 是爲近代小說戲曲唱詞的基礎. 由此看, 近代的小說戲曲, 其根本在庶民的文學上和傳統的詩上, 文學傳統沒有喪失.

3. 文學的大衆性問題

前面說, 中國的小說與戲曲來自民間俗講與演戲. 可是民間庶民不知文字, 現在我們讀的小說戲曲, 卽是中國文學史上所論的小說戲曲, 皆是文人士大夫記錄民間演唱的, 都據記錄者的立場修改的, 不是純粹民間的東西.

現在中國文學史上所論小說, 大約說是元代話本小說與『三國演義』·『水滸傳』等, 明代『西遊記』·『金瓶梅』· 三言 · 兩拍等, 清代『儒林外史』·『紅樓夢』等作品. 可是話本小說以外皆已完全離開俗講形式的, 都是誦讀的文章, 不是演唱的脚本. 所以現在我們讀小說, 常自其文章了解所描寫的故事, 本來在民間演唱時追求的抒情性很難覺察. 並且細讀各時代的作品, 時代越近到現代來, 其作品內容越近到西洋的小說形式. 從這一點看, 很多人以爲中國小說跟着時代的經過發展. 然而實際上是跟着時代的經過更多離開本來小說面目的.

中國戲曲學者都說, 中國戲曲到元代雜劇纔形成完美的戲曲, 以後明代流行傳奇, 清代盛行各種花部戲. 南宋時雖然出現南戲, 沒有可讀的完整劇本. 他們根據用文字寫的戲本, 以爲明傳奇不如元雜劇, 清花部戲更不如明傳奇. 戲曲是演唱的, 可是他門對演唱的效果不大考慮, 只從文面上品評而如此. 如徐渭(1521-1593)在『南詞敘錄』很多處說元雜劇是‘邊鄙裔夷之僞造’, ‘胡曲’, 但對其文章說; “元人學唐詩, 亦淺近婉媚, 去詞不甚遠, 故曲者絶妙.” 現在文學史家只從文面看戲曲, 甚至爲淸花部戲, 現在一般文學史裏面連言及者都沒有的情形.

但是不知文字的一般庶民, 從此時期開始參與文學了. 他們雖不知文字, 而利用演唱參與文學活動, 所以中國小說與戲曲的庶民性, 卽是大衆性南宋以後到現代越來越增大.大衆性最大的如京戲, 從淸代後期到現代, 全國上下階層十三億人民都喜歡欣賞. 這是無疑地世界上無可比擬的偉大的大衆文學, 小說戲曲的欣賞主人, 從文人漸次轉到不知文字的人民大衆了.

小說與大衆的聯關, 梁啓超(1873-1929)在他的「告小說家」[437] 裏說;

“小說家者流, 自昔未嘗爲重於國也.--- 雕蟲小技, 丈夫不爲.--- 然自元明以降, 小說勢力入人之深, 漸爲識者所共認. 蓋全國大多數人之思想業識, 强半出自小說. 言英雄則三國水滸說唐征西, 言哲理則封神西遊, 言情緖則紅樓西廂. 自餘無量數之長章短帙, 樊然雜陳, 而各皆分占勢力之一部分.”

梁啓超從士大夫的立場講的如此, 可知中國近代小說大衆性的偉大.

戲曲比小說演唱性更强, 故其大衆化傾向亦更明顯. 特別京戲是大衆性最突出的戲曲. 齊如山(1875-1962)在『五十年來的國劇』[438]說;

“我國千百年來, 全國人民的思想, 是完全被戲劇控制着的, 政治的好壞, 人臣的忠奸等: 戲中怎樣說, 人民就跟着怎樣說, 且是極信而無疑. 所以正經正史中許多許多的大人物, 國民不知道的還多的很, 可

437 『飮冰室文集』第6册(臺灣 中華書局版) 卷32 所載.

438 『五十年來的國劇』(1976. 臺北 正中書局) 第4章 關於編戲排戲看戲各方面.

是戲中常見之人, 國民就沒有不知道的. 玆擧幾種如下; 比方說, 周朝的周公召公, 可以說是至高的人才了罷, 而他們的名子遠不及姜太公知道的人多. 漢朝的蕭曹, 遠不及諸葛亮名氣大. 唐朝的魏徵, 遠不及薛仁貴知道的人多, 這種情形, 都是戲劇的關係. --- 再進一步說, 比如唐朝的張士貴, 宋朝的潘美, 她二人眞好眞壞, 我們不必議論, 且不在本題範圍之內. 可是他們兩個人, 在唐書宋史中, 都是前幾名的功臣, 且係忠臣, 而戲劇中把他們形容的很壞, 心地不成人樣. 於是社會輿論, 都認爲他們是壞人, 倘有人替他們分辯, 則大衆不但不信, 且認爲分辯的人, 也不會是好人. 由此更可知, 戲劇關於社會教育的力量, 比任何書籍力量都大."

結果中國最下級老百姓對京劇的影響也很大. 民國初期的徐珂在『清稗類鈔』卷七十八皮黃戲條說;

"皮黃盛於京師, 故京師之調尤至. 販夫豎子, 短衣束髮, 每入園聆劇, 一腔一板, 均能判別其是非. 善則喝采以報之. 不善則揚聲而辱之. 滿座千人, 不約而同. --- 故優人在京, 不以貴官巨商之延譽爲榮, 反以短衣座客之輿論爲辱, 極意矜愼, 求不越矩. 苟不顚躓於此, 斯謂之能."

到近代, 中國文學的大衆性非常發展, 不知文字的一般庶民也參與其文學之創作與演行, 終爲世界文學史上最偉大的大衆文學. 爲了研究這文學的大衆性, 我們應當從新研究演唱文學一門.

4. 古代文學的評價問題

中國古代的以詩爲中心的傳統文學, 都是用漢字寫的作品, 古代人民大衆皆是文盲, 所以古代的傳統文學是中國極少數的支配階級士大夫的專有物. 結果嚴格地說, 詩仙李白的詩也與一般人民無關的, 很難說是代表中國的文學.

最近劉禎在「目連戲與中國民間戲劇特征論」[439]說;

“本質地看, 戲劇是一種民間藝術, 其歷史演繹, 生存環境, 運作機制, 創作主體, 欣賞對象, 都在民間. 當然, 如其他文藝形式一樣, 發展到一定程度必然進入城市, 步入宮廷. 吸引文人的興趣, 參與其間, 引導使之更趨雅致, 更具藝術韻味. 但無論他發展到什麼程度, 哪个階段, 其根都在民間, 藉以生存的養料就是千千萬萬的庶民百姓.”

論的非常精彩. 劉禎在這裏, 强調民間戲劇是中國戲劇史的主體, 要建立新的戲劇史. 進一步細想, 不但是戲劇, 詩小說等種種中國傳統文學, 本質地看, 也都是着根於民間的. 詩也來自民間歌謠的.

李漁(1611-1680)在『閑情偶寄』詞曲部 詞采 第二說;

“曲文之詞采, 與詩文之詞采非但不同, 且要判然相反. 何也? 詩文之詞采貴典雅而賤麤俗, 宜蘊藉而忌分明. 詞曲不然, 話則本之街談巷議, 事則取其直說明言.”

439 『戲劇』1996年 3期 所載.

這是後世的文學情形, 詩文完全文人主管, 老百姓作詩讀詩都不可, 他們與詩完全無關; 詞曲則雖然文人參與其間, 庶民的氣色還在保存的比詩文多, 所以詩文之詞采貴典雅, 詞曲麤俗.

詩也本來來自民間, 從民間歌謠發展的. 并且民間所唱的內容, 雖有抒情的, 敍事的也很多. 聞一多(1899-1946)在「歌與詩」[440] 引用很多證據後說;

“歌的本質是抒情的,--- 詩的本質是記事的.”

他對中國詩的根本性格講的非常正確, 若果排斥封建文人而後再看, 詩文與詞曲本質上都是沒有不同的. 我們細看中國詩的歷史上發展情況, 都與民間歌謠有關. 如中國最初的詩歌集『詩經』, 是西周時期(B.C. 1111-B.C. 771)民間流行的歌謠作基礎, 士大夫記錄而後成書,『詩經』的詩歌形式基於當時民間歌謠之四言形式. 東周時期(B.C. 771-B.C. 250)南方楚國强盛起來, 楚地民間歌謠三言爲基礎, 文人援用南方民謠作楚歌·辭賦. 漢武帝時候(B.C. 141-B.C. 87)開發西域, 新進來的西域音樂影響民間歌謠, 士大夫接用變化的民謠創作新的漢樂府, 稍後又作五七言古詩. 漢末(168-220)到魏晉南北朝(220-589), 佛教輸入, 龜玆樂等很多外國音樂進來, 使民間歌謠變化很大, 結果文人學其變化的民謠又開發新的樂府與近體詩. 隋唐之時(581-907), 繼承以前開發的各種詩形, 更使發展, 中國古詩的各種形式於此完備. 到中

440 聞一多『神話與詩』(1956, 北京中華書局) 第153葉.

唐(756-835), 安史之亂帶來的很多外來民族的音樂, 影響唐帝國, 當時民間歌謠也起了很多的變化, 文人這次據之開發新的詩歌 '詞'. 古代中國傳統詩也這樣發展來的. 到近代, 因之女眞族與蒙古族影響, 民間歌謠再大的有變化, 文人又據之開發新的詩歌 '曲'.

實際上民間歌謠支持傳統詩的發展, 中國詩也本於民謠的, 惟庶民不知文字, 沒有有關記錄. 雖然歷代民間歌謠的記錄非常零星, 還是努力開發資料, 更重視一般人民的東西, 從新應該寫眞正的中國文學史.

5. 結語

本人對中國古典文學史上 '古代' 與 '近代' 的文學概念所生變化, 分爲三個問題論述了; 第一傳統的喪失問題, 第二文學的大衆性問題, 第三古代傳統文學的評價問題. 但以上三個問題, 都與文學的大衆性問題直接有關.

論古代以詩爲中心的傳統文學時, 應該對士大夫作家和他們的作品從新評價; 他們雖爲中國古代的支配階級, 中國人口中的極少數而已, 很難代表全體中國人. 此後應多重視庶民對傳統文學發展上的功用, 努力發掘有關庶民大衆的文學資料. 近代是繼承古代人民大衆的文學傳統而更使發展的時代, 人民大衆與文字無關, 他們惟用俗講戲曲的公演參與文學, 因此我們應該從新樹立新的文學概念, 即是文字無關的 '公演文學' 或者 '演唱文學' .

最後論中國小說戲曲時, 認淸其根本性格與現代西洋小說戲曲不一樣, 更多注意其抒情性而後纔可以得到公正的批評.

愚見以爲寫中國文學史時候, 從此特別人民大衆對文學的作用, 從新整理估價, 纔可以成爲眞正的中國文學史.

(『實證與演變』中國文學史硏究論文集 P.1-P.6; 中國夏旦大學古籍整理硏究所編, 上海文藝 出版社 2014年 3月 刊行 에 실림.)

中國戲劇史上的幾個問題

1.〈古代〉與〈近代〉

我們看中國戲曲史, 北宋以前傳統的中國戲曲是歌舞戲類的〈小戲〉, 而北宋末年(1126)前後突然戲文出現發展, 南宋以後進入了〈大戲〉的時代.〈大戲〉從南宋戲文開始, 發展爲元雜劇, 明傳奇, 淸花部戲. 戲曲由小到大的變化, 不止於戲劇的外形, 而所用音樂舞蹈其他演出方法也都變化. 那麽戲曲的變化又可以說是中國文化的變化. 戲劇一樣, 中國文化到南宋, 與以前不同的方向發展.

根據這事實, 我在韓國寫『中國文學史』的時候, 古代中國文學發展的時期大分爲〈古代〉與〈近代〉.〈古代〉即是戲劇史上〈小戲〉的時代,〈近代〉即是戲劇史上〈大戲〉的時代. 文學史上〈古代〉是以詩爲中心的傳統文學不斷的發展時期,〈近代〉是以詩爲中心的傳統文學停止發展, 比較通俗的小說戲劇爲創作中心的時期. 簡單地說,〈古代〉是詩的時代,〈近代〉是小說戲劇的時代. 另一個特徵爲〈古代〉的詩是封建士大夫專有的東西, 與庶民完全無關, 到〈近代〉起初小說戲曲略帶市井性, 而後民衆的參與漸增, 特別清以後大衆性增大.

如此, 北宋末南宋初中國文化與戲劇突然轉變的原因, 在北方女眞族蒙古族的中原征服. 以前也很多異民族進中原來立國, 一時統治漢族, 但不久統治者自動地漢化, 僅起刺戟中國傳統文化更使發展的作用. 到唐安史之亂(755-763)以後, 中國周邊異民族的民族意識開始覺醒, 他們要克服漢文化. 到了北宋時候, 女眞族蒙古族都創制自己的文字, 努力代替漢字. 他們征服并統治中原以後, 向漢族用武力推廣自己的文化. 因此而導致, 中國文化突然轉變.

女眞族蒙古族是在北方遊牧的, 生活文化比漢族較低. 中國文化到南宋由他們的壓力轉變, 因此我以爲〈近代〉的中國文化與文學都向低質的胡化的方向發展. 但是我覺察這是我的錯誤認識. 文學史上說, 南宋以後發展的小說戲曲, 與傳統的詩文相比, 本身帶着相當多的市井性. 特別在民間, 俗講戲曲等演藝更爲發展, 庶民參與文學活動的範圍擴大. 以後中國文化繼續發展, 形成一種大衆性的文化. 卽〈古代〉是封建士大夫的文化, 〈近代〉是大衆性增多的文化.

2. 眞正戲曲的問題

王國維在『宋元戲曲考』‘七, 古劇之結構’, 綜合前論從上古至唐

五代與宋金元戲劇而後, 下了如下的結論;

綜上所述者觀之, 則唐代僅有歌舞劇及滑稽劇, 至宋金二代而始有純粹演故事之劇; 故雖謂眞正之戲劇, 起于宋代, 無不可也. 然宋金演劇之結構, 雖略如上, 而其本則無一存. 故當日已有代言體之戲曲否, 已不可知. 而論眞正之戲曲, 不能不從元雜劇始也.

很多人以爲元以前中國尙未發展眞正的戲曲. 可是我看中國古代已有眞正的戲曲, 雖無傳下來的本子, 由『詩經』·『書經』可以推知. 漢初學者之『詩經』解說, 毛詩 · 三家詩都引複雜的種種故事來解詩, 後人都不了解他們的用意, 很多學者以爲他們解詩很迂曲, 其實這是後人的錯誤. 比如, 周南「芣苢」詩第一章如下四句(第二第三章也只換押韻的兩個字), 詩非常簡單.

采采芣苢, 薄言采之. 采采芣苢, 薄言有之.

但『魯說』這詩的解說如下;

蔡人之妻者, 宋人之女也. 旣嫁於蔡, 而夫有惡疾, 其母將改嫁之. 女曰; 夫不幸, 乃妾之不幸也. 奈何去之? 適人之道壹, 與之醮, 終身不改, 不幸遇惡疾, 不改其意. 且夫采采芣苢之草, 雖其臭惡, 猶將始於捋采之, 終於懷袺之, 浸以益親, 況於夫婦之道乎? 彼無大故, 又不遣妾, 何以得去? 終不聽其母, 乃作芣苢之詩. 君子曰; 宋女之意, 甚貞而壹也.

又『韓說』如此解說;

芣苢澤寫也. 芣苢臭惡之菜, 詩人傷其君子有惡疾, 人道不通, 求已不得, 發憤而作, 以事興. 芣苢雖臭惡乎, 我猶采采而不已者, 以興君子雖有惡疾, 我猶守而不去也.

我們看衛風(邶風 · 鄘風也在內)的『毛傳』, 「綠衣」·「燕燕」·「日月」·「終風」·「擊鼓」·「考槃」·「碩人」等諸篇解說, 都引用有關衛莊公夫人莊姜的故事, 其中有時涉及莊公和戴嬀 · 完(桓公) · 州吁諸人有關的事. 「雄雉」·「匏有苦葉」·「新臺」·「二子乘舟」·「鶉之奔奔」·「氓」諸詩的解說, 又引用有關宣公和他的夫人夷姜 · 宣姜及兩個兒子伋和壽的故事. 此外解說其他諸詩時, 許穆夫人 · 宋桓夫人 · 共姜 · 黎侯等人的故事也在援用. 上引詩中擧一個邶風「日月」詩第一章與其詩的解說;

日居月諸, 照臨下土. 乃如之人兮, 逝不古處.
胡能有定? 寧不我顧.

第二·第三·第四章的內容亦第一章相通,『毛詩』解說如下;

日月, 衛莊姜傷己也. 遭州吁之難, 傷己不見答於先君, 以至困窮之詩也.

要了解毛傳解說, 不知州吁之難則不行. 衛莊姜賢而無子, 而戴嬀生完, 養他如自己之子. 莊公死後完爲桓公. 但妾之子州吁驕傲, 殺桓公自立, 莊姜處於困境, 卽是州吁之難.『魯說』的解說更複雜;

宣姜者齊侯之女, 衛宣公之夫人也. 初宣公夫人夷姜生伋子, 以爲太子. 又娶於齊曰宣姜, 生壽及朔. 夷姜既死, 宣姜欲立壽, 乃與壽及朔謀構伋子. 公使伋子之齊, 宣姜乃陰使力士待之界上而殺之, 曰; 有四馬白旄至者, 必要殺之. 壽聞之, 以告太子曰; 太子其避之. 伋子曰; 不可. 夫棄父之命則惡用子也? 壽度太子必行, 乃與太子飮, 脫之旄而行, 盜殺之. 伋子醒, 求旄不得, 遽往追之, 壽已死矣. 伋子痛壽爲己死, 乃謂盜曰; 所欲殺者乃我也. 此何罪? 請殺我! 盜又殺之. 二子既死, 朔遂立爲太子. 宣公薨, 朔立, 是爲惠公. 竟終無後, 亂及五世, 至戴公而後寧. 詩曰; 乃如之人兮, 德音無良. 此之謂也.

漢初學者如此引用故事解詩, 其詩必與故事有關. 可以推定『詩經』之詩不但是歌辭, 又演唱故事時所用的唱詞, 卽俗講或者戲劇演出時的唱詞.

周初武王死後成王卽位, 周公攝政. 時起三監之亂, 周公親自東征平亂. 又周公制禮作樂, 使周王朝之基礎鞏固. 毛詩解『詩經』豳風七篇全詩爲頌揚周公功勞之詩. 『書經』裏面認爲成篇最早的周書裏的十二篇, 皆與周公直接有關的文章. 又 周書中之「金縢」一篇, 其內容始終分明是架空的, 不能看做是史官的記錄. 其大略如下; 克商的第二年, 武王生病. 乃周公向神明祝禱用自身代替武王的厲疾. 其後周公命其祝文納於金縢之匱中, 翌日武王病卽瘳. 不久武王死, 管叔等他的兄弟謀陷周公有意於王位, 周公不得已避居東方. 而後作詩「鴟鴞」一篇, 送給成王. 時秋五穀大熟, 忽然來大風雨, 禾菽皆倒下, 大木也都連根拔出而倒. 太公召公以爲風雨是周公受陷害的徵象, 請成王開周公的金縢之匱, 看看其內容. 成王開匱觀看, 裏面有周公爲其父武王要犧牲自身的祝文. 王感動而哭, 卽時送人請周公回朝廷來. 周公歸來, 又起風雨, 反風使倒下的禾菽都起來, 拔根的大木也盡起復生, 是歲轉爲大豐.

以上內容與後世的小說無異, 可能是古代說唱或者戲劇的故事. 豳風之詩七篇裏面有「鴟鴞」之詩, 豳風七篇可能是演金縢故事時的唱詞.

『毛詩』解頌說; "頌者美盛德之形容." 清阮元在「釋頌」(『揅經室一集』卷一)說;

詩分風雅頌, 頌之訓爲美盛德者, 餘義也, 頌之訓爲形容者, 本義也. 且頌字, 卽容字也. --- 惟三頌各章, 皆是舞容, 故稱爲頌. 若元以後戲曲, 歌者舞者, 與樂器全動作也. 風雅則但若南宋人之歌詞彈詞而已, 不必鼓舞以應鏗鏘之節也.

王國維「周大武樂章考」(『觀堂集林』卷二)以爲周頌之「昊天有成命」·「武」·「酌」·「桓」·「賚」·「般」之六篇爲武王的大武所用曲辭. 在『禮記』樂記中, 孔子對賓牟賈解說大武的演出如下;

夫樂者象成者也. 摠干而山立, 武王之事也. 發揚蹈厲, 大公之志也. 武亂皆坐, 周召之治也. 且夫武始而北出, 再成而滅商, 三成而南, 四成而南國是疆, 五成而分, 周公左, 召公右, 六成復綴而崇. 天子夾進之, 而駟伐, 盛威於中國也. 分夾而進, 久立於綴, 以待諸侯之至也.

雖然說明簡單, 可知大武是戲劇性很强的歌舞, 可以證明『詩經』裏的詩有歌舞戲的唱詞. 又可推知古聖人功成作樂之正樂, 大概都如此. 舜樂則簫韶九成, 應當其戲劇性比六成的大武更强.

『呂氏春秋』古樂篇有如下記錄;

葛天氏之樂, 三人操牛尾, 投足以歌八闋. 一曰; 載民, 二曰; 玄鳥, 三曰; 遂草木, 四曰; 奮五穀, 五曰; 敬天常, 六曰; 達帝功, 七曰; 依地德, 八曰; 總禽獸之極.

可見葛天氏之樂是樂舞規模不小的歌舞戲.

『周禮』春官又見散樂, 鄭注云;“散樂, 野人爲樂之善者, 若今黃門倡矣, 自有舞.”『周禮』·『禮記』都見有關于儺的記錄, 這儺戲還在民間流行. 又年底時, 爲了酬謝農事有關的神靈而擧行的蜡祭, 與天旱時爲了求雨而擧行的雩祭, 其行事皆以歌舞做中心. 西周時候這類歌舞裏面, 已經存在演故事的眞正戲劇, 是無疑的.

到戰國,『荀子』有成相·賦的兩篇文章. 淸盧文弨爲成相篇作注說;“此篇音節, 卽後世彈詞之祖.”賦卽楚辭, 起源於巫歌的. 王國維『宋元戲曲考』說;“歌舞之興, 其始于古之巫乎!”巫習已從殷商之時風行, 不必多說. 屈原『楚辭』裏面「離騷」「九歌」等篇皆是巫歌, 聞一多在「‘九歌’古歌舞劇懸解」, 以九歌十一篇解爲巫覡用歌舞演出的套曲.

宮廷與士大夫的歌舞戲是皆本於民間演藝的, 由此推知中國上古時候民間已有相當發展的俗講戲曲. 我們不能說中國宋以前沒有眞正戲曲, 惟傳下來的本子沒有而已. 1950年代, 中國出版很多非常輝煌的古代戲曲研究成果, 如;

任二北『敦煌曲初探』　　任二北『敦煌曲校錄』
孫楷第『傀儡戲考原』　　孫楷第『也是園古今雜劇考』
任半塘『唐戲弄』上·下　　葉德均『宋元明講唱文學』
胡忌『宋金雜劇考』　　李嘯倉『宋元技藝雜考』

等大著. 我想這些著作已夠證明中國古代小戲也是眞正的傳統戲曲. 中國眞正的戲曲, 無可疑的從古到宋一直存在.

中國古時候, 文字是封建士大夫的專有物, 人民大衆不知文字. 民間雖有俗講歌舞戲之類, 但是士大夫卑視庶民的東西, 對民間演藝漠無關心, 沒有人記錄下來. 但仔細看, 前面所論『詩經』一樣, 上古典籍的文字之間都保存有關其本源性的資料. 我們應該繼續努力探討眞正中國戲曲的眞面貌.

很多人以爲中國戲曲來自俗講, 元雜劇來自諸宮調. 當然推究本源, 詩小說戲曲三者裏面, 詩的發生最早, 小說次之, 戲曲最晩. 但我相信, 西周之時不但有詩, 俗講與戲曲也已經存在.

3. 中國的詩 · 戲曲和繪畵的美學特性

中國文化可說是漢字文化. 中國文化基於漢字而發展. 因此中國藝術美學的特徵也是由漢字的特性來決定的. 詩 · 戲曲, 甚至繪畵都不例外.

中國的傳統文學, 基於漢字的特性, 其發展以詩爲中心. 漢字是表意文字, 不是爲了記錄語言而創造的. 外形不簡單, 難寫難讀. 又古時書寫用具和寫字方法也非常不方便. 故寫字盡力使外在形式簡單,要內容含包豐富含義, 又每一字都保有其獨特的形音義, 自然其文章近接詩的形式.

西周初的中國文章, 不但是『詩經』,『書經』·『易經』· 甲骨文 · 金文也都不是散文, 可說是接近詩的文章. 詩本來是歌詞, 古時讀此類經典, 可能皆用歌唱的方法. 卽古時所傳傳說和英雄說話等故事, 都由專家的歌唱流行. 在民間, 種種故事都說話人唱的講唱與戲曲形式的技藝演出.因此古時候應該用歌舞演故事的歌舞戲相當發達.

歌與舞的方法, 在戲臺演故事非常不方便. 可知用歌舞演出的戲曲, 其本來目的不在戲臺上模擬人間實際生活. 一般地說中國戲曲的特徵在寫意(如陳多『戲曲美學』第六章 一), 和西洋演劇的特徵寫事對比. 又說中國演劇的美學的指標在傳神(如夏寫時『論中國戲劇批評』第1輯 四. 論傳神美), 傳神是寫意的另外一面.

中國詩的評論裏面, 也多用 '神' 的概念. 劉勰『文心雕龍』有神思篇, 嚴羽『滄浪詩話』有入神之論, 王士禎主張神韻說, 皆以 '神' 的概念論詩. 那麼可以說, 詩的美學主旨也在傳神.

聞一多在「文學的歷史動向」(『神話與詩』甲集)說; 中國文學史是"實際上只是一部詩史, 但是詩的發展到北宋實際也就完了." 南宋以後中國文學發展爲小說與戲曲的時代, 而夏寫時在「中國戲曲評論之背景」(『論中國戲劇批評』第一輯)又說; "成爲詩之基調的抒情性, 以後在小說與戲曲裏面尤爲深刻的表現." 中國傳統戲曲本來保有抒情的特性, 敍事性不大重要. 中國文學裏面, 本質上詩與戲曲都有相通的特點.

宋代沈括在『夢溪筆談』, 對唐人張彦遠批評王維的畫大部分沒有四季分別的話, 說;

> 予家藏摩詰畫袁安高臥圖, 有雪中芭蕉. 此乃得心應手, 意到便成. 故造理入神, 逈得天意. 此難可與俗人道也.

畫也有 '入神' 的美學境地.

以 '神' 之概念爲基礎的中國藝術創造, 僅需一定的空間, 不必增設如何補助物. 戲曲演技者用歌舞和自己的技藝, 無何有的空間裏面, 可以卽席創造人間世界多樣的現狀. 不但是空間, 時間或事物的限制都不受, 戲臺上恁何場面都可以表演. 所以中國戲曲的專家說; 一無所有, 無所不有. 基本上, 詩與畫也是一樣, 皆與戲曲表現方法完全相同.

一般人對戲曲的美學特徵, 認識不正確, 有太重視戲曲的故事傾向. 如崑曲「十五貫」的成功, 在故事情節的微妙表現, 對後來崑曲的發展, 可有一點問題. 中國戲曲不可以西洋戲劇一樣注重故事.

前面已說中國傳統詩是士大夫文人的東西, 傳統繪畫戲曲等藝術也是封建士大夫的專有物, 其發展始終都在士大夫文人手中, 全然沒有反映人民大衆生活. 古詩多詠美麗的風景和婉美豪富的士大夫生活與情緒, 古畫多畫高妙的山水和美麗的花鳥, 其中人民大衆的情感與生活一點都沒有. 中國戲曲比詩畫大衆性雖多, 對人民的生活, 關心還不夠. 應該更多努力反映人民的情感與生活問題.

4. 由中國戲曲的文學性和大衆性看中國古代文學

文學上論中國戲曲的時候, 都以爲明傳奇不如元雜劇, 又清花部戲不如明傳奇. 甚至清之京劇, 文學史裏面都很少提及. 但戲曲是公演的, 從演出方面來看, 明代比元代更發展, 淸代比明代尤發展. 特別, 民衆對戲曲的參與, 越來越大, 其演出越來越盛行. 現在京劇成爲世界上最偉大的大衆藝術. 文字的和公演的是完全兩樣的.

劉禎先生在「目連戲與中國民間戲劇特征論」中說;

> 本質地看, 戲劇是一種民間藝術, 其歷史演繹, 生存環境, 運作機制, 創作主體, 欣賞對象, 都在民間. 當然, 如其他文藝形式一樣, 發展到一定程度必然進入城市, 步入宮廷. 吸引文人的興趣, 參與其間, 引導使之更趨雅致, 更具藝術韻味. 但無論他發展到什麼程度, 哪个階段, 其根都在民間, 藉以生存的養料就是千千萬萬的庶民百姓.

論的非常精彩. 我想在這論文, 劉禎先生要强調民間戲劇是中國戲劇史的主體主導, 目的在建立新的戲劇評價話語體系與新史學觀.

進一步冷靜地細想, 不但是戲劇, 詩小說等種種文學, 本質地看, 也都是着根於民間的. 詩也來自民間歌謠, 小說也來自民間說話. 惟士大夫文人其間參與的作用與其程度, 按着時代都不同.

李漁在『閑情偶寄』詞曲部 詞采 第二說;

> 曲文之詞采, 與詩文之詞采非但不同, 且要判然相反.何也? 詩文之詞采貴典雅而賤麤俗, 宜蘊藉而忌分明. 詞曲不然, 話則本之街談巷議, 事則取其直說明言.

這是後世的文學情形, 詩文完全文人主管, 庶民作詩讀詩都不可, 老百姓與詩完全無關; 詞曲則雖然文人參與其間, 庶民的氣色還在保存一點兒. 詩也本來來自民間, 從民間歌謠發展的. 并且民間所唱的內容, 雖有抒情的, 敍事的也很多. 聞一多也在「歌與詩」引用很多證據後說; "歌的本質是抒情的,--- 詩的本質是記事的." 若果排斥封建文人而後再看, 詩文與詞曲本質上都是無不同的.

西周之時, 已有詩, 誰都不可否認. 但那時用漢字寫的文章, 只是帝王統治天下時所用的. 其時寫漢字有專家, 如巫祝史等人. 東周以後能寫文字的人的範圍擴張, 但文字依然是封建士大夫的專有物, 與一般庶民無關. 文章使用限於中國人的極少一部分的人, 其中又能作詩又能欣賞的人更少.

從古到今大衆常有他們的歌謠, 繼續供給資料士大夫文人作新的詩. 惟純粹民間歌謠記錄下來的極少. 西周時民間流行四言的歌謠, 士大夫利用形成『詩經』; 東周時南方楚國强盛起來, 楚地民間歌謠三言爲基礎, 文人援用南方民謠作楚歌 · 辭賦; 漢武帝的時候開發西域, 西域音樂進來, 民間的歌謠又變化, 士大夫利用變化的民謠創作漢樂府與五七言古詩; 漢末佛教輸入而後民間歌謠又變化, 南北朝文人學其變化的民謠形式又開發樂府與近體詩; 隋唐之時龜兹樂等很多外國音樂進來, 其影響使民間歌謠更發展, 士大夫效之創作新的詞; 宋代女眞蒙古族的中原統治影響民間歌謠, 其聲調等變化很多, 又文人學民間歌謠創造曲. 實際上民間歌謠支持傳統詩的發展, 中國傳統詩也是本於民謠的. 雖然有關民間歌謠的記錄非常零星, 還應努力開發資料, 從新寫新的中國文學史.

5. 結論

第一; 我們根據戲劇史上的變化, 中國文化史的時期也可分爲〈古代〉與〈近代〉. 中國傳統文化在〈古代〉繼續發展, 到〈近代〉其文化開始與傳統不同的方向發展. 又〈古代〉文化是封建士大夫專有的時代, 是中國人口中極少的一部分人享受的, 到〈近代〉其文化的大衆性擴展, 人民大衆的參與文化傾向增多. 應多重視〈近代〉的大衆性文化.

第二; 中國的眞正戲曲, 上古時候已有, 惟沒有其本子流傳下來. 先秦時眞正俗講戲曲無疑的都存在.

第三; 中國詩畵與戲曲等藝術, 其美學指向皆同. 戲曲工作應該重視其美學特徵. 又傳統中國藝術不大注意一般人民的生活與情感.

第四; 中國一般人民與漢字無關, 他門都不識字, 古來民衆由公演參與詩小說戲曲. 所以不但是中國戲曲, 詩小說也應多考慮民間的公演情形. 鄭振鐸提出的'俗文學'的槪念非常寶貴, 應該更多重視. 不但戲曲史, 中國詩史 · 小說史也應多考慮其本源問題.

最後; 京劇是世界上最偉大的大衆藝術, 徐珂在『淸稗類鈔』皮黃戲條說;

> 皮黃盛於京師, 故京師之調尤至. 販夫豎子, 短衣束髮, 每入園聆劇, 一腔一板, 均能判別其是非. 善則喝采以報之, 不善則揚聲而辱之. 滿座千人, 不約而同.--- 故優人在京, 不以貴官巨商之延譽爲榮, 反以短衣座客之輿論爲辱, 極意矜愼, 求不越矩. 苟不顚躓於此, 斯謂之能.

可知淸朝庶民已爲京劇的主人. 參考京劇的大衆性, 應該綿密的檢討中國文學全般的問題.

(『戲曲硏究』第83輯 P. 1-P. 14; 中國藝術硏究院 戲曲硏究所『戲曲硏究』編輯部 編, 文化藝術出版社 2011年 4月 刊行에 실림)

중국문학사를 위하여

초판 인쇄 2016년 9월 19일
초판 발행 2016년 9월 26일

지은이 | 김학주
발행자 | 김동구
디자인 | 이명숙 · 양철민
발행처 | 명문당(1923. 10. 1 창립)
주　소 | 서울시 종로구 윤보선길 61(안국동)
　　　　우체국 010579-01-000682
전　화 | 02)733-3039, 734-4798(영), 733-4748(편)
팩　스 | 02)734-9209
Homepage | www.myungmundang.net
E-mail | mmdbook1@hanmail.net
등　록 | 1977.11. 19. 제1~148호

ISBN 979-11-85704-81-4 (93820)
25,000원